마술은 속삭인다

옮긴이 **김소연**

1977년 경북 안동에서 태어났다. 한국외국어대학에서 프랑스어를 전공하고, 현재 출판 기획자 겸 전문 번역자로 활동하고 있다. 옮긴 책으로 교고쿠 나츠히코의 『우부메의 여름』, 『망량의 상자』, 『광골의 꿈』 과 『음양사』, 『샤바케』, 『집지기가 들려주는 기이한 이야기』(이상 모두 손안의책 출간) 등이 있으며 독특한 색깔의 일본 문학을 꾸준히 소개, 번역할 계획이다.

MAJUTSU WA SASAYAKU
by MIYABE Miyuki
Copyright (c) 1993 MIYABE Miyuki
All rights reserved.

Originally published in Japan by Shinchosha Co., Tokyo.
Korean translation rights arranged with OSAWA OFFICE, Japan
through THE SAKAI AGENCY and Imprima Korea Agency.

이 책의 한국어판 저작권은 THE SAKAI AGENCY 와 Imprima Korea Agency를 통해 MIYABE Miyuki와의 독점계약으로 **도서출판 북스피어**에 있습니다.
저작권법에 의해 한국 내에서 보호를 받는 저작물이므로 무단전재와 무단복제를 금합니다.

* 이 도서의 국립중앙도서관 출판시도서목록(CIP)은 e-CIP 홈페이지(http://www.nl.go.kr/cip.php)에서 이용하실 수 있습니다.(CIP제어번호: CIP2006002210)

마술은 속삭인다

미야베 미유키 장편소설

김소연 옮김

북스피어

* 일러두기 : 본문의 모든 주는 옮긴이 주입니다.

차 례

프롤로그 · 7

제1장 발단 · 12

제2장 수상함 · 61

제3장 불안한 여신들 · 94

제4장 이어지는 고리 · 161

제5장 보이지 않는 빛 · 236

제6장 마법의 남자 · 292

마지막장 마지막 한 사람 · 360

해설 · 386
옮기고 나서 · 396

"이 사람들은 정말 변명의 여지가 없는 짓을 하고 있습니다. 자기 자신도, 세상 사람들도 변호해 줄 수 없는 일을 말입니다."

_ G. K. 체스터튼, 「만 성의 상주」

프롤로그

198X년 9월 2일자 「도쿄일보」 제14판 제2사회면에서 발췌

> 결혼식 전 맨션에서 뛰어내려 자살
>
> 1일 오후 세 시 십 분경, 도쿄 A구 미요시마치 1번가의 팰리스 오쿠라 맨션(6층)의 옥상에서 젊은 여성이 뛰어내려, 온몸이 세게 부딪혀 사망했다.
>
> 아야세 경찰서의 조사에 따르면 이 여성은 맨션에 사는 가토 후미에 씨(24). 같은 맨션 옥상에는 높이 약 1.5미터의 난간이 있는데, 가토 씨가 이것을 타넘어 약 15미터 아래의 노상으로 뛰어내리는 장면이 목격되었다.
>
> 가토 씨는 일주일 후에 결혼식을 앞두고 있었으며 유서는 없고, 아야세 서에서는 동기에 대해 조사하고 있다.

같은 해 10월 9일자 석간지 「애로」 제2판 사회면에서 발췌

> 오늘 오후 두 시 사십오 분경, 지하철 도세이東西선 다카다노바바 역 플랫폼에서 젊은 여성이 뛰어내려, 진입하던 나카노행 쾌속전철에 치여 사망했다.
>
> 사망한 여성은 사이타마 현 K시 센고쿠쵸 2번가 코포 가와구치에 사는 회사원 미타 아츠코 씨(20)로, 플랫폼에 있던 이용객이 미타 씨의 행동을 알아채고 저지하려고 했지만 이미 늦었다. 유서는 발견되지 않았으나 도츠카 경찰서에서는 현장의 상황으로 보아 자살이라고 판단하고, 동기를 조사하고 있다.

평이하고 객관적인 보도 기사를 접한 것만으로 어떤 사건·사고의 관계자 또는 현장에 있던 사람들이 받은 충격을 전부 알 수는 없다. 독자는 그곳에서 무슨 일이 일어났는지 알 수는 있어도, 거기에 무엇이 남았는지 알 수는 없다.

독자는 모른다. 가토 후미에가 노상을 향해 뛰어내렸을 때, 다 마른 이불을 털고 있던 주부가 그곳에 있었다는 사실을. 그녀는 가토 후미에가 무언가에 쫓기듯이 빠른 걸음으로 계단을 올라가 옥상을 가로지른 후, 울타리를 기어오르기 시작하여 아래로 떨어질 때까지, 모든 상황을 지켜보고 있었다. 독자는 모른다. 울타리로 다가간 그녀의 손이 차가운 은색 금속에 닿자 당황해서 손을 뗀 것을. 마치 그 난간이 가토 후미에를 불러들여 오르게 하고, 아래로 떨어뜨린 것 같다고 느낀 그 주부의 감정을.

독자는 또, 감식과 직원들이 길 위에 흩어진 가토 후미에의 뇌수를 손으로 주워 모아 비닐봉지에 넣은 것도 모른다. 맨션 관리인이 호스로 물을 뿌려 피를 씻어 내고, 거기에 소금을 뿌린 것도 모른다. 가토 후미에 본인이 죽기 직전에 누군가와 전화로 이야기를 하고 있었던 사실도 모른다.

또, 미타 아츠코를 구하려던 중년 샐러리맨에 대해서도 모른다. 그는 그때, 자기 집 주택대출의 차환借換이 잘 진행될지를 생각하던 참이었다. 미타 아츠코는 그의 앞을 비틀거리며 지나가, 등 뒤에서 오는 누군가를 신경 쓰듯이 두세 번 돌아보고는 플랫폼 끝으로 발을 내딛었다.

샐러리맨은 순간적으로 여자의 얇은 상의 목덜미를 잡았다. 만일 그때 미타 아츠코가 상의 단추를 제대로 채웠더라면, 분명히 그가 그녀를 구해 낼 수 있었으리라는 사실을 독자는 모른다. 전철이 금속음을 내며 미타 아츠코를 치었을 때, 멍하니 플랫폼에 서 있던 그의 손에 남은 상의의 매끄러운 감촉을 모른다. 미타 아츠코가 뛰어들기 전, 같은 플랫폼에 있던 노인 이용객에게 시각표를 읽어 주고 있었던 것도 모른다. 그 노인이 모자를 벗으며 그녀에게 고맙다는 인사를 하고, 계단을 올라간 사실도 모른다.

사고 처리에 손이 많이 간 것은 유체가 흩어져 날아가 있었기 때문이고, 무엇보다 늦게 발견된 그녀의 머리 부분이 서서히 후진한 전차 차량의 1량과 2량 사이에서 젖은 소리를 내며 떨어졌다는 것도 모른다. 미타 아츠코가 두 눈을 퀭하니 어둡게 뜨고 있었던 사실도 모른다. 이 모든 것들은 행간에 묻히고, 또는 잊혀 갈 뿐이다.

그리고 지금—.

기사를 읽고 사건을 알게 된 많은 사람들이 알지 못하는 장소에서, 한 젊은 여자가 친구 두 명을 태우고 떠나가는 택시를 향해 손을 흔들어 전송하고 있다.

사실은 맨션 앞까지 차를 대 줬으면 하고 바랐다. 그렇게 말해 볼걸 그랬다고, 쥐 죽은 듯 조용해진 길 위에서 그녀는 후회하고 있다.

괜찮아, 뛰어가면 겨우 이삼 분인걸. 큰길에서 내려 주면 돼. 친구에게 한 말을, 그녀는 머릿속에서 되풀이했다. 괜찮다, 무서워할 것은 아무것도 없다.

창백한 가로등 빛 아래, 인기척 없는 도로가 뻗어 있다. 모퉁이를 하나 돌고 사거리를 하나 건넌다. 백 미터도 안 된다. 그녀는 걷기 시작했다.

모퉁이를 돌기 직전에 손목시계의 알람이 울렸다. 음악회나 영화관에서 거북한 기분이 들 때와 마찬가지로, 묘하게 큰 소리를 내며 정적을 깨뜨린다.

그때, 그녀는 생각했다. 뒤에서 누가 온다.

걸음을 빨리 한다. 등 뒤의 기척도 속도를 올려 쫓아온다.

그녀는 어깨 너머로 돌아보았다. 길 위에는 아무도 없다. 그렇지만 쫓기고 있다는 기분이 들었다. 도망치지 않으면 무서운 일이 일어난다. 붙잡히면 무서운 일이 일어난다.

큰 호통 소리를 들은 것처럼 몸을 떨며, 그녀는 달리기 시작했다.

머리카락을 흐트러뜨리고 구두 소리를 울리면서, 그녀는 달렸다.

숨이 가빠서 목소리가 나오지 않았다. 그저 달리고 달리고 또 달렸다. 도망치고, 도망치고, 계속해서 도망쳤다.

집으로, 집으로, 집으로. 안전한 곳으로.

누가 좀 도와줘.

그대로 걸음을 늦추지 않고 빨간 신호가 번쩍거리는 사거리로 뛰어나왔을 때, 아플 정도로 눈부신 헤드라이트 불빛과 함께 구원은 최악의 형태로 찾아왔다.

같은 날 밤 같은 하늘 아래에서, 한 쌍의 깔끔한 손이 대형 스크랩북을 펼치고 있었다.

스크랩북을 넘기자 깔끔하게 오린 두 여성의 사망 기사가 첫 장의 오른쪽 페이지에 꼼꼼하게 붙어 있다. 표백된 것처럼 하얀 그 손은 가느다란 손가락을 뻗어 두 개의 기사를 가볍게 두드렸다.

가토 후미에. 미타 아츠코.

왼쪽 페이지에는 3×4인치 크기의 컬러 사진이 한 장 붙어 있다. 검은 테 안경을 쓰고 하얀 이를 드러내며 웃고 있는 젊은 남자의 얼굴 사진이다.

어디에선가 시계가 오전 영시를 알렸다.

하얀 손은 스크랩북을 덮고 불을 껐다.

제1장 발단

1

잠에서 깨기 직전까지, 구사카 마모루는 꿈을 꾸었다.

꿈속에서 그는 십이 년 전의 네 살짜리 아이로 돌아가, 고향 집에 와 있다. 그곳에서는 어머니 게이코가 현관 신발장 위에 놓인 전화를 받고 있었다. 검은 코드를 손가락으로 만지작거리면서 허리를 약간 굽히고, 맞장구를 칠 때마다 머리를 끄덕이면서.

기억 속에 있는 광경이 아니었다. 그는 그때 집에 없었기 때문이다.

"구사카 씨가 출근하지 않았는데요……"라는 그 통화 내용을, 그는 실제로는 듣지 못했다. 아버지가 행방불명된 사실을 안 것은 훨씬 나중의 일이었다.

그렇지만 엷은 푸른색 안개가 낀 꿈속에서 그는 기둥에 기대어 무릎을 끌어안고, 창백해진 어머니의 얼굴을 보고 있었다. 중얼거리는 목소리를 듣고 있었다.

소년은 잠에서 깨어 어두운 천장을 올려다보며, 이제 와서 왜 이런 꿈을 꾼 걸까 하고 생각했다.

'할아버지'의 꿈이라면 지금까지도 몇 번 꾼 적이 있다. 대개는 돌아가시기 직전의 추억이다. 이제 와서 생각해 보면 예감이 있었는지, 주문 제작한 새 도구를 주셨다. 그리고 삼중으로 잠긴 금고. 그건 만만치 않았다. 졸업 시험이었다.

몸을 비틀어 머리맡의 디지털 자명종을 본다. 바늘은 오전 두 시를 가리키고 있다.

한숨을 한 번 쉬고 이불 속으로 파고든다. 주위가 다시 조용해지자 아래층에서 두런거리는 이야기 소리가 들려왔다. 이모인 요리코 혼자 내는 목소리였다.

전화다.

이불을 걷어차고 침대에서 다리를 내려놓은 후, 마모루는 차가운 바닥을 밟으며 복도로 나갔다. 마침 반대쪽 방문이 열리고, 파자마 위에 카디건을 걸친 마키가 졸린 얼굴을 내민 참이었다.

"전화구나." 그녀는 짧게 말하고는 마모루보다 앞장서서 계단을 내려가기 시작했다. 택시 기사를 아버지로 둔 집에서 심야의 전화가 의미하는 바를—그 가능성을 잘 알고 있는 사촌누이의 뺨에 떠올라 있는 근심의 빛에, 마모루는 긴장했다.

두 사람이 내려가자, 막 통화를 마친 요리코가 맨발로 복도에 서 있었다.

"무슨 전화예요?" 마키가 물었다. 요리코는 잠시 입을 꾹 다물고 있었다.

"일을 낸 모양이야."

"사고군요?"

요리코는 고개를 끄덕였다. 눈은 똑바로 딸을 보고 있었다.

"병원이 어디예요? 아버지 많이 다치셨대요?" 마키는 기침을 하며 말을 이었다.

"아버지가 아니야."

"그럼 뭔데요? 어떻게 된 거예요?"

"사고는 사곤데," 요리코는 입술을 축였다. "인신사고人身事故야. 사람을 치었어."

십일월의 냉기가 마모루의 발에서 심장으로 타고 올라왔다.

"젊은 여자래. 즉사했다는구나. 방금 그 전화, 경찰에서 온 거야."

"……경찰."

"아버지, 체포되셨어."

그날의 남은 밤을, 마모루는 잠들지 못한 채 보냈다.

마모루가 어머니의 언니인 아사노 요리코의 집에 맡겨진 지 정확하게 아홉 달째가 된다. 새로운 가족과의 생활에도, 학생으로서 도쿄에서의 생활에도 간신히 익숙해진 참이었다.

아사노 일가는 도쿄의 다운타운, 제로미터 지대라고도 불리는, 처마보다 높은 위치에 강이 흐르는 동네에 살고 있다.

요리코 이모의 남편인 아사노 다이조는 경력 이십오 년의 개인택시 운전수이며, 외동딸인 마키는 올봄에 전문대를 나와 취직한 지 얼마 안 되었다.

마모루가 태어난 곳은 도쿄보다도 벚꽃 전선이 한 달쯤 늦게 찾아오는 히라카와라는 시였다. 작고 오래된 도시로, 규모는 작지만 양질의 온천이 솟아 관광객이 뿌리는 돈과 전통 있는 특산품인 칠기로 생계를 꾸리는 곳이었다.

마모루의 아버지, 구사카 도시오는 히라카와 시청에서 일하는 공무원이었다. 십이 년 전 갑자기 실종되었는데, 그 후 오천만 엔의 공금 횡령이 발견되었을 때까지는 재무과장 보좌라는 직함이 붙어 있었다.

마모루는 아버지가 그 지위에 앉았을 때, 가족들끼리 조촐한 축하 파티를 했던 것을 희미하게 기억하고 있다. 그 직함이 이윽고 지방 신문 표지에 큼직하게 실려서 시민들의 비난과 경멸의 표적이 될 줄, 그때는 상상조차 할 수 없었다.

그리고 도시오의 그늘에는 여자가 있었다.

아버지가 실종된 후, 뒤에 남겨진 마모루와 어머니 게이코는 히라카와에 남아 생활해 왔다. 왜 어머니가 고향을 떠나지 않았는지, 그 이유를 마모루는 결국 듣지 못했다. 구사카 게이코는 작년 말 갑자기 죽고 말았기 때문이다. 서른여덟 살로, 뇌혈전이었다.

외톨이.

어머니를 잃기 얼마 전에, 마모루는 소중한 친구였던 '할아버지'마저 잃었다. 그래서 당시 그의 낙서에는 그 말밖에 남아 있지 않았다. 외톨이.

이모 요리코가 도쿄로 오지 않겠느냐는 제안을 한 때는 게이코의 장례식이 있고 나서 며칠 후였다.

죽기 전, 일시적이기는 하지만 게이코는 문득 의식이 돌아온 적이 있었다. 그때, 지금까지 말하지 않았지만 도쿄에 이모 일가가 살고 있으니 엄마에게 무슨 일이 생기거든 연락하라고 했다.

그런 이야기는 지금까지 한 번도 들은 적이 없다. 마모루는 놀랐고, 화도 났다. 그리고 곧 어머니의 주소록을 뒤져 연락하자 요리코와 다이조가 달려와, 함께 게이코를 간병해 주었다.

그 후에도 놀랄 일은 있었다. 게이코가 살아 있을 때도 몇 번이나 이모 부부는 모자가 상경해서 자기들과 같이 사는 게 어떻겠느냐고 권유했다고 한다.

"나는 열여덟 살 때 지금 남편이랑 결혼했는데, 우리 부모님, 그러니까 네 외할아버지와 외할머니가 크게 반대를 하셨거든. 어떻게 해도 소용이 없어서, 냅다 도망쳐 결혼해 버렸지."

그때 요리코는 시원시원한 도쿄 다운타운의 말씨로 마모루에게 그렇게 이야기해 주었다.

"지금 생각해 보면, 반대하신 것도 무리는 아니었어. 지금이야 견실한 개인택시 운전을 하고 있지만, 그 무렵의 우리 남편은 정체를 알 수 없는 떠돌이 같은 데가 있었으니까. 결혼하고 나서 나도 몇 번인가 친정을 뛰쳐나온 걸 후회한 적이 있는데, 뭐. 하지만 나한테도 오기라는 게 있었고, 시골이다 보니 아이를 안고 돌아가 봐야 좋은 일은 하나도 있을 리 없다는 걸 알고 있었지."

그런 요리코가 간신히 고향의 부모님과 동생에게 연락해 볼 생각을 한 것은, 겨우 오 년 전의 일이었다.

"웃기는 얘기 같지만, 텔레비전에서 홈드라마를 보고 있다가 문득 그런 기분이 들었어. 뭐, 그럴 때가 왔던 거겠지. 생활도 안정되었고, 뭐랄까, 뻗대던 부분도 사라져서 말이야. 우리 남편이랑 마키도 권해 주었고, 그래서 머뭇머뭇 옛 주소로 편지를 보냈는데……."

그 편지는 '수취인 불명'이라는 부전이 붙어 반송되어 왔다. 그러자 아무래도 참을 수가 없어져서, 요리코는 히라카와로 향하는 특급 열차에 뛰어올랐다.

고향으로 돌아가면 옛날부터 살던 주민들이 있다. 게이코의 소재와 처지를 아는 데에는 그리 많은 시간이 필요하지 않았다.

"그때, 대뜸 게이코가 일하는 공장으로 찾아갔는데, 그 애는 그다지 변하지 않았기 때문에 금방 알아봤어. 벌써 이십 년 넘게 만나지 못했지만, 역시 알 수 있었지. 다만 사정도 사정이고, 원래 우리 자매는 별로 사이가 좋은 편은 아니었기 때문에 속 깊은 이야기는 할 수 없었어. 둘이서 부모님의 무덤에 성묘를 하러 가고, 나는 무덤에 불효를 사과드렸지. 그러고 나서일까……. 게이코가 자기 이야기를 조금씩 해 준 것은. 하지만 그때는, 그렇게 자세한 얘기까지는 들려주지 않았어. 너와도 만나게 해 주지 않았고. 어쩔 수 없다고 생각했지. 잘못한 건 나니까. 집을 뛰쳐나간 후로 부모님의 장례식에도 돌아오지 않은 언니였잖니."

그것을 마지막으로, 얼굴을 마주할 기회는 만들 수 없었다. 요리코 자신에게 있어 뛰쳐나온 고향은 역시 여러 가지 의미로 먼 장소였고, 요리코가 다가가는 것을 게이코가 조용히, 그러나 단호하게 거부하는 듯한 빛도 보였기 때문이었다.

"그것도 어쩔 수 없는 일이야. 그렇게 쉽게 용서할 수 있을 리가 없으니까."

그래도 그 후 몇 달에 한 번꼴로 편지를 주고받기는 했다. 그리고 재회한 지 일 년 정도 지나서 간신히, 게이코는 지금까지의 사정을 자세한 부분까지 전부 고백해 왔던 것이다.

"깜짝 놀랐어……. 가엾었고, 기도 막혔지. 그런 남편 따윈 얼른 잊어버리고 너랑 같이 이쪽으로 오라고 몇 번이나 권했는데, 게이코는 전혀 내 말을 듣지 않았어. 언젠가 남편이 반드시 돌아올 테니까 그때까지 기다리겠다고. 그 말뿐이었지. 정말이지 그 애는 완고했어. 게이코라는 애는. 너한테도 아버지는 반드시 돌아올 거라고 가르쳐 왔으니까, 제발 쓸데없는 말은 하지 말고 내버려둬 달라면서. 그 약속을 깨면 언니를 평생 원망할 거라고 그러지 뭐니……."

본의는 아니었지만 요리코는 그 약속을 지켰다. 그래서 십이 년 전에 실종되었을 때 도시오가 자신의 이름을 쓰고 인감을 찍은 이혼 서류를 남겼다는 것, 게이코가 그것을 그대로 가지고 있었다는 것—그 사실도 마모루는 게이코가 죽고 나서 처음으로 이모의 입을 통해 들었다.

어머니라는 사람을 알 수 없게 되었다고, 그는 정직하게 이모에게 이야기했다. 이모는 대답했다. 나도 그래, 라고. 하지만 게이코답다고 생각해.

"그래서 나는 네 아버지라는 사람의 얼굴도 몰라. 내가 너무 나쁘게 말하니까 게이코는 사진도 보여 주지 않았고, 나도 보고 싶지 않았거든. 언뜻 들은 바로는 키가 크고, 생긴 건 좀 괜찮은 남자였던 것 같지만."

요리코는 물끄러미 마모루를 바라보더니 이렇게 말했다.

"넌 게이코를 닮았어. 눈매 같은 데는 똑같아. 그래서 걱정이구나. 게이코 같은 사람은 강하니까 혼자 있으면 안 돼. 전부 혼자서 끌어안고, 그러다가 문득 없어져 버리거든."

도쿄로 와. 우리랑 같이 살자.

마모루가 요리코의 말을 받아들일 기분이 든 이유는 어쩌면, 이해할 수 없는 부분을 산더미처럼 남기고 사라져 버린 어머니에게 없었던 것을 이모의 눈 속에서 발견했기 때문일지도 모른다.

도쿄에서의 생활이 처음부터 순조롭지는 않았다. 도시에는 익숙해질 수 있어도, 아사노 일가에 얹혀사는 데 익숙해질 수는 없었던 것이다.

그런 마모루를 도와준 사람이, 의외로 마키였다. 그녀에게는 격의라는 게 없었다. 그것이 동정 때문이 아니라 본래 마키가 갖고 있는 시원스러운 성격이라는 사실을 깨달을 때까지, 마모루는 몇 번인가 당혹스러움을 느꼈다.

"갑자기 열여섯 살짜리 동생이 생기고, 나는 스물한 살의 아줌마가 돼 버렸어" 하며 그녀는 웃었다. 처음 대면한 후, 다이조가 마모루를 "역시 어두운 느낌이 드는 애네"라고 평했을 때 마키는 "그래요? 나는 좋아하는 타입인데"라고 말했다고 한다.

친구들과 술을 마시고 돌아오는 길에 "택시가 안 잡혀. 데리러 와" 하고 전화를 건다. 어쩔 수 없이 역 앞까지 나가면, 곤란해져서 어쩔 줄 몰라 하는 남자친구를 옆에 끼고 전봇대에 기대어 노래를 부르고 있다.

"네가 마키의?" 남자친구가 머리를 긁적인다. "내가 집까지 데려다 주려고 했는데."

"괜찮아, 이런 사람은 내버려둬." 마키는 말했다. "마모루, 알겠니?

이런 시티 보이가 되면 안 돼."

결국 마모루는 그녀를 거의 들쳐 업고 집으로 돌아오게 되었다. 마키는 계속 노래를 부르다가 도중에 마모루가 웃음을 터뜨리자 같이 웃었다.

"어때, 도쿄도 나쁘지 않지?"

─나쁘지 않다고, 마모루는 생각했다. 그렇기 때문에 오늘 밤에 이렇게 어둠을 바라보며 멀리에서 띄엄띄엄 들려오는 마키의 울음소리를 듣는 것이 견딜 수 없을 만큼 괴로웠다.

마모루는 침대에서 빠져나와 창문을 열었다.

바로 눈앞에 운하가 보인다. 집과 운하 사이는 콘크리트로 만든 완만한 제방이 가로막고 있다. 풍향에 따라서는 집 안에 있어도 강 냄새가 나지만, 한여름이 아닌 한 그것도 그렇게 나쁘지 않다.

도쿄에 와서 처음으로, 마모루는 튼튼한 콘크리트로 흐름을 막고, 교정하고, 재갈을 물린 운하라는 것을 보았다.

히라카와의 강은 사람보다 낮은 곳에서 자유롭게 흘렀고, 모두 깨어 있는 상태로 자기주장을 했다. 하지만 도쿄의 운하는 어느 것이나 흐릿했고, 사람의 손에 길들여졌다는 사실에 완전히 만족하고 있는 것처럼 보였다.

"그렇지도 않아. 태풍이 오면 알 수 있지." 다이조는 그때 그렇게 말했다.

구월 중순, 간토關東 지방에 엄청나게 큰 태풍이 왔을 때, 마모루는 다이조와 우비를 입고 제방에 올라 그 말에 거짓이 없음을 알게 됐다.

우리들은 잠들어 있지 않아. 강은 그렇게 포효했다. 빠르게 흐르는 빗물을 모아 그 힘을 안쪽에 몰아넣으면서 유유히 흘러간다. 힘 있는 자는 서두르지 않는 법이라는 듯.

만일 너희들이 방심한다면, 눈을 뗀다면, 그때는 반드시 일격에 제방을 부수고 한때 우리들의 소유였던 땅을 다시금 평정하여, 지금 너희들이 멋대로 자신의 소유라고 착각하고 있을 뿐인 것을 되찾아 전부 바다로 돌려보내겠다.

그때의 일을 떠올리며 마모루는 또 제방에 오르자고 생각했다.

오늘 밤의 강은 온통 검은 판자처럼 잔잔했다. 맞은편 기슭에는 최근 생긴 큰 관광버스 회사의 차고가 밤새도록 불을 밝히고 있다. 조용히 잠들어 있는 거리에서, 그곳만이 밝게 빛나고 있다. 드문드문 존재하는 신호기가 가끔 붉은색이나 파란색으로 깜박거린다. 밤중에 보면 신호등은 슬플 정도로 예쁘다.

마모루는 천천히, 태풍이 불던 날 걸었던 대로 제방을 따라갔다. 다리 아래까지 가자 마침 머리 위로 한 대의 오토바이가 폭음을 울리며 달려갔다.

녹슨 철제 계단이 다리 쪽으로 이어져 있다. 마모루는 계단을 내려가다가, 거기에 세워져 있는 가느다란 기둥을 발견했다.

수위水位를 알리는 기둥이었다.

태풍이 불던 날 다이조와 어깨를 나란히 하고, 눈에 들어오는 비를 눈을 깜박여 털면서 올려다보던 것이었다.

돌기둥에 하얀 페인트로, 옛날 이 지방을 덮친 태풍 때의 최고 수위가 표시되어 있다. 마모루의 눈높이 정도 되는 것도 있고, 머리 하나쯤 위에 묻어 있는 것도 있었다. 표시 옆으로 그 수위를 기록한 태풍의 이름과 연월일이 보인다.

단 한 군데만이 빨간 페인트로 이렇게 씌어 있었다.

'경계수위'.

"이제 두 번 다시 저기까지 물이 올라가는 일은 없을 거야." 그때 그 표시를 가리키며 다이조는 말했다. "수위는 옛날 얘기지. 이제 걱정할 거 없어. 이 땅은 안전해."

정말로 그럴까. 경계수위가 두 번 다시 찾아오지 않는다는 것은 사실일까.

새 집에서 새 가족에게 둘러싸여 있었지만 거기에도 역시 불운이 찾아올지 모른다고 소년은 생각했다. 무엇보다도 자신의 몸을 따라다니는 무언가가 아사노 일가에도 재앙을 가져오기 시작한 것은 아닐까 하는 기분이 들어서 견딜 수 없었다.

강은 잠들어 있다.

발밑을 뒤져 돌멩이를 주워서 어두운 수면에 던진다. 예상 외로 가까운 곳에서 물소리가 났다. 만조다.

찰랑찰랑 밀려오는 밤보다 어두운 물은, 마모루의 마음속에도 숨어들었다.

2

> **여대생, 택시에 치여 사망**
> 14일 자정, 도쿄 K구 미도리 2번가의 사거리를 건너던 같은 구 이시바시 3번가 토아여자대학 3학년 스가노 요코 씨(21)가, S구 모리아게 1번가, 아사노 다이조(50)가 운전하는 택시에 치여 전신 타박으로 사망했다. 아사노는 업무상 과실치사 혐의로 체포되어 쵸토 경찰서의 취조를 받고 있다.

 그 남자는 14일 조간을 보고 그 사고를 알았다.

 처음에 눈에 들어온 것은 제목뿐이었다. 사회면 왼쪽 아래 구석에 아주 작게, '여대생, 택시에 치여 사망'이라고 되어 있는. 아무 생각 없이 지나쳤다가, 잠시 후 그 의미를 깨달았다. 당황해서 다시 되돌아가 내용을 확인하고는 천천히 신문을 접고 안경을 벗은 후 눈을 문질렀다.

 이름은 틀림이 없다. 주소도 같다.

 구독하고 있는 다른 경제지에 손을 뻗어 사회면을 펼친다. 지면의 같은 장소에 딱 두 줄 더 많이, 같은 사고가 보도되어 있다. 두 줄이 많은 것은 쵸토 경찰서가 이 택시 운전수를 신호 무시 혐의로 조사하고 있다는 사실이 덧붙여졌기 때문이다.

 어째서 이런 일이.

그는 고개를 저으면서 무뚝뚝한 활자의 나열을 계속 바라보았다. 어째서 이런 불공평한 일이 일어나는 걸까. 머릿속에는 그 생각밖에 떠오르지 않았다.

계단에서 발소리가 났다. 아침에 늦게 일어나는 아내의, 아직 잠에서 완전히 깨지 않은 발걸음이다. 그녀가 지금의 자신을 본다면 어떻게 생각할까.

주식이 폭락했어요? 거래처에서 무슨 일 있었어요? 사고? 친한 분이 돌아가셨나요? 그렇게 물을 것이다. 어째서 그렇게 무서운 얼굴을 하고 있느냐고.

이유를 이야기할 수는 없다. 아무에게도.

테이블에서 일어나, 아내와 얼굴을 마주치기 전에 거실에서 나왔다. 세면실에 들어가 수도꼭지를 완전히 열었다. 물은 계절을 앞선다. 손바닥으로 뜨자 저릿저릿할 정도로 차가웠다. 그 차가움은 기억 밑바닥에 밀어 넣어둔 어느 날 아침의 차가운 비와 비슷했다.

몇 번이나 얼굴을 씻었다. 턱에서 물방울을 뚝뚝 떨어뜨리면서 얼굴을 들고, 흐림 방지 처리가 되어 있는 거울에 비친 자신의 얼굴을 본다. 납빛이었다.

텔레비전 소리가 들려왔다. 아내가 스위치를 켰나 보다. 그 소리에 섞여 버릴 만큼 작은 목소리로, 그는 다시 한번 중얼거렸다.

"불공평해."

수건으로 얼굴을 닦고, 그는 커피 향이 나는 부엌을 지나 계단을 올라갔다. 서재로 들어가 문을 꼭 닫고, 열쇠로 책상의 맨 아래 서랍을 열었다.

서랍 안쪽에 파란색 표지의 앨범이 한 권 들어 있다. 그는 그것을 꺼내 페이지를 펼쳤다.

거기에는 세 장의 사진이 있었다. 한 장은 교복을 입고 배낭을 어깨에 멘 채 자전거 페달에 발을 올려놓고 있는 열대여섯 살 소년의 사진이었다. 다른 한 장에는 똑같은 소년이 스무 살 정도의 젊은 여성과 나란히 걷고 있다. 세 번째 사진에는 짙은 녹색 승용차—개인택시다—를 청소하고 있는 탄탄한 체격의 중년 남자가 찍혀 있다. 그리고 역시 똑같은 소년이 있다. 사진 끝 쪽에서 물이 뿜어져 나오는 호스를 손에 들고, 당장이라도 그것을 중년 남자에게 향할 듯한 모습을 하고 있다. 두 사람 다 웃고 있었다.

남자는 앨범의 페이지를 넘겼다.

한 페이지 앞에는 사진이 한 장밖에 없었다. 앞치마 비슷한 하얀 작업복에 머리에도 하얀 수건을 쓰고 왼손에 솥을 든 여성이다. 나이는 삼십대 후반쯤. 갑자기 카메라를 들이대서 놀랐는지 살짝 웃으며 눈부신 듯 눈을 가늘게 뜨고 있다. 미인은 아니지만 통통한 뺨의 선이 부드러웠다.

남자는 그 여성의 사진을 물끄러미 응시했다. 그러고 나서 페이지를 도로 넘겨 소년의 사진을 바라보았다.

남자는 아까처럼 작은 목소리로 사진에게 말을 걸듯이 중얼거렸다.

"마모루, 엄청난 일이 일어났구나."

사진은 웃는 얼굴로 답했다.

같은 날 아침, 도쿄의 다른 한쪽에서 같은 기사에 시선을 멈춘 인물이 있었다.

젊은 아가씨였다. 그녀는 좀처럼 신문을 읽지 않는다—이 일이 시작되기 전까지는 신문을 구독하지도 않았다. 하지만 지금은 매일 아침 제일 먼저 사회면 기사를 훑어보는 것이 일과가 되었다.

그녀는 세 번 되풀이해서 똑같은 기사를 읽었다. 다 읽은 후 담배에 불을 붙여 천천히 피웠다. 손이 떨렸다.

담배를 두 대 피우고 나서, 그녀는 옷을 갈아입기 시작했다. 출근할 시간이 다가와 있었다.

새빨간 정장을 골랐다. 화장도 정성껏 했다. 포트에 남아 있던 커피를 싱크대에 버리고는 충동적으로 테이블 위에서 신문을 집어 들어 꽉 움켜쥐고 집을 나섰다. 나가면서 문단속을 하는 것도 잊지 않았다.

바깥 계단을 내려가고 있는데 집 앞을 쓸고 있던 여자가 말을 걸었다. 집주인의 아내이다. 부부가 함께 아래층 집에 살고 있고, 돈에는 까다롭지만 그 외의 일로는 잔소리를 하지 않기 때문에, 지내기가 편한 아파트였다.

"다카기 씨, 어제 안 계실 때 어머님이 보내신 택배가 도착했어요. 어젯밤에 집에 늦게 들어오셔서 전해 드리지 못했네요."

"그냥 놔둬 주시겠어요? 오늘 퇴근하면 가지러 갈 테니까요." 그녀는 대답을 하고, 빠른 걸음으로 지나쳐 갔다.

"네, 네." 집주인의 아내는 빗자루를 멈추고 혼잣말을 했다. "고맙다고 한마디 하면 무슨 벌이라도 받나?"

쳐다보니, 다카기 가즈코는 아파트 앞길을 가로질러 잔걸음으로 역을 향해 가고 있었다. 길 가는 도중에 회수차를 기다리며 쌓아올려져 있는 쓰레기의 산 속에 움켜쥐고 있던 신문을 내팽개치듯이 버리는 게 보였다.

"아까운 짓을 하네."

집주인의 아내는 얼굴을 찌푸리고, 코웃음을 한 번 치고는 다시 청소를 시작했다.

비슷한 시각, 또 다른 곳에서도 같은 기사가 펼쳐져 있었다. 표백된 것처럼 하얗고 뼈가 불거진 손이 가위로 그것을 잘라 내고 있다.

다 잘라 내자, 하얀 손은 스크랩북을 끌어당겨 기사를 조심스럽게 붙였다.

가토 후미에. 미타 아츠코. 스가노 요코.

사망 기사 세 개가 나란히 놓였다.

3

아사노 일가의 아침도 신문 기사로 시작되었다.

마모루도 마키도 한숨도 자지 못했고, 전화 연락을 받은 후 우선 경찰서로 달려간 요리코는 새벽이 돼서야 창백해진 얼굴로 돌아왔다.

"만나게 해 주질 않아. 밤중이라서 안 된다고만 하고."

조간을 펼쳐 들여다보는 세 사람의 손이 다 떨리고 있었다.

"정말이구나."

스스로에게 들려주는 것 같은 어투로 마키가 불쑥 말했다. 마모루 자신도, 이상한 것 같지만, 무미건조한 기사를 봐도 사실을 생생하게 느낄 수가 없었다. 밤중에 온 전화는 꿈이 아니었나 하는 생각도 들었다.

자기도 모르는 사이에 찍힌 자신의 사진을 보면, 낯모르는 타인의 얼굴처럼 보일 때가 있다. '아사노 다이조'라고 활자로 씌어 있는 이름을 보는 것은 그것과 비슷했다. 이건 누군가 다른 불운한 '아사노 다이조'의 몸에 일어난 일이고, 이모부는 이제 곧 아무 일도 없이 돌아오는 게 아닐까—.

"인정사정없네." 요리코가 말하며 신문을 접었다. 셋이서 말없이 아침 식사를 시작했다.

마키는 울어서 퉁퉁 부은 눈꺼풀을 젖은 수건으로 식히면서, 거의 아무것도 먹지 않았다.

"안 먹으면 안 돼." 요리코가 말했다.

"괜찮아요. 오늘은 회사 쉴 거니까."

"말도 안 되는 소리, 회사는 꼭 가. 지금 바쁜 시기잖니? 게다가 너, 더 이상 유급 휴가가 없다고 했었잖아."

마키는 어머니를 올려다보더니 날카롭게 대꾸했다.

"엄마, 어떻게 그런 말을 할 수 있어요? 회사도 휴가도 상관없어요. 아버지가 체포되셨단 말이에요. 어떻게 태연할 수가 있어요?"

"네가 집에 있어 봤자 아무 도움도 되지 않아."

"엄마—."

"잘 들어." 요리코는 젓가락을 놓고, 굵은 팔꿈치를 탁자에 올리면서 몸을 내밀었다.

"사고도, 꼭 아버지가 잘못하신 건 아니야. 지금은 경찰서에 있지만 오늘이라도 돌려보내 줄지 몰라. 나는 아버지를 믿는다. 틀림없이 괜찮을 거야. 그러니까 안심하고 일하러 가."

약간 목소리를 누그러뜨리며 덧붙였다. "집에 있으면 뭐하려고? 이런저런 생각만 들어서 오히려 좋지 않을 텐데."

"이모, 오늘은 어떻게 하실 거예요?" 마모루가 물었다.

"당장 사장님께 연락하고, 변호사 사야마 선생님한테 부탁할 거야. 같이 아버지를 만나러 가 달라고. 차입도 해 드려야지. 입을 옷이나 푼돈 정도라면 괜찮은가 보더라. 속옷은 새걸 입어야 하지 않겠니. 꼬리표는 전부 떼고, 끈이 달려 있어도 안 되고……."

확인하듯이 중얼거리던 요리코는, 두 아이의 표정을 보고 입을 다물었다. 그리고 애써 시원시원한 말투를 되찾았다.

"그 후에 나는 사야마 선생님 사무실에 가서 이야기를 듣고 올게."

요리코가 '사장님'이라고 부르는 사람은 다이조가 독립해서 개인택시를 시작할 때까지 이십 년간 일하던 '도카이 택시'의 사토미 사장이다. 사야마 변호사는 그곳에서 고문 변호사로 일하고 있다.

마키가 시계를 보면서 마지못해 식탁을 뜨자 요리코가 등에 대고 말했다.

"화장이나 좀 제대로 해. 너 지금 백 년의 사랑도 식을 것 같은 얼굴이야."

마모루와 마키를 배웅하면서 요리코는 다시 한 번 쓸데없이 끙끙거리며 생각하지 말라고 못을 박았다.

"역까지 태워다 줄래?"

마키는 마모루의 자전거 뒷좌석을 가리키며 말했다. "이런 얼굴로 버스 타기 싫어."

달리기 시작하고 잠시 지나자 마키는 마모루의 등을 붙잡으면서 중얼거렸다.

"아버지, 아침은 드셨을까?"

마모루는 어떻게 대답하면 좋을지 잠시 생각했다. 모처럼 예쁘게 화장했는데, 또 울음을 터뜨리면 안 돼.

"경찰도 그 정도는 제대로 해 줄 거야."

"……체포되어 있는 사람한테도?"

"사고니까." 마모루는 애써 밝게 말했다. "게다가 이모부는 표창을 받은 적도 있는 모범 운전수잖아. 경찰도 알고 있어. 괜찮을 거야."

"그럴까……."

마키는 한 손으로 긴 머리카락을 쓸어 올렸다. 마모루의 자전거는 가볍게 비틀거렸다.

"아버지, 덮밥 종류는 싫어하시는데, 경찰에서 나오는 밥은 전부 덮밥 아니야?"

"텔레비전 드라마에서나 그렇지. 하지만 아침부터 배달하는 가게가 있을까?"

"그럼 쌀밥에 된장국일까?"

그리고 혼잣말처럼 덧붙였다. "뭐든지 상관없지만, 따뜻한 걸 드시게 해 주면 좋겠네……."

마모루도 같은 생각을 했다. 오늘 아침의 추위는 매서웠다. 가을과

초겨울이 슬쩍 바뀐 것 같다.

역 앞에 마키를 내려 주면서, 마모루는 말했다. "회사 가서 울면 안 돼."

"알아."

"남자친구 앞에서는 괜찮지만. 실컷 위로받고 와. 누나한테 제일 힘이 되어 줄 사람일 테니까."

"마에카와 씨 말이야?" 마키는 말했다. 그녀는 숨김이 없는 성격이라, 교제를 시작한 지 얼마 되지 않은 회사 동료에 대해서도 집에 고백해 두었던 것이다. 마모루도 한 번, 전화를 바꿔 줄 때 인사를 나눈 적이 있었다.

"응. 의지가 될 것 같은 사람이었어. 시원시원하고."

"그렇지. 그 사람이라면." 마키는 미소를 지으며 어깨 위의 머리카락을 뒤로 젖혔다. 마모루는 자전거 페달을 밟기 시작했다. 모퉁이를 돌 때 돌아보고 살짝 손을 들었다. 지켜보고 있던 마키도 손을 흔들어 답했다.

마모루가 다니는 공립 고등학교는 아사노네에서 자전거로 이십 분 정도 걸리는 곳에 있다. 이 년 전에 신축된 건물로, 공립치고는 파격적으로 에어컨 설비까지 완비되어 있고, 앞뜰에는 예쁘게 깎인 식목수가 배열되어 하얀 건물과 어우러져 있다.

식당 뒤쪽에 있는 학생용 자전거 주차장까지, 속도를 늦추지 않고 달려간다. 아직 누구의 모습도 보이지 않는다. 베란다에 나란히 걸려 있는 세 개의 대걸레만이 내려다보고 있었다.

이 층으로 올라가 일 학년 A반의 문을 연 순간, 얼마쯤 나아지던 그때까지의 기분이 싹 날아갔다.

지겹다고, 마모루는 생각했다.

교실 앞 출입구 옆에, 학생들을 위해 전달 사항을 붙이는 게시판이 있다. 거기에 오늘 아침 신문에서 본 다이조의 사고 기사가, 그 부분만 정확하게 오려져 압정으로 고정되어 있었다. 그리고 칠판 가득히 서툰 글씨로,

'살인사건 발생!' 이라고 휘갈겨져 있다. 빨간 분필로 기사 방향에 화살표를 끌어다 놓는 성의까지 보이고 있었다.

어디에나 이런 놈은 있는 법이다. 장소가 바뀌어도 시간이 지나도. 마모루는 분노를 억누르며 생각했다. 인간은 따지고 보면 일곱 종류밖에 없다는 이야기를 들은 적이 있다.

남의 불행이 기뻐서 견딜 수 없는 놈들은, 퇴치해도 퇴치해도 들끓는 상가 건물의 바퀴벌레 같은 존재다.

다이조의 기사는 소위 말하는 1단 표제 기사로, 지면의 빈틈을 메우듯이 배치되어 있었다. 한 줄은 위로 삐져나와 있고, 두 글자는 맨 아랫단에 튀어나와 있다. 그 잘라 내기 어려운 기사를 정확하게 오린 데서, 마모루는 이런 짓을 한 사람의 악의를 느꼈다.

아버지 사건이 있은 후, 히라카와에서도 비슷한 일이 있었다. 도시와는 비교할 수 없을 정도로 작은 사건이었지만, 평온하고 사람 출입이 뜸한 시골 마을에서는 한번 일어난 사건은 뿌리를 내리고 만다. 어머니 게이코가 죽고 마모루가 히라카와를 떠날 때까지 소문과 중상은 어디에나 따라다녔다. 마모루는 언제나 '그 구사카 도시오의 아들' 이었던 것이다.

이게 누구의 짓인지는 짐작이 갔다. 그 녀석은 말로 해도, 때려도 이해하지 못할 것이다. 마모루는 생각했다. 언젠가 이해할 수 있는 날이 온다면, 그것은 그 녀석 자신이 미래의 어디에선가 시속 백 킬로미터의 속도로 '체포'라는 두 글자에 부딪혔을 때뿐일 것이다.

규율이 엄하지 않은 공립 고등학교에서는, 일부 학생의 지각이 당연해지는 경향이 있다. 미우라 구니히코도 그중 하나로, 그날도 일 교시 수업이 끝날 무렵에야 등교했다. 뒤쪽 출입문을 열고 느긋하게 교실로 들어서서, 서두르는 기색도 없이 의자를 당긴다.

마모루는 몸을 돌리지 않았고 그를 보려고도 하지 않았지만, 상대방이 이쪽을 신경 쓰고 있다는 건 충분히 느낄 수 있었다. 일 미터 팔십 센티미터나 되는 장신에 농구부의 준족. 유리창을 보면서 머리를 다듬고 400cc짜리 오토바이를 몰며(반년 만에 한정해제 시험에 합격해 보이겠다고 호언하면서), 탠덤 시트에는 반년마다 다른 여자를 태우고 다니는 미우라 구니히코.

등에 닿는 시선이 참을 수 없을 정도로 강해져서, 결국 마모루는 딱 한 번 돌아보았다. 미우라와 눈이 마주쳤다. 상대는 뺨을 일그러뜨리며 웃었다. 그에 호응하듯이 교실 뒤쪽 어디에선가 억누른 웃음소리가 났다.

틀림없었다. 칠판과 스크랩은 미우라의 짓이다.

초등학생 같다고 마모루는 생각했다. 정말로 히라카와에서 당한 것과 같은 종류의 심술인 걸 보면, 미우라와 그의 동료들의 머리 구조는 열 살이 될락 말락 한 데서 성장을 멈춰 버린 것이리라.

"미우라, 빨리 자리에 앉아."

교단에서 한 손에 영어 교과서를 손에 든 교사가 말했다. 학급의 담임이면서도 이 정도의 주의밖에 줄 수 없고, 그 이상은 하려고 들지도 않는다. 교실에 와서 칠판의 낙서를 보았을 때도 아무 말 없이, 묵묵히 지우고 수업을 시작했다. 학생들에게는 이름인 '노자키'보다 '무능 선생'이라고 불리고 있다.

표정이 없는 얼굴로, '무능 선생'은 말을 이었다. "구사카, 딴 데 보지 마."

또 은밀한 웃음소리가 튀었다.

"이게 뭐야? 바보 같아."

일 교시가 끝난 후, 커다란 목소리가 나고 스크랩이 게시판에서 떼어졌다. 같은 반 학생들에게 '누님'이라고 불리는 기운찬 여학생으로, 스크랩을 구겨서 쓰레기통에 버리고는 힐끗 미우라를 보았다. 미우라는 반응하지 않고 동료들과 창가에서 노닥거리고 있다.

마모루와 미우라가 이처럼 험악한 관계가 된 것은 입학한 지 얼마 되지 않았을 때 일어난, 극히 사소한 일이 원인이었다.

바보 같은 짓이었다고, 생각할 때마다 탄식했다. 경솔했다고 스스로를 탓해 볼 때도 있다.

옆반에, 입학하자마자 학교 전체에 소문이 났을 정도로 미인인 여학생이 있다. 마모루도 몇 번 본 적이 있었고, 확실히 이 근처에서는 좀처럼 볼 수 없는 타입의 귀여운 여자애였다.

사월 말의 어느 날 방과 후, 그녀가 지갑을 잃어버린 것이 애초의 발단이었다. 일단 교내를 찾아보기는 했지만 나오지 않았다. 시간상으로도 우선 교무실에 신고를 하고 집으로 돌아갈 수밖에 없었지만, 곤란하게도 지갑 속에는 그녀의 집 열쇠와 통학할 때 타고 다니는 자전거 열쇠도 들어 있었다.

여벌 열쇠는 집에 있으니까 오늘은 자전거를 놓고 가자, 친구들과 그렇게 이야기하고 있을 때 미우라가 동료들과 지나갔다. 그러더니 그녀에게, 자신이 오토바이로 태워다 주겠다는 말을 꺼냈다.

옆반 여학생은 미우라의 오토바이 탠덤 시트에 타고 싶어 하는 타입이 아니었다. 내성적이고 교칙도 엄격하게 지키며, 오토바이보다는 자전거로, 디스코텍보다는 극장에 가고 싶어 하는—그것도 부모님의 허락을 제대로 얻어—여자애였다.

그녀는 거절했다. 무서워하고 있다는 사실을 옆에서 봐도 알 수 있었다. 하지만 처음부터 그 정도로 포기할 미우라가 아니었다. 그녀에게 학교 밖에 세워 놓은 오토바이를 가져올 때까지 거기에서 기다리라는 말을 남기고, 생각지도 않은 기회 때문에 실실 웃으면서 서둘러 떠나갔다.

마침 마모루도 집에 가기 위해 자전거를 가지러 나온 참이어서 뜻하지 않게 처음부터 끝까지 이야기를 다 듣게 되었다. 여자애는 곤란해하며, 금방이라도 울음을 터뜨릴 것 같은 얼굴을 하고 있다. 그대로 도망치면 내일 이후, 미우라 패거리가 무슨 시비를 걸어 올지 알 수 없다.

그때, 마모루가 말을 걸었다. 자전거 열쇠를 따 줄 테니까 지갑을 찾았다고 하고 집에 가면 돼, 하고.

여자애는 살았다는 듯한 얼굴을 했다. 정말? 정말로 할 수 있어?

응. 자전거 열쇠 정도라면 쉽게 딸 수 있어. 마모루는 대답했다.

'……정도라면'이라는 것은 자신의 능력을 매우 조심스럽게 표현한 거짓말이긴 했지만, 풀 수 있는 것은 사실이었다.

돌아온 미우라에게, 여자아이는 자전거에 올라탄 채 "지금 지갑을 찾았어, 그래서 자전거를 타고 집에 갈 수 있어" 하고 말했다. 미우라는 완전히 허탕을 친 셈이었다.

진상이 어디에서 어떻게 탄로 난 건지, 누가 얘기한 건지는 아직도 모르고, 마모루도 알고 싶다고는 생각하지 않는다. 하지만 며칠 후에는 대부분의 학생들이 일의 전말에 대해서 수군거렸고, 미우라와 그 동료들이 마모루를 보는 눈빛에는 그때까지 없었던 험악한 빛이 떠올라 있었다.

그 후로 보름 정도 지나서 생활기록부를 받았을 때, 마모루의 성과 보호자의 성이 다르다는 것을 발견하고, 미우라 패거리는 그의 어디를 공격하면 가장 효과적인지를 깨달은 모양이다. 일주일 만에 마모루의 가정 사정에서부터 히라카와에서 있었던 구사카 도시오의 사건까지 전부 조사해 버렸다. 일그러진 열의의 대단함에 마모루는 약간 아연해졌다.

어느 날 아침 등교해서, 책상 위에 페인트로 '도둑의 자식은 도둑'이라고 씌어 있는 것을 발견한 것도 이 무렵의 일이었다. 각오는 하고 있었고, 익숙해졌다고 생각하고 있었지만 한순간 뺨이 굳어졌다.

그때 수위실에서 페인트 제거액을 빌려온 것이 '누님'이었다. 별명만 듣고 있었기 때문에, 그녀의 이름이 도키다 사오리라는 사실도 이날 처음으로 알았다.

"'누님'이라고 부르면 돼. 본인에게는 한마디 상의도 없이 부모의 취미로 붙인 이름인걸" 하며 그녀는 호쾌하게 웃었다.

게시판에서 스크랩을 뗀 후, 누님은 똑바로 마모루 쪽으로 다가왔다. 비어 있는 옆자리에 털썩 앉더니, 주근깨가 난 매끄러운 뺨을 걱정스러운 듯 흐리며 말했다.

"조간에서 읽었어. 힘들겠구나."

소박하고 단순한 그 '힘들겠구나'라는 말에, 사고가 일어난 후 처음으로 마모루 안에서 무언가가 덜컹 움직였다. 두 사람 다 한동안 침묵했다.

"하지만 그건 사고야." 누님은 말했다. "사고야."

"응." 마모루는 고개를 끄덕이고, 창밖을 바라보았다.

4

다카기 가즈코가 현재 일하고 있는 '이스트 흥산'은 JR 신주쿠 역 동쪽 출구에서 걸어서 오 분 정도 되는 곳에 있었다.

"요즘 매상이 좋지 못한 것 같은데, 몸이라도 안 좋아?"

조례 후, 직속 상사가 말을 걸었다. 뒷말은 그냥 덧붙인 거고, 요컨대 성적이 좋지 않다는 비난이라는 사실을 그녀는 잘 알고 있었다. 대답을 하지 않은 채 오늘의 예정표를 쓰고 있자니 상사는 담배를 물고 그녀의 의자 뒤에 섰다.

"좀 안 좋아요." 어쩔 수 없이 그렇게 대답했다. 상대는 코에서 연기를 내뿜으며 흐응 하고 말했다.

"뭐, 너무 무리하지는 말고."

열 시 정각에 가즈코는 회사를 나섰다. 우선 역 앞으로 발길을 옮긴다. 날씨가 좋고 바람은 기분 좋고 지나가는 사람들도 활기에 넘쳐 보인다. 가즈코는 거의 발밑만 바라보며 걸었다.

채용되었을 때, 또다시 당장의 생활은 해 나갈 수 있게 된 것에 대한 안도와 동시에 그녀는 생각했다. 나는 다시 신주쿠로 돌아왔다. 돌아오고 싶지는 않았는데.

그녀는 이 거리가 싫었다. 빽빽하게 들어서 있는 빌딩이 싫고, 역 통로에도, 고층 빌딩가에 심어 놓은 나무에조차 떠도는 쓰레기와 토사물과 배설물의 냄새가 싫었다. 이 거리에서 떨어지는 돈이, 그것을 떨어뜨리고 가는 인간이 싫었다.

그런데도 나는 그 돈을 주우러 돌아왔다. 그렇게 생각하면 더욱 이 거리의 모든 것을 참을 수가 없다.

오전 중에는 전혀 일이 손에 잡히지 않았다. 오늘 아침의 신문 기사가 머리에 달라붙어서, 생각과는 반대로 몇 번이나 되살아난다. 찻집에서 커피를 마시고, 평소보다 더 심하게 담배를 피우고, 이 거리라면 어디에 있어도 눈에 들어오는 고층 빌딩을 바라보면서 시간을 때웠다.

가게 구석에 핑크색 전화가 한 대 있다. 아까부터 계속 누군가가 붙들고 있는 중이다. 양복 차림의 회사원이, 화려한 셔츠에 체크 무늬 상의를 입은 물장사로 보이는 남자가, 백화점에 쇼핑을 하러 온 듯한 주부가 번갈아 수화기를 들고 동전을 넣는다.

정오 무렵에야 가즈코는 가까스로 자리에서 일어나 전화기 쪽으로 다가갔다. 전화번호부를 펴고 'S'란을 펼친다. 거의 가득 메워져 있는 페이지 안에 개인적인 친구의 이름은 하나밖에 없었다.

스가노 요코.

이름 아래의 주소와 전화번호는 한 번 지워졌다가 새로 쓴 것이다. 요코는 몰래 이사했고, 새로운 주소를 가르쳐 줄 때 절대로 다른 사람에게 말하지 말라고 지겨울 정도로 못을 박았다.

가즈코는 다이얼을 돌렸다. 호출음을 세었다.

한 번, 두 번, 세 번……. 계속 울린다. 요코의 가족은 아무도 상경하지 않은 걸까 하고 생각하던 찰나, 호출음이 끊겼다.

"여보세요?"

갑자기 무서워져서, 가즈코는 전화를 끊을 뻔했다. 상대가 받으면 하려고 했던 말을 잊어버리고 수화기를 귀에서 뗀다.

여보세요? 여보세요? 하고 멀게 들린다. 부르고 있다. 가즈코는 마음을 다잡았다.

"저어, 스가노 요코 씨 댁인가요?"

잠시 침묵이 흐르더니 상대는 대답했다. "네, 그런데요."

"저는 요코의 친구예요. 저어…… 오늘 아침 신문을 읽고……."

"그러세요?" 상대방의 목소리가 작아졌다. "저는 요코의 어머니입니다. 딸이 신세를 많이 졌어요."

"요코가 죽은 건 틀림없는 사실인가요? 저어, 저는……."

"저도 아직 믿을 수가 없어요."

가즈코는 수화기를 움켜쥐고 눈을 감았다.

"사고를 당했다는 것도 사실인가요?"

"사실이에요." 목소리에 힘이 들어갔다. "심한 일이지요. 너무해요. 운전수는 자기는 잘못이 없다고 말하고 있어요."

"안됐네요. 요코는—돌아왔나요?"

"네. 오늘 오후에 우선 본가로 데려갈 거예요. 장례식도 그쪽에서 치르게 되어 있어서."

"저도 장례식에 가고 싶어요. 시간과 장소를 가르쳐 주시겠어요?"

요코의 어머니는 고맙다고 말하며, 자세히 설명하기 시작했다. 요코는 메모를 했다.

"요코하고는 학교 친구인가요?"

가즈코는 잠자코 있었다. 여보세요? 하고 목소리가 재차 묻는다.

"우리는 같이 일을 했었어요." 가즈코는 대답하고, 전화를 끊었다.

가게가 붐비기 시작했다. 점심시간이라 손님의 대부분은 유니폼을 입은 직장 여성들이었다. 가즈코는 문득 자신의 새빨간 정장이 몹시 싫다고 느꼈다.

밖으로 나가 역에 있는 여행 센터 카운터에 줄을 서서 표를 샀다. 스가노 요코의 고향은 도쿄에서 특급 열차로 두 시간 정도 떨어져 있는 지방 도시였다. 재미있는 게 전혀 없는 곳이라고, 요코는 자주 말하곤 했다.

있지, 나 무서워.

마지막으로 만났을 때 요코가 말했다. 이런 게 우연일까. 이런 일이 계속되다니 이상해. 마지막에는 울음 섞인 목소리가 되어 있었다.

나도 무서워. 가즈코는 생각했다.

무섭지만, 그렇지만 요코, 넌 사고로 죽은 거야. 신호를 무시한 택시가 널 치어 죽인 거야. 그런 일은 이제 끝이야. 너로 끝.

나는 우연을 믿는걸. 햇빛에 눈을 가늘게 뜨고 걸으면서 가즈코는 스스로에게 들려주었다. 이 도쿄에서는 어떤 일도 일어나니까.

삼 개월쯤 전, 신주쿠에 쇼핑을 하러 왔다가 역 빌딩의 엘리베이터를 탔을 때의 일이었다. 그녀를 포함해서 열 명 정도 되는 손님이 올라타고 문이 닫히기까지의 짧은 시간에 엘리베이터 앞으로 한 젊은 남자가 지나갔다. 빈약한 체격과 등을 구부정하게 굽히고 걷는 걸음걸이가 낯익었다.

가즈코는 흠칫 놀랐다. 그것이 전해진 것처럼 남자도 그녀를 알아보았다.

남자는 그녀의 '손님'이었다.

숨이 막힐 듯한 순간이었다. 가즈코는 몸을 움츠렸다. 남자는 그녀에게 방향을 돌렸다. 다가오려고 했다. 엘리베이터 문이 닫히기 시작했다. 남자가 문에 손을 댔다.

"만원인데요." 올라타고 있던 누군가가 말했다. 문이 닫히면서, 남자의 깜짝 놀란 듯한 얼굴이 가즈코의 시야에서 사라져 갔다.

그것도 우연이었다. 터무니없는 우연의 장난이었다. 한번 헤어진 '손님'과, 이렇게나 많은 사람들이 모이는 거리에서 마주치다니.

도쿄에는 무엇이든 있고, 어떤 일이든 일어나. 일일이 신경 쓸 수는 없어.

다시 한 번, 가즈코는 스스로에게 들려주었다.

5

그날 밤, 마모루와 마키는 요리코를 통해서 사고의 전말과 다이조의 상태를 들었다.

"아버지도 한때는 몹시 흥분해서 난리였던 모양이지만 지금은 침착해진 것 같아. 걱정할 거 없어."

요리코는 분명한 목소리로, 우선 그렇게 말을 꺼냈다.

이런 때야말로 힘을 길러야 한다는 그녀의 의견으로, 아사노네 식구는 다 함께 근처 스테이크 하우스에 와 있었다. 통나무집 같은 구조의 가게 안은 밝았고 열에 여덟 자리는 손님이 차 있었다. 스테이크 소스 향기가 실내를 떠돌았다.

마키는 쉽게 안심할 수가 없었다.

"왜 아직 경찰서에 계시는 거예요? 돌려보내 줘도 되잖아요."

마키 누나, 오늘 하루 만에 야윈 것 같다. 마모루는 생각했다. 눈 밑에 살짝 다크서클이 생겼다. 요리코가 그나마 기력이 있어 보였다.

"그게 여러 가지로 어려워서 말이지. 순서대로 얘기하자면," 요리코는 말하면서, 평소에 가지고 다니는 커다란 가방에서 접은 메모지를 꺼냈다. 사야마 법률 사무소의 메모지였다.

"나는 머리가 나쁘잖니. 사야마 선생님께 적어 달라고 해서 가져왔어. 너희들에게 제대로 설명할 수 있도록 말이야."

사고가 일어난 미도리 2번가의 사거리는 다이조가 잘 아는 곳이었다. 간선 도로에서 주택가로 한 골목 들어간 곳으로, 사거리의 동남쪽은 커다란 어린이 공원, 동북쪽에는 건설중이라 아직 시트가 덮여 있는 맨션이 있다. 북서쪽과 남서쪽은 평범한 주택이지만 북서쪽 모서리의 집은 일 층이 담뱃가게로 되어 있고, 자동판매기와 공중전화가 도로 쪽으로 한 대씩 설치되어 있다. 사고 후 달려온 순경이 구급차를 부를 때는 이 전화를 사용했다.

"순경 아저씨가 그렇게 곧바로 왔어요?"

"응. 우연히 근처를 돌아보고 있던 중이라, 소리를 듣고 곧 달려왔대. 그게 또 운이 없었지. 아버지는 안 그래도 당황하고 있던 참이었잖니? 순경의 고함소리에, 스스로도 뭐가 뭔지 알 수 없게 돼 버린 모양이야."

"순경 아저씨를 때리기라도 한 거예요……?" 마키가 눈을 휘둥그렇게 떴다.

"그렇게까지는 하지 않았지만, 뭐, 그 비슷한 짓을 했나 봐. 상대방 순경 아저씨도 젊은 사람이었다고 하니까 흥분하기 쉬웠던 게 아닐까? 그래서 그대로 체포돼 버린 거래."

"너무해." 마키는 부서진 듯한 얼굴을 했다.

"이모부가 그렇게 혼란스러워하셨다니……." 마모루는 말을 흐렸다.

"응. 심한 사고였어. 게다가 아버지는 지금까지 사고와 인연이 없었으니까. 가볍게 부딪힌 적은 있지만, 인신사고는 절대로 있을 수 없다면서 자신감을 갖고 계셨잖니."

음식이 나왔지만 아무도 손을 대지 않았다. 식기 전에 먹자고 요리코가 재촉했다.

"그래서, 사고는 어떻게 된 거래요? 그쪽도 아버지가 잘못하신 거예요? 절대 그럴 리가 없어요."

요리코는 마음이 무거운 듯 한숨을 쉬었다.

"사야마 선생님의 이야기로는, 그걸 알 수가 없대."

"알 수 없다니요?"

"사고 현장을 보고 있었던 사람이, 현재는 한 명도 발견되지 않았다는 거야. 물론 사고가 일어나고 나서 모여든 구경꾼은 많이 있어. 하지만 아버지가 상대방 여자를 친 장면을 본 사람이 없대."

요리코는 지친 듯이 이마에 손을 댔다. "상대방 여자는 죽어 버렸고."

"아버지는 뭐라세요?"

"상대방 여자―스가노 요코 씨가 갑자기 튀어나왔다고. 사거리의, 아버지의 진행 방향에 있던 신호는 틀림없이 파란불이었대."

"그럼 그럴 거예요. 아버지는 거짓말을 하실 분이 아니잖아요."

마키는 힘주어 말했지만 그게 그대로 경찰에서 통할 리 없다는 사실은 말한 본인도 알고 있다.

"그런데 말이지." 잠시 후, 요리코는 말을 이었다. "스가노 씨라는 사람, 구급차에 실려 병원으로 가는 도중에 사망했는데, 잠깐 동안 의식이 있었고 사고에 대해서 이야기한 모양이야."

"뭐라고 했는데요?"

요리코는 탁자에 시선을 떨어뜨리며 입을 다물고 있다. 마모루와 마키는 얼굴을 마주 보았다.

"반쯤은 헛소리였던 것 같지만, '너무해, 너무해. 어떻게 이럴 수가 있어.'―되풀이해서 그렇게 말하더래. 아까 그 순경 아저씨도, 구급대원도 똑똑히 들었다는 거야."

너무해, 너무해. 어떻게 이럴 수가 있어. 그 말이, 세 사람이 둘러싸고 있는 탁자 위를 떠돌았다. 마모루는 한기를 느꼈다.

"아버지는 스가노 씨가 달려 나왔다, 피하려고 했지만 이미 늦었다, 신호는 파란불이었다고 말하고 있어. 경찰은 그렇게 생각하지 않아. 주장은 완전히 어긋나 있고, 현장을 보고 있던 사람도 없어. 아주 어려운 상황이라고, 사야마 선생님이 그러시더라. 현장 검증인지 뭔지를 해서, 아버지가 어느 정도의 속도로 달리고 있었고 어디쯤에서 브레이크를 밟았고, 어디에서 멈췄는지는 알 수 있대. 하지만 그 순간에 신호가 빨간불이었는지 파란불이었는지, 스가노 씨가 정말로 뛰어나왔는지는 경찰도 알 수 없겠지."

"……어떻게 되는 거예요?" 마키가 중얼거렸다. "이대로 가면, 아버지는 어떻게 되는 거예요?"

"아직 확실히 말할 수는 없지만." 요리코는 '말할 수는 없다'는 부분을 강조했다. 메모지를 바라보며 말을 찾는다. "이대로 아버지에게 유리한 증거가 나오지 않고 경찰에서도 아버지의 말을 믿어 주지 않는다면 형무소행은 피할 수 없을 거래. 아버지는 직업 운전수고, 상대방이 죽었으니까."

마키는 양손으로 얼굴을 덮었다. 마모루가 물었다.

"그렇지 않으면요? 좋은 증거가 나오면 어떻게 달라지는데요?"

"어느 쪽이든 불기소로 끝나기는 어려울 것 같지만, 약식명령이나, 재판까지 가게 되더라도 집행유예가 될 거래. 될 수 있는 한 그 방향으로 노력해 보겠다고 하시더라. 큰 차이잖니."

요리코는 억지로 웃어 보였다. "어찌 됐건 전방 부주의는 사실이고, 운이 없었어. 아버지가 모는 택시의 속도도 십 킬로미터 초과였대. 평소라면 그 정도는 아무것도 아니지. 늘 다니던 곳이고, 보통 열 시가 넘으면 어린애 하나 지나다니지 않는 장소라고 하니까."

요리코는 두 아이의 얼굴을 보았다.

"자, 어서 먹자. 아버지도 식사는 꼬박꼬박 하고 계시니까. 덮밥은 아니라더라."

마키는 움직이지도 않았다. 그러다가 잔을 들어 올려 물을 한 모금 마셨다.

"계속 이 상태인 거예요? 집에 돌아오시지도 못하는 거예요? 취조가 끝나면 돌려보내 줄까요? 아버지는 도망치거나 하지 않을 텐데."

"그것도 물어보긴 했는데……."

"너무해요."

요리코는 다시 메모지를 내려다보았다.

"교통사고에서 상대방이 죽으면, 보통은 말이지, 열흘간의 구류─구류라는 건, 아무래도 어쩔 수 없는 거래. 딱히 아버지의 경우만 특별한 건 아니야. 대개 그렇다고 하니까."

"그래서, 이모나 우리들은 이모부를 만날 수 있어요?"

요리코는 미간에 주름을 지으며 메모지를 읽었다.

"그게…… 안 되나 봐."

"어째서요!"

"으음……, '접견 금지'라는 게 내려져 있어서……."

"그것도 자주 있는 일이에요? 그래요?"

요리코는 우물거렸다.

"아니죠?"

격앙한 마키에게, 요리코는 말하기 힘들다는 듯이 설명했다.

"미도리가(街) 주변은 아버지가 잘 아는 곳이야. 사고가 있었던 사거리에서 조금 왼쪽으로 가면 심야 영업을 하는 찻집이 있는데, 거기에서 자주 커피를 마시곤 했대. 그런 곳이다 보니까, 경찰은 지금 자유로워지면 아버지가 거기 어디 아는 사람한테 부탁해서 자신에게 유리한 증언을 하도록 조작할지도 모른다고 생각한대."

"목격자를 꾸며 낸다는 뜻인가요?"

"그렇지."

"의심 덩어리네요."

"실제로 그런 예도 있다더라고."

"아버지는 안 그래요." 마키는 내뱉었다.

"당연하지. 엄마도 그런 생각은 꿈에도 하지 않아." 요리코의 말투도 날카로워졌다.

"이쪽에서 뭔가 할 수 있는 일은 없을까요?" 마모루의 물음에 요리코는 표정을 누그러뜨리며 상냥하게 말했다.

"너희들은 건강하게 지내면 돼. 뒷일은 내가 사야마 선생님과 상의해서 할 테니까. 괜찮아."

아, 맞다, 하며 가벼운 어투로 덧붙였다. "내일 엄마는 사야마 선생님이랑 같이 스가노 씨의 본가에 다녀올 거야. 요코 씨는 대학에 다니기 위해 이쪽에서 혼자 살고 있었기 때문에 본가는 좀 멀거든. 거기서 하룻밤 자고 오게 될 것 같은데, 잘 부탁한다."

"장례식인가요?"

"응. 사고의 경위야 어찌 됐건, 딸 하나를 잃었으니까." 요리코는 입가를 긴장시켰다. "합의도 해야 하고."

세 사람이 그다지 좋지 않은 기분으로 식사를 마치고 집에 돌아오자, 불이 꺼진 집 안에서 전화가 울리고 있었다. 요리코가 허둥지둥 문을 열고, 마키가 달려가서 수화기를 들었다.

"여보세요, 네? 아사노입니다."

순식간이 얼굴이 굳어졌다. 그걸 보고 마모루는 알았다.

"누나, 바꿔 줘!"

그 전에 마키는 수화기를 내팽개쳤다.

"장난 전화지?" 마모루는 늘어져 있는 수화기를 집어 들었다. 이미 끊어진 상태였다.

"뭐라고 하든?" 요리코는 무서운 목소리를 냈다.

"살인자라고. 여자를 치어 죽인 놈은 사형이래요. 뒤는 듣지 않았어요. 취한 사람인가 봐요."

"내버려둬라." 요리코는 등을 돌리고 거실로 들어갔다. 마키는 여전히 전화를 바라보면서 물었다.

"엄마, 낮에도 이런 전화가 왔었어요?"

요리코는 대답을 하지 않는다.

"엄마!"

여전히 침묵하고 있다. 마모루는 어쩌지도 못하고 두 사람의 얼굴을 번갈아 바라보았다.

"왔군요. 그렇죠?" 마키는 울음 섞인 목소리를 냈다. "어째서 이런 일이 일어나는 거예요? 이제 싫어……."

"그렇게 우는 소리만 하지 마!"

"회사에서도 그랬단 말이에요. 출근하자마자 과장님께 불려가서, 이거 자네 집안 얘기냐며 신문을 들이대더라고요."

"그래서 뭐가 어쨌다는 거니?" 요리코의 뺨도 굳어졌다. "너보고 근신이라도 하래?"

"그런 말은 안 해요. 하지만 알잖아요? 다들 알고 싶어 한다고요. 아버지가 어떻게 될지. 정말로 신호를 무시하고 사람을 치어 죽였는지."

마키는 입술을 깨물며 마모루를 보았다. 눈물을 참느라 눈이 반짝반짝 빛나고 있었다.

"마모루도 그렇지 않아? 학교에서 싫은 일이 있지 않았어? 세상 사람들이란 모두 그런 법이야."

마키가 방에 틀어박혀 버린 후 마모루는 요리코에게 말했다.

"앞으로 한동안은 제가 전화를 받을게요."

요리코는 쓴웃음을 지었다. "너도 고생이 많은 아이로구나."

그리고 문득 진지한 얼굴이 되었다. "마모루, 구사카 씨—네 아버지 때도 이런 일이 있었지?"

있었던 정도가 아니었다. 마모루는 생각했다.

"아버지 사건이 일어났을 때는 전 아직 어렸으니까요. 무슨 말을 하는 건지 뜻도 몰랐어요."

그 후로 한 시간 동안 두 통의 전화가 더 왔다. 처음 것은 히스테릭한 여자의 목소리로, 교통 전쟁이 어쨌느니 하며 소리를 질러 댔다.

두 번째는 약간 특이했다. 젊은 남자의 목소리였다.

"스가노 요코를 죽여 줘서 고마워."

갑자기 그렇게 말했다. 기침을 하는 것 같기도 하고 들뜬 것 같기도 한, 뒤집어진 목소리였다.

"정말 고마워. 그 여잔 죽어 마땅했어."

놀라서 대꾸할 말도 찾지 못하는 사이 일방적으로 전화가 끊겼다.

무슨 이런 놈이 다 있나. 마모루는 한동안 어안이 벙벙해서 수화기를 바라보고 있었다.

열한 시가 지나서 전화가 또 한 통 걸려 왔다.

"항상 그렇게 시비조로 전화를 받다간 여자애한테 차인다."

누님이었다. 마모루는 웃으며 사과했다.

"오늘은 정말 고마웠어."

"스크랩 버린 거? 뭐 그런 걸 가지고. 그보다 나 말이지, 나중에 미우라를 혼내 주러 갔거든. 그랬더니 그 녀석, 날 바보 취급하는 거 있지. 알리바이가 있대."

"알리바이?"

"그렇다니까. 그 녀석, 매번 그렇지만 오늘도 지각했잖아? 교실에 들어오기 전에 정문 옆에서 선생님한테 붙잡혔대. 그러니까 아침 일찍 나와서 스크랩을 붙이거나 칠판에 낙서를 할 수 있을 리가 없지 않느냐, 선생님이 증인이라며 시치미를 떼더라고. 그런 게 무슨 알리바이냐?"

마모루는 누님의 시원시원한 성격이 마음에 든다고는 생각하지만, 좀더 여자다운 말투를 쓰는 편이 본인에게도 이득일 거라고 느낄 때가 있다.

"어쨌든 본인이 아니라도 녀석의 동료가 한 짓일 테고, 상관없어. 누님이야말로 너무 그 녀석을 자극하지 않는 게 좋아."

"그건 나도 알아. 미우라는 나 같은 타입한테는 껄떡거리지도 않고."

참 이상하지. 누님은 생각에 잠기듯이 말했다.

"미우라 말이야, 성격이야 어찌 됐건 외모는 멋진 타입이잖아? 그래 봬도 여자애들한테 인기도 있고. 농구부에서도 일 학년 중에 주전 선수에 들어가 있는 건 그 녀석뿐이고, 성적도 나쁜 편은 아니야. 그런데 어째서 그렇게 약한 사람들을 끈적끈적하게 괴롭히는 걸까?"

"병이라고 생각하면 틀림없을 거야."

"남에게 말할 수 없는 콤플렉스 같은 게 있거나 그런 걸까?"

잘 자라고 말하고 전화를 끊은 후, 마모루는 그녀가 한 말을 생각해 보았다.

미우라는 뭐든지 갖고 있다. 아버지는 큰 보험 회사에서 일하고 있고, 집도 유복하다. 누님의 말대로 용모에도 부족함은 없을 테고, 능력도 빠지는 데는 없다.

다만, 탐욕스럽다. 마모루는 생각한다. 자신에게는 부족한 것은 없지만, 똑같이 부족한 것이 없는 사람은 그 외에도 많이 있다. 자신도 열 개를 갖고 있고 옆 사람도 열 개를 갖고 있는 상태에서, 그 옆에 있는 사람에게 우월감을 느끼고 싶다면 상대방으로부터 무언가를 빼앗아 버리는 것밖에 방법이 없다. 그렇게 하지 않으면 만족할 수 없다.

미우라 같은 인간—지금은 대다수가 그렇다—이 만족감과 행복감을 얻으려면, 덧셈으로는 더 이상 안 되는 것이다. 뺄셈을 하면서 살아갈 수밖에 없다.

그 녀석은 즐겁겠지. 미우라의 얼굴을 떠올리며, 마모루는 혼잣말을 했다. 누군가로부터 무언가를 빼앗는 일이, 그저 순수하게 즐겁기 때문에 하고 있을 뿐이다.

싸움이 격렬해진 것은 자정이 지날 무렵이었다.

요리코와 마키였다. 마모루는 자기 방에 틀어박혀 있었지만, 점차 톤이 올라가는 대화는 위층으로도 똑똑히 들려왔다.

"믿을 수 없어요." 마키의 목소리에는 울음이 섞여, 흥분으로 말끝이 부들부들 떨리고 있었다.

"아버지가 불쌍해요. 엄마는 아버지를 그런 사람이라고 생각하고 있었군요."

"아버지와 나 사이의 일을 네가 이러쿵저러쿵 말할 권리는 없어."

요리코도 큰 소리로 대꾸한다. 화는 내고 있지만 마키보다는 냉정함을 유지하고 있었다.

"나도 아버지가 그렇게 무책임한 사람은 아니라고 믿고 있어. 하지만 말이지, 그걸로는 어쩔 수 없는 일도 있는 거야. 난 말이지, 마키, 네가 기저귀를 차고 있을 때부터 택시 운전수의 마누라 노릇을 해 왔어. 사고가 어떤 것이고 어떤 부조리한 일이 있는지, 뼈에 사무치게 알고 있다고."

"아버지는 신호를 무시하고 사람을 치어 죽일 분이 아니에요. 거짓말을 해서 그걸 감추려고 하실 분도 아니에요."

"그래. 누가 그렇지 않다고 했니?"

"그랬잖아요. 머리를 숙이고 합의해 달라고 하겠다는 건 그런 뜻이 잖아요? 이쪽이 잘못했습니다, 하고."

"얘기가 안 통하는구나."

요리코가 탁자를 손바닥으로 내리치는 소리가 났다.

"사람이 하나 죽었어. 보상할 생각을 하는 게 그렇게 부끄러운 일이니? 게다가 몇 번이나 말하지만 아버지를 위해서도, 어떻게든 합의를 할 필요가 있단 말이야."

"난 싫어요." 마키는 버텼다. "그런 비겁한 타협을 하는 엄마를 평생 용서하지 않을 거예요."

"아아, 네 맘대로 해." 요리코는 내뱉었다. 한동안 침묵하다가 기세를 타고 말해 버렸다.

"마키, 너 말이야." 요리코의 목소리도 떨리기 시작했다. "걸핏하면 아버지를 위해, 아버지를 위해라고 하는데, 잘 생각해 봐. 그것뿐이니? 넌 아버지가 형무소에 가게 되거나, 전과가 붙거나 하면 곤란하다고 생각하는 거 아니야? 체면이 상한다, 부끄럽다. 전부 너 자신을 위해서잖아. 내가 보기에는 그거야말로 말도 안 되게 이기적인 소리야."

침묵.

마모루는, 마키가 와락 울음을 터뜨리며 계단을 뛰어 올라오는 소리를 들었다. 문이 난폭하게 여닫히고 조용해진다.

십 분쯤 지나, 마모루는 마키의 방문을 노크해 보았다. 대답은 없었지만, 말을 걸고 나서 살짝 문을 열었다. 마키는 침대에 걸터앉아 양손을 뺨에 대고 고개를 숙이고 있다.

"마키 누나―."

"너무하잖아." 그녀는 코맹맹이 소리로 말했다. "아무리 부모라도, 해도 될 말이랑 안 될 말이 있어."

마모루는 반쯤 연 문에 기대어 말없이 마키를 바라보았다.

"내 말이 그렇게 틀렸니?"

"틀리지는 않아."

"그럼 엄마는 어째서……."

"이모의 말도 옳다고 생각해."

마키는 머리카락을 쓸어 올리며 얼굴을 들었다.

"그런 건 교활한 대답이야."

마모루는 살짝 웃어 보였다. "그러네."

"마모루, 넌 어땠어?"

"나도 이모부가 무책임한 위반을 할 사람은 아니라고 생각해."

"그거 말고. 마모루네 아버지 때 말이야."

여전히 뺨에 눈물이 남아 있는 마키가 똑바로 마모루의 얼굴을 바라보고 있다.

"아버지의 경우는 변명의 여지가 없었어. 정말로 횡령을 하고 있었으니까."

"틀림없이 입증된 거야? 증거가 있었어?"

마모루는 고개를 끄덕였다.

"충격이었겠네."

마모루는 대답하지 않았다. 그 당시의 일을 이제 와서 말로 설명하고 싶지 않았다. 어느 부분엔가 지어낸 얘기가 섞여 버릴 것 같은 기분이 드는 것이다.

마모루가 아버지를 용서할 수 없다고 생각하는 것은 횡령을 했기 때문이 아니었다. 그 후 모습을 감춰 버린 것이 용서하기 힘든 것이다. 범한 죄를 슬리퍼를 벗듯이 간단히 버리고, 자신만 새 신발을 신으러 간 거니까.

"……마키 누나."

"왜?"

"그거, 양쪽 다 진짜일 거야."

"양쪽 다?"

"누나가 진심으로 이모부를 믿고 있고, 그렇기 때문에 이모부의 말도 듣지 않고 합의를 하고 싶지 않다는 것. 그리고 이모부가 전과자가 되면 어떡하나, 그걸 걱정하는 마음."

마키는 눈도 깜박이지 않았다.

"마모루 너까지 그런 말을 하는 거야?"

마모루가 힘있게 말을 이었다. "양쪽 다 진짜야. 양쪽 다 비슷하게 강한 마음이야. 이모도, 이모부의 말을 아무도 믿어 주지 않는다는 거, 입증하지 못하면 어쩔 수 없다는 한마디로 처리되어 버린다는 사실에 속이 뒤집힐 정도로 화가 나 있을 거야."

마모루는 가끔, 인간의 마음이란 양손을 깍지 낀 것 같은 형태를 하고 있는 게 아닐까 하는 생각을 할 때가 있었다. 오른손과 왼손의 같은 손가락이 서로 번갈아 가며 깍지를 낀다. 그것과 마찬가지로 상반되는 두 개의 감정이 등을 맞대고 서로 마주하고 있지만, 양쪽 모두 자신의 손가락이다.

어머니도 분명히 그랬을 거라고 생각한다.

이혼 서류에 손도 대지 않고, 살아 있는 동안 한마디도 남편에 대한 비난의 말을 입에 담지 않고, 구사카라는 성을 버리지도 않았다. 하지만 어머니도 아버지를 미워한 적이 없었을 리가 없다. 아주 잠깐이라도.

마키가 붙박이장에서 작은 가방을 꺼내 옷을 담기 시작한다.

"나갈 생각이야?"

"친구 집에서 잘래." 잠깐 웃음을 보인다. "꼭 돌아올게."

"마에카와 씨네?"

"아니, 그 사람은 부모님이랑 같이 사는걸. 순정 만화처럼 되기는 힘든 법이야. 게다가……"

마키는 입을 다물었다. 뭔가 말하고 싶은 듯 사이가 떴다. 마모루는 기다렸지만 마키는 말을 잇지 않았다.

그녀가 길가로 나가 택시를 잡는 데까지, 마모루는 바래다주었다. 집으로 돌아와 보니 요리코가 거실에서 담배를 피우고 있었다. 드문 일이다.

"마키의 가출은 종종 있는 일이니까 걱정할 필요 없어." 빨간 눈을 하고 그렇게 말했다.

마모루는 달리기를 하러 나가기로 했다. 매일 밤 약 이 킬로미터 정도를 규칙적으로 뛰고 있다.

운동복으로 갈아입고 내려오니 요리코의 방에는 이미 불이 꺼져 있었다. 복도를 지나갈 때 한숨 소리가 들렸다.

어머니의 한숨과 비슷하다고 마모루는 생각했다.

6

심야였다.

그는 시동을 끄고 불을 전부 끈 차의 운전석에 혼자 앉아 창밖을 보고 있었다.

그의 차는 운하 제방에 바싹 붙어 다리 기슭에 세워져 있다. 가로등 불빛도 은회색 차체를 희미하게 비추는 정도로밖에 닿지 않는다.

그는 기다리고 있었다.

소년이 매일 밤 정해진 시각에 달리기를 하는 습관이 있다는 것은 조사해서 알고 있었다. 그가 이 어둠 속에 몸을 숨기고 있는 것은 소년을 만나기 위해서였다.

담배에 불을 붙이고 밤공기를 들이기 위해 운전석 쪽의 창문을 약간 열었다. 미풍과, 운하의 냄새가 숨어들어 왔다.

거리는 잠들어 있다.

별이 보인다. 새로운 발견을 한 것 같은 기분으로 그는 밤하늘을 올려다보았다. 하늘에 별이 있다는 사실을 오랫동안 잊고 있었다. 마치 자신 안에 양심이 있었다는 사실을 잊고 있었던 것처럼.

고여 있는 강과 낮은 집들. 동네 공장과 회반죽을 칠한 주택 사이에, 장소에 어울리지 않는 유럽풍 맨션이 섞여 있다. 두 채 건너 집에서는 빨래를 걷는 것을 잊은 모양이다. 하얀 셔츠와 어린아이가 입었을 법한 바지가, 그의 고독한 기다림에 어울려 주듯이 어둠에 가라앉아 있다.

네 대째 담배에 불을 붙였을 때, 기다리던 사람이 왔다.

소년은 길모퉁이를 돌아 느린 페이스로 달리면서 그의 차 백미러에 나타났다. 그는 서둘러 담배를 끄고 시트에 몸을 묻었다.

생각하고 있던 것보다 몸집이 작은 아이였다. 앞으로 키가 더 자라겠지. 옅은 파란색 운동복에 감싸인 모습은 밤의 도시 속에서 몹시 무방비하게, 그리고 청결하게 보였다.

오른쪽, 왼쪽, 오른쪽, 왼쪽. 보폭은 흐트러짐이 없고 그리 힘들어 보이지도 않는다. 팔꿈치까지 소매를 걷어 올린 양팔은 규칙적으로 흔들리고 있다.

이 아이는 좋은 달리기 선수가 될 거야. 그는 이렇게 생각하고, 문득 그것을 자랑스럽게 느꼈다.

소년은 발걸음도 가볍게 다가왔다. 그림책에서 보는 피터 팬처럼. 얼굴은 앞을 향하고 있을 뿐, 그를 알아차린 기색은 없다.

차에서 몇 발짝 지나쳐, 소년은 걸음을 멈추었다.

리드미컬했던 호흡이 흐트러지고, 지금은 어깨로 숨을 쉬고 있었다. 그 모습이 앞유리 가득 펼쳐졌다.

남자는 반사적으로 더욱 깊이 시트에 몸을 숨기려고 했다. 하지만 몸이 움직이지 않았다.

얼굴을 볼 수 있을 리 없다는 사실은 알고 있다. 소년은 머리 위에서 비추는 가로등 불빛 속에 저기 서 있다. 어둠에 가라앉은 그의 모습을 알아차릴 리 없다. 저 아이는 그저 그늘에 세워져 있는 낯선 차를 수상하게 생각하는 것뿐이리라.

움직일 수가 없었다. 바로 정면에서 그를 바라보고 있는 소년의 시선을 피할 수도 없었다. 바라보고 싶었기 때문이다.

소년은 기묘한 소리를 들은 것처럼 가볍게 고개를 갸웃거리며, 그가 있는 방향을 보았다.

섬세해 보이는, 잘생긴 얼굴을 하고 있었다. 어른이 된 후에도 결코 사람들이 싫어하지 않을 상냥한 얼굴이다.

어머니에게서 물려받은 거라고 그는 생각했다. 다만 보는 눈이 있는 사람이라면 꼭 다문 입매 속에 감추어진 강한 의지를 발견할 수 있을 것이다.

그 순간, 호흡이 멈출 듯한 이삼 초 동안, 그는 지금까지 느낀 적이 없는 강한 충동과 싸워야만 했다.

그 충동이란 문을 여는 것이다. 밖으로 나가는 것이다. 땅을 딛고 자신의 발로 서서, 소년에게 말을 거는 것이었다. 뭐든지 좋으니 말을 걸어 보고 싶다. 어떤 대답을 할지, 어떤 목소리인지, 저 표정이 어떻게 변할지, 이 눈으로 보고 싶다.

그럴 수 없다는 것도, 지금은 아직 그럴 용기가 없다는 것도 알고 있는데.

소년은 이윽고, 고개를 젓듯이 몸을 돌리고 다시 달리기 시작했다. 멀어지면서 파란 운동복이 하얗게 보인다. 이내 다다음 모퉁이를 돌아 모습이 사라졌다.

그는 숨을 내쉬고, 자신의 손바닥에 땀이 배어 있다는 사실을 깨달

앉다. 소년이 사라진 길모퉁이에서 눈을 떼지 않은 채, 한동안 꼼짝 않고 앉아 있었다.

나다. 바로 나라고. 그의 마음속에 일련의 말이 망치로 두드리듯이 되풀이해서 울려 퍼졌다. 나야. 나라고.

그 말을 소리 내어 하면서, 소년이 간 방향으로 달려가고 싶은 유혹을 물리칠 수 있을 때까지, 그는 가만히 움직이지 않고 있었다. 이윽고 숨을 한 번 크게 쉰 후 몸을 일으키고는 상의 안주머니를 뒤졌다.

아주 작은 물건이 손가락 끝에서 반짝 빛났다.

반지였다. 소년과 그의 어머니의 사진을 담은 앨범과 함께, 남몰래 계속 보관해 온 것이었다.

한때는 구사카 도시오의 손가락에 끼워져 있던 결혼반지였다. 표면에 새겨진 이니셜은 지금도 흐려지지 않았다.

앞으로는 이것을 몸에 지니고 다니자. 몸속, 심장에 가장 가까운 곳에. 그는 반지를 도로 안주머니에 넣었다.

열쇠로 손을 뻗어 시동을 걸었다. 차를 출발시킬 때, 유혹에 지지 않은 것에 대한 상처럼 또 하나의 말이 울리기 시작했다.

나는 보상을 할 생각이야.

간신히 그 기회가 찾아왔다. 마모루, 나는 널 만나러 돌아올 거야.

제2장 수상함

1

 다음 날은 토요일이었기 때문에 마모루는 오전 수업이 끝나자마자 학교에서 두 정거장 떨어진 역 앞에 있는 대형 슈퍼, '로렐' 쵸토점店으로 향했다. 매주 토요일 오후와 일요일에는 이곳 사 층 서적 코너에서 아르바이트를 하고 있다.

 종업원용 입구를 빠져나가 아르바이트 점원의 파란색 타임카드를 찍고 탈의실로 들어간다. 셔츠 위에 서적과 레코드 매장에서만 사용되는 오렌지색의 작업복 같은 제복을 입고, 역시 아르바이트 점원용의 파란 선이 들어가 있는 명찰을 가슴에 단다.

 일단 거울을 본다. '로렐'에서는 종업원의 복장 체크가 엄격하다. 아르바이트 점원이라도 샌들을 신거나 머리를 기르는 것은 허락되지 않는다. 여성의 웨이브 머리나 매니큐어도 금지다.

 계단을 통해 사 층으로 올라가면 서적 코너의 창고 옆으로 나오게 된다. 중개업자로부터 오후치 납품이 도착한 직후라, 점원들이 짐을 풀고 검품을 시작한 상태였다.

"여어, 안녕."

사토라는 아르바이트 점원이 대형 커터로 포장 테이프를 자르면서 말을 걸었다. 아르바이트라 해도 베테랑이기 때문에, 마모루도 처음에는 그에게서 일을 배웠다.

서점 일의 대부분은 체력이 필요한 힘쓰는 일이다. 입고·출고·진열·배달·반품 등, 상품으로서 취급될 경우의 책이라는 것은 전기제품과 비슷할 정도로 무겁다. 스물다섯 명이나 되는 이 코너의 점원들 중에서 스무 명이 십대에서 삼십대까지의 남성인 것도 그 때문이었다. 나머지 네 명의 여성은 계산 담당이고, 단 한 명인 오십대 남성은 사복 경비원이다.

"다카노 씨가, 너 나오면 좀 보자고 하던데."

익숙한 손놀림으로 분류를 시작하면서, 사토가 말했다. 규칙 위반이지만 소매를 걷어 올려 잘 그을린 팔을 다 드러내고 있다. 일을 해서 어느 정도 자금이 모이면 침낭을 짊어지고 훌쩍 여행을 떠나는 것이 사토의 생활패턴이었다. 돈이 없어지면 다시 돌아와서 열심히 일을 한다.

바로 지난달에도 그런 적이 있었는데 "어디에 다녀오셨어요?" 하고 물었더니 "고비사막"이라는 대답이 돌아왔다. 코너의 점원들 사이에서는, 휴가중인 사토가 있을 만한 장소 가운데 생각할 수 없는 곳은 달 표면뿐이라는 게 정설이 되어 있다.

"다카노 씨, 어디에 있어요?"

"사무실에 있겠지. 월례회의에 제출할 자료를 만들고 있으니까." 사토는 턱짓으로 창고 안쪽에 있는 문을 가리켰다.

다카노 씨—다카노 하지메는 서적 코너의 치프다. 일반적인 직책으로 고치자면 계장급이 된다. 아직 갓 서른 살의 젊은 나이다. '로렐'에서는 엄밀한 능력제일주의를 시행하고 있기 때문에, 대학을 졸업한 지 오 년 만에 치프 매니저로 올라간 예까지 있다.

또 한 가지, '로렐'에서는 사원들끼리 서로를 부를 경우, 직책을 빼고 부른다는 방침도 취하고 있다. 직종이나 역할 분담에 맞춰 세분화되어 있고 이동에 의해 자주 변화하는 직책을 외우기 위해 사원들이 시간을 쓰는 것도, 고객이나 거래처에 수고를 끼치는 것도 비합리적이라는 사고방식이다. 따라서 명함에도 직책은 인쇄되지 않는다. 그렇지 않아도 대규모 소매업계는 생존경쟁이 치열해서 살아남기 위해서는 방대한 에너지를 필요로 하기 때문에, 필요 없는 것은 얼른 잘라내는 것이 지상과제가 되고 있는 실정이다.

동시에 현장에서 일하는 점원들의 경우 '편하게 행동해도 된다'는 제도도 있다.

마모루도 마음 편하게 사무실 문을 노크했다. 다카노는 매상집계용 컴퓨터 앞에 앉아 출력된 데이터를 손에 들고 있었는데, 마모루를 보더니 표정이 문득 흐려졌다.

"안녕. 사고 얘기 들었어. 괜찮아?"

아주 잠깐, 마모루는 마음이 섬뜩해졌다. 마키가 근무처에서 당한 것과 똑같은 힐문이 날아오는 게 아닌가 생각했던 것이다. 다카노는 말을 이었다.

"뭔가 내가 도울 수 있는 일이 있으면, 사양 말고 말해 줘. 오늘은 하루 쉬어도 괜찮았는데. 아사노 씨는 좀 어떠셔?"

안도와 동시에, 마모루는 뒤가 켕기는 기분이 들었다. 아르바이트를 시작한 지 거의 반년, 다카노의 사람 됨됨이는 잘 알고 있다. 직장 상사로서도, 친구로서도, 마키의 상사 같은 생각을 할 사람이 아니다.

"걱정 끼쳐서 죄송해요. 지금으로서는 우리가 할 수 있는 일이 아무것도 없는 모양이에요. 변호사 선생님께 맡겨 놨어요."

마모루는 의자를 끌어다 앉으며, 지금까지의 사정을 간단하게 설명했다.

"진상이 확실치 않나 보군." 다카노는 회전의자 등받이에 기대어 머리 뒤로 팔짱을 끼고 천장을 올려다보았다. "난처하게 됐네……. 신호도 그렇고, 죽은 여성의 행동도 그렇고, 설명을 할 수가 없으니까."

"우리들은 이모부를 믿고 있어요. 하지만 그것만으로는 통하지 않겠죠."

"제일 큰 문제는 스가노 요코라는 그 여성이 한 말인데."

"'너무해, 너무해. 어떻게 이럴 수가 있어' 말인가요?"

긴 다리를 바꿔 꼬더니, 다카노는 앉은 자세를 고쳤다. "내가 현장에 있던 경관이라 해도, 역시 그 말을 무시할 수는 없을 거라고 생각해."

"죽어가는 사람이 거짓말을 할 리 없다고 생각하겠죠."

"응." 생각에 잠길 때의 버릇으로, 다카노는 턱을 잡아당겼다. "하지만 들은 사람이 거짓말로 만들어 버리는 것도 생각할 수 있어."

"거짓말로 만들어 버린다?"

"그렇지. 스가노 씨가 분명히 그렇게 말했다 하더라도, 그게 아사노 씨를 향한 말이었다고 단정할 수는 없어."

"하지만 그녀는 혼자였어요, 사고를 당했을 때."

"그렇게 딱 잘라서 말할 수도 없지. 남자친구와 같이 있었는데, 싸우고 헤어져서 뛰어가던 도중이었을지도 몰라. 아니면 악질적인 치한에게 쫓기고 있었는지도 모르지. 인기척 없는 밤길이었으니까 충분히 생각할 수 있는 일 아닐까? 그래서 사거리에서 신호를 무시하고 뛰쳐나갔다가 치인 거야. 그리고 외치는 거지. '너무해, 어떻게 이럴 수가 있어.'—어때?"

"그리고 남자친구인지 치한인지, 어쨌든 스가노 씨를 뛰어서 도망치게 한 인물은 그녀가 사고를 당한 걸 보고 도망쳐 버린다……?"

"응. 경찰은 스가노 씨가 사거리에 접어들 때까지의 행동은 조사한 걸까?"

"글쎄요……. 거기까지는 안 물어봤네요."

마모루의 마음에 희미한 희망의 잔물결이 일었다. 동시에 어젯밤의 장난 전화가 다른 각도에서 생각났다.

"그러고 보니 젊은 남자의 목소리로 이상한 전화가 왔었어요."

스가노 요코를 죽여 줘서 고마워. 그 여잔 죽어 마땅했어. 그 이야기를 하자, 다카노는 짙은 눈썹을 찌푸렸다.

"그거, 변호사한테는 얘기했어?"

"아뇨. 그냥 장난이라고 생각했거든요."

"얘기하는 게 좋겠는데. 장난치고는 질이 나쁘고, 이상하잖아."

"음……. 하지만 그 전화에 대해서는, 저는 별로 자신이 없어요."

"어째서?"

"이런 사건이 일어나면, 믿을 수 없는 짓을 하는 놈들이 나타나거든요. 우리 아버지 때도 있었어요. 전화나 투서로 그럴 듯한 거짓말을 하는 거예요. 아버지가 실종된 후, 어디 있는지 알고 있다면서 자세한 장소나 이름까지 들먹이면서 웬 익명의 투서가 왔었어요. 조사해 보니 지명이나 사람 이름 외에는 전부 엉터리더라고요. 그런가 하면 횡령은 구사카 씨가 한 일이 아니다, 진짜 범인은 따로 있고 그는 누명을 쓴 거다, 라든가. 물론 그것도 전부 거짓말이었죠."

마모루는 눈썹을 살짝 떨었다. 아버지와 관련된 이야기는 아무래도 어깨에 힘이 들어간다.

"그러니까 이번 경우도, 그 전화는 도움이 안 될 것 같아요."

"그래……?"

"하지만 현장에 다른 누군가가 있었을지도 모른다는 생각은 할 수 있겠네요. 얘기해 볼게요."

다카노 하지메는 마모루가 아버지 사건을 스스로 이야기한 몇 안 되는 상대 가운데 한 명이었다.

미성년이라서 아르바이트 채용에는 일단 보호자의 허가가 필요하다. 그때 마모루는, 부모님이 돌아가셨기 때문에 이모에게 맡겨졌다고만 설명했다.

이곳에서 일하기 시작하고 다카노와 친해짐에 따라, 마모루가 갖고 있던 약간 비뚤어진 일면이 얼굴을 내밀었다.

다카노 씨는 좋은 친구다. 존경하고 싶어지는 사람이다. 하지만 아버지 사건을 알면 어떨까? 그걸 알고 태도가 바뀐다면, 이 사람도 진짜는 아니지.

그래서 이야기한 것이다. 그러나 다카노는 아무렇지도 않은 얼굴을 하고 있었다.

"내가 문제라고 생각하는 건," 하며 그가 방긋 웃었다. "마모루가 아버지를 찾아내서 오천만 엔을 횡령했을 때의 노하우를 배우겠다는 말을 꺼냈을 경우뿐이겠지."

그리고 이렇게 덧붙였다. "단, 그때는 나도 따라갈 거야."

2

플로어로 나가 일을 시작하고 나서 곧, 마모루는 가게 안에 새로운 장식품이 들어섰음을 알아차렸다.

사방 이 미터가량 되는 대형 비디오 디스플레이였다. 지금은 은색의 가벼운 금속 테두리 속에, 낙엽에 물든 산들을 비추고 있다. 에스컬레이터를 올라가면 보이는 좁은 홀을 향해, 선명한 색채가 화면 가득 춤추고 있다.

"굉장하지? 신무기래."

계산대의 여자 점원이, 손을 멈춘 채 넋을 잃고 있는 마모루에게 웃으며 말했다. "월요일부터 가동되고 있어."

"환경 비디오라는 거?"

"응. 뭐, 비닐로 만든 낙엽을 다는 것보다는 훨씬 좋아. 손님들 반응도 괜찮은 것 같고. 돈이 꽤 든 모양이더라."

"그렇겠지요. 층마다 다 있나요?"

"응. 일 층 안쪽에 중앙 관리실을 만들고, 전문 오퍼레이터들이 들어가 있어. 그 공간을 비우느라 엄청난 소란이 있었지. 덕분에 우리 여자 탈의실이 또 좁아졌지 뭐야."

"조심해라. '빅 브러더'의 등장이라고."

선반을 정리하면서, 사토가 찌푸린 얼굴을 해 보인다. 마모루와 여자 점원은 서로 얼굴을 마주보았다.

"봐, 또 시작이야."

사토는 방랑 여행을 좋아하는 만큼 SF를 좋아한다. 자신의 성서는 오웰의 『1984년』이라고 공언할 정도다.

"웃고 있을 때가 아니야. 저 비디오 말이지, 우리 종업원들을 몰래 감시하는 장치를 숨기기 위해서 단 거라니까."

"사토 씨, 바로 얼마 전까지는 여자 화장실에 도청 장치가 되어 있으니까 상사 험담을 하지 않는 게 좋을 거라고 했었잖아."

"거짓말이 아니라니까. 매니저는 올해 발렌타인데이에 여자애들 중에서 누구랑 누가 다카노 씨에게 몰래 초콜릿을 줬는지까지 알고 있어."

"바보, 다 같이 준 거야. 돈을 모아서. 사토 씨도 받았잖아."

"그러니까, '몰래'라고 했잖아."

"누가 줬는데?" 계산대 여자는 몸을 내밀었다.

"매니저한테 물어봐."

마모루는 스크린으로 다가가 올려다보았다. 스위치나 컨트롤 패널 같은 것은 눈에 띄지 않고, 화면만이 우뚝 서 있다. 영상은 낙엽에 물든 산을 등지고 밤을 주우며 즐기고 있는 관광객으로 바뀌어 있었다.

다만 테두리 왼쪽 아래 한구석에, 알파벳 M과 A를 겹쳐 놓은 로고가 새겨져 있는 것을 발견했다. 어디선가 본 적이 있다고 느꼈지만, 생각나지 않았다.

"어차피 비디오를 틀 거면 저렇게 풍경만 나오는 거 말고 〈2001년 스페이스 오디세이〉라도 틀어 주면 좋을 텐데." 사토가 말한다.

"웃기지 마, 그런 걸 틀면 손님들은 지루해서 잠들어 버릴 거야."

마모루는 웃으면서 다시 일을 시작했다.

"구사카, 손님이야."

부르는 소리에 돌아보니, 바로 옆에 불편한 듯이 손을 쥐었다 폈다 하면서 미야시타 요이치가 서 있었다.

같은 반 친구 중 한 명이다. 자그마하고 가냘픈 몸집에, 여학생들이 부러워할 만큼 매끈매끈한 뺨을 가지고 있다.

마모루는 지금까지 그가 수업 이외의 곳에서 누군가와 이야기를 하는 모습을, 한 손으로 꼽을 수 있을 정도로밖에 본 적이 없다. 성적은 간신히 수면 위에 머리가 나와 있는 정도고, 결석도 많다. 그 원인이 미우라와 그 동료들에게 있다는 사실은 누구나 다 알고 있었다.

"야아, 안녕. 뭐 사러 왔어?"

말을 걸자, 요이치는 누님이 좀 보고 배웠으면 싶을 정도로 수줍어했다.

"「근대 예술」이라면 저쪽 잡지 코너에 있을 텐데······."

요이치가 미술부에 재적하고 있고, 거기에서는 고문 선생님한테도 주목을 받고 있다는 사실은 마모루도 알고 있었다. 교실에서 그가 「근대 예술」을 읽는 것을 본 적도 있다. 그 잡지는 마모루가 서점에서 일하고 있지 않았다면 평생 제목도 모르고 끝났을 게 틀림없는 타입의 전문지였다.

그때 요이치가 펼치고 있던 페이지에는 아주 이상한 그림이 실려 있었다. 인간의 모양은 하고 있지만 눈과 코가 없고, 성별도 알 수 없는 불가사의한 '것'들이, 콜로세움이나 신전 같은 곳에 서 있었다.

"그게 뭐야?"

저도 모르게 물어보고 말았다. 요이치는 눈을 반짝 빛냈다.

"〈불안한 여신들〉이야. 데 키리코의 작품 중에서, 난 이게 제일 좋더라."

여신이라……. 듣고 보니 긴 로브 같은 것을 입고 있다. 페이지를 들여다보니 '키리코 전시회 오사카에서 개최'라는 제목이 붙어 있었다.

"키리코의 작품을 모은 전시회가 오사카에 있는 화랑에서 열리거든. 해외 작품도 빌려와서 전시한대."

"헤에……. 여류 화가는 참 이상한 그림을 그리는구나."

마모루의 말에 요이치는 생글생글 웃었다. 사실, 그가 웃는 것을 본 것은 그때가 처음이었다.

"키리코는 여자 이름이 아니야. 이탈리아의 훌륭한 화가지. 초현실주의의 선구자야. 그 뒤를 잇는 화가들은 모두 그의 영향을 받았어."

그러고는 마치 처음으로 자전거를 탈 수 있게 된 어린아이 같은 표정을 짓는다. 키리코라는 화가의 이름을, 아이돌 가수 이름처럼 부르면서.

그것이 계기가 되어, 마모루는 요이치와 친해졌다. 여전히, 요이치가 사랑하는 그림의 세계는 마모루가 아무리 노력해도 이해할 수 없는 것이긴 했지만.

요이치는 양손 가득 자신의 것들을 들고 있고, 남의 눈에는 그것이 아무리 빈약하고 이상해 보일지라도 전혀 신경 쓰지 않고 미소 짓고 있다. 그렇기 때문에 미우라는 그를 마모루와 똑같이 참을 수 없는 존재로 여기고 있는 것 같았다.

"무슨 일 있어? 뭔가 할 얘기가 있는 거라면……."

갑자기 불길한 예감이 들어서, 마모루는 물어보았다. "미우라네 패거리가 또 무슨 참견이라도 했어?"

그들은 기회만 있으면 요이치의 빈약한 체격이나 쭈뼛거리는 태도를 놀려 대며 즐기곤 한다. 그리고 '무능 선생'은 언제나 보고도 못 본 척을 한다.

"아니, 아무것도 아니야." 요이치는 다급하게 부정했다. "그냥 이 근처까지 올 일이 있었는데, 구사카가 여기에서 아르바이트를 하고 있다는 게 생각나서 들러 봤을 뿐이야."

의외지만 기쁜 말이었다. 아무리 다른 반 친구들보다는 친하다고 해도, 요이치는 학교 외의 장소에서 동급생을 만났을 때에는 상대방이 알아차리기 전에 하나 앞에 있는 모퉁이를 돌아 피해 버리는 타입이라고 생각했다.

"그래? 앞으로 삼십 분만 있으면 끝나니까, 괜찮다면 기다려 줄래? 그럼 같이 나갈 수 있는데."

"응……." 요이치는 발끝을 이리저리 움직이며 고개를 숙이고 있다. "실은 나……."

"잠깐, 여기요, 이거 하권은 어디 있어요?"

중년 여성 손님이 로맨스 책을 한 손에 들고 마모루를 불렀다. 요이치는 야단맞은 것처럼 흠칫했다.

"바쁜 모양이네. 그럼 나 이만 갈게, 또 봐."

그렇게 말하나 싶더니, 말릴 새도 없이 도망치듯 에스컬레이터 쪽으로 달려가 버렸다.

"이봐요, 빨리 좀 해 줘요."

손님이 초조한 듯 재촉한다. 마모루는 석연치 않은 기분으로 그 로맨스 책의 하권을 가지러 갔다.

3

다카기 가즈코가 스가노 요코의 본가에 도착했을 때는 이미 문상이 시작된 상태였다.

요코가 말하던 대로 아담한 동네였다. '스가노가家'라는 사람 손 모양의 화살표를 따라 언덕길을 오르자, 좁은 산길이 끝나는 곳에 세 채의 집이 처마 끝을 바짝 붙이고 서 있었다. 요코의 집은 그중 제일 끝이었다.

바람이 강한 밤이었다. 스가노가 옆에 설치되어 있는 작은 천막의 덮개가 가끔 깜짝 놀랄 정도로 큰 소리를 내며 펄럭였다.

접수대에 요코와 얼굴이 닮은 젊은 아가씨가 앉아서 기계적으로 머리를 숙이고 있다. 동생이다.

도쿄로 오고 싶다고 졸랐지만, 포기하라고 했어. 요코가 했던 말을 떠올렸다. 좋은 거 하나도 없다고 말해 줬지.

부의금을 넣은 봉투에는 그 자리에서 생각난 가명을 써서 냈다. 동네 사람들이 다 모인 것은 아닐까 싶을 정도로 참석자가 많다. 가즈코는 허둥지둥 분향을 마치고, 제단에서 떠나 독경을 들었다. 건조한 겨울바람에 떨고 있자니, 도우러 와 있는 듯한 마을 자치회 사람들이 모닥불을 쬐라고 권해 주었다.

"도쿄에서 왔어요?"

옆에 있던 중년 주부가, 이 지방 특유의 어미가 올라가는 억양으로 가즈코에게 물었다.

"네. 두 시 특급 열차로요."

역에 도착하자, 그 자리에서 넓은 강가가 보였다. 가즈코는 갑자기 어깨의 힘이 빠지고, 등에서 무거운 짐이 벗겨진 것 같은 기분이 들었다. 한동안 다리 위나 강가, 잡목림 속으로 완만하게 이어지는 오솔길을 산책하다가 정신을 차려 보니 다섯 시 가까이 되어 있었다. 몸도 완전히 차갑게 식어 있었다.

"그럼 요코의 대학 친구겠네요?"

손가락 끝을 불로 데우면서, 가즈코는 고개를 끄덕였다. 주부는 쟁반을 들고 지나가던 젊은 여자를 불러 세웠다. 그러고는 연하고 뜨거운 엽차를 두 잔 집어 들어, 하나를 가즈코에게 건네주었다.

"요코는 우리 애랑 같은 나이예요. 우리 애와 달리 학교 공부도 잘

했고 아주 기량이 좋은 아이여서, 스가노 씨도 요코가 하고 싶은 일은 뭐든지 시켜 주고 싶다며 대학까지 보낸 거죠."

"……알아요."

"하지만 죽으면 아무 소용도 없는 일이지요."

가즈코는 묵묵히 엽차를 홀짝였다.

"도쿄는 무서운 곳이네요."

"교통사고는 어디에 있어도 일어나는 일이에요." 가즈코는 말했다. "요코는 운이 나빴던 거예요."

무뚝뚝한 말투에, 주부는 나무라는 듯한 얼굴로 가즈코를 바라보았다. 가즈코는 모닥불을 바라보다가, 타오르는 장작이 웅얼거리는 소리와 함께 튀면 그 불똥에 눈을 가늘게 떴다.

그렇다. 요코는 운이 나빴던 거다. 그건 사고였다. 두 개의 자살과 하나의 사고. 설령 시체 세 구가 나란히 놓여 있다 해도, 어떤 관련이 있을 리 없다.

접수대인 천막 속에서 요코의 동생이 밖으로 나왔다. 가즈코는 주부에게 인사를 하고, 찻잔을 도로 쟁반에 놓고는 그녀에게 다가갔다.

"요코의 동생 되시죠?"

아가씨는 멈춰 서서 요코와 매우 닮은 새까만 눈동자로 그녀를 보았다.

"네, 동생 유키코예요."

"저는 도쿄에서 요코랑 친하게 지냈어요."

"그러셨군요. 먼 곳까지 일부러 와 주셔서 고맙습니다."

지나가는 사람에게 방해가 되지 않도록, 두 사람은 길가로 바싹 붙어 섰다. 잎이 완전히 떨어진 관목의 가지가 가즈코의 모직 정장에 닿아 바스락거리는 소리를 냈다.

"언니랑 요즘 연락한 적 있어요?"

유키코는 고개를 저었다. "마지막으로 전화가 왔던 건 보름쯤 전이었어요. 왜 그러시는데요?"

"그냥요." 아무것도 아닌 척하며, 가즈코는 상가에서 허락될 정도의 웃음을 띠었다.

"갑작스런 일이라, 저도 그 친구와 마지막으로 이야기를 나눈 지 꽤 지났거든요. 참 안됐어요……."

"언니는 이쪽으로 돌아오고 싶다고 했었는데." 유키코가 말했다. 가즈코는 시선을 들었다.

"돌아오고 싶어 했다고요?"

"예. 쓸쓸해졌대요. 하지만 어렵게 대학에 들어간 지 벌써 삼 년이잖아요. 앞으로 일 년만 참으면 졸업이고……. 대학은 이제 곧 방학에 들어갈 거고, 조만간 엄마가 한번 가겠다고 달랜 지 얼마 안 되었어요."

나 무서워. 요코의 말이 가즈코의 귀에 되살아났다.

"유키코 씨는요? 요코에게 들었는데, 유키코 씨도 도쿄로 나오는 거 아니었어요?"

"그러고 싶다고 생각한 적도 있었지만 마음이 바뀌었어요."

"어째서요?"

"이유는 없어요. 이쪽에 좋은 취직자리가 생겼고, 저는 특별히 공부를 좋아하는 것도 아니고. 언니는 영어 공부를 하고 싶어서 대학에 진학했으니까요."

조금 토라진 듯한 얼굴이 되었다. "게다가 둘 다 대학까지 갈 수 있을 정도로, 우리 집은 유복하지 않거든요."

사람들의 목소리가 끊임없이, 시냇물 소리처럼 들려온다. 향 냄새가 난다.

"이런 일로 죽다니, 언니는 바보예요."

갑자기 어린애 같은 말투로 유키코는 말했다. 눈물이 넘쳐흐르고 있었다.

"아무 말도 듣지 못했군요……." 가즈코는 조용히 말했다.

"아무 말도라니, 무슨 말을?"

가즈코는 가방을 열고 손수건을 꺼내서 유키코의 손에 쥐어주었다.

"아무것도 아니에요."

가즈코는 역으로 돌아가기로 했다. 요코에게 마지막 인사를 하고 나니, 더 이상 이곳에 있을 이유도 없어졌다. 빨리 도쿄로 돌아가자.

스가노가의 현관 앞에서 소란이 일어난 것은 그때였다. 큰 목소리가 섞이고, 뭔가를 집어던지는 듯한 소리가 난다. 누군가가 부딪혔는지, 화환 하나가 크게 흔들리고 국화 꽃잎이 떨어졌다. 주위 사람들이 당황해서 화환을 받친다.

"운전수의 부인이에요." 유키코가 말했다.

"요코를 친 사람?"

"예. 변호사를 데리고 와 있어요. 아아, 큰일 났다. 아빠도 참……."

유키코는 달려갔다. 가즈코도 분위기를 살피면서 뒤를 따랐다.

"돌아가라면 돌아가!"

노성이 울려 퍼졌다. 불이 켜져 있는 집 안에서, 구르듯이 두 사람이 뛰어나왔다. 한 사람은 양복 차림의 남자고, 또 한 사람은 검은 정장을 입은 약간 통통한 체격의 여자다.

"저희들은 정말로 그저 사과를 드리고 싶어서."

"너희들이 아무리 사과해도 요코는 돌아오지 않아, 돌아가!"

목소리와 함께 뭔가 검은 것이 빠르게 날아갔다. 피할 새도 없이, 그것은 여자의 얼굴에 정통으로 맞았다.

"아사노 씨!"

양복 차림의 남자가 비틀거리는 여자를 부축했다. 가즈코는 잔걸음으로 다가가 무엇에 맞은 건지 살펴 보았다. 발밑에 떨어져 있다.

구두였다. 남자용의, 무거운 가죽구두다.

여자는 쪼그리고 앉아 얼굴 오른쪽을 누르고 있었다. 피가 흐르고 있다. 문상하러 모인 지방 사람들은 멀리서 둘러싸고 바라볼 뿐, 아무도 도와주려고는 하지 않았다.

"괜찮으세요?" 가즈코는 말을 걸었다.

"이건 심한걸."

양복 차림의 남자가 몸을 굽히고 들여다보며, 자신이 다치기라도 한 것처럼 얼굴을 찌푸렸다. 옷깃에 금배지가 반짝이고 있다. 유키코가 말한 대로 변호사다. 가즈코도 일 때문에 한 번 변호사를 만나야 했던 적이 있다. 그때는 배지를 번쩍이고 있던 상대가 몹시 무섭게 보였다.

가즈코와 변호사는 둘이서 여자를 부축해 길가로 데려갔다. 이웃집의 낮은 돌담에 앉히자, 여자는 얼굴을 누르고 있지 않은 쪽 손으로 두 사람을 달래는 듯한 동작을 했다.

"괜찮아요, 선생님."

"괜찮아 보이지 않는데요."

변호사가 가즈코 쪽으로 몸을 돌렸다. "아가씨, 미안하지만 잠깐 동안만 이분과 같이 계셔 주시겠습니까? 저는 차를 마련해 올 테니까요. 당장 의사의 진찰을 받는 게 좋을 것 같아요."

"그렇겠네요. 다녀오세요."

변호사는 역 방향으로 달려갔다. 차를 금방 찾을 수 있으면 좋겠는데. 가즈코는 불안한 기분이 들었다.

"죄송해요. 생판 남인 아가씨에게 폐를 끼치는군요. 저는 괜찮으니까……."

"괜찮아 보이지 않으세요. 피가 많이 나는데요."

변호사가 놓고 간 커다란 손수건으로 여자의 얼굴 상처를 덮어 주면서, 가즈코는 말했다.

"아가씨는 스가노 씨와 아는 사이인가요?"

"네. 도쿄에서 왔어요. 저기, 아사노 씨―운전수의 가족 분이시죠?"

"그래요. 저는 아내인 요리코라고 합니다."

"……힘드시겠네요."

"어쩔 수 없는 일이지요. 따님이 돌아가셨으니까요." 아사노 요리코는 의연하게 말했다. "사과를 한다 해도 금방 용서해 주실 수 있는 일은 아니에요."

"그렇다 해도 이렇게까지 할 필요는 없을 텐데."

"사야마 선생님께—아까 그 남자 분은 변호사인 사야마 선생님이라고 하는데, 같이 와 달라고 한 게 오히려 좋지 않았던 건지도 모르지요. 우리들로서는 정확하게 일을 처리할 준비가 되어 있다는 점을 보여 드리고 싶었어요. 게다가 이쪽의 설명도 들어 주셨으면 했고요."

고백하는 듯한 말에, 가즈코는 눈을 내리깔았다. 아사노 요리코는 곤란한 듯이 한쪽 눈으로만 가즈코를 올려다보았다.

"어머, 죄송해요. 스가노 씨의 친구에게 이런 말을 하다니."

"괜찮아요. 저도 요코와 그렇게 친했던 건 아니니까요."

그것은 복잡한 의미로 거짓을 담고 있는 말이었지만, 요리코는 약간 안심한 것 같았다.

"남편은 스가노 씨 쪽에서 차 앞으로 뛰어나왔다고 말하고 있어요."

순간 가즈코는 숨이 멎었다.

"마치 무언가로부터 도망치는 것 같은 엄청난 속도로 뛰어나와서, 피할 수가 없었대요. 그런 짓을 하다니, 자살 행위예요."

"저어……."

"네?" 요리코는 힘들게 다시 한 번 가즈코를 올려다보았다.

"그거, 사실인가요?"

"사실이에요." 아사노 요리코는 힘차게 고개를 끄덕였다. "남편은 거짓말 같은 건 하지 않아요."

멀리서 헤드라이트가 번쩍이더니 점점 커졌다. 사야마 변호사가 택시를 구해 돌아온 것이다. 요리코와 변호사는 차에 올라타고 시립 구급병원으로 향했다. 가즈코는 두 사람과 헤어졌다.

천천히 밤길을 걸어, 역의 불빛을 향해 가기 시작했다.

스가노 요코 쪽에서 차 앞으로 뛰어나왔다. 피할 수 없을 정도의 기세로.

있지, 나는 무서워. 다시 요코의 말이 들려왔다. 가즈코도 알지, 그 두 사람이 자살할 리가 없어. 그건 누군가가 그 사람들을······.

그럴 리가 없다. 가즈코는 그 생각을 지웠다. 대체 누가, 어떤 방법으로? 사람을 죽일 수는 있어도, 본인의 의사에 반해 자살하게 할 수는 없다.

그럴 리가 없다. 하지만······.

가드레일 아래의 어둠 속에서, 등 뒤 어딘가로부터 또 하나의 발소리가 들려오는 것을 깨닫고 가즈코는 돌아보았다.

조금 떨어진 곳에 별로 크지 않은 그림자가 서 있었다. 멀리 딱 하나 오도카니 서 있는 가로등 불빛을 등지고 있어서 얼굴이 보이지 않는다.

"이거, 놀라게 해서 죄송합니다." 그림자가 말했다. 가즈코는 꼼짝 않고, 어둠을 통해 상대방을 바라보았다.

그림자는 가까이 다가왔다.

4

 그날 밤, 마모루가 집에 돌아와 보니 뒷문 유리 한 장이 완전히 깨져서 사방으로 흩어져 있었다. 그리고 문 옆의 벽 위에 갈색 페인트 같은 것으로 '살인자'라고 지저분하게 휘갈겨져 있었다.
 이웃 사람에게 물어보니, 저녁때 유리가 깨지는 것 같은 소리를 들었다고 한다. 밖으로 나가 보니 학생 같은 모습의 남자가 뛰어서 도망치는 뒷모습이 언뜻 보였다고 한다.
 마모루는 유리 파편을 치우고 벽의 낙서를 지웠다. 그제야 그것이 페인트도 매직도 아닌 피로 쓴 것이라는 사실을 깨달았다.
 세면실에서 손을 씻고 있을 때 전화가 울렸다. 요리코가 건 전화일 거라고 생각하고 수화기를 들자, 젊은 남자의 목소리가 귀에 들어왔다. 어제와 같은 목소리다.
 "스가노 요코 씨를 죽여 준 아사노 씨는, 아직도 경찰에 잡혀 있습니까?"
 "이봐, 잠깐, 당신……."
 "빨리 돌려보내 줬으면 좋겠군요. 경찰도 바보예요. 조금만 조사하면, 그 여자가 죽어도 어쩔 수 없는 사람이라는 사실 정도는 금방 알 수 있을 텐데."
 "이봐, 잠깐만 들어 줘, 당신이 하는 말은 정말로……."
 전화는 끊어졌다. 마모루는 몇 번이나 불러 보았지만, 뚜우, 뚜우 하는 소리가 돌아올 뿐이었다.
 경찰이 조금만 조사하면 금방 알 수 있다?

조사하고 있는 걸까. 가스레인지에 주전자를 올려놓고, 시계 소리 밖에 나지 않는 쓸쓸한 집 안에서 마모루는 생각했다. 스가노 요코라는 여성의 사생활.

아니겠지, 이건 사고니까.

"안녕하세요." 현관에서 목소리가 났다. 나가 보니 양손 가득 커다란 봉투를 든 누님이 서 있었다. 똑같은 짐을 손에 들고, 남동생 신지도 따라왔다. "안녕하세요—" 하고 평화로운 목소리를 내며 꾸벅 머리를 숙였다.

"오늘 혼자서 집 본다고 했잖아? 저녁밥 갖다 주러 왔지."

누님은 기운이 좋다.

"난 감시역이야." 신지는 헤실헤실 웃었다. "단둘이 있게 하면 위험하잖아. 누나가 아니라, 형이."

누님은 발레리나처럼 가볍게 발을 옆으로 들어 동생을 걷어찼다.

"너희 누나는 아직 가출중이야?"

"이상한 얘기네."

햄버거를 다 먹고, 두 잔째 커피에 설탕과 우유를 듬뿍 넣으면서 누님은 말했다.

텔레비전이 있는 안쪽 방에서 작지만 높은 전자음이 들려온다. 신지는 마키가 수집한 비디오 게임 신작에 전부 도전하고 있는 것 같았다.

"그거, 역시 경찰이나 변호사한테 상담해 보지그래? 아르바이트하는 곳의 다카노 씨라는 사람 말도 일리가 있는 것 같은데."

"그럴 생각이야. 하지만 오늘은 사야마 선생님도 이모랑 같이 스가노 씨 본가에 갔으니까……."

마모루는 시계를 올려다보았다. 여덟 시 반이 지났다.

"슬슬 전화가 걸려 올 것 같은데."

"뭔가 불길하다. 그 전화한 남자가 한 말에 뭔가 의미가 있다면, 아사노 씨에게는 무슨 도움이 될지도 모르지만……. 생판 모르는 남의 귀에, 그런 여자는 죽어 마땅했다고 고자질하다니. 스가노 씨는 여대생이잖아? 나이는 스무 살 정도였지. 차인 남자의 음험한 복수 같은 느낌 안 드냐?"

"많이 들어." 마모루는 한숨을 쉬었다. "그래서, 도움이 되지 않을 거라는 설도 세우고 있어."

"뭘 세우고 있다고?" 신지가 얼굴을 내밀었다.

"어린애는 들어가 있어." 누님이 때리는 시늉을 했다.

"음험하다고 하니까 생각나는데, 어때? 미우라 녀석, 집에까지 손을 대지는 않았겠지?"

부정의 말이 금방 입으로 나오지 않았기 때문에, 마모루는 의식적으로 무표정을 유지하려고 했다. 그게 실패로 끝난 것은 누님의 얼굴을 보면 알 수 있었다. 알고 나니, 이번에는 참지 못하고 웃음을 터뜨릴 수밖에 없었다.

"웃을 일이 아니야. 이번에는 그 녀석이 무슨 짓을 했지?"

"대단한 건 아니야. 정말로. 그렇게 걱정하지 않아도 돼."

"하지만……."

"이거 입장이 반대잖아. 누님이 너무 걱정하면 여자애한테 보디가

드를 받고 있다는, 엄청나게 한심한 기분이 든단 말이야."

"그럴 의도는 없어, 난."

누님은 눈을 깜박거렸다. 상황에 어울리지 않지만, 길고 예쁜 속눈썹이라고 마모루는 생각했다.

"미안, 농담이야." 웃어 보였다. "고마워."

누님은 미소를 띠었다.

도키다 사오리의 미소를—폭소가 아닌—볼 수 있는 것은 좀체 누릴 수 없는 특권이다.

"화 안 낼 거야?" 그녀는 약간 망설이고 나서 물었다. "뭘?"

"어쨌든 화내지 마."

"—응. 어려운 주문이지만 뭐, 좋아. 뭔데?"

"나 말이야, 너희 아버지도 분명히 걱정하고 있을 거라고 생각해. 이번 사건."

웃을 수가 없었다.

"어딘가 가까운 곳에서 너랑 어머니를 계속 보고 계셨던 거 아닐까? 지금은 아사노 씨랑 여기에 있다는 것도 틀림없이 알고 있고, 만나러 오고 싶지만 면목이 없어서 그러지 못하고……."

"어머니의 기일에 무덤에 참배를 하러 가면, 누군가가 먼저 와서 꽃을 꽂아 두고 간……," 마모루는 가볍게 양손을 벌렸다. "적은 한 번도 없었어."

누님은 부끄러운 듯 어깨를 움츠렸다. "하지만 남자는 그런 법이라고, 우리 엄마가 말한 적이 있어."

"잘 기억해 둘게."

불편해졌다. "다만……." 마모루는 말을 이었다. 이대로는 누님이 불쌍하다는 기분이 들었던 것이다.

"우리 아버지, 의외로 가까이에 있는 건 아닐까 하는 기분이 들 때도 있어. 모르는 사이에 어디에서 스쳐 지나거나 한 건 아닐까 하고."

"스쳐 지나가면 몰라? 얼굴도 기억 안 나?"

"이제 모르지. 아버지도 내 얼굴은 잊어버렸을 테고."

"헤어졌을 때, 너 몇 살이었어?"

마모루는 오른손 손가락을 네 개 세웠다.

"그럼 무리일지도 모르겠네. 사진도 안 남아 있어?"

"남겨 두고 싶다고 생각할 상황이 아니었거든. 십이 년 전의 「도호쿠신보」를 뒤져 보면 얼굴 사진 정도는 실려 있겠지만. 초점이 안 맞는 뿌연 사진이 말이야."

"어머니의 유품은?"

"있어. 사진이랑, 결혼반지."

누님은 이상하다는 듯이, 하지만 조금 감동한 듯이 작게 고개를 끄덕이고 있었다.

"어머니는 계속 결혼반지를 끼고 계셨구나……."

구사카 도시오가 집을 나간 날은 아침부터 비가 내리고 있었다. 북쪽 지방의 삼월 비는 차갑다. 전날 밤부터 계속 내렸고 새벽에는 상당히 빗발이 거세져서, 어렸던 마모루는 푹 잘 수가 없었다.

도시오는 아침 일찍, 다섯 시가 겨우 넘었을 무렵에 나갔다. 히라카와 역에 정차하는 첫 번째 특급 열차가 지나가는 것보다도 이른 시각이었다.

마모루가 자던 방은 현관 옆에 있어서 아버지가 밖으로 나가는 기척을 알아챌 수 있었다. 장지문을 살짝 열고 내다보니 단정하게 양복을 입고 구두를 신고 있는 참이었다.

조조 회의인가, 하고 그때는 생각했다. 어머니는 아직 자고 있는 걸까 하는 생각도. 돌이켜 보면, 게이코는 자고 있었던 게 아니라 자는 척하고 있었을 것이다. 그 무렵 도시오의 생활은 불규칙해서, 때로는 며칠이나 집에 돌아오지 않을 때도 있었던 것이다.

그것이 '여자' 때문이라는 사실을, 물론 게이코는 눈치 채고 있었다. 하지만 마모루는 부모님이 말다툼을 하는 모습도, 어머니가 울고 있는 모습도 본 적이 없다. 그게 좋지 않았던 건지도 모른다고, 지금은 생각한다.

그 무렵 마모루는, 집 안에서 뭔가가 확실하게 무너져 가고 있음을 느끼고 있었다. 파괴되어 가는 것이 아니라 붕괴되어 가는 소리가 들리고 있었다.

도시오는 밖으로 나가기 전에 잠깐 동안 현관에 서서 집 안을 바라보았다.

이내 문이 열리고, 빗소리가 크게 들렸다. 문이 닫히고, 빗소리가 다시 흐려졌다. 그리고 도시오는 가 버렸다. 그게 끝이다.

실종된 후 공금 횡령이 발각되자 게이코는 멍하니 있는 일이 많아졌다. 부엌에서 뭔가를 썰다가, 마루에서 빨래를 개다가, 그러다가 손을 멈추고, 먼 곳을 보는 듯한 눈으로.

마모루에게 있어서 시련은, 우선 친구들이 아무도 같이 놀아 주지 않으려고 하는 형태로 시작되었다. 아버지가 없어졌다는 사실의 의미와, 아버지가 한 짓의 의미는 성장하는 마모루를 쫓아오며 인식을 좁혀 왔다.

아버지는 날 버리고 갔구나. 그렇게 이해하는 것은, 갓난아기가 처음으로 스토브를 만졌다가 화상을 입고, 불은 무서운 것이라고 이해하는 것과 비슷했다. 마모루는 될 수 있는 한 거기에서 떨어지려고 했고, 생각하지 않으려고 노력했다.

게이코는 아버지에 대해서 마모루에게 설명한 적도, 비난한 적도, 감싼 적도 없었다. 그녀는 다만, 우리들이 부끄러워할 만한 일은 전혀 없다, 그것만은 기억해 두라고 말할 뿐이었다.

"넌 히라카와를 떠나고 싶다고 생각한 적 없었어?"

"있었지. 하지만 실행하지 않았어."

"어째서?"

"엄청 좋은 친구가 있었거든. 지금은 없지만. 그 친구랑 헤어지고 싶지 않았어. 게다가 어머니를 혼자 둘 수도 없었고."

"그럼 어머니는 어째서 히라카와를 떠나지 않았던 걸까. 구사카, 생각해 본 적 있어?" 누님은 물었다.

항상 생각하고 있었다. 그 사실만 생각하던 시기도 있다. 오기일까, 희망일까. 단순히 다른 방법이 없었던 것뿐일까.

도시오의 '여자'는 시내의 술집에서 일하고 있었다. 게이코보다 열 살이나 젊고, 허리도 십 센티미터는 가늘었다. 행동력도 있었다. 그녀는 도시오보다 일주일 먼저, 재빨리 히라카와를 떠났던 것이다.

경찰은 끈질기게 그녀의 행방을 찾았다. 두말할 필요도 없이 구사카 도시오가 함께 있을 가능성이 컸기 때문이다.

그녀는 센다이 시내의 맨션에 있었다. 도시오의 모습은 없고, 대신 지방 금융 기관의 젊은 영업맨을 끌어들인 상태였다. 적어도 경찰은, 제2의 구사카 도시오 예비군을 구해 내는 데는 성공한 셈이었다.

도시오가 그녀에게 쓴 돈은 거의 통째로 그녀의 정부에게 흘러들어가 있었다. 한때 야쿠자였던 그 정부가 도시오를 협박하고 있었을 가능성도 있었다. 하지만 입증하기에는 증거가 너무 부족했다. 구사카 도시오를 구해 낼 수 없었기 때문이다.

그런 여자의 정체와 사건을 둘러싼 상황이 어머니에게 희망을 준 건지도 모른다고, 마모루는 생각하고 있다. 남편은 언젠가 반드시 돌아올 것이다. 연락이 올 것이다. 그때 내가 어디에 있는지 몰라서 재회할 수 없게 되는 것만은 싫다. 그러니까 여기에 있자, 하고.

"너희 어머니, 아버지를 정말 사랑하셨구나." 누님이 작게 말했다.

"그런 생각은 안 드는데."

"그럼 그런 걸로 해 둬. 어머니는 그게 좋으셨던 거야. 분명히. 왜냐하면 마모루, 널 위해서 어머니는 노력하신 거잖아. 아버지처럼 되면 안 된다고 말하거나 하지는 않았지?"

"한 번도."

"강한 분이셨구나."

누님은 뺨을 괴고, 테이블로 시선을 떨어뜨렸다. 목소리는 부드러웠다.

"그만큼 너한테는 힘들었을 것 같지만. 어머니는 아버지를 믿고 있었던 거야. 자식이 불쌍하다고 해서, 스스로를 굽히는 사람이 아니었던 거지. 난 너희 어머니 같은 사람 좋아해……."

"누가 누굴 좋아한다고?" 신지가 다시 얼굴을 내밀었다.

누님과 신지가 돌아가고 나서 잠시 후, 사야마 변호사로부터 연락이 왔다.

"이모는요? 무슨 일 있나요?"

"좀 다치셨어." 변호사의 목소리는 화가 나 있었다. "의사한테 진찰을 받았더니, 만약을 위해 정밀 검사가 필요하다는구나. 우리 사무실 사람을 이쪽으로 불렀으니까 걱정할 필요는 없어."

"무슨 일이 있었나요?"

"너라면 상상이 될 것 같은데." 그렇게 전제를 두고 나서, 변호사는 이야기했다.

마모루는 할 말을 잃었다. 요리코가 견뎌야만 했던 일을 생각하면, 마음이 발끝까지 가라앉는 것 같다.

"선생님."

"왜 그러니?"

"저도 생각을 좀 해 봤는데……. 스가노 씨는 사고를 당했을 때 누군가와 함께 있었던 건 아닐까요?"

"그렇다면 우리도 고생할 이유가 없지."

마모루는 다카노 누님과 이야기한 가설을 설명했다.

"생각할 수 없는 일은 아니야. 하지만 지금까지 현장에서 달아나는 인물을 봤다는 보고는 들어오지 않았어."

"하지만 가능성은 있잖아요?"

"그렇지. 하지만 가능성만으로 일이 진행된다면, 인류는 벌써 화성을 리조트로 만들었을 거다."

전화가 끊어진 후, 마모루는 오랫동안 생각에 잠겼다.

—— 경찰이 조금만 조사해 보면 금방 알 수 있을 텐데.

다이조는 경찰 유치실에서 자고 있고, 요리코는 병원에 있다.

얼굴에 구두를 집어던졌다고?

—— 조금만 조사해 보면…….

벽시계가 열 시를 알렸다.

조금 조사해 볼까, 하고 생각했다.

5

결심을 하는 것은 그리 어려운 작업이 아니었다. 다행히도 모든 상황이 그에게 유리하게 마련되어 있었다.

다행히도. 그는 비꼬는 기분으로 그 말을 곱씹었다.

밤 열 시가 지난 후 그는 전화를 걸었다. 늘 바쁜 친구는 이 시간에도 아직 직장에 틀어박혀 있다.

"몇 번이나 귀찮게 해서 미안해."

상대방이 전화를 받자, 그는 말을 꺼냈다.

"실은 오전에 얘기한 거 말인데……. 아아, 응. 그 얘기 말이야. 아직 못 한 얘기가 있어서. 지금 시간 좀 내 줄 수 있을까? 그래……. 곧 갈게."

전화를 끊고, 그는 나갈 준비를 시작했다. 최근에 고용한 가정부가 다가오며 불안한 듯한 얼굴을 한다.

"나가세요?"

"네. 시간이 좀 걸릴 것 같으니까 먼저 주무세요."

"사모님이 돌아오시면 뭐라고 말씀드릴까요?"

"아내라면 걱정하지 않아도 돼요."

어차피 앞으로 일주일만 지나면, 이 가정부도 그들 부부가 서로의 행동에 대해서 얼마나 무관심한지 눈치 챌 것이다.

차고로 가서 난방을 돌리고 있는 동안, 그 둔한 진동이 그의 마음도 뒤흔드는 것처럼 여겨졌다.

정말로 이렇게 하면 잘될까. 전부 정리될까. 나중에 후회만 하고 끝나지는 않을까.

그는 눈을 감고 소년의 얼굴을 떠올렸다. 차를 출발시킬 때에는 마음이 진정되어 있었다.

그 건물 앞에 섰을 때 처음으로 공포가 밀려왔다.

얼마나 해낼 수 있을까? 끝까지 견디지 못하고 진실을 얘기해 버리고 싶어지면, 스스로를 컨트롤할 수 있을까?

그 대답은 누가 해 주는 것도 아닌, 자신이 찾아낼 수밖에 없었다.

6

도쿄를 향해 달리는 특급 열차의 좌석에서, 다카기 가즈코는 꿈을 꾸었다.

머리 한가운데에 둔한 아픔이 느껴졌다. 몹시 피곤했다. 꿈속에서조차 피곤했다.

있지, 가즈코, 난 죽었어. 바로 옆에 요코가 서서, 슬픈 얼굴로 말을 건다. 가엾은 가즈코. 이번에는 네 차례야. 네가 마지막이야.

난 죽지 않아. 답답한 꿈속에서, 가즈코는 있는 힘껏 외쳤다.

요코가 있었다. 가토 후미에가 있었다. 미타 아츠코도 있었다. 아츠코에게는 머리가 없었다. 그런데도 끊임없이 흐느껴 울고 있다. 누군가가 내 머리를 어디론가 보내 버렸어……. 저기, 가즈코, 찾는 걸 도와주지 않을래……. 찾아 줘……. 찾아 줘……. 가엾은 가즈코, 마지막 사람이 제일 괴로워해야 할 텐데…….

그때 잠이 깼다. 머리가 쿵쿵 울리고 심장은 가슴속에서 미친 듯이 춤추고 있다.

창밖은 캄캄했다. 유리에 자신의 하얀 얼굴이 비친다.

시계를 본다. 앞으로 약 한 시간이면 도쿄다. 자신의 아파트에서 푹 쉴 수 있다. 빨리 그러고 싶었다. 안전한 곳으로 도망쳐 들어가고 싶었다.

어째서 나는 무서워하고 있는 걸까? 천천히 깊게 호흡하면서, 그녀는 자문했다. 난 자살 따윈 하지 않아. 절대로. 무서워할 이유는 없어.

다시 한 번 시계를 본다. 그리고 도쿄를 떠날 때 역에서 산 열차 시각표를 떠올리고는, 무서워해야 할 명백한 이유를 하나 발견했다.

요코의 본가를 떠난 시간으로 짐작해 보면, 그녀는 막차 하나 전의 특급을 탈 수 있었을 것이다. 시간을 때울 이유도, 그럴 수 있는 장소도 없었다.

그런데, 어째서 지금 막차를 타고 있는 걸까.

난 무엇을 하고 있었지? 가즈코는 양손을 움켜쥐었다.

제3장 불안한 여신들

1

오전 한 시. 마모루는 사고 현장인 사거리에 서 있었다.

밤하늘은 맑고, 별이 보인다. 거리는 차가운 밤공기로 가득 차서 방금 물을 간 어항처럼 맑아 보였다.

모두 잠들어 있다.

마모루는 한동안 깜박거리는 신호를 올려다보고 있었다. 빨간색, 노란색, 파란색. 고독한 불빛의 퍼포먼스. 낮 동안 북적거리는 차들의 행렬을 수습하는 신호기는, 밤이 되면 한꺼번에 너무 많은 사람들이 잠드는 이 거리에서, 이번에는 꿈의 교통정리를 하고 있는 건지도 모른다.

마보부는 심호흡을 해서 가슴 깊은 곳까지 밤을 들이마셨다.

집을 나설 때 어두운 회색 옷으로 갈아입고 왔다. 어깨에서 옆구리까지와, 양쪽 다리 옆에 검은 줄이 들어가 있다. 신발은 오래 신어서 밑창이 얇아진 운동화. 평소에 달리기를 할 때 신는 신발은 밑창이 두꺼워 뒤꿈치를 충격에서 보호하는 타입이라, 오히려 발소리가 날지도 모른다고 생각했기 때문이다. 양손에는 손가락 부분만 잘라 낸 장갑을 끼었다. 목에는 하얀 수건. 이 차림새라면 누군가 본다 해도 변명하기가 쉽다. 달리기를 할 수 있는 공간이 적은 이 도시에서는, 차가 다니지 않는 심야에 달리는 사람들이 늘었기 때문이다.

바지 왼쪽 주머니에는 오늘 밤의 목적을 위해 빼놓을 수 없는 도구 세트와 펜라이트가 들어 있었다.

진행 방향의 신호가 파란색으로 바뀌었다.

마모루는 조용한 사거리를 건넜다. 요리코가 설명했던 대로 담배 자동판매기와 공중전화가, 셔터가 내려져 있는 가게 앞에서 불침번을 서고 있다. 그 옆에 주소 표시가 되어 있었다. 나오기 전에 집에 있는 지도로 조사하고 왔기 때문에, 나아가야 할 방향은 알고 있었다. 사거리에서 등을 돌리고 가볍게 달리기 시작했다.

스가노 요코가 살고 있던 작은 맨션은, 사거리에서 오십 미터 정도 서쪽에 있는 좁은 골목길의 길가에 서 있었다. 붉은 타일을 바른 사층짜리 건물인데, 가로등 불빛이 닿지 않는 곳에서는 그 벽은 응고된 피처럼 검게 가라앉은 색으로 보였다.

포장된 좁은 주차장 끝에 야간 조명이 켜져 있는 콘크리트제 바깥 계단이 보인다. 이것은 소위 말하는 '개방형' 맨션이다.

그 자리에서 가볍게 발을 구르면서 주위를 둘러본다. 인기척은 없고, 어딘가 멀리에 단란주점이라도 있는지 음정이 맞지 않는 노랫소리가 희미하게 들릴 뿐이다.

마모루는 달리면서 주차장을 가로질러 계단으로 다가갔다. 순간, 건물 뒤에서 검은 고양이가 한 마리 튀어나오더니 금색 눈을 번쩍 빛

내며 달려갔다. 고양이도 놀랐겠지만, 마모루도 한순간 심장이 펄떡 뛰었다. 목격자 한 명.

계단 입구에 알루미늄으로 만들어 붙인 우편함이 있었다. 4단으로 나뉘어 있고, 각각 다이얼 회전식의 맹꽁이자물쇠가 매달려 있다.

'스가노'라는 이름은 맨 윗단에 있었다. 꼼꼼한 글씨로 호수인 '404'도 함께 씌어 있다.

계단을 올라가기 전에, 신발을 벗고 양말 차림이 되었다. 심야의 신발 소리는 의외로 멀리까지 들리는 법이다. 벗은 신발은 뜰에 심어져 있는 나무 사이에 밀어 넣어 숨겼다.

사 층이 몹시 멀게 느껴졌다. 근력 트레이닝을 위해 모래자루를 짊어지고 학교 계단을 올라갈 때도 이렇게 멀게 느껴진 적은 없었다. 발바닥이 싸늘했다. 야간 조명이 하얀 계단에 반사되어 눈이 부시고, 자신의 모습이 그대로 드러나 있는 것처럼 여겨졌다.

삼 층 층계참까지 왔을 때, 사람의 말소리가 들렸다. 방향은 알 수 없었지만 반사적으로 얼른 몸을 굽히고 귀를 기울인다.

누군가가 바깥 도로를 지나가는 것이다. 자신의 심장 소리를 들으면서, 멀어져 가기를 가만히 기다렸다. 그러고 나서 다시 올라가기 시작했다.

사 층에 도착해, 난간으로 다가가서 아래를 내려다보니 잠들어 있는 거리와 수많은 불빛이 펼쳐져 있었다. 이층집의 지붕을 두 개 사이에 둔 건너편에도 똑같은 높이의 맨션이 있고, 커튼이 닫힌 창문이 줄지어 있다. 불이 켜져 있는 창문은 없었지만 마모루는 재빨리 자세를 낮추었다.

통로에 면해서 하얀 문이 다섯 개 줄지어 있다. 온수기도 다섯 개. 제일 앞에 있는 문 위의 표찰에 '401'이라고 씌어 있다. 목적지인 문은 끝에서 두 번째다. 마모루는 난간에 몸을 바싹 붙이고 앞으로 나아갔다.

404호실의 문패에는 오직 호수가 씌어 있을 뿐이다. 관리인도 없는 곳이니, 되도록 여자 혼자 산다는 사실을 알 수 없도록 했을 것이다.

마모루는 난간에 등을 기대고 크게 숨을 내쉬었다. 어쨌든 여기까지는 왔다.

조금 조사해 보자―그러기 위해 우선 스가노 요코라는 여성이 살던 집을 찾아가 보자. 그것이 마모루의 생각이었다. 그런 짓을 해낼 만한 기술은 있다고 생각했으니까.

할아버지…….

소중한 '친구'의 얼굴을 떠올리며, 마모루는 생각했다. 할아버지한테 배운 게 이런 형태로 도움이 될 때가 오다니, 생각해 본 적도 없었어요…….

아버지의 실종과 그에 뒤이은 불명예스러운 사건의 발각은, 어렸던 마모루의 '어린아이로서의' 생활에도 괴롭고 큰 변화를 강요하는 것이었다.

사건 직후라고는 하지만 초등학교에 들어가기 전까지는 그나마 나았다. 마모루 자신과 마찬가지로, 마모루와 같은 또래의 아이들도 '횡령'이나 '실종'이라는 말의 뜻을 몰랐기 때문이다. 마모루는 놀러 간 친구네 집의 부모님이 갑자기 차가운 태도를 취하게 된 것을 이상하게 생각했다. 친구 역시, 엄마가 왜 구사카랑 놀면 안 된다고 그러는 건지 이상하게 여기는 눈치였다.

하지만 그 단계에서는 아직, 정말로 괴로운 기분을 맛본 것은 게이코뿐이었다. 마모루는 놀러갔다가 '오늘 ○○는 집에 없어'라는 말을 들으면 순순히 그 말을 믿고 집에서 혼자 놀면 되었다. 아직 그게 통했다.

마모루와, 히라카와에 남아 있는 도시오 사건의 기억은, 시소의 양 끝에 태워져 있었다. 마모루가 어릴 때는 사건이 훨씬 무겁게 밑으로 내려가 있었다. 마모루가 자라고 나이를 먹어 감에 따라, 이해하는 힘이 늘어남에 따라, 사건은 점점 떠오르고 결국에는 마모루의 눈높이까지 이르게 되었다. 그 후가 진정한 시련이었다.

마모루를 받아들여 주는 지방 야구팀도 없었다. 여름 축제에 오라고 불러 주고 같이 데리고 다니는 보호자도 없었다.

확실히 그것은 어른 쪽에서 시작된 차별이었다. 차별에는 강한 전염력이 있기 마련이다. 대항할 힘이 없는 어린아이는 쉽게 감염될 수밖에 없다. 때로는 스스로 나서서 전파시키기도 한다. 재미있기 때문이다.

초등학교에 올라가고 얼마쯤 지나자, 마모루에게는 놀 상대가 없어졌다. 방과 후에 축구를 같이 하자고 불러 주는 목소리가 들리지 않게 되었다. 숙제를 가르쳐 주는 아이도, 수업 중에 종이 뭉치를 서로 던지며 놀 상대도 없어졌다. 그렇게 된 후로 혼자 노는 것은 '그렇게 하는' 것이 아니라 '그럴 수밖에 없는' 것이 되어 갔다.

당연하다면 당연한 일이었을지도 모른다. 히라카와에 사는 사람들의 입장에서 볼 때 구사카 도시오는 시민의 세금을 여자에게 쏟아 붓고 달아나 버린 남자니까. 구사카 모자가 이런 처사를 견딜 수 없다면, 나가면 된다.

　게이코가 처음으로 마모루에게 사건에 대해서 이야기해 준 것도 이 무렵이었다. 자세하게, 아무것도 숨기지 않고. 다만 말미에 이렇게 덧붙이는 것을 잊지 않았다. 마모루, 넌 무엇 하나 부끄러운 짓은 하지 않았어. 그것만은 잘 기억해 두렴. 어린 아들과 똑같이 차가운 시선에 둘러싸여 살아가면서, 그녀는 자기 자신에게도 그 말을 들려주고 있었던 것이다.

　게이코는 그 무렵, 시내의 어느 칠기 공장에서 일하고 있었다. 어떻게든 직장을 찾을 수 있었던 것은, 히라카와의 어느 유서 깊은 가문 중에 '구사카 씨와 친했다'는 인물이 있어서, 간접적이긴 하지만 소개를 받았기 때문이었다. 게이코가 꼭 히라카와에 남고 싶다는 의사를 관철하기 위해서는 마모루와 동반자살을 해서 뼈를 묻는 것 외에는 수단이 없었을 것이다.

　무엇 하나 부끄러운 짓은 하지 않았다. 하지만 마모루는 늘 혼자였다.

　그 무렵, '할아버지'를 만났다.

　여름 방학이었다. 마모루는 혼자서 자전거를 뒤뜰에 세워둔 채, 아파트 돌계단에 걸터앉아 팔월의 햇볕을 쬐고 있었다. 딱히 갈 곳도 없고 혼자 집을 보는 데에도 질려서, 멍하니 있었다.

　"얘야, 덥지?"

　누군가가 말을 걸어서 얼굴을 들었다.

벽돌담이 드리우는 그늘 속에 땅딸막하고 통통한 노인이 한 명 서 있었다. 왼손에 낡고 작은 가방을 들고, 쥐색 노타이셔츠와 반쯤 벗겨진 머리에 한여름의 땀을 흠뻑 흘리고 있다.

　그 땀을 닦으면서 또 말했다.

　"그런 곳에 앉아 있으면 일사병 걸린다. 어때, 할아버지랑 빙수 먹으러 안 갈래?"

　꽤 오랫동안 망설이고 나서, 마모루는 일어섰다. 반바지 주머니 속에서 점심밥으로 빵을 사 먹으라며 어머니가 준 잔돈이 작은 소리를 냈다.

　그게 시작이었다.

　'할아버지'의 이름은 다카하시 고이치. 하지만 마모루는 처음 만났을 때부터 헤어질 때까지 계속 '할아버지'라고 불렀다. 정확한 나이를 가르쳐 준 적은 없었지만 그 무렵에 이미 예순이 넘었을 것이다.

　하는 일은 금고 기술자—은퇴한 금고 기술자였다. 히라카와에서 태어났지만 제2차 세계대전이 끝난 후 곧바로 오사카에 있는 자물쇠 장인의 제자로 들어가 줄곧 거기에서 일했다. 은퇴해서 다시 히라카와로 돌아온 것은 체력에 한계를 느꼈기 때문이다—할아버지는 자신에 대해서 그 정도밖에 이야기한 적이 없다.

　한 그릇의 빙수가 인연이 되어 그날부터 마모루는 할아버지의 집에 드나들게 되었다. 거기에는 좁은 작업장도 설치되어 있었는데, 특이한 모양의 반짝반짝 빛나는 도구나 마모루가 통째로 안에 들어가 버릴 정도로 커다란 금고, 어디에서 어떻게 여는지도 알 수 없는, 하지만 멋지고 예쁜 세공이 되어 있는 문갑 같은 것이 많이 있었다.

이건 취미야. 눈을 크게 뜨고, 머뭇거리면서도 여기저기 둘러보고 있는 마모루에게 할아버지는 웃음을 지었다. 이 녀석들에게 둘러싸여 있지 않으면 쓸쓸해서 못 견디거든. 이 녀석들도 주위에 사람이 없으면 쓸쓸해하고.

"위험하니까 그만두라고 하는 것 이외의 물건이라면 만져도 되고, 들여다봐도 되고, 뭐든지 해도 돼."

할아버지는 그렇게 말하며, 놀러오는 마모루가 자유롭게 행동하도록 내버려두었다. 마모루는 금고의 차가운 피부를 만졌다. 자물쇠의 미로 같은 장치에 눈을 바싹 대고 들여다보았다. 할아버지가 모은 낡은 사진집을 펴 보았다. 거기에는 단순한 열쇠라고 아무렇게나 말해 버릴 수 없을 정도로 공들인 조각이 되어 있는 열쇠나, 그 안에 넣을 물건보다도 훨씬 가치가 있어 보이는 금고의 사진도 있었다.

예쁘네요, 라고 말하자 할아버지는 고개를 끄덕였다. 예쁘지?

대개의 경우, 마모루가 곁에 있어도 할아버지는 자신의 일에 몰두해 있었다. 작업장 탐색이 한바탕 끝나자, 마모루는 이번에는 할아버지를 바라보았다. 할아버지의, 깜짝 놀랄 만큼 유연한 손가락의 움직임이나, 금고나 자물쇠를 대하고 있을 때 입가에 띠고 있는 행복해 보이는 미소를 바라보았다.

처음 만난 지 보름 정도 지난 어느 날, 그렇게 바라보고 있자니 할아버지는 갑자기 말했다. 어때, 마모루 너도 해 볼래?

그때 할아버지는 가느다란 줄로 감귤 상자만 한 크기의 낡은 금고에 슨 녹을 지우는 중이었다.

"제가 할 수 있을까요?"

"할 수 있고말고." 할아버지는 웃으며 줄을 건네주었다. "단, 아주 부드럽게 해야 한다."

할아버지의 말대로, 마모루는 만 일주일에 걸쳐서 녹을 지웠다. 그 금고는 녹이라는 나이 밑에 매끄러운 은색 피부를 숨기고 있었다. 문의 네 귀퉁이에는 아주 작은, 하지만 멋진 모란꽃이 조각되어 있었다. 일이 완전히 끝나자, 할아버지는 말했다.

"거 봐라, 아주 미인이 되었지?"

그냥 바라보는 입장에서 조금 거드는 입장으로. 그리고 할아버지가 하고 있는 일—이번에는 녹을 지우는 것 말고—에 흥미를 갖기까지는, 겨우 반걸음만 내딛으면 되었다.

어느 날, 아파트 열쇠를 잃어버려서 집에 들어갈 수 없게 된 적이 있었다. 게이코가 직장에서 돌아오려면 아직 두 시간은 더 있어야 했다. 머리 위 삼 층에 있는 집의 창문에는 벌써 걷었어야 하는 빨래가 싸늘하게 식어 펄럭거리는 모습이 보인다. 게다가 비가 올 것 같다. 마모루는 할아버지를 부르러 달려갔다.

겨우 오 분 만에, 할아버지는 문을 열어 주었다. 마법처럼. 그리고 복잡한 얼굴로 말했다.

"너와 어머니 둘이서 사는 곳인데, 좀더 튼튼한 자물쇠를 달아 두어야겠구나. 이건 마치 장난감 같잖니."

다음 날 할아버지는 아파트 문의 자물쇠를 바꾸러 왔다. 할아버지가 일을 마칠 무렵, 마모루는 말했다. "그거, 저도 할 수 있을까요?"

할아버지는 마모루를 물끄러미 보았다.

"해 보고 싶니?"

"네."

"그래?" 할아버지는 즐거운 듯이 말했다. "그럼 해 보렴. 하고 싶다고 생각하면 못 할 일은 없다."

이렇게 해서 마모루는 일을 배우기 시작했다. 처음에는 조금씩. 우선 자물쇠의 구조, 종류 외우기. 제조된 곳은 물론이고 제조된 나라에 따라서도 금고나 자물쇠의 얼굴이 달라진다.

실기로 들어가자 외워야 할 것, 외우고 싶은 것이 홍수처럼 밀려왔다.

번호로 맞추는 연약한 맹꽁이자물쇠나 자전거 열쇠, 그리고 자동차 도어락의 취급법. 다음으로 가장 많이 보급되어 있는 핀 텀블러의 실린더자물쇠 테크닉. 두 개의 바늘 모양의 도구를 이용한 피킹. 이 단계의 마지막에서 직접 고안한 피킹 건picking gun을 만들었다.

열쇠 구멍에 홈이 없는 열쇠를 꽂아 두고, 그러고 나서 여벌 열쇠를 만들어 가는 임프레션. 여벌 열쇠도 수백 개나 만들었다. 딱 맞지는 않지만 비슷한 여벌 열쇠를 꽂아 넣어서 속임수로 문을 여는 기술은, 완고한 사람을 설득해 나가는 것과 비슷하다. 그리고 마지막으로 다이얼자물쇠의 번호를 찾아내 여는 매니퓰레이션manipulation 단계.

처음 만난 후로 죽을 때까지 십 년 동안, 할아버지는 가르칠 수 있는 모든 지식과 기술을 마모루에게 전해 주었다.

꽤 이상한 것을 가르치고 배운 셈이다. 마모루 자신도 돌이켜보며 그렇게 생각할 때가 있다. 하지만 즐거웠다. 달리 집중할 수 있는 일이 없어서 우연히 휘말리듯이 시작한 일이었다 해도, 십 년 동안 계속한 것은 즐거웠기 때문이다.

그러나 할아버지는 작년 시월 중순, 히라카와에서 낙엽의 마지막 한 장이 떨어짐과 동시에 심부전으로 어이없이 세상을 뜨고 말았다.

이 세상의 끝이다. 마모루는 진심으로 그렇게 생각했다.

지금 가지고 있는 도구 세트는 그렇게 되기 며칠 전에 할아버지가 준 것이었다. 나중에 생각해 보면 미래에 대한 예지였는지도 모른다. 마모루를 찬찬히 바라보면서, 그때 이렇게 물었다.

"얘야, 마모루. 할아버지가 어째서 네게 자물쇠 따는 법을 가르쳐 왔는지 아니?"

새 도구에 매료되어 있던 마모루는 별로 깊이 생각하지 않고 대답했다.

"제가 가르쳐 달라고 부탁해서 그런 거 아니에요?"

할아버지는 크게 웃었다. "솔직한 아이로군. 그래, 맞다."

"제게 가르치시는 거 힘들었어요?"

"그렇지도 않았어. 전에도 말했잖니? 하고 싶다고 생각하면 못 할 일은 없는 거야."

한동안 입을 다물고 나서, 할아버지는 말을 이었다.

"너, 할아버지한테는 한 번도 아버지 얘기를 한 적이 없었지."

"아무 말 안 해도 알고 계시잖아요." 마모루는 곤혹스러워졌다.

"지금도 아버지에 대해서 이러쿵저러쿵 말하는 놈들이 있니?"

"가끔요······. 옛날만큼은 아니에요."

"그래? 시간이 지나면, 세상 사람들도 옛날 일은 잊어버리는 법이지."

"저도 아버지에 대해서는 잊어버렸어요."

"마모루, 자물쇠 따는 법을 배우는 건 즐거웠니?"

"네."

"어째서?"

잠깐 생각하며 말을 찾고 나서, 마모루는 대답했다.

"다른 사람들은 할 수 없는 일이니까요."

할아버지는 고개를 끄덕이며 마모루의 손을 바라보았다.

"그걸 사용해서, 어디에선가 뭔가 가져오려고 하거나 누군가를 곤란하게 만들어 주려고 하거나, 그런 생각을 한 적은 없니?"

"절대로 없어요!" 마모루는 눈을 크게 떴다. "할아버지, 제가 그런 짓을 할 거라고 생각하셨어요?"

"아니. 한 번도."

단호하게 고개를 젓고는, 할아버지는 한 마디 한 마디 천천히 곱씹듯이 말했다.

"할아버지가 네게 가르친 건 이미 오래된 기술이야. 점점 시대에 뒤쳐질 거다. 그렇지 않니? 할아버지는 이미 옛날 사람이니까 말이야. 앞으로는 열쇠도 자물쇠도 점점 새로워질 거야. 지금 같은 형태의 자물쇠라는 것 자체가 없어질지도 모르지." 할아버지는 조금 쓸쓸한 얼굴을 했다.

"하지만 그렇다고 해서 네가 가지고 있는 기술이 전혀 쓸모없어지는 건 아니야. 평범한 생활 속에서는, 너는 다른 사람과는 좀 다르겠지. 누군가가 감춰 두고 싶다고 생각하는 것, 소중히 넣어 두고 싶은 무언가를 넌 볼 수가 있어. 들어가지 말았으면 좋겠다고 생각하는 곳에도 들어갈 수 있지. 다만 그건 어디까지나, 네가 그럴 마음을 먹었을 때의 이야기야."

할아버지는 마모루의 눈을 보았다.

"지금까지도 넌 하려고 하면 그럴 수 있었어. 하지만 하려고 하지 않았지. 생각도 하지 않았어. 할아버지는 그걸 믿고 있고, 그렇기 때문에 네게 가르쳐 온 거야. 마모루, 자물쇠라는 건 말이지, 다름 아닌 사람의 마음을 지키는 거란다."

네 아버지는—할아버지는 슬픈 듯이 말했다.

"자물쇠를 따는 기술이 있는 사람이 아니었어. 여벌 열쇠 하나도 혼자서 못 만드는 사람이었지. 그런데도 해서는 안 될 짓을 하고, 다른 사람의 돈에 손을 대고 말았어. 그건 많은 사람들이 맡겨 놓은 마음의 자물쇠를—그걸 '신용'이라고 부르는 사람도 있다만—멋대로 여는 짓이었지.

네가 앞으로 어른이 되어 가는 동안에는 몇 번인가 슬프고 불쾌한 기분으로 아버지가 한 짓을 떠올려야 할 때가 있을 거야. 원망할 때도 있겠지. 하지만 말이지, 마모루. 할아버지가 무섭다고 생각하는 건 그게 아니란다.

네 아버지는 나쁜 사람이 아니었어. 그저 약했을 뿐이지. 슬플 정도로 약했지. 그 약함은 누구에게나 있는 거야. 네 안에도 있어. 그리고 네가 네 안에 있는 그 약함을 깨달았을 때 '아아, 아버지랑 똑같구나' 하고 생각하겠지. 어쩌면 부모가 그러니까 어쩔 수 없다고 생각할 때도 있을지 몰라. 세상 사람들이 무책임하게 '피는 못 속인다'는 말을 하는 것처럼 말이야. 할아버지가 무서워하는 건 그거란다."

마모루는 잠자코, 계속 이야기하는 할아버지의 얼굴을 바라보고 있었다.

"할아버지 생각에, 인간에는 두 종류가 있어. 하나는 할 수 있는 일이라도 하고 싶지 않다고 생각하면 하지 않는 인간. 다른 하나는 할 수 없는 일이라도 하고 싶다고 생각하면 어떻게든 해내고 마는 인간. 어느 쪽이 좋고 어느 쪽이 나쁘다고 단정할 수는 없어. 나쁜 건 자신의 의사로 하거나 하지 않거나 한 일에 대해 변명을 찾는 거지."

마모루, 아버지를 네 변명으로 삼아서는 안 돼. 어떤 일에서도 변명을 찾아서는 안 된단다. 그렇게 살아가다 보면 언젠가 반드시 아버지의 약함과, 약한 아버지의 슬픔을 알게 되는 때가 올 거야―그렇게 말하고, 할아버지는 처음으로 도구를 쥐는 법을 가르쳐 주었을 때 했던 것처럼 마모루의 손을 잡았다. 건조하고, 매끄럽고, 놀랄 정도로 강한 손이었다.

자, 어느 쪽일까―스가노 요코의 집 문 앞에서 마모루는 우선 생각했다.

여기에서는 아직 작업에 불빛이 필요하지 않다. 복도의 형광등만으로 충분하다. 어찌 되었든 자물쇠 내부를 볼 수는 없기 때문이다.

빈약한 자물쇠였다. 양 옆집의 문과 비교해 본다. 전부 같은 구조로 된 면부식面付式 실린더자물쇠인데, 주공이나 시영 아파트에서 사용되는 타입보다 급이 더 떨어진다. 모노 록문의 손잡이 부분에 열쇠 구멍이 있고, 안쪽에서는 손잡이에 달린 버튼으로 조작하는 자물쇠이 아닌 것만 해도 다행일지 모르지만(그것은 낡아서 헐거워지면, 문틈에 단단하고 평평한 것을 끼워넣어 세게 밀기만 해도 열릴 때가 있다), 혼자 사는 젊은 여성이 안심하고 모든 걸 맡길 수 있을 만큼 든든한 자물쇠는 아니다. 자물쇠를 보면 건물 시공주의 심지를 알 수 있다. 이 맨션은 벽의 리벳도 세 개를 박아야 할 곳에 두 개만 박은 게 틀림없다.

핀 텀블러의 실린더자물쇠는 수많은 핀을 복잡하게 조합시켜서 만든다. 어떤 특정 열쇠로만 원통 모양의 자물쇠를 돌리고 잠금쇠를 움직일 수 있는 것은, 그 열쇠에 새겨져 있는 홈과 핀이 구성하는 굴곡이 정확하게 일치하기 때문이다.

무겁고 부피가 커지기 때문에 유사열쇠법에 사용하는 여벌쇠 묶음은 가져오지 않았다. 지금 이렇게 실물을 보고 있자니, 그걸로도 충분했을 텐데 하고 아까운 기분이 들었다.

좋아. 여벌 열쇠를 만들자. 임프레션으로 가기로 결정했다. 어쩌면 이번에 숨어들어 가서 발견한 물건을 다시 돌려주러 와야 할지도 모른다. 그때마다 피킹으로 여는 것도 손이 많이 간다.

통로에 한쪽 무릎을 꿇고, 콤팩트하게 정리되어 있는 도구상자(약간 두툼하고 길이가 짧은 필통 정도의 크기다)에서 홈이 하나 파여 있을 뿐인 새 열쇠를 꺼낸다. 할아버지에게 배웠을 때는 여기에 검댕을 칠해서 열쇠구멍에 밀어 넣었지만, 마모루는 베이킹파우더를 사용하기로 했다. 잘 보이고, 어디에서나 구할 수 있기 때문이다. 지금 가져온 것은 마키가 케이크를 구울 때 미리 빌려 두었다.

신중하게, 하얀 가루를 묻힌 열쇠를 밀어 넣는다. 이럴 때 가장 방해가 되는 건 자신의 심장 고동이다. 두근거리면 그것이 몸 전체로 울려 퍼지고 손끝까지 떨린다.

열쇠를 꺼낸다. 하얀 가루 위에 희미하게 선이 나 있다. 아무한테나 보이는 선은 아니다. 오디오 마니아의 귀만이 알아들을 수 있는 소리의 일그러짐과 똑같은 것이다.

이 얇은 선이 자물쇠의 옆얼굴이다. 마모루는 얇은 줄을 꺼내, 그것을 따라 선을 새겨 넣고 자물쇠의 얼굴 전체를 만들어 간다. 가끔 시험 삼아 맞춰 보면서 무리하지 않고, 서두르지 않고, 엘레강트하게 진행하는 게 중요하다. 자물쇠는 품행이 단정한 레이디니까.

네 번째로 시험해 보았을 때, 열쇠에 새겨 넣은 다섯 개의 깔쭉깔쭉한 선이 실린더의 내부와 맞물리는 소리가 났다. 소요 시간은 약 십이 분이었다.

급조한 여벌쇠를 주머니에 넣고 열쇠구멍으로 숨을 불어넣어—아무도 알아채는 사람은 없겠지만 만약을 위해—베이킹파우더의 흔적을 날려 보내고는 일어서서 문을 열었다.

2

마모루는 문을 꼭 닫고, 밤과는 또 다른 어둠 속에 서 있었다. 이 새로운 어둠 속에서는 희미하게 달콤한 향기가 났다. 주인 없는 집에, 죽은 여자가 쓰던 코롱의 잔향.

발을 움직이지 않은 채, 이번에는 펜라이트를 꺼낸다. 아키하바라에서 찾아낸 강력 펜라이트로, 스위치를 켜고 3단계까지 바꿀 수 있는 광량을 최대로 놓자 자신이 서 있는 자리가 보였다. 그곳은 현관이라기보다는 신발을 벗어놓는 자그마한 공간이었다. 오른쪽에 얄팍한 신발장이 있고, 그 위에 텅 빈 꽃병. 뒤쪽의 벽에, 작은 액자에 들어 있는 마리 로랑생의 복제화가 걸려 있다.

희끄무레한 소녀의 얼굴이 내려다보는 것을 알고, 마모루는 꽤나 놀랐다. 마키는 이 여류 화가를 좋아해서 화집도 전부 가지고 있다. 로맨틱한 색조지만 어두운 곳에서 볼 만한 그림은 아니다. 앞으로 싫어질 것 같다고, 마모루는 생각했다.

발밑을 비추어 보고는 섣불리 움직이지 않기를 잘했다고 생각했다. 금속제의 가느다란 우산꽂이가 오른쪽 발 바로 옆에 자리하고 있었다. 모르고 발을 내딛었다면 이웃집 주민의 단잠을 방해하는 소리가 났을 것이다.

조심스럽게 우회해서 집으로 들어간다.

그곳은 구색을 맞추는 정도의 좁은 식당 겸 부엌이었다. 부엌의 물기 빼는 소쿠리에 커피잔과 접시가 두 벌 엎어져 있다. 만져 보니 완전히 말라 있었다.

하얀 테이블과 의자 두 개. 붉은 갓을 씌운 램프가 자칫하면 머리에 부딪힐 정도로 낮게 매달려 있다. 독신자용 소형 냉장고 위에 오븐 토스터. 양쪽 다 흰색이고 옆에 있는 식기대도 흰색이다. 그 옆에 문이 있고, 라이트로 비춰 보니 '침실'이라는 스티커가 붙어 있었다.

살금살금 나아가 문을 연다. 내부를 펜라이트로 한번 비춰 보고, 창이 없는 것을 확인한 후에 조명 스위치를 더듬어 찾았다. 형광등이 깜박거리다가 마지못한 듯 가까스로 켜졌다.

스가노 요코 씨는 깨끗한 걸 좋아했군, 색깔은 핑크나 흰색을 좋아했던 모양인데. 아이보리색의 욕실과 화장실 안은 타일도 화장품도 슬리퍼도 파스텔 핑크로 통일되어 있었다. 쓰다 만 비누까지 핑크색이다.

문득 보니, 욕조 가장자리에 긴 머리카락이 하나 떨어져 있었다. 요코 씨의 머리카락일 것이다. 머리카락이 길었구나 하고 생각하다가 마모루는 갑자기 깨달았다.

스가노 요코의 얼굴조차 몰랐던 것이다. 머리 스타일도 키도. 장례식에도 가지 않았고, 신문에는 얼굴 사진조차 실리지 않았다. 다이조도 그녀의 얼굴을 기억하고 있을지 알 수 없다. 사고는 순식간에 일어났으니까.

용기가 단숨에 꺾여 버릴 것 같은 발견이었다. 뭐가 '조금 조사한다'는 거냐.

뒷걸음질 쳐서 욕실을 나선다. 불을 켜 둔 채 문은 반쯤 열어 두었다. 이러면 불빛은 밖으로 새어 나가지 않을 테고, 방 전체를 잘 볼 수 있다.

부엌 맞은편에도 방이 또 하나 있고, 그게 전부였다. 바닥은 나무로 되어 있고, 넓이는 다섯 평 정도. 파이프 침대와 벤치 체스트_{수납 기능을 겸한 의자}. 창가에는 어느 모로 보나 학생다운 목제 책상과 의자가 있다. 바닥 중앙에는 깔개가 깔려 있고, 그 색깔에 맞춘 비닐제 조립식 옷장이 있다. 옷장 지퍼가 반쯤 열려 있다.

갑작스런 소식을 듣고 달려온 어머니가 딸의 옷 중에서 관에 넣을 것을 고르고 있었던 걸까. 옆으로 다가가 보니 좋은 향이 났다.

무엇부터 시작할지 생각하고 온 터라 우선 일기 같은 것을 찾아보려고 했지만 계획을 바꾸어, 앨범이 있는지부터 살펴보기로 했다. 자신이 누구에게 접근하고 있는 건지 얼굴 정도는 알아 두지 않으면 실례니까.

앨범은 키 큰 책꽂이의 가장 아랫단에 딱 한 권 세워져 있었다. 페이지를 넘겨보니 여러 장의 사진이 나타났다. 대개는 여자들끼리 찍은 사진으로, 여행지인지 배경에 폭포가 찍혀 있거나 가벼운 산행 차림을 하고 있는 그룹이 카메라를 향해 브이 사인을 보내고 있는 것도 있다. 그 속에 자주 등장하는, 피부가 하얗고 키는 날씬하게 크며 곧은 머리카락을 허리까지 늘어뜨리고 있는 여성이 스가노 요코일 거라고 짐작했다.

얼굴이 매우 닮은 젊은 여성과 둘이서 기모노 차림으로 찍은 사진도 있었다. 여동생인 모양이다. 올해 설날 때 고향에서 찍은 것이리라.

앨범을 원래대로 돌려놓으려고 했을 때 표지 안쪽의 주머니에서 작은 카드 같은 것이 한 장 떨어졌다. 주워 들어 보니 낡은 학생증이었다. 학원 학생증이다. 얼굴 사진은 마모루의 추측이 틀리지 않았다는 사실을 뒷받침하고 있었다.

미인이라고 생각했다. 거리를 걷다가 편하게 길을 물어볼 수 있을 것 같은 타입은 아니지만, 사무기기의 쇼룸 같은 데 있으면 딱 어울리겠다.

처음 뵙겠습니다. 그리고 죄송해요. 당신 방에 멋대로 들어와서. 마모루는 마음속으로 중얼거렸다.

책꽂이에는 거의 빈틈이 없었다. 문고본 미스터리나 연애 소설도 있지만, 눈에 띄는 것은 어학 관련 전문서다. 나란히 놓여 있는 사전으로 보아 영어와 프랑스어를 배우고 있었던 모양이다. 『영어 검정 1급으로 가는 길』이나 『통역가가 되기 위해 필요한 자격과 대책』, 『홈스테이를 추천한다』라는 제목도 보인다.

일기장은 눈에 띄지 않았다. 그런 습관이 없었던 건지도 모른다. 전화번호부, 다이어리 같은 것도 없다. 그런 물건들은 사고를 당했을 때 지니고 있었겠지.

편지는 어떨까.

침대 머리맡에 코르크 보드가 있고, 편지꽂이가 옆에 매달려 있었다. 양은 적다. 최근에는 모두 전화로 끝내기 때문이다. 마모루 자신도 지난 몇 년 동안 편지라곤 쓴 적이 없다.

미용실에서 온 이벤트 알림 엽서. 외국에서 온 듯한, 친구가 보낸 그림엽서. (잘 지내? 여기는 너무 좋아······.) 영어 회화 학원 팸플릿.

편지는 딱 한 통 있었다. 보낸 사람은 '스가노 유키코'. 꽃무늬가 흩어져 있는 편지지에, 작고 둥근 글씨로 씌어 있다. 짧은 편지였다.

다들 잘 지낸다는 것, 취직이 결정되었다는 것, 구월 연휴 때 집에 오면 아야코의 아기 얼굴을 볼 수 있을 거야······. 그리고 마지막에, 지난번에 전화했을 때 목소리에 기운이 없었지, 언니 피곤해? 걱정돼, 라고 되어 있다.

역시 동생이다. 편지를 접어 넣으면서, 마모루는 위 언저리가 무거워지는 것을 느꼈다.

조금만 조사해 보면 금방 알 수 있을 텐데, 라고?

역시 그런 전화를 진심으로 받아들이는 게 아니었다. 이런 짓을 한다고 무슨 도움이 되겠는가? 그녀가 고백의 글을 남기기라도 했을 거라고 생각했던 걸까? 무엇보다, 사는 집을 조사한다고 그 생활을 완전히 알 수 있는 사람이 이 세상에 있을까?

예를 들어, 내 방에 누군가가 들어와서 피킹 도구를 발견한다면 어떻게 생각할까. 이 녀석은 직업적인 도둑이라고 생각할지도 모른다. 하지만 그건 틀린 생각이다.

한숨을 쉬며 바닥에 앉아 방 안을 둘러보았다.

간소하구나. 그게 첫 번째 감상이었다. 같은 나이인 마키의 방과 비교해 보면 잘 알 수 있다.

이 방에 있는 텔레비전도 라디오도 한 세대 전의 종류다. 처음 샀을 때부터 중고였을지도 모른다. 비디오도 없고, 전등갓도 세련되지 못한 옛날 풍의 갓이다. 커튼도 얇은 싸구려.

맨션 자체부터 상당히 낡았다. 벽에는 적어도 두 군데, 물 샌 흔적이 남아 있다. 부엌의 수도꼭지와 욕실의 샤워 시설도, 오래된 혼합 수도꼭지식이었다. 바닥 판자는 흠집투성이다.

집세는 얼마 정도였을까. 집에서 돈을 보내 주고, 틀림없이 자신도 아르바이트를 하고 있었겠지만 생활은 편하지 않았을 것이다. 모든 여대생들이 매일 유행하는 옷을 바꿔 입으며 돌아다니는 건 아니다.

그렇다, 돈이다.

그런 것에 생각이 미친 자신에게 혐오감을 느끼면서, 마모루는 애써 생각을 정리했다. 경제 상태는 어땠을까.

어쨌든 할 만한 일을 다 하지 않으면 돌아갈 수 없다. 무엇 때문에 숨어들었는지 의미가 없어지고 만다. 아무도 없는 방에 들어왔다는 죄스러움으로 어깨를 움츠리면서, 서랍 속을 뒤져 보았다.

깔끔하게 정리된 2단식 서랍 안쪽에, 영수증철과 간단한 가계부와 함께 저금통장이 두 개 들어 있었다. 하나에는 '사용 완료' 도장이 찍혀 있다.

새것을 펴 본다.

매달 잔고가 한 번은 세 자릿수로 되어 버리는, 검소한 금전 출입이었다. 월말에 '송금'으로 팔만 엔씩 들어오는 것은 본가에서 보내 주는 돈일 것이다. 그것과 거의 같은 날짜에 '급여'가 있다. 지난달치가 금 십만 삼천오백사십일 엔. 아르바이트인 모양이다.

통장을 거슬러 올라간다. 구월, 팔월, 칠월, 그리고 사월까지 왔을 때 상태가 완전히 바뀌었다. 액수가 늘어났다.

이십오만 엔, 사십만 엔—육십만 엔의 입금도 있다. '송금'도 '급여'도 아닌 것을 보면 현금으로 받아 입금한 것이리라. 소소한 지출에는 눈에 띄는 변화가 없지만, 잔고가 오십만 엔 정도가 되면 한꺼번에 인출했다.

이건 뭘까? 하고 생각하면서 계속 페이지를 넘겨보니, 정기예금 칸이 나왔다.

눈을 의심했다.

오십만 엔 전후의 정기예금이 일곱 개. 그중 하나는 올해 사월에 해약되었지만, 그래도 삼백만 엔 이상이 남아 있다.

마모루는 새삼 방을 둘러보았다. 이런 생활을 하면서 삼백만 엔을 모았다?

'사용 완료' 쪽 통장도 펼쳐 보았다. 여기도 마지막에는 액수가 크다. 거슬러 올라가 보니, 작년 이월부터 자릿수가 큰 숫자들이 늘어서기 시작했다.

작년 이월부터 올해 사월까지 열다섯 달 동안, 스가노 요코는 지극히, 지극히 경제 상태가 좋았다. 부지런히 저금도 하고 있었다.

무엇 때문에? 그리고 뭘 해서?

가계부를 펼친다. 요리코가 쓰는 것과 똑같은, 매달의 세세한 지출 기록이다. 그 가운데, 올해 4월 12일 날짜로 '이사 비용'과 '보증금'이라는 기입이 있었다. 해약한 정기예금은 여기에 쓴 모양이다. 그렇다면 스가노 요코는 이곳으로 이사한 지 아직 반년 정도밖에 안 되었던 것이다.

열다섯 달 동안 뭔가 고소득을 얻을 수 있는 상태에 있었고, 그게 종료됨과 동시에 이사를 했다.

레코드 바늘이 걸려서 똑같은 멜로디가 반복되는 것처럼, 마모루는 그 생각을 반추했다.

── 그 여잔 죽어 마땅한 짓을 했어.

대체 뭘 하고 있었던 걸까?

통장을 원래 있던 자리에 넣고, 팔짱을 끼며 생각에 잠겼다. 달리 조사해야 할 것은 없을까. 어디를 보면 될까.

욕실에서 새어 나오는 불빛이 닿지 않는 어둠 속에 붉은 빛이 하나 켜져 있다. 부재중 녹음 기능이 딸려 있는 전화기였다. 붉은 불빛은 전원이 켜져 있다는 사인이다.

마모루는 잠시 망설이다가 전화로 다가갔다. 본체의 커버를 열자 마이크로 카세트테이프가 보였다.

뭔가 남아 있을지도 모른다.

펜라이트를 비추며 버튼을 눌러 테이프를 되감고는 처음부터 재생했다.

"나 모리모토야. 갑자기 여행을 가게 돼서 내일 세미나에 못 나가. 돌아오면 노트 좀 보여 줘. 선물 사 올게."

삐―. 다음 목소리.

"여보세요, 유키코야. 다시 걸게, 그런데 요즘 계속 집에 없네."

삐―. 또 다음 목소리. 이번에는 남자였다.

"하시타 학원의 사카모토라고 합니다. 일전에 아르바이트 강사 모집에 와 주셔서 감사합니다. 음, 일단 채용이 되었으니 다음 주부터 와 주셨으면 좋겠어요. 집에 오시면 연락 주세요."

삐―. 또 남자의 목소리. 몹시 밝은 어투로…….

"전화번호를 바꿨어?"

그 남자다.

틀림없다. 스가노 요코를 죽여 줘서 고마워. 그 목소리다. 마모루는 놀라서 귀를 기울였다.

"힘들었지? 그렇지만 주소도 전화번호도, 맘먹고 조사하면 알 수 있다니까. 고생 많았어. 그리고 아주 최근에, 또 헌책방에서 '정보 채널'을 한 권 발견했어. 안됐지만 도망쳐 다녀 봐야 헛수고야. 그럼 또 걸게."

삐―. 녹음은 거기에서 끝나 있었다.

그놈이다.

밖으로 나와서 사거리까지 천천히 되돌아가는 마모루의 머릿속에 그 전화의 목소리가 되풀이해서 되살아났다. 분명히 그놈이다. 우리 집에 전화를 걸었던 남자가 스가노 씨에게도 전화를 걸었다.

언제의 일일까? 그녀가 죽기 전의, 어느 시점일까? 그녀가 죽어 버렸기 때문에 이번에는 우리 집에 전화를 한 걸까?

도망쳐 다녀 봐야 헛수고야.

이사. 아무래도 전화번호를 바꾼 것 같다는 사실. 도망쳐 다녀 봐야—.

'정보 채널'이라는 건 뭘까? 그게 고소득과 관련이 있는 걸까.

한쪽 발이 못으로 바닥에 고정된 것처럼, 생각은 같은 곳에서 빙글빙글 돌 뿐이었다.

우선, 오늘 밤은 여기까지다. 어쨌든 단서가 나왔다. 그 전화를 건 남자가 한 말에는 뭔가 의미가 숨겨져 있다.

계단 밑에서 급하게 묶었기 때문에 도중에 운동화 끈이 풀려 버렸다. 몸을 굽혀 다시 묶고 얼굴을 들자, 은회색 차 한 대가 천천히 사거리로 접어들어 어린이 공원 앞에서 정지하는 게 보였다.

문이 열리고 누군가가 내렸다. 이렇다 할 이유도 없었지만 모습을 보이고 싶지 않은 기분이 들어 마모루는 도로 끝에 몸을 바싹 붙였다.

남자다. 양복을 입은 등이 넓다. 등을 돌리고 있어서 얼굴이 보이지 않지만 별로 젊지는 않다.

얼굴 언저리에서 보라색 연기가 피어 올랐다. 담배를 피우는 모양이다.

이런 시간에 왜 여기에 있는 걸까.

마모루가 한 것과 똑같이 신호를 올려다보며 조용한 사거리에 서 있다.

그 키 큰 실루엣이 돌아보았다. 마모루는 당황해서 얼굴을 집어넣었다.

단단하게 각진 턱을 가진 얼굴 위로, 단정한 머리와 선글라스가 보인다. 관자놀이에서 하얗게 빛나는 건 백발일까.

남자는 오 분 정도 있다가 다시 차를 몰고 사라졌다. 마모루도 달려서 집으로 향했다. 사거리를 지날 때, 희미하게 남아 있는 담배 냄새를 맡았다.

3

"정보 채널?"

일요일의 일은 삼 주의 기한이 지나 출판사에 반품할 책을 분류하는 것으로부터 시작되었다. 매장도 매우 혼잡해서 소음으로 가득하다. 마모루는 사토와 둘이서 엉거주춤하게 몸을 굽히고 고된 작업에 매달려 있었다.

"글쎄⋯⋯. 들어본 적 없는데. 그거 정말로 잡지 이름 맞아?" 사토는 의심스럽다는 듯이 눈썹을 찌푸렸다.

"네. 한 권이라고 세니까 서적이 틀림없다고 생각해요. 사토 씨한테 물어보면 알 것 같아서."

부재중 전화의 그 남자 목소리는 분명히 "또 '정보 채널'을 한 권"이라고 말했다.

"단행본일 것 같지는 않은데. 어정쩡한 제목이잖아" 하고 말하면서, 사토는 왠지 모르게 기쁜 눈매를 하고 있다.

"별로 팔릴 것 같은 제목은 아니죠."

"금방 폐간될 것 같은 냄새가 풍기는걸. 일 년쯤 간행되었다면 나도 대개는 기억하고 있을 테니까. 실물 가진 거 없어?"

"없어요. 아는 건 제목이랑, 지난 일 년 이내에 간행되었을 거라는 것뿐."

"그럼 발행 안내나 그런 걸 뒤져서……. 하지만 실려 있을까? '정보 채널'이라니. 뒤로만 유통되는 서적일지도 모르지. 자극적인 부제가 붙거나 해서."

"뒤로만 유통되는 서적?"

마모루는 흠칫했다. 그럴 가능성을, 어째서 짐작하지 못했을까. 스가노 요코는 미인이었다. 모델도 될 수 있을 것 같은.

그리고 저금통장의 숫자. 평범한 아르바이트 정도로는 절대로 벌 수 없는 액수.

반품할 잡지의 표지를 커터로 잘라내면서, 사토는 "아아, 불쌍하기노 해라" 하고 한탄했다.

"안타까운 일이지. 어차피 폐기장행이라 해도 이렇게 귀여운 애가 실려 있는 표지를 자르다니."

잘라 낸 표지의 나머지 절반에서 표지 모델이 생긋 웃고 있다.

"하지만 생각 좀 해 봐. 이렇게 많은 양의 잡지가 나온다고. '지푸

라기 속에서 바늘을 찾는다'는 말이 있는데, 네가 말하는 정도의 단서로 그 잡지를 찾아내는 건 산더미처럼 쌓인 바늘 속에서 특정한 바늘 하나를 찾아내는 거랑 같아."

"말 되네요." 마모루는 낙담하면서 대답했다.

"이봐, 청소년. 노동은 제대로 하고 있나?"

계단 쪽에서 어슬렁어슬렁 다가온 것은 서적 코너의 사복 경비원, 마키노였다. 오늘은 단정하게 정장을 입고 있다.

"무슨 일이세요? 엄청 힘 주셨네."

"미팅이 있었거든. 높으신 분들은 까다로우니까."

서적 코너의 점원들에게 오십대의(쉰셋이라는 설과, 아니, 사실은 이미 예순에 가깝다는 설이 있다) 이 경비원은 히미코「삼국지」, '위지동이전'에 의해 알려진 야마타이국의 여왕와 마찬가지로 불가사의한 존재였다. 알고 있는 것은 그가 확실히 존재하고 있다는 것과, 치프인 다카노도 그를 대우해 주고 있을 만큼 '대단하다'는 것, 그리고 실제로 유능하다는 것뿐이고, 출생도 자란 환경도 가정도 이력도, 아무도 모른다. 소매치기 전문의 실력 있는 형사였으나 뇌물수수 사건이 얽혀 사직했다는 둥, 원래는 고등학교 교사였다는 둥, 추측만이 난무하고 있다.

마모루가 늘 감탄하는 것은 그의 복장이었다. 좋은 옷을 입는다거나 센스가 좋다는 게 아니라, 어떤 것을 입어도 그걸 항상 익숙하게 입는 사람의 분위기가 나기 때문이다. 영국제 정장을 입으면, 커다란 벽장 가득히 그런 옷을 가지고 있는 중역급의 분위기를 풍긴다. 흐르르한 재킷을 입고 낡은 바지의 엉덩이 주머니에 「경마 신문」을 꽂으면, 빨간 연필을 들고 경마장에 다니는 도박광의 냄새를 풍긴다. 다행인지 불행인지 아직 본 적은 없지만, 여장을 하면 그것도 기가 막히게 어울릴 게 틀림없다.

"청소년, 오늘은 정신 바짝 차리고 있어. 손님인 꼬마들도 학기말 시험이 다가와서 들떠 있으니까. 기분 전환으로 물건이라도 슬쩍 해 볼까, 하는 못된 놈들이 우글거릴 시기야. 수험생도 위험하고."

"잊고 있었네. 저도 곧 시험이에요." 마모루는 말했다.

"오오, 안됐군. 난 이제 학생이 아니라 다행이야."

사토가 가슴을 쓸어내리는 동작을 해 보이자, 마키노가 따끔하게 말했다.

"팔 년이나 대학생 노릇을 한 후에 할 말이 아닌데. 도대체 언제 정상적인 사회인이 될 셈이야?"

"됐잖아요, 벌써."

"평생 서점 아르바이트나 하다간, 장래에 나라 신세를 지면서 연금으로 생활할 자격은 없을 텐데." 경비원은 흥 하고 코웃음을 쳤다. "도대체가, 책이라는 건 너무 많이 읽으면 좋을 게 하나도 없어. 여자는 시집을 늦게 가고 남자는 근성이 없어지거든."

"너무하시네요. 그건 극단론이에요." 마모루는 항의했지만, 옆에서 사토가 "아!" 하고 소리를 냈다.

"그 말을 늘으니까 생각났다. 이봐, 마모루, 네가 말한 '정보 채널', 알 수 있을지도 몰라."

"정말이에요?"

"우리 서점의 안자이 여사 말이야. 전에 사귀던 남자친구랑 헤어지지 않았다면 틀림없이 알 거야."

"헤어졌을걸." 마키노가 말한다.

여자 점원인 안자이 마사코는, 서적 코너에서는 사토보다 오랜 경력을 가지고 있다. 그래서 '여사'라고 불리고 있지만, '시집을 늦게 간다'는 말에서 자신을 연상했다는 걸 알면 가만있지 않을 것이다.

여사는 계산대에 있었지만 사토가 부르자 나와 주었다.

"사토의 부탁이라면 들어주고 싶지 않지만, 구사카가 부탁한다면 못 본 척할 수 없지."

"아세요?"

"아마도. 하지만 시간을 좀 줘. 금방 연락이 될지 알 수 없는 사람이거든."

여사의 남자친구 중에, 자유기고가 일을 하는 한편으로 잡지 수집을 취미로 삼은 사람이 있다고 한다.

"장래에 잡지 전문 도서관을 열고 싶다나 봐. 그가 만든 데이터베이스라면, 특히 잡지에 관해서는 신문사보다 상세할 거야."

뭐가 나올까. 작업하는 손을 쉬지 않은 채, 마모루의 마음은 그 일에만 기울어져 있었다. 「정보 채널」이라는 잡지의 어디에, 스가노 요코를 괴롭히는 것이 숨어 있었을까.

만일 사토 씨가 말하는 것처럼 뒤로 유통되는 서적이었다면……. 마모루는 생각했다. 스가노 씨는 그걸 빌미로 협박을 받고 있었을 수도 있지 않을까.

뭐라 해도 그녀는 여대생이었다. 달콤한 말과 보수에 속아, 가벼운 마음으로(텔레비전 프로그램이나 잡지에서 현대의 여자들은 모두 그렇다고 강조되는 것처럼) 뛰어든 세계에 발목이 잡힌 건지도 모른다.

협박하던 상대방과, 사고가 있었던 사거리 근처에서 만나고 있었을지도 모른다. 거기에서 이야기가 꼬이고, 그녀는 도망쳤다.

아니면……, 그때까지 생각하지 못했던 일이 떠올랐다.

자살이었을지도 모른다. 견딜 수 없게 되어, 달려오는 차 앞으로 뛰어들었다. 그리고 다 죽어가는 몸으로 외친다. 너무해, 너무해, 어떻게 이럴 수가 있어.

연락을 기다리는 동안, 마키노 경비원이 활약하는 장면을 볼 수 있었다. 절도를 두 건이나 적발했다.

한 건은 여고생 두 명이었다. 인기 록밴드의 사진집을 헐렁헐렁한 트레이닝복 밑에 숨기고 에스컬레이터의 계단에 발을 한 걸음 내딛었을 때 마키노가 어깨를 두드린 것이다. 여고생 두 명은 그 대형 비디오 디스플레이 앞에서, 캐나다 부근의 청량한 호수 영상을 배경으로 얼어붙은 듯 멈춰 서고 말았다.

"바보로군. 저 애들, 일단 퇴학 처분은 틀림없을 거야."

계산대에 있던 여사가 사무실로 끌려가는 여고생을 바라보면서 말했다.

둘 다 그렇게 타격을 받은 것 같지도, 겁먹은 것 같지도 않다. 입술에는 엷은 웃음마저 띠고 있다.

"그런가? 그렇게 엄격한가요? 저 분위기를 보면 그냥 살짝 장난친 정도로밖에 생각하지 않는 것 같은데."

"본인들은 그렇지. 하지만 그것도 지금뿐이야. 여기에서는 그렇게 엄한 취급을 하지 않고 최근에는 경찰에 연락해도 설교 정도만 하고 곧 돌려보내 주지만, 학교는 그렇게 안 되거든. 저 애들, 게이아이 여고 일 학년이라고 하니까."

게이아이 여고는 일류 사립 고등학교다.

"마키노 씨한테 들은 적이 있는데, 그런 규율이 엄격한 학교에서는 흡연이나 절도, 금지되어 있는 콘서트에 말없이 갔다는 사실이 알려지는 즉시 보호자를 호출, 복도에 서서 기다리게 한 채로 처분을 결정하는 직원회의를 연대. 몇 시간이 걸리든 그동안 본인들은 복도에 서 있어야 해. 그것만으로도 징벌이지."

"그리고 그 결과는 퇴학?"

"그런 모양이야."

"단순히 우발적인 충동이라도요?" 마모루는 여학생들이 좀 불쌍해졌다.

"우발적인 충동이라······." 여사는 미끄러져 내려온 안경테를 도로 올리고는 고개를 갸웃거렸다.

"내 감각이 잘못된 거고, 너희들 세대에서는 또 느끼는 게 다른 건지도 모르겠지만, '우발적 충동'이라는 말은 이미 사어死語라고 생각해. 현대에 절도를 저지르는 아이들은, 어지간히 특수한 경우가 아닌 한 확신을 가지고 범죄를 저지르거든. 무엇보다, 약간 마가 끼었습니다, 죄송합니다, 하면서 연간 사백오십만 엔이나 되는 큰 구멍을 뻥 뚫어버려서야 큰일이지."

"그렇게 피해가 컸어요?"

절도가 많다는 걸 알고 있던 마모루도 구체적인 액수까지는 모르고 있었다.

안자이 여사는 고개를 끄덕였다. "우선, 우리 한 달 총 매상이 평균

약 이천만 엔……. 서적 매장의 총면적은 백 평 가까이 되니까, 이것도 별로 좋지 못하지만."

마모루는 저도 모르게 끼어들었다. "이천만 엔이나 되는데도 좋지 못한 거예요?"

"그래. 하지만 뭐, 그래도 다카노 씨가 치프가 된 후로는 꽤 매상이 올랐지. 그리고 이천만 엔은 통째로 다 이익으로 들어가는 게 아니고, 인건비라든가 여러 가지 지출이 있잖아? 한 달의 순이익은 총 매상의 이십이 퍼센트 정도니까……. 즉 사백사십만 엔 정도지. 거기에 절도의 연간 피해액이 사백오십만 엔이라는 건, 우리는 절도 때문에 일 년 중 한 달 이상을 공짜로 일하는 셈이야."

여사는 화가 난다는 듯이 입술을 삐죽거렸다.

"너무하지? 물론 우리만 그런 건 아니야. 레코드 매장은 더 피해가 심하지 않을까? 여기는 규모가 크니까 어떻게든 해 나갈 수 있지만, 작은 가게 같으면 망해 버릴 거야."

넓고 얕게. 한 건의 피해액은 작지만 한데 모이면 크다.

"게다가 최근에는 어린아이들 사이에서 훔쳐온 물건을 서로 교환하는 일이 있대. 마치 암시장 같잖아."

여사가 분노하고 있을 때, 마키노가 돌아왔다.

"어땠어요?"

"부탁이니까 학교에는 연락하지 말아 달라고 울더군. 지금 부모님을 부른 참이니까, 설교하고 돌려보내게 되겠지."

경비원은 불만스러운 것 같았다. "저거, 초범이 아니야. 틀림없이 몇 번이나 저질렀어. 오늘은 꾸물거리다가 나한테 들켰지만, 지금까지 누군가 눈감아 준 적이 있었을지도 몰라."

여사는 과장된 몸짓으로 한탄했다. "다카노 씨는 여자한테는 약하니까요."

다른 한 건은, 첫 번째 여고생들과는 대조적인 범인이었다. 매장의 누구도 이름을 들어본 적이 없는 작은 극단의 연구생이라고 하는데, 계산대를 통과하지 않은 채 커다란 가방 안에 숨긴 물건은 큰 판형의 희곡 전집 한 권과, 무대미술을 특집으로 다룬 사진지의 특별 증간호였다. 합계 만이천 엔이다.

이것은 미묘하고 위험한 도박이었다. 마키노가 이 범인의 어깨를 두드렸을 때, 범인의 몸은 아직 매장에서 완전히 나가지 않은 상태였기 때문이다. 엘리베이터 쪽을 향하려고 하던 것은 분명했지만, 뛰어서 달아나려고 하던 것은 아니다.

"명예 훼손으로 고소해 주지." 범인은 서슬이 파랬다. "돈은 낼 생각이었다고."

실제로 범인의 지갑에는 삼만 엔 가까운 현금이 들어 있었다. 마모루는 신간 코너의 진열을 정리하면서 바라보고 있었는데, 가슴이 조금 두근거렸다. 죠토점은 아니었지만, '로렐'이 과거에 이런 형태로 현장을 붙잡은 손님에게 고소당한 적이 있었다는 사실을 알고 있었기 때문이다. 신문에도 실렸고, 사건이 마무리된 후에 내부에서 상당히 엄격한 처분이 있었다는 소문도 들었다.

그래도 이번에는 하늘이 이쪽 편이었다. 범인의 가방에서 계산대를 통과하지 않은 비디오 게임 소프트 두 개가 나왔다. 이 층 매장에 조회해 보니 피해를 입었다고 한다. 이걸로 형세가 역전되었다. 게다가 마키노의 권유로 경찰에 연락해 보니, 놀랍게도 절도로 전과 8범인 인물이었다는 덤까지 따라왔다.

"그놈한테는 전부터 주목하고 있었어. 언젠가 반드시 붙잡을 생각이었지." 마키노는 평소답지 않게 흥분한 것 같았다. 다만, 시간이 좀 지나고 나서 생각에 잠긴 얼굴로 말했다.

"그건 그렇고 그 녀석, 오늘은 솜씨가 엄청 나빴어. 평소와 달리 묘하게 쭈뼛거리더라고……."

"마키노 씨의 눈이 날카로웠던 거예요, 틀림없이."

"그러고 보니 마키노 아저씨, 이번 주에는 컨디션이 좋은데. 벌써 네 건째야. 무슨 깨달음을 얻어서 비법이라도 체득하셨나?"

나중에 사토가 그렇게 말하는 것을 듣고, 마모루도 놀랐다.

안자이 여사의 남자친구로부터 연락이 온 것은, 점심 식사를 하고 난 후의 휴식 시간이었다. 창고에서 커피를 마시고 있을 때 여사가 메모를 한 손에 들고 찾아왔다.

"알아냈어. 「정보 채널」이라는 잡지, 진짜 있대."

"정말이에요?" 벌떡 일어서는 바람에 커피가 쏟아졌다. 여사는 옆으로 팔짝 뛰어 피했다.

"어머나, 조심해. 그렇게 중요한 일이야?"

"엄청나게요."

"이상하네. 그거, 내력이 좋지 않은 잡지야. 작년 말에 창간되었는데 겨우 4호 만에 망해 버렸다고 하니까. 일단 총판을 통하고는 있지만, 들어본 적도 없는 출판사야."

"어떤 잡지인데요? 무슨 출판사?"

"그 사람한테도 기록만 있고 실물이 없다고 하니까 뭐라고 말할 수 없지만, 일본판 「플레이보이」를 요시와라에도 시대의 고급 유곽라고 한다면, 「정보 채널」은 요타카에도 시대에 길거리에서 손님을 끌던 하급 매춘부 같은 거래."

자, 이거. 여사는 메모를 건네주었다.

"출판사 이름이랑 주소야. 어차피 거기로는 더 이상 연락을 취할 수 없을 테니까 밑에 회사 대표자의 연락처를 적어 뒀어."

마모루는 세계일주 여행의 티켓을 받은 것처럼 조심스럽게 메모를 받았다.

"그런데," 여사는 까다롭게 말했다. "알아냈으니까 그곳을 찾아가 보고 싶겠지만 오늘은 바빠. 알지?"

안 그래도 손님이 많은 휴일인데다, 아르바이트생 여자 한 명이 심한 두통을 호소하며 오전 중에 돌아가 버렸다. 일손이 부족한 것은 명백했다.

"죄송해요. 하지만……."

여사는 계속 등 뒤로 두르고 있던 왼손을 '자' 하며 내밀었다.

"조퇴 신청서야. 다카노 씨의 허가는 받아 뒀어. 마모루 좋을 대로 하게 해 주라고 부탁하더라."

여사와 여사의 남자친구, 다카노에게 감사하면서 마모루는 탈의실로 달려갔다.

4

전화를 받은 것은 밝은 여성의 목소리였다.

"네, '러브러버'입니다."

마모루는 다시 한번 메모를 확인했다. 여사의 단정한 글씨로 '대표자 발행책임자 미즈노 요시유키'라고 씌어 있다.

"저어, 거기 미즈노 씨 댁 아닌가요?"

"네, 맞는데요?"

귀엽다고 해도 좋을 만큼 톤이 높은 목소리가, 약간 놀란 듯이 대답한다.

"미즈노 요시유키 씨 계십니까?"

"제 남편인데요."

마모루는 크게 숨을 내쉬었다.

"전에 미즈노 씨가 발행하던 「정보 채널」이라는 잡지 때문에 드릴 말씀이 있어요."

잠깐 침묵이 흐르고, 상대방의 목소리가 웃음을 머금었다.

"어머나……. 무슨 일이세요?"

"전화로는 좀……. 찾아뵐 수 없을까요? 저는 구사카 마모루라고 합니다. 학생이고, 수상한 사람은 아니에요. 저어……."

"좋아요. 오세요. 어딘지 아세요? 여기는 '러브러버'라는 찻집이에요. 메모하시겠어요? 길을 알려 드릴 테니까."

'러브러버'는 길을 가르쳐 주지 않아도 알 수 있는 역 앞 목 좋은 자리에 있었다. 남유럽풍의 창문과 차양이 쳐져 있는 하얀 벽의 가게로, 천장에서는 커다란 팬이 천천히 돌아가고 있다.

일요일이라서 가게 안은 혼잡했다. 언뜻 보기에 젊은이들뿐이다. 경쾌한 배경음악이 흐르고 있지만, 레이저디스크가 딸려 있는 주크박스도 설치되어 있었다.

"어머나, 꽤 귀여운 남자애가 왔네."

삼십대 중반 정도 되어 보이는, 날씬한 여성이었다. 헐렁헐렁한 스웨터에 꼭 맞는 청바지. 가죽끈으로 된 샌들. 화장은 하지 않았지만 희미하게 코롱의 향기가 난다. 어깨까지 내려오는 머리카락 오른쪽에 선명한 밤색 브릿지가 한 줄 들어가 있다.

"난 미즈노 아케미예요. 당신이 말한 미즈노 요시유키의 아내죠. 구사카 군이라고 했던가요?「정보 채널」에 대한 얘기라고 했는데, 그 잡지에 대해서라면 나도 조금은 도움이 될 거예요. 자금을 낸 것도, 망한 후의 뒤처리를 한 것도 나니까."

"미즈노 씨는……?"

아케미는 재미있다는 듯이 웃었다. "글쎄요, 어디 있을까. 그 사람은 한번 나가면 함흥차사라서."

두 사람은 카운터에 마주 앉았다. 아케미는 직접 커피를 끓여 주었다.

"학생처럼 귀여운 사람이, 어째서 그런 야한 잡지에 볼일이 있는 거죠? 그야 물론 남자애들은 야한 경험을 하면서 어른이 되는 거겠지만, 그러기 위한 잡지나 비디오라면 주위에 얼마든지 있잖아요?"

"「정보 채널」은 야한 잡지였나요?"

"분류상으로는요. 하지만 잘 팔리기에는 야한 게 부족했죠. 뜻은 좋았는데 힘이 모자랐어요. 요시유키는 늘 그렇다니까요."

"잡지는, 지금 남아 있나요?"

아케미는 처음으로 진지한 태도가 되었다.

"상당히 진지하군요. 무슨 사정이 있나요? 의심하는 건 아니지만 그걸 얘기해 주지 않으면 곤란해질 것 같은 기분이 드네요."

마모루는 설명했다. 오는 길에 생각한 변명이었다. 친구한테 듣고 깜짝 놀랐는데, 헌책방에서 발견한 「정보 채널」에 가출한 채 오랫동안 행방을 알 수 없던 저희 누나의 사진이 실려 있는 것 같다고 해서요.

"그 친구, 그때 그 자리에서 실물을 사다 보여 주지는 않았어요?"

"네. 설마 아닐 거라고 생각했대요. 생각이 좀 모자란 애죠."

아케미는 커피잔을 손에 들고 생각에 잠겼다. 펄 핑크색 매니큐어가 잘 어울린다.

"이쪽에도 더 이상 남아 있지 않나요? 뭔가 단서가 될 것 같은데요."

아케미는 고개를 갸웃거리며 마모루를 보았다. "이삼 개월 전이었나, 당신처럼 「정보 채널」을 찾으러 온 사람이 있었어요. 그 사람은 이미 나이가 많은 아저씨였는데, 사연이 있어 보이더군요……. 캐물어 보지는 않았지만, 역시나 학생처럼 아주 진지했어요. 그때는 아직 팔다 남은 잡지를 폐기장에도 보내지 않고 우리 창고에 놔두고 있었는데, 그 사람이 전부 사들였어요."

그건 아마…… 하며, 아케미는 옆에 있는 시클라멘 화분을 바라보았다.

"딸이나 손녀나, 어쨌든 그 사람의 가족이 「정보 채널」에 모델로 나와 있었던 걸 거예요. 그래서 전부 사들이러 온 거죠. 난 그 일 때문에 요시유키와 싸웠어요. 아무리 보수를 지불했다, 장사라고 해도 죄니까요. 그렇죠?"

"그럼 잡지는 이제 없나요?" 마모루는 체온이 단숨에 오 도쯤 내려간 듯한 기분으로 물었다.

"있어요. 한 권씩이지만. 요시유키가 기념으로 놔두겠다며 고집을 부렸거든요. 하지만 정말 괜찮아요? 누나의 행방이라면 달리 찾을 방법이 있잖아요? 친구가 한 말이 틀림없다면, 상당히 충격을 받을 텐데."

"괜찮습니다. 보여 주세요."

아케미는 일어서서, 카운터 안쪽의 좁은 사무실 같은 곳으로 안내해 주었다. 사무용 책상 위에는 장부의 행렬과 일정을 적어 넣은 달력이 놓여 있었다.

미즈노 아케미는 장사꾼인 것이다. 남편 요시유키는 그녀의 날개 밑에서 보호받으면서, 꿈같은 말을 하며 신종 장사에 손을 대곤 하는 유형의 행복한 남자일 것이다.

"이게 전부예요. 4호를 냈을 때 망해 버렸거든요."

잡지를 책상에 올려놓고, 아케미는 마모루를 혼자 있게 해 주었다.

「정보 채널」은 심야의 편의점에서 계산대에 등을 돌리고 읽을 것 같은 종류의 잡지였다. 마모루는 한 페이지씩 진지하게 훑어보았지만, 이 자리를 보고 있는 사람이 있다면 정말 우스운 광경일 거라고 언뜻 생각했다.

그리고, 발견했다.

가게로 돌아가니, 아케미는 카운터 너머로 손님 중 한 명과 담소를 나누는 중이었다. 누군가가 주크박스에서 록 음악을 틀고 있다. 들어 본 적이 있는 가사였다.
―― 그래, 사람은 누구나 갖고 있어. 영원히 감춰 두려고 하는 얼굴을. 아무도 없는 곳에서 꺼내 써 보곤 하는 얼굴을······.
"있었군요?"
아케미는 돌아보았다. 마모루는 고개를 끄덕였다.
"이 기사를 쓴 사람, 아세요?"
「정보 채널」 2호였다. 펼쳐서 내민다.
좌우 양 페이지 가득히, 젊은 여성 네 명의 상반신 사진이 실려 있었다. 모두 미인으로, 거친 입자의 사진으로 보아도 피부와 머리카락이 빛나고 있었다. 허물없이 이야기를 나누고 있다. 웃고 있다.
그 가운데 오른쪽에서 두 번째 여성이, 앨범 사진으로 본 스가노 요코였다.
사진 밑에 커다란 제목이 달려 있었다.
　'이런 저런 유혹으로
　　　몸을 팔며 돈을 번다
　　　　연인 장사를 하는 여자들의 본심 좌담회'
제목 밑에는 좌담회에 출석한 여성들이 한 발언을 인용하는 형태로 꺾쇠 달린 말이 적혀 있었다.
〈우리는 '사랑'을 파는 현대의 매춘부〉

5

 아케미가 가르쳐 준 주소는 '러브러버'에서 전철로 삼십 분 정도 더 걸리는, 도쿄 다운타운의 작은 도시였다. 하나밖에 없는 역 개찰구를 빠져나오자 아사노네가 있는 동네와는 전혀 분위기가 다른, 나무로 가득한 신도시가 펼쳐져 있었다.
 가까운 곳에는 파출소가 눈에 띄지 않아, 마모루는 역 앞 부동산에서 길을 물어보았다. 신문을 읽고 있던, 조끼 입은 중년 남성이 책상 주위에 쌓여 있던 전단지 뒤에 친절하게 지도까지 그려 가며 가르쳐 주었다.
 "천천히 걸으면 십 분 정도 걸려요."
 어두운 녹색 페인트를 칠한, 콘크리트로 된 이층집이었다. 평평한 지붕의 가장자리나 창틀 주위는 파손이 진행되고 있다. 문은 부서져서, 떼어 낸 채 벽에 기대어 둔 상태다. 창문에 커튼은 없고, 끝이 부러진 블라인드가 내려져 있다. 유리창은 일 년 넘게 닦지 않은 것 같아 보였다.
 낮은 계단을 세 단 올라가 문 앞에 섰다. 플라스틱으로 된 문패에는 '하시모토 노부히코 & 마사미'라고 씌어 있다. 미즈노 아케미가 가르쳐 준 이름이 틀림없었다.
 먼지를 뒤집어쓴 인터폰을 누르려고 하자, 목소리가 들렸다.
 "그건 고장 났어."
 놀라서 둘러보니, 문 옆의 작은 창문으로 수염에 뒤덮인 얼굴이 내다보고 있었다.

"전기공이 수리하러 오질 않아. 웃기는 얘기지?"

흐리멍덩한 목소리에, 눈부신 듯 눈을 가늘게 뜨고 있다. 벌써 저녁때인데 지금 일어난 것 같은 분위기였다.

"문은 안 잠겼으니까 들어와. 도장이 필요하지?" 아무렇게나 말하고 얼굴은 안으로 들어갔다.

마모루는 문을 열고 좁은 현관에 들어섰다.

설치되어 있는 가짜 마호가니 신발장에 심한 흠집이 나 있다. 누군가가 기분 나빠져서 무슨 무거운 물건을 힘껏 집어던진 모양이다. 예를 들면—술병을. 복도에도 굴러다니고 있다. 일고여덟 명이서 술에 취해 난동을 부린 후 같았다.

"물건은 어디 있지?" 남자가 돌아왔다.

"하시모토 노부히코 씨죠?" 마모루는 마음을 진정시키고 입을 열었다.

"맞아. 자, 여기 도장."

"택배 배달이 아니에요. 이 기사 때문에 여쭤 보고 싶은 게 있어서 찾아뵈었습니다."

「정보 채널」을 보여 준다. 하시모토의 눈꺼풀이 움찔했다.

"갑자기 찾아와서 죄송해요. 하지만 꼭 알고 싶은 게 있어요."

"내 얘기는 누구한테 들었지?"

미즈노 아케미의 이름을 꺼내자 비웃듯이 고개를 한 번 끄덕였다. 마모루를 본다.

"아는 사람들만 아는 좋은 유흥업소 정보 같은 건 아직 너한텐 이를 텐데, 응?"

때와 장소에 따라서는, 틀림없이 싸움을 거는 것이라고 받아들일 수도 있는 웃음을 짓는다.

"이 좌담회 기사요. 기자님이 쓰셨다고 들었습니다."

하시모토는 눈을 감았다. 관자놀이에 손을 댄다.

"숙취야. 너도 곧 알게 되겠지만. 얼마나 괴로운지 몰라. 누군가와 일 이야기를 할 생각이 들지 않는단 말이야."

마모루는 물고 늘어졌다. "부탁입니다. 어쨌든 이야기만이라도 들어 주세요. 제가 호기심 같은 것 때문에 오지 않았다는 걸 아시게 될 테니까요."

가느다란 눈이 마모루를 내려다보고, 잡지로 옮아갔다가 다시 마모루에게 돌아왔다.

"뭐, 좋아. 들어와."

좁은 복도 오른쪽은 부엌이었다. 정확하게는 부엌의 유적. 산더미같이 쌓인 지저분한 식기와 썩어 가는 음식물 쓰레기의 잔해에 파묻혀 있다. 발굴하려면 시간이 걸릴 것 같았다. 여기에도 빈 술병이 모여 있고, 그 위를 파리가 몇 마리 날고 있다.

가까이 갔을 때의 냄새로 보아 하시모토는 혼자서 술을 퍼마신 모양이었다. 그러나 알코올이라면 뭐든지 좋은 것도 아닌가 보다. 술병은 전부 같은 상표였다.

"거기 어디 적당히 앉아."

마모루가 안내된 곳은, 이 집을 지을 때의 설계도에는 '거실'로 되어 있었을 방이었다. 지금은 작업장이 되어 있었다.

방은 거의 반으로 나뉘어 있고, 경계선 끝에 대형 책상이 있었다.

그 위에도 술병이 두 개. 회색 커버가 씌워져 있는 워드프로세서. 옆에는 따로 독립된 책상이 있고, 거기에 데스크톱 컴퓨터가 놓여 있다. 천장까지 닿는 캐비닛. 2단 슬라이드식 책장. 빽빽이 꽂혀 있기도 하고, 서점의 매대처럼 쌓여 있기도 한 대량의 책. 눈에 들어오는 범위 안에서, 마모루에게 친숙한 제목은 게이 탤리즈의 『그대의 아버지를 존경하라』뿐이었다. 일 년쯤 전, 제목에 끌려서 존경해야 할 아버지가 없는 사람은 어떻게 하면 되는 거냐고 비꼬는 기분으로 본 적이 있었다.

모두 하나같이 먼지를 뒤집어쓰고 초라해져 있다. 여기에서 먼지에 뒤덮여 있지 않은 것은 아직 술이 들어 있는 술병뿐이었다.

마모루는 책상 반대쪽에 있는 소파에 앉았다. 겉이 여기저기 찢어져, 안의 솜이 삐져나와 있었다. 정체불명의 얼룩도 섬처럼 흩어져 있다. 아무리 급해도 여기에서는 화장실을 쓰지 않는 게 좋을 것 같다고 마모루는 생각했다. 꼼꼼하고 깨끗한 걸 좋아하는 요리코나 마키라면, 무보수로라도 지원해서 청소하러 올 것 같은 곳이다.

"그래서, 용건은?"

하시모토는 마모루의 맞은편에 앉아 담배에 불을 붙였다. 나이는 아직 삼십대 중반일 것이다. 벌써 정년퇴직해 버린, 목적 없는 얼굴을 하고 있다. 흐트러진 머리카락도 전혀 신경 쓰지 않는 것 같았다.

이번에는 지어낸 얘기가 아니라, 처음부터 순서대로 사정을 설명했다. 이곳에 오는 계기가 된 정체불명의 젊은 남자로부터 걸려온 전화에 대해서도, 스가노 요코가 죽을 때 한 말도, 전부.

마모루가 이야기를 마칠 때까지, 하시모토는 끊임없이 담배를 피웠다. 한 대 한 대, 손가락 끝이 탈 정도로 짧아지면 재떨이 대신 빈 캔 속에 떨어뜨린다.

"그래?" 혼잣말처럼 말했다. "스가노 요코가 죽었어?"

"신문에도 실렸어요."

그렇게 의식한 것은 아니었지만, 마모루의 말투에는 '글쟁이 주제에 신문도 안 읽으세요?'라는 비난이 섞여 있었던 모양이다. 하시모토는 씩 웃었다.

"사실을 말하면, 요즘 한동안 신문을 구독하지 않았어. 제대로 된 사건은 없고, 최근의 신문기자들은 모두 문장이 엉망진창이라 화만 나니까."

"스가노 요코 씨를 아시죠? 이 사진은 분명히 그녀가 맞죠?"

기사 속에서 네 여성의 이름은 나오지 않았고, A, B라는 식으로 불린다.

하시모토는 한동안 창 쪽으로 얼굴을 돌리고, 마모루의 존재는 잊어버린 것처럼 넋을 놓고 있었다.

"아아, 맞아."

이윽고 다시 고개를 돌리더니 낮게 대답했다.

"네 말대로, 스가노 요코는 그 좌담회에 나왔어. 내 취재를 받았지. 틀림없어. 그때 모인 네 명 중에서 벌이는 제일 시원치 않았지만, 상당히 눈에 띄는 미인이었기 때문에 똑똑히 기억나."

마모루는 안도한 나머지 순간 어지러운 기분이 들었다.

"이 사람들은 하시모토 씨와 아는 사이인가요?"

"아니, 아니야. 취재를 시작했을 때, 내가 여기저기 업자들을 찾아다니며 모은 거야. 물론 상당히 고액의 취재비를 냈다고. 두 시간의 좌담회에 그녀들에게 한 사람당 십만 엔씩. 식사와 차량까지."

"십만? 두 시간에요?"

"얼굴 사진이 나오니까." 마모루의 놀란 얼굴을 보고 하시모토는 웃었다. "하긴, 그녀들에게도 처음에는 그런 얘기는 안 했어. 기사는 익명. 사진은 찍을 거지만 그대로 싣지는 않을 거라고 했어. 속도 참 편하지. 그녀들은 편하게 큰돈을 버는 걸 배웠기 때문에, 이쪽에서 먹고 마시고 이야기를 하는 것만으로 그렇게 큰돈을 낼 리가 없다는 생각은 해 보지도 않았던 거야. 웃기는 얘기 아니야?"

하시모토는 재미있다는 듯이 계속 웃었다.

"그래서 나중에 항의가 몰려왔지. 스가노 요코도 전화를 걸어 왔어."

"뭐라고 하던가요?"

"약속이 다르다고. 내 인생을 망칠 셈이에요? 하고 화를 내더군. 그래서 말해 줬지. 괜찮다, 당신들의 깨끗하고 바른 친구들이라면 그런 방종한 잡지의 반경 일 미터 이내에도 접근하지 않을 테니까 절대로 안 들킬 거라고. 그러자 그녀는 울음을 터뜨렸어. 그 여자, 그런 장사를 하는 것치고 지나치게 마음이 약하긴 했지."

겁먹고 있었던 것이다. 마모루는 새삼 생각했다. 이사해서 갓 입주한 맨션. 바꾼 전화번호. '도망쳐 다녀 봐야 헛수고야'라는, 부재중 전화의 메시지.

"이 네 여자들도, 그럼 그때 처음 서로를 알게 된 걸까요?"

"그렇겠지. 그 후에 우정을 다지게 되었는지까지는, 나도 몰라. 하지만 만일 나라면, 켕기는 짓을 하고 있을 때의 동료 따위 만들고 싶지 않았을 거야."

하시모토는 나른한 듯이 일어섰다. 책상의 술병을 움켜쥐더니 주위를 부스럭거리며 뒤져, 한데 쓰러져 있는 경제 전문 잡지 밑에서 기름때가 낀 잔 하나를 끄집어냈다.

"미성년이라 권하지도 못하겠군."

"신경 쓰지 마세요." 만일 성년이 되었다 하더라도 이곳 술을 마시는 건 사양이다.

하시모토는 반쯤 남아 있던 병에서 잔에 술을 따르면서, 동시에 원래 있던 자리에 앉았다. 호박색 액체가 흘러넘쳤다.

향긋한 냄새가 났다.

"꽤 괜찮지? 위스키의 왕 중 하나야."

그 왕 한 명을 들이기 위해, 이 사람은 그 외 대부분의 것을 희생하고 있는 모양이다. 그리고 잔에 코를 묻고 있는 그의 모습으로 보아, 그런 것은 아무래도 좋다고 생각하는 것 같다. 마모루는 마음이 무거워졌다.

"꼬마야, 그녀들이 하고 있던 '연인 장사'라는 게 어떤 건지는 아니?"

마모루는 고개를 끄덕였다. 오는 길에 전철 안에서 좌담회 내용을 읽었기 때문에, 대충은 이해하고 있다고 생각했다.

"어떻게 생각해? 제목 아래 꺾쇠 속에 들어 있는 말은 그녀들이 한 말이 아니라 내가 쓴 거야. 하지만 지금 생각해 보면 아니었어. 매춘부에 비교하다니 매춘부가 불쌍하지. 매춘을 하는 여자는, 돈을 지불

한 손님에게는 틀림없이 몸을 내주니까."

파리 한 마리가 둔한 소리를 내며 두 사람 사이를 가로질렀다. 하시모토는 귀찮다는 듯이 그것을 손으로 쫓아내고, 잔을 든 손으로 마모루를 가리켰다.

"이런 비유는 어때? 네가 삼 교대 근무로 일하고 있는 컴퓨터 회사의 오퍼레이터라고 치자. 아니면 운수 회사의 운전수. 남학교 교사라도 좋아. 어쨌든 일이 불규칙하고 바쁜데다 주위에는 절망적으로 여자가 적어. 그런데 어느 날 갑자기, 알지도 못하는 젊은 여자의 목소리로 전화가 걸려 오는 거야."

하시모토는 보이지 않는 수화기를 귀에 대는 시늉을 하며, 갑자기 "따르릉!" 하고 말했다.

"구사카 씨인가요? 당신 친구한테서 소개를 받았는데, 한번 뵐 수 없을까요? 여자 쪽에서 이런 말을 하는 건 뻔뻔스럽다고 생각하실지도 모르겠지만, 아주 좋은 분이라고 들어서요. 지금 특별히 사귀는 분이 안 계시다면 친구가 되어 주실 수 없을까요?"

억지로 뒤집은 간드러지는 목소리로, 허공을 향해 눈을 깜박거리며 하시모토는 즐거운 듯 이야기했다. 이런 상황이 아니라면 웃음을 터뜨렸을 법한 연기였다.

"너도 처음에는 경계하지. 친구 누구한테 소개를 받았냐고 물을 거야. 여자의 목소리는 웃으며, 비밀로 해 달라는 부탁을 받았다고 하는 거야. 그리고 몇 번이나, 몇 번이나 전화가 와. 네가 피곤하고, 이야기 상대가 필요하고, 혼자서 차갑게 식은 저녁을 먹고 있을 때에. 어느 날 드디어, 넌 꺾이게 되지. 여자와 만날 약속을 해. 한 번 정도는 괜찮지 않을까? 어차피 한가하고, 상대방은 여자니까, 하고."

하시모토의 얼굴에 시선을 고정한 채, 마모루는 고개를 끄덕였다. 비슷한 전화라면 한두 번 걸려 온 적이 있다. 대개는 설문에 응답해 달라는 사전 선전으로, 엄청나게 수다스럽고 별 의미도 없이 밝은 목소리였다.

"생각도 못했는데, 나온 여자는 멋진 미인이었어. 처음 만난 사이라고는 생각할 수 없을 정도로 허물없이 굴고, 밝고, 이야기도 잘해. 널 만나서 정말 기쁜 것 같아 보여. 너도 기뻐지겠지. 그녀와 사귀기 시작해. 처음에는 영화를 보러 가거나 산책을 하거나, 도시락을 들고 드라이브를 하지. 물론 돈은 전부 네가 내. 상대방은 숙녀니까. 그리고 넌 그녀를 좋아하게 돼. 무리도 아니지. 미인이고 밝고, 무엇보다도 정말로 너한테 반해 있는 것처럼 보이니까."

하시모토는 잔을 테이블에 놓았다.

"어느 날, 그녀는 초대권을 두 장 들고 데이트를 하러 와. 이런 걸 받았는데 가 보지 않을래요? 그건 모피와 의류의 특별 전시회일 수도 있고, 보석점의 할인 우대권일 수도 있어. 넌 그녀와 팔짱을 끼고 나가겠지. 행사장에는 똑같은 커플이 많이 와 있고, 진열장을 들여다보거나 판매원과 웃으며 이야기를 하고 있어. 그녀는 여러 가지 것들을 갖고 싶어 해. 하지만 비싸네, 하며 한탄하지. 카드를 쓰지 그러십니까? 판매원이 이렇게 권해. 그녀는 그렇게 하고. 그리고 너한테 부탁하는 거야. 내 것만으로는 한도가 모자라는데 이름만이라도 좋으니까 빌려 주지 않을래요? 아니면, 네가 그럴 마음이 들어서 그녀에게 선물하려고 할지도 몰라. 왜냐하면 그녀는, 네게 있어서 그럴 만한 가치가 있는 여자니까."

 또 어떨 때는 이렇지, 하며 하시모토는 손을 흔들었다.

 "그녀가 말해. 전 금융 회사에서 일하는데, 할당량이 너무 많아서 곤란해요. 특히 지금은 캠페인 기간 중이라서, 성적이 목표에 도달하지 못하면 감봉되거든요. 절 돕는다고 생각하고 명의 좀 빌려 주지 않을래요? 절대로 폐는 끼치지 않을게요. 아니면 이런 걸까? 증권 회사에 제가 아는 사람이 있는데, 두 번 다시 없을 좋은 정보를 얻었다면서 투자를 권하고 있어요. 당신도 해 볼래요? 절대로 손해 보지는 않을 거래요. 돈이 생기면 둘이서 해외여행 가요. 아니면, 리조트 클럽의 회원권을 파격적인 가격으로 살 수 있다고 하는 거야. 전매하면 당장 수십만 엔의 이익이 나온다면서. 넌 달콤한 꿈을 꾸며, 저금을 털어 그녀에게 건네지. 그녀는 몹시 감사하고 기뻐하며, 네게 키스 정도는 해 줄지도 몰라."

 하시모토는 잔을 비우고 한숨 돌렸다.

 "그리고 그게 끝이야."

 내뱉듯이 말한다.

 "전화가 갑자기 걸려 오지 않게 돼. 전화를 해도 받지 않고. 가끔 받을 때가 있어도, 그녀는 쌀쌀맞아. 데이트를 하자고 해도 거절하지. 심할 때는 그녀의 전화를 다른 남자가 받아. 목소리만 들어도 네가 얼어서 팬티에 오줌을 지릴 것 같은 남자의 목소리야. 넌 고민하지. 그녀와 알게 되기 전보다 더 고독해져. 그리고 그 무렵, 우편함에 첫 번째 독촉장이 날아드는 거야."

 우리는 '사랑'을 파는 현대의 매춘부.

"그녀에게 사 준 보석, 모피 코트, 명의만 빌려 준 줄 알았던 회원권. 네 월급이 반년 치는 충분히 날아갈 숫자가 씌어 있지. 그제야 간신히 깨닫는 거야. 그녀는 장사를 하고 있었다고 말이야."

이미 늦었지만. 하시모토는 양손을 들어 보인다.

"넌 돈을 낼 거야. 아니면 뒤늦게나마 어느 소비자 센터로 뛰어 들어가, 내용 증명 쓰는 법을 배우겠지. 그러면 다소는 지불해야 할 돈이 적어질지도 몰라. 하지만 그녀와 보낸 시간은 어떻지? 그동안 꾼—그녀가 꾸게 해 준 꿈은 어떻게 되는 걸까?"

하시모토의 목소리가 약해졌다. 주정뱅이의 가면이 벗겨지고 그 밑에 딱딱하고 엄격한, 쉽게 타협할 줄 모르는 얼굴이 나타났다.

"넌 바보였어. 세상 물정 모르고 무방비했어. 흑심을 품은 대가를 치러야 했지. 그리고 그녀는, 너와 동시에 다른 몇 사람이나 되는 너 같은 남자들을 조종하고 있었어. 바보짓을 한 건 너 한 사람이 아니지. 그 말이 맞아. 하지만 아무리 바보고 무지하고 사람 좋아도, 꿈을 꿀 권리는 있어. 그리고 꿈은 돈으로 사는 게 아니야. 하물며 억지로 팔 수 있는 것도 아니지. 알겠니? 너한테 기대어 온 여자는 그 최소한의 원칙조차 무시하고 있었던 거야. 그녀의 머리에 있었던 건 네가 바보고, 사람 좋고, 쓸쓸하다는 것뿐이었어. 어느 정도까지는 그녀를 만족시켜 줄 수 있을 만한 돈은 가지고 있다는 것뿐이었다고."

가볍게 숨을 헐떡이면서, 하시모토는 위스키를 더 채우고는 단숨에 들이켰다.

"원래 그 좌담회의 기사는 「정보 채널」 같은 데 팔고 싶지 않았어. 제목도 그런 싸구려의 선정적인 게 아니었지. 「정보 채널」 놈들은 잡지 편집에 대해서는 기저귀를 떼기 전의 갓난아기만큼밖에 몰랐거든."

하지만 말이지, 하고 하시모토는 다시 마모루를 향했다.

"그 좌담회에 모인 네 명의 여자들이 이야기한 것에, 나는 일언반구도 손을 대지 않았어. 어떤 지저분한 말도, 저질스러운 말도, 무엇 하나 덧붙일 필요가 없었거든. 그건 전부 그녀들의 입에서 나온 말이야. 전부 다 그래. 구석구석까지, 한 조각의 과장도, 수정도 없어. 여자들. 예쁜 얼굴을 하고 좋은 옷을 입고, 벌레 한 마리 못 죽이는. 결코 가난하지 않은 가정에서 성실한 부모들의 손에 자라 그럭저럭 좋은 학교에서 제대로 교육을 받고, 친구도 애인도 있어. 매년 시월이 오면 제일 먼저 가슴에 빨간 깃털_{일본의 '빨간 깃털 공동모금'이라는 모임은 매년 10월부터 석 달간 전국적으로 모금 운동을 펼치는데, 모금함에 돈을 넣은 사람에게는 빨간 깃털을 달아 준다}을 달고 다니지. 그런 그녀들이 의기양양한 얼굴로 한 얘기였어. 알겠니? 의기양양하게 말이야. 그녀들은 재미있어하고 있었어. 만족하고 있었지. 일터에서 돌아와도 맞아 주는 사람이 없고, 일요일에 갈 곳도 없는, 심야 슈퍼에서 일인분의 햇반을 사 들고 돌아가는 게 쓸쓸한—그런 남자들한테서 돈을 뜯어내는 게 즐겁다면서 말이야. 그가 그녀를 기쁘게 해 주려고 머리를 쥐어짜내고 가진 돈을 다 털어 사온 촌스러운 스카프를, 역 쓰레기통에 버리는 게 참을 수 없이 즐겁다며 웃었지."

하시모토는 어깨를 잔뜩 굳히고 마모루에게 손가락을 들이밀었다. 술 냄새가 정면으로 풍겨왔다.

"가르쳐 줄까, 꼬마야. 그 여자들은 쓰레기였어. 말 그대로 쓰레기였다고. 그러니까 그 여자들이 어떻게 되든, 나는 일말의 동정도 슬픔도 느끼지 않아. 치러야 할 벌을 받은 것뿐이니까."

마모루는 하시모토와 헤어지기 전에, 그에게 아사노네 집 주소와 전화번호를 적은 메모를 건넸다.

"변호사 선생님이나, 경우에 따라서는 경찰에게 지금 하신 이야기를 해 달라고 부탁드리게 될 거예요. 부탁드려도 될까요?"

하시모토는 어깨를 움츠렸다.

"어쩔 수 없지. 요컨대 스가노 요코에게는 그녀를 쫓아다니던 적敵도 있었을 테고, 어쩌면 자기혐오에 빠진 나머지 자살했을 가능성도 있다는 것만 확실하게 해 주면 되는 거지?"

"네, 맞아요."

하시모토는 캐비닛 속을 뒤져 두툼한 파일을 한 권 꺼내더니 마모루 앞으로 던졌다.

"한번 봐. 좌담회 때의 취재 기록과 사진, 원고도 있어."

사진은 선명했다. 뒤로 뒤집어 보니, 각 여성들의 이름이 기입되어 있다.

스가노 요코. 가토 후미에. 미타 아츠코. 그리고 다카기 가즈코.

"필요하다면 그것도 제공하지."

"정말이세요?"

"응. 전에도 한 번, 이중 한 사람을 상대로 소송을 제기하고 싶으니까 당시의 자세한 이야기를 들려달라고 찾아온 사람이 있었어. 그때도 이걸 꺼내서 보여 줬지. 그 답례가 이거야."

하시모토는 위스키 병을 들어 보였다.

"재판이 어떻게 됐는지는 전혀 모르지만, 가끔 전화를 걸어오고, 이것만은 꼬박꼬박 보내 주고 있지."

"저희들도…… 할 수 있는 일은 해 드릴 생각이에요."

하시모토는 몸을 젖히고 웃었다. "뭐, 그건 마음대로 해."

탁자 위의 취재 기록이나 철한 원고지를 바라보며, 마모루는 미즈노 아케미의 말을 떠올렸다.

"그, 기록을 보여 달라고 찾아온 사람은 꽤 나이가 많은 사람이었죠?"

"그래. 할아버지더라. 어떻게 알았지?"

"저도 그 사람과 같은 루트를 따라 당신을 찾아냈으니까요. 그 사람, 잡지 발행자인 미즈노 씨 댁에서, 남아 있던 「정보 채널」을 전부 사들였대요. 누구를 상대로 소송을 제기할 거라고 하던가요?"

하시모토는 손가락 끝으로 한 장의 사진을 가볍게 두드렸다.

"이 여자야."

다카기 가즈코였다.

마모루는 「정보 채널」을 손에 들고 자리에서 일어섰다.

"우선, 취재 기록은 기자님이 좀더 보관해 주세요. 다시 연락하고 찾아뵐게요. 취재를 하러 떠난다거나, 제가 오면 안 될 사정이 생기면 전화해 주세요." 메모를 가리키며 말했다.

단정치 못한 자세로 앉은 채, 하시모토는 방 안을 손으로 가리켰다.

"꼬맹이 주제에 아첨하지 마라. 지금의 내가 취재 같은 걸 하러 떠날 것처럼 보여?"

"지금은 어떤 걸 쓰고 계세요?"

위스키 병을 기울이면서, 하시모토는 씩 웃었다.

"뭘 것 같아?"

"글쎄요."

"너랑 똑같아. 마누라가 나가 버렸거든."

밖으로 나가는 마모루를, 천박한 웃음소리가 쫓아왔다.

6

"여기랑 여기에 이름을 쓰고……. 인감은 가지고 있어요?"

가즈코 앞에 앉아 있는 두 아가씨는 나란히 고개를 저었다. 한 사람은 혈색이 나쁘고, 축 늘어지는 윤기 없는 긴 머리카락을 계속 얼굴 앞에서 걷어 내고 있다. 다른 한 사람은 피부에 뾰루지가 심하다. 가즈코는 자신의 티 하나 없는 피부가 효과적으로 보이는 각도를 생각하면서, 두 사람에게 말을 걸었다.

"그래요. 그럼 손가락이 더러워지니까 미안하긴 한데, 지장을 찍어 줄래요?"

두 사람은 순순히 가즈코의 말대로 했다. 가즈코는 그녀들이 지장을 다 찍기를 기다려, 매끄러운 감촉의 티슈를 건넨다. 그리고 격려하듯이 미소를 지었다.

"정말 고마워요. 이걸로 계약은 끝났어요. 이렇게 한꺼번에 금액을 보면 비싼 것 같지만, 이걸로 만 일 년은 쓸 수 있거든요. 나눠 보면 보통 화장품 한 세트랑 비슷한 정도라는 걸 알 수 있죠. 은행에서 자동 이체가 되면, 한 달에 만 엔 정도는 알지도 못하는 사이에 지불될 거예요."

그리고 이건 특별 서비스, 하며 가방 안에서 연한 녹색 티켓을 꺼내어 두 사람에게 한 장씩 내밀었다.

"우리랑 계약이 돼 있는 에스테틱 전문점의 우대권이에요. 유효 기간은 없으니까, 언제든 마음 내킬 때 가 보세요. 얼굴 마사지랑 해초 엑기스 크림을 사용한 전신 마사지를 받을 수 있어요. 계약했을 때 나한테 받았다는 말은 하지 말고요. 사실은 무료로 주면 안 되거든요. 내. 성. 의. 표. 시."

장난스럽게 코에 주름을 지으며 웃어 주자, 두 아가씨는 쿡쿡 웃었다.

이 두 사람이 실제로 티켓을 들고 지정된 에스테틱 가게로 가면, 그렇게 웃고 있을 수 없게 되리라는 것은 확실했다. 우대권으로 무료가 되는 것은 가게 안에서 입는 가운 대여비와, 대합실에서 나오는 묽은 과일 주스뿐이다. 가즈코는 얼굴 마사지와 전신 마사지가 무료라는 말은 한마디도 하지 않았다.

애초에 이 두 사람을 붙잡은 시작부터 그랬다. 가즈코는 오늘 백화점 일 층의 화장품 매장 옆에 서서, 반짝거리는 상품을 바라보며 지나가는 젊은 여성들을 노리고 있었던 것이다.

적당한 타이밍을 보아 말을 건다. 그러면 그녀들은 가즈코가 그 매장의 미용 담당 직원인 걸로 멋대로 착각한다. 그 후에는 부드럽게 말을 걸며 상대방의 팔을 잡고 매장을 떠나 분위기 좋은 찻집까지 데려오기만 하면, 거기에서 승부는 난 거나 마찬가지다.

"두 분 다, 얼굴 생김새가 단정하시네요." 가즈코는 찻집 의자에 등을 기대고, 아가씨들의 얼굴을 번갈아 바라보며 말했다.

"문제는 골격이거든요. 이것만은 성형 수술로도 제대로 고칠 수가 없으니까요. 제 손님 중에도 있어요. 턱이 각지고, 얼굴의 밸런스가 정말이지……."

눈을 빙글 굴려 천장으로 향하며 손을 들어 보이자, 아가씨들은 깔깔 웃었다.

"곤란하다니까요. 저한테 어떻게 좀 해 달라고 하셔도, 어쩔 수 없잖아요? 별 수 없이 메이크업으로 감추는 방법을 가르쳐 드리고 있어요. 그래도 지금은 꽤 볼 만한 미인이 되었답니다. 그러니까 아가씨들이라면 깜짝 놀랄 정도로 예뻐질 수 있을 거예요."

구입 신청서, 인주, 팸플릿, 그리고 신용카드 회사와의 지불 계약서를 가방에 집어넣고, 가즈코는 일어섰다. 전표로 손을 뻗는다.

"저는 다음 일이 있어서, 이만 실례할게요. '패트랙스'라는 회사 아세요?"

"아뇨. 어떤 회사인데요?" 아가씨 중 한 명이 호기심을 보였다.

"할리우드에 있는 기업이에요. 여배우나 모델과 전속계약을 맺고 있는 메이크업 아티스트를 많이 데리고 있는 회사죠. 브룩 실즈나 피비 케이츠도 그 회사 아티스트가 붙어 있었기 때문에 눈 깜짝할 사이에 촌티를 벗은 거예요. 그 회사가 드디어 일본에 상륙해서, 스태프를 찾고 있다고 하더라고요. 그래서 저도……."

"대단하다, 스카우트된 거예요?"

가즈코는 슬쩍 어깨를 으쓱했을 뿐, 물음에는 대답을 하지 않았다.

"조건이 맞는지 봐야죠. 게다가 메이크업 쪽은 모르겠지만 페이스 케어에는 우리 제품이 훨씬 좋다는 자신이 있으니까, 어떻게 할지 모르겠어요."

"좋겠다, 그런 일은 보람이 있겠어요."

"뭐, 그렇죠. 평범한 회사원 일을 하고 있을 때보다는 훨씬 즐겁다는 건 확실해요."

가즈코는 전표를 집으려고 했다. 아가씨 중 한 명이 잠깐 망설이더니, 친구와 얼굴을 마주 보고 나서 재빨리 말했다.

"그냥 놔두세요. 저희는 역시 케이크를 먹고 갈게요."

계산대 옆의 진열대에는 갖가지 색깔의 프랑스풍 케이크가 진열되어 있다.

"어머나, 하지만 그럼 죄송하잖아요. 제 몫이라도……."

"괜찮아요. 여러 가지 서비스도 해 주셨으니까."

가즈코는 생긋 웃었다. "그래요? 그럼 잘 마셨어요. 그렇죠, 이제 아가씨들은 단 게 먹고 싶을 때 참을 필요가 없으니까요. 우리 제품을 쓰면, 음식을 조절하지 않아도 피부는 언제나 최고의 상태거든요."

유리문을 밀고 밖으로 나간다. 두 아가씨는 마주 보고 앉아, 길을 건너기 전에 가즈코가 돌아보고 손을 흔들자 한 사람은 가볍게 고개를 숙이고, 한 사람은 마주 손을 흔들었다.

'패트랙스'는 오늘 아침에 전철 창문 너머로 본, 뭔지 알 수 없는 회사의 간판에 씌어 있던 이름이었다. 다음 약속이 있다는 것도 거짓말이었다.

두 아가씨가 열두 달에 보너스 지불 2회의 할부로 사기로 약속한 화장품은, 내용물만 보면 길거리 슈퍼의 가정잡화 매장에서 살 수 있는 물건이었다. 그걸로 한 사람에 이십사만 엔. 절반이 가즈코의 수입이 된다.

가즈코가 지금 일하고 있는 '이스트 흥산'은 누에(鵺, 머리는 원숭이, 몸은 너구리, 꼬리는 뱀, 다리는 호랑이를 닮은 전설상의 요괴 같은 몸에 청소기 같은 자금 수집 능력을 가진 회사였다. 현재 주로 다루고 있는 것은 방금 그녀가 팔아치운 것 같은 화장품이나 '고급' 깃털이불, 소화기였다. 뒤의 두 가지는 남자 영업사원이 맡고 있다.

여기로 전직한 것은, 전에 하던 일에 싫증이 났기 때문이 아니었다. 끈기가 없었기 때문이다. 여성을 접하는 일이 적으며, 바쁘고 살벌한 매일을 보내는 남자를 '손님'으로 끌어들이려면 무엇보다도 기력이 필요하다. 설령 상대방과 헤어지고 오 분도 지나지 않아, 돈을 얼마나 뜯어낼 수 있을까, 시간이 얼마나 걸릴까를 생각하고 있다 해도, 얼굴을 마주하고 있을 때에는 가즈코도 즐겨야 한다. 지금이 '즐겁다'고 생각해야만 한다.

그에 비하면 여성을 속이는 것은 간단했다. 그녀들은 모두 뒷면이 비쳐 보이는 트럼프를 손에 들고 게임을 하고 있는 도박사 같았다. 아무리 포커페이스를 하고 있어도, 손에 무엇이 있고 무엇이 없는지를 말해 주면 그 후에는 자유롭게 조종할 수가 있다. 그것도 단시간에.

지금 하는 장사가 콩트라면, 연인을 가장해 남자의 지갑을 털어 내는 것은 삼 막짜리 연극을 연기하는 것과 비슷했다. 막이 내려가기 전이라도 멋대로 퇴장할 수 있는 연극이지만, 대사도 동작도 제대로 되어 있지 않으면 어디선가 파탄이 나고 만다. 그게 귀찮아져서 일을 바꿨다.

하지만 사람을 속이는 건 마찬가지다.

가끔 생각한다. 나는 이걸 즐기고 있는 걸까.

언제나 대답은 나오지 않는다. 키를 잘못 눌렀을 때의 컴퓨터처럼, 몸 안쪽 어디에선가 에러 음이 울린다. 그대로 가도 앞으로는 나갈 수 없어요, 하고.

가즈코는 실력이 좋았다. 연인 장사에 빼놓을 수 없는 연기력이 있었다. 그것은 바꿔 말하면, 누구보다도 먼저 자기 자신을 속일 수 있는 재능이었다.

고수입에, 하고 싶은 일을 할 수 있었다. 한때는 여기저기 여행을 다녔다. 한 달에 두 번이나 해외에 나간 적도 있다. 여권은 이미 비자로 새까맣다. 그래도 지금 생각해 보면 특별히 마음에 남는 곳도, 기억에 남는 풍경도 없다.

이상하게도 공항의 풍경만은 기억난다. 전 세계 어디에서나 사람들이 목적지로 향하는 도중에 들르고, 지나쳐 가기만 하는 장소인데도.

어느 날 문득, 나는 그냥 번 돈을 다 써 버리고 싶다는 이유만으로 미친 듯이 여기저기 날아다니고 있는 것은 아닌가, 하는 생각이 들었다. 그래서 어딘가를 지나가다가 한번 내렸다는 것밖에 남지 않아도 만족해 버리고 마는 것이다.

그리고 또다시 돈을 벌기 위해 이 도시로 돌아온다.

처음에는 돈이 필요했다. 정말로 그것뿐이었다. 무언가를 시작하기 위해.

정말로 시작하고 싶은 무언가가 있다면, 그걸 위한 돈 따윈 필요 없다—당연한 노동으로 얻을 수 있는 이상의 돈은 필요 없다는 것을, 가즈코는 생각해 보지도 않았다. 그리고 무언가를 시작하기 위해 건너야 할 돌다리를 두드리고 있자니, 점차 두드리는 것 자체에 의미가 생겨나기 시작해서 두드리고, 또 두드리고, 결국에는 다리가 부서져 버릴 때가 있다는 사실도 생각할 수 없었다.

평범한 일은 싫었다. 여자에게 주어지는 일의 내용은 어디에 가나 어차피 비슷한 것이다. 케이크 바깥쪽이 생크림이냐 버터크림이냐의 차이일 뿐, 썩는 시기도, 버려지는 시점도 똑같다.

「정보 채널」의 좌담회에서 알게 된 세 여자도 동기는 같은 것이었다. 돈. 시시한 일에서 살짝 도피하는 것. 그녀들은 하나같이 아름다웠지만, 그저 아름다울 뿐 살아가기 위해 필요한 운은 모자랐다.

스가노 요코는 부모가 보내 주는 돈에 기대지 않고 유학을 가서 해외에 있는 대학에 들어가고 싶다는 얘기를 자주 했다. 가토 후미에는 엄격한 할당량과 서서 하는 일의 피로에서 도망치고 싶어서, 부티크 점원을 그만두었다. 미타 아츠코는 여자끼리의 경쟁으로 매일을 보내야 하는 보험 회사 일에 싫증이 나서 다른 길을 찾고 있었다. 다들, 다음 단계로 나아가기 위한 자금이 모이면 당장 이런 사기꾼 같은 일은 그만둘 거라고 말했다.

좌담회 때, 그녀들은 많이 웃었다. 도수 높은 술에 취한 것처럼 떠들어 댔다. 그녀들이 웃은 것은, 웃지 않으면 그런 이야기를 할 수 없기 때문이었다.

이건 전부 웃기는 얘기. 일생이라는 긴 앨범 속에 철해진, 생각지도 못하게 웃기는 포즈를 취하고 있는, 마음에 들지 않는 사진 같다.

아까의 그 두 아가씨들은 이십사만 엔을 낼 수 있다. 가즈코는 생각했다. 아니, 실제로 지불이 가능한지 어떤지는 별도로 하고, 가즈코와 이야기하는 동안, 단 한 시간이라도 '낼 수 있다'는 환상을 품을 만한 것은 가지고 있다. 지금의 가즈코에게 중요한 것은 그 환상이었다.

일시적인 연인이 된 대가로 비싼 청구서를 받은 그녀의 '손님'들도 마찬가지였다.

그렇게 서로 마음이 통하고, 그렇게 행복한 일이 정말로 있다고, 그들은 생각하고 있다. 그런 환상을 아직도 믿고 있다. 그래서 가즈코에게 속는 것이다. 그들의 눈 속에 한조각 의심의 구름이라도 있으면, 그런 멋진 기회가 그렇게 쉽게 자신에게 굴러 들어올 리가 없다는 환멸이 있으면, 가즈코는 언제든 연기를 그만둔다. 그렇게 도중에 '하차한' 남자도 적지는 않다.

가즈코의 '손님'이 된 남자들은 화가 날 정도로 순진했다. 빠진 젖니를 지붕 위로 던지면, 다음 날 아침에는 베개 밑에 돈이 들어 있을 거라고 믿는 어린아이처럼.

그러니까 돈을 뜯어내도 상관없다. 크게 상처를 입지는 않을 테니까.

그리고 자기 자신도 눈치 채지 못한 마음 어디에선가, 가즈코는 돈을 내면 소원이 이루어진다, 원하는 건 전부 얻을 수 있다고—예뻐질 수 있다, 살을 뺄 수 있다, 매일이 즐거워진다고—철석같이 믿고 있는 그 아가씨들 같은 여성을, 갑자기 나타나서 팔에 매달리는 여자가 아무런 흑심도 품고 있지 않을 거라고 믿어 버릴 수 있을 정도로 매일의 생활과 일에 쫓기고 있는 성실한 남자들을, 진심으로 증오하고 있었다.

그녀에게는 이제 어떤 종류의 환상도 없으니까.

다리는 이미 부서져 버렸으니까.

그리고 그녀에게 돈을 뜯긴 그 남자들, 아가씨들이 절대로, 절대로, '그럼 이번에는 내가 누군가에게서 돈을 뜯어내야지'라고 생각하지는 않으리라는 사실을 알고 있으니까.

저녁때가 가까워져 있었다. 오늘은 그만 끝내자. 그 두 사람은 좋은 손님이었다. 하루 동안 너무 욕심을 부리면 나중에 좋은 일이 없다.

역 앞에 나란히 서 있는 전화박스를 발견하고 걸음을 멈추었다.

어제부터 몇 번이나 본가에 전화하려다가 관뒀다. 특히 스가노 요코의 본가를 찾아간 후, 아무래도 생각나지 않는 공백의 시간이 생긴 것을 알아차렸을 때는, 그녀도 몸을 떨었다. 그대로 본가로 돌아갈까 하는 생각까지 했다.

그렇게 하지 않은 것은 새언니의 얼굴이 떠올랐기 때문이었다. 여기서 전철로 한 시간도 걸리지 않는 곳에 있는, 그녀가 태어나고 자란 집은, 현재 오빠 부부의 집이 되었다. 가즈코의 어머니가 별로 멀지 않은 곳에서 혼자 살고 있는 딸을 찾아오지 않고 늘 물건을 보내기만 하는 것도, 어머니와 가즈코가 단둘이 만나서 실컷 수다를 떠는 것을 싫어하는 새언니의 의향 때문이었다.

전화를 걸면 '가즈코 아가씨, 여기로 오세요'라고 새언니는 말할 것이다. 어머님도 이제 젊지는 않으시고, 요즘은 또 다리가 아프신가 봐요. 아가씨 쪽에서 찾아와 주지 않으면 만날 수 없어서, 어머님도 쓸쓸해하세요.

놀러오세요. 돌아오세요. 사양할 거 없어요. 새언니는 그렇게 말하고 전화를 끊는다. 그리고 입가에서 수화기를 떼고 후크에 올려놓을 때까지 잠깐 사이에, 가즈코의 귀에 들릴 만한 크기로 깊은 한숨을 쉬는 것이다. 아아, 이걸로 또 부담이 늘겠네. 작은 애가 감기로 열이 나는데, 안 그래도 바쁜데, 또 내 시간이 깎이겠어. 입 밖에 내어 분명하게 그렇게 말하는 것보다도 웅변적인 한숨을.

그 한숨에는, 사실 깊은 의미는 없다. 전 세계의 수만 명이나 되는 새언니들이 같은 입장에서 같은 한숨을 쉬고 있다. 거기에서 일어나는 사소한 다툼은, 여름 오후의 소나기처럼 왔다가 지나가기 마련이다.

하지만 가즈코는 새언니의 한숨에서 형태를 빌려, 자신 안에 뻥 뚫린 깊은 구멍을 보고 있었다. 어디에도 갈 곳이 없다는 구멍. 마음만 먹으면 지금 당장이라도 삽 한 자루로 메우기 시작할 수 있는 구멍인데도, 그녀는 무서워서 그 가장자리에 서지도 못하고 있다.

가즈코는 전화를 거는 것을 포기했다.

아파트로 돌아가는 길에, 오가는 사람들의 흐름 속에서 그녀는 생각했다. 그녀의 입에서 되는 대로 나오는 말을 믿고 동경의 눈빛을 보내던 그 두 아가씨들과 똑같이, 아니, 그보다 더 강하게, 거의 기도에 가까울 정도의 진지한 힘으로 그녀는 바랐다.

'패트랙스'가 현실이면 좋을 텐데. 아아, 정말로 '패트랙스'가 있다면 얼마나 좋을까.

7

 마모루가 집에 돌아왔을 때는, 해가 이미 완전히 져 있었다.
 머리가 무겁고 관자놀이가 지끈지끈 아팠다. 낭보라고 할 수 있을 만한 것을 손에 들고 돌아왔는데도 전혀 기쁘지 않았다.
 다이조에게 좋은 소식이라는 것은 확실하다. 사고가 있었던 날 밤, 스가노 요코는 도망치고 있었다. 스스로에게서 도망치고 있었던 건지도 모른다. 자신을 쫓아다니는 누군가에게서 도망치고 있었던 건지도 모른다. 그녀에게는 밤길을 달려야 할 이유가 있었다. 그것도 얼마든지.
 하지만 그걸 알았어도, 스가노 요코가 죽어 버렸다는 사실에는 변함이 없다. 시간을 되감지 않는 한 그녀를 되살릴 수는 없고, 오늘 알아낸 사실을 밝힘으로써 어쩌면 그녀가 이중으로 살해당하게 되는 건지도 모른다.
 할 수만 있다면 그런 짓을 하지 않고 이모부를 구하고 싶다. 하시모토와 헤어져서 돌아오는 내내, 마모루는 그 생각만 하고 있었다.
 "다녀왔습니다."
 말을 걸자, 누군가가 복도를 달려왔다. 마키였다. "일찍 왔네?" 하고 말하려는데, 그녀는 그대로 뛰어들었다.
 "자, 잠깐만……, 왜 그래?"
 마모루의 셔츠 옷깃을 붙잡고, 마키는 그저 눈물을 흘릴 뿐이었다. 거기에 요리코도 다가왔다. 얼굴의 절반이 붕대로 감겨 있었지만, 남은 왼쪽 눈으로 웃고 있다.

"사야마 선생님한테서 전화가 왔었어. 목격자가 나섰대."

마키는 마모루의 셔츠로 얼굴을 닦았다.

"증인이 나온 거야. 아버지의 신호는 파란불이었다, 스가노 씨 쪽에서 차 앞으로 뛰어나갔다가 치였다고, 그렇게 증언해 주는 사람이."

우두커니 서 있는 마모루의 팔을 흔들면서 마키는 되풀이했다.

"알아? 있었어, 보고 있었다고. 목격자가 나왔어!"

제4장 이어지는 고리

1

반복, 반복, 반복.

경찰에서 그가 하는 일이라면, 오직 그것뿐이었다. NG를 연발하는 서툰 배우처럼, 같은 장면만 되풀이해서 계속 연기한다. 누군가가 오케이를 내 줄 때까지.

다시 한번 여쭙겠습니다. 한 형사가 말한다. 이걸로 적어도 다섯 번인가 여섯 번째다. 그는 유순하게 대답한다. 다섯 번째인가 여섯 번째의 똑같은 대답을. 그러면 또 다른 질문이 날아온다. 또 다른 형사의 입에서, 상투적인 '다시 한번 여쭙겠습니다'와 함께.

만인은 결코 평등하지 않다. 가난한 자와 부유한 자. 능력이 있는 자와 없는 자. 아픈 자, 건강한 자. 그러나 그래도 만인이 평등한 단 하나의 장소, 그게 바로 법정이다. 그런 말을, 옛날에 학생 시절에 들은 적이 있었다.

지금 이곳에서 그는 그 말에 작은 수정을 가했다. 경찰서도.

이곳에서는 그의 상식이 통하지 않았다. 여기 오기 전까지는 도움이 돼 주었던 친구의 손길도 닿지 않았다. 형사들은 처음부터 끝까지 정중한 말투에, 예의도 바르다. 마음 내킬 때 담배를 피울 수도 있다. 그러나 질문은 인정사정없고, 집요하고, 조금이라도 앞과 다른 말을 하면 즉시 스톱을 건다. 잠깐만요, 아까는 이렇게 말씀하셨는데요……

 한 덩어리의 치즈다. 그는 자신을 그렇게 생각하기로 했다. 형사들은 주위를 뛰어다니는 쥐들. 여기저기, 매번 다른 각도에서 물어뜯는 작은 이빨. 허를 찔러 터무니없는 곳을 갉다 보면, 그가 속까지 완전히 치즈가 아니라는 사실을 알 수 있을 거라고 생각한다.

 사실이 이렇게 단순한 것이 아니라면 나는 끝까지 버틸 수 없을지도 몰라. 그는 생각했다. 그리고 어떤 상황에서도 항상 자기 자신을 한 발짝 물러서서 지켜보는 사업가로서의 부분으로는, 형사들의 끈기에 솔직한 찬사를 보내고 있었다.

 "사고를 목격했을 때, 당신은 어디에 있었습니까?"
 "스가노 씨 바로 뒤를 걷고 있었습니다."
 "얼마나 떨어져 있었습니까?"
 "글쎄요……. 십 미터 정도일까요. 그녀는 마구 달려서 사거리로 향했기 때문에, 점점 거리가 벌어졌습니다."
 "거기서 뭘 하고 계셨나요?"
 "그냥 걷고 있었을 뿐입니다."
 "시간은 몇 시였습니까?"
 "자정을 지난 참이었지요."
 "그런 시간에 어디를 가려고 하신 겁니까?"

"그 근처에, 아는 사람이 사는 맨션이 있습니다. 그곳을 찾아가는 길이었습니다."

"근처라는 건 어느 정도의 거리입니까?"

"같은 동네입니다. 걸어서 이십 분 정도일까요."

"그렇게 멉니까? 어째서 걷고 있었습니까? 아까 당신은 스가노 씨와 똑같이 큰길에서 택시를 내려, 거기서부터 걸었다고 하셨지요. 그냥 아는 사람의 맨션까지 택시로 곧장 가면 되지 않습니까?"

"그 사람을 찾아갈 때는 적당한 곳까지 택시로 간 다음, 거기서부터는 걷는 게 습관이었거든요."

"보기 드문 습관이군요. 왜죠?"

"저는 지금 하는 사업에서 어느 정도의 평가를 얻고 있습니다."

"높은 평가라고 할 수 있지요."

"고맙습니다. 하지만 그만큼, 신변에 귀찮은 일도 일어나기 쉬워졌지요. 다시 말해ㅡ."

"대신 말씀드릴까요? 지금 세상을 주름잡는 '신일본상사'의 부사장인 당신이, 심야에 아는 여성의 맨션을 몰래 찾아가는 장면을 다른 사람이 봤다간 곤란하겠지요. 스캔들이 될 테고, 그렇게까지 되지는 않더라도 부인의 귀에 들어가면 별로 유쾌하지 못한 일이 일어날 테니까요. 그렇지요?"

"……그렇습니다."

"당신이 아까부터 '아는 사람'이라고 부르는 것은 이다 히로미 씨라는 스물다섯 살의 여성이지요. 아닙니까?"

"맞습니다."

"그녀는 당신의 경제적 원조를 받으며 생활하고 있어요. 당신은 그곳을 방문하지요. 심야에, 남의 눈에 띄지 않도록 주의하면서. 무엇 때문입니까?"

"……."

"이다 히로미 씨는 당신의 정부지요?"

"세상 사람들은 그렇게 말하는 것 같더군요."

"그럼 우리도 일반적으로 말하기로 하지요. 이다 히로미 씨는 당신의 정부예요. 사고를 목격했다는 그날 밤, 당신은 그녀의 맨션을 찾아가는 중이었어요. 그렇지요?"

"그렇습니다."

"사모님은 그녀의 존재를 아십니까?"

"알지도 모르고……, 모르겠습니다. 어쨌든 앞으로 알게 될 것은 틀림없지요."

"당신이 목격했다는 택시는 무슨 색이었습니까?"

"짙은 녹색처럼 보였지만, 자신은 없습니다. 어두운 색이었던 것은 확실하지만요."

"택시는 손님을 태우고 있었습니까?"

"빈 차처럼 보였습니다."

"당신이 있던 곳에서 사거리의 신호는 보였습니까?"

"똑똑히 보였습니다. 외길이었으니까요."

"신호를 보고 있었습니까?"

"네."

"왜요?"

"글쎄……. 특별히 이유가 필요할까요? 진행 방향 정면이었고, 저도 그 사거리를 건널 생각이었습니다. 자연스럽게 눈에 들어왔지요."

"택시 넘버는 기억나십니까?"

"어떤 택시 말입니까?"

"당신이 봤다고 하신, 사고를 일으킨 택시 말입니다."

"아니, 그건 기억나지 않습니다."

"개인이었습니까, 법인이었습니까?"

"모르겠습니다. 순간적인 일이라, 거기까지는 못 봤어요."

"그렇군요. 사고 후, 당신은 어떻게 하셨습니까?"

"곧, 이다 히로미의 맨션으로 향했습니다."

"호오……, 그건 또 어째서입니까? 사고가 당신의 눈앞에서 일어났는데요. 뭔가 해야겠다는 생각은 들지 않던가요?"

"휘말리면 곤란하다고 생각했어요. 소리를 듣고 사람들이 모여들기 시작했기 때문에 달리 구조할 방법은 많이 있을 거라 생각했고요."

"휘말린다고요? 하지만 사고는 당신과 상관없지 않습니까?"

"제가 거기 있었다는 사실이 어떤 형태로든 알려지면 곤란하다고 생각했습니다."

"다시 말해 당신은 도망쳤군요. 그렇지요?"

"……그렇습니다."

"이다 히로미 씨의 맨션에 도착한 건 몇 시쯤이었습니까?"

"좀 멀리 돌아갔기 때문에, 열두 시 반이 지나 있었습니다."

"몇 시 정도까지 거기 계셨습니까?"

"집을 나온 것은 두 시 반쯤이었습니다."

"그럼 그날 밤, 당신의 귀가는 상당히 늦었겠군요. 사모님은 아무 말씀도 안 하셨습니까?"

"아무 말도. 제 귀가가 늦는 것은 자주 있는 일입니다."

"그렇군요. 하지만 사고 현장에서 도망친 것은, 원래는 당신에게 아무런 용무도 없을 곳에, 더군다나 그런 시간에 있었다는 사실이 들통나는 게 무서웠기 때문일 것 같은데요."

"무서웠다는 건 좀 과장이군요. 곤란해질 것 같다고 생각했을 뿐입니다."

"실례했습니다. 저희들은 당신의 입장을 고려해서 말씀드린 겁니다. 사모님은 당신이 부사장으로 계시는 '신일본상사'의 사장이고, 창립자의 외동딸이기도 하시지요. 아니, 저희들은 사실을 말씀드리고 있을 뿐입니다."

"그렇습니다. 혹시나 해서 말이지만, 실제로 회사 경영에 관여하는 건 저뿐이라는 것도 사실입니다."

"그렇습니까? 그런데 이다 히로미 씨와 사고 이야기를 했습니까?"

"안 했습니다."

"왜죠?"

"그녀에게 걱정을 끼치고 싶지 않았습니다."

"큰일 날 뻔했다, 섣불리 휘말렸다간 두 사람의 관계가 발각되는 계기가 되었을지도 모른다. 그런 이야기를 해서 걱정을 끼치고 싶지 않았다는 말씀이시죠."

"맞습니다."

"그렇군요. 당신은 사거리가 보이는 곳에 있었어요. 피해자는 거기까지 달려갔지요. 그때, 택시가 달리던 방향의 신호는······."

"파란불이었습니다. 틀림없습니다."

"다시 말해, 피해자인 스가노 씨 쪽의 신호는 빨간불이었다는 거죠?"

"그렇습니다. 그녀는 그걸 무시하고 달려 나갔습니다."

"왜 그런 짓을 했다고 생각하십니까? 현장에서는 어떻게 생각하셨습니까?"

"밤길이니 서둘러 집에 돌아가고 싶은 모양이라고 생각했습니다. 젊은 아가씨였으니까요. 그 사거리의, 택시가 달려온 쪽에는 건설중인 맨션이 시트에 덮여 있었습니다. 시야가 아주 안 좋았어요. 저도 사고 직전까지 달려오는 택시가 보이지 않았습니다. 스가노 씨도 그랬을 거라고 생각합니다. 자주 있는 일이지요."

"피해자는 뭘 입고 있었습니까?"

"잘 기억나지 않습니다. 검은 정장이었던 것 같은데요. 머리카락이 길고, 예쁜 아가씨였습니다."

"호오. 뒤에서 걸어오고 있었을 뿐인데 얼굴을 알아보셨습니까?"

"저는 그녀와 이야기를 했습니다."

"이야기를 하셨다고요? 어떤······?"

"그 사거리로 이어지는 길로 꺾어지기 전에, 택시에서 내렸을 때 앞에서 걸어가는 그녀를 알아차렸습니다. 저와 같은 방향으로 가고 있었지요. 그래서 불러 세우고, 시간을 물어봤습니다. 제 시계는 좀 빨랐거든요."

"왜 시간을 물어보셨습니까?"

"이다 히로미를 찾아가는 데, 시간을 알고 있는 편이 좋을 거라고 생각했기 때문입니다. 자고 있을 때 가면 곤란하니까요."

"이다 씨의 맨션에는 늘 예고 없이 찾아가십니까?"

"네."

"시간을 물었을 때, 피해자는 어땠습니까?"

"모르는 남자가 말을 걸어서 놀란 것 같았습니다. 하지만 정중하게 물어보니 잘 대답해 주었습니다."

"몇 시였습니까?"

"열두 시 오 분이었습니다. 스가노 씨가 그렇게 가르쳐 주더군요."

"그리고 나서 달리기 시작한 겁니까?"

"아뇨. 한동안은 그대로 걷고 있었습니다. 하지만 아무리 제가 수상한 사람이 아니라 해도, 밤길에 모르는 사람과 가까이 걷는 건 싫었겠지요. 점점 걸음이 빨라지고, 그러다가 달리기 시작했습니다."

"부자연스럽다고 생각하지 않았습니까?"

"아뇨. 젊은 여성으로서는 오히려 자연스러운 행동이겠지요. 저는 미안한 짓을 했다고 생각했습니다."

"그리고 사고가 일어났군요."

"그렇습니다. 그런 의미로는, 그녀가 사거리로 뛰어나간 것에 대한 책임의 일부는 제게 있습니다."

"책임론도 그렇게까지 파고들면 한이 없지요. 저희들로서는 그 후 당신이 도망친 게 더 문제라고 생각합니다."

"알고 있습니다."

"그런데 저희들의 조사로는 사고 후 현장에 달려온 사람들 가운데는 도망치는 당신을 본 사람이 없다고 알고 있습니다."

"그야 그렇겠지요. 정확하게 말하면 저는 사고 직후에 도망친 게 아니니까요. 사고가 일어났을 때는 그 자리에 있었습니다. 다만, 눈에 띄지 않게 그늘에 숨어 있었지요."

"호오……."

"바로 도망치면 오히려 눈에 띌 테니까요. 저는 이웃 사람들이 사거리로 모여들 때까지 기다리고 있었습니다. 사람들이 모여 소란스러워지자, 그 속에 섞였습니다. 그리고 틈을 보아 그 자리를 떠났습니다."

"자신의 입장을 지키기 위해 그렇게까지 신중하게 행동하신 당신이, 어째서 이제 와서 나서신 겁니까?"

"아시다시피, 제게는 경찰에도 매스컴에도 아는 사람이 있습니다. 아주 친한 사람이."

"그런 것 같더군요."

"저는 그들에게 이 사고에 대해 물어보았습니다. 역시 신경이 쓰였으니까요. 그리고 목격자가 없어서 운전수의 일방적 과실이 되었고, 그가 체포되어 있다는 말을 들었습니다. 당연히 놀랐지요. 사실은 그렇지 않으니까요."

"운전수의 말에 거짓은 없다는 말씀이신가요?"

"그렇습니다. 그 사람 쪽의 신호는 파란불이었어요. 스가노 씨가 빨간불을 무시하고 뛰어나간 겁니다. 저는 똑똑히 보고 있었어요. 지금은 그때 도망쳐 버린 것을 후회하고 있습니다. 저만 그 자리에서 바로 증언했다면 운전수는 구류되지 않았겠지요."

그는 얼굴을 들고 단호하게 말했다.

"저는 정부를 두고 있고, 아내와 사이가 좋지 못해요. 분명히 가정에 문제가 있는 남자입니다. 하지만 죄 없는 사람이 괴로워하는 것을 못 본 척하는 인간은 아닙니다. 그래서 나섰습니다."

"훌륭한 마음가짐이군요."

2

또 잠들지 못하는 밤이 지나고, 아사노가의 세 사람은 식탁에서 얼굴을 맞대었다.

"우선은 집에서 사야마 선생님의 연락을 기다려야지."

요리코는 커피를 끓이면서 침착하게 말했다. 어린애들 앞에서 온 힘을 다해 컨트롤을 하여 절제하는 말투였다.

"현장을 보고 있던 사람이 나타났다 해도, 금방 만만세가 되는 건 아니니까."

"나 오늘은 회사 쉴래요." 마키가 말한다.

"저도 오늘은 집에 있을게요." 마모루가 말한다.

"너희들—."

두 아이는 합창하듯 말했다. "잔소리 금지."

청소하는 데 방해된다며 두 사람 다 이 층으로 쫓겨 올라갔다. 그 김에 이것도, 하며 요리코는 마키에게 바구니에 가득한 빨랫감을 밀어붙였다.

"널어 둬, 잘."

투덜거리면서 옥상으로 올라가더니, 넘칠 듯이 비쳐드는 아침 햇빛 속에서 마키는 우아하게 기지개를 켰다.

"날씨 좋네. 좋은 일이 있을 것 같은 느낌이 들어."

좋은 결과가 나왔으면 좋겠다. 생각은 마모루도 같다. 하지만 마키와는 좀 다른 의미도 포함되어 있었다.

목격자는 어떤 인물일까. 경찰은 얼마나 신용해 줄까. 그 증언이 다이조의 처분에 어느 정도나 영향을 미칠까.

제발 그 사람의 증언으로 모든 것이 결정되었으면 좋겠다. 그러면 스가노 요코라는 여성이 했던 일을, 그녀의 과거를 밝히지 않아도 된다. 그렇게 생각했기 때문에, 마모루는 어제 하루 동안 발견한 것에 대해서 요리코에게도 마키에게도 이야기하지 않았다. 「정보 채널」도 책꽂이 안쪽에 밀어 넣어두었다.

특히 마음에 걸리는 것은 유키코라는 그녀의 동생이었다. 기모노 차림으로 요코와 나란히 미소를 짓고 있던 얼굴.

언니가 사기꾼 같은 일로 큰돈을 벌고 있었다는 사실을 알면, 그것 때문에 협박을 받고 도망쳐 다니고 있었다는 사실을 알면, 그녀의 생활은 어떻게 될까. 이제부터 취직해서 사회에 나가게 될 그녀는, 예기치 못한 그 큰 파도를 피해 갈 수 있을까. 그걸 생각하면 마음이 우울했다.

가능하다면 요코 씨가 감추고 있던 사실은 영원히 감춘 채로 놔두고 싶다. 다이조를 걱정하는 마음과 똑같은 크기로, 마모루는 그렇게 바라고 있었다.

"마모루, 잠깐."

작게 부르며, 마키가 문 그늘에서 들여다보고 있다.

"내, 내가 없는 동안 전화가 왔었어?"

"아니. 안 왔는데."

"그래……." 마키는 약간 눈을 내리깔았다.

"마에카와 씨한테서?"

그녀는 고개를 끄덕였다. 마모루는 눈치를 살펴 말했다.

"하지만 나도 낮에는 집에 없잖아. 그 사람도 걱정하고 있지 않을까? 회사로 전화해 보지그래?"

"그래." 다시 웃는 얼굴로 돌아왔다. "나중에 걸어 볼게."

아래층에서 전화가 울린 것은 그때였다. 두 사람은 순간 얼굴을 마주 보고는, 신이 나서 계단을 뛰어 내려갔다. 요리코도 먼지떨이를 한 손에 들고 달려왔지만 역시 마모루가 빨랐다.

"네, 아사노입니다!"

"구사카니?"

노자키 선생의 목소리였다. 마모루는 저도 모르게 혀를 내밀며, 요리코와 마키에게 한 손으로 '아니야, 아니야' 하고 신호했다.

"네. 연락이 늦어서 죄송합니다. 실은 오늘……."

"당장 등교해라."

"네?"

"좌우간 당장 등교해. 내 자리로 와. 설명은 그때 하마."

뚝 끊어졌다.

"학교에서 온 거니?"

"네."

마모루는 한동안 손안의 수화기를 바라보고 나서 후크에 내려놓았다. 무능 선생은 몹시 당황하고 있었다.

"당장 등교하래요."

"멍청하긴. 너 아직도 결석한다는 전화를 안 했어? 어쩔 수 없지, 준비해. 좋은 소식이 들어오면 곧 전화해 줄 테니까 걱정 말고."

마모루는 요리코에게 꿀밤을 얻어맞고 목을 움츠렸다. 나도 회사에 연락해야겠다, 하고 마키가 웃으며 수화기를 들었다.

하지만 웃을 일이 아니었다.

노자키 선생은 영어과 직원실에서 마모루가 도착하기를 기다리고 있었다. 그는 마모루를 옆에 세워 두고 대뜸 말했다.

"그저께 토요일 오후, 도난 사건이 일어났다."

그것만으로도, 앞으로 그가 무슨 말을 하려는 것인지 마모루는 알았다.

"뭘 도난당했는데요?"

"농구부실에 있던 이달치 동아리비랑, 정월 특별합숙 비용이야."

농구부. 미우라의 얼굴이 언뜻 스쳤다.

"얼마인가요?"

"전부 합쳐서 총 오십만 엔이야. 부원 스물두 명 전원의 일주일 숙박비가 포함되어 있었으니까."

마모루는 눈을 감았다. 하필이면…….

"그렇게 큰돈을 어째서 부실에 그냥 놔뒀을까요."

이 학교에서는 남자 운동부에 여자 매니저를 두지 않는다. 체육과 주임이자, 다름 아닌 농구부 고문인 이와모토 선생님의 명령으로 오 년 전부터 실시되고 있는 철칙이었다.

"우리가 무슨 프로냐? 유니폼 세탁도 수선도 동아리 활동의 일부다. 그게 싫은 놈은 나가"라는 것이다.

따라서 동아리비를 모으고 그 돈을 관리하는 일도 부원들이 직접 하고 있다. 어디에서나 일 학년의 역할인데, 농구부에서는 사사키라는 부원이 맡고 있었다.

사사키는 미우라와 한패이기도 하다.

"돈은 농구부에 있는 로커 안에 넣고 열쇠를 잠가 두었어. 부실 문도 잠겨 있었고. 농구부 부원들이 돈이 없어진 것을 알아차린 것은 일요일 아침 연습을 하러 나왔을 때였지. 양쪽 다 자물쇠가 볼트 커터로 절단되어 있었다더구나."

노자키 선생은 약간 창백한 얼굴로 말을 이었다.

"구사카, 도난이 있었으리라 여겨지는 것은 농구부의 토요일 연습이 끝난 오후 여섯 시 반에서, 다음 날 아침 연습을 위해 부원들이 모인 일요일 오전 일곱 시 사이야. 그동안 너는 어디에 있었지?"

"집에 있었어요."

"누가 같이 있었니?"

"가족은 아무도 없었어요. 토요일 밤 아홉 시 정도까지라면 친구가 놀러와 있었지만, 그 후로는 계속 혼자 있었어요."

마모루는 답답해져서 물었다.

"무슨 일이에요? 제가 의심받고 있나요?"

"토요일 낮에, 교실에서." 질문에는 대답하지 않고, 노자키 선생은 엄하게 말했다. "사사키랑 미우라랑 아미모토 셋이서 정월 합숙 중에 묵을 여관을 구하는 문제에 대해 이야기하고 있을 때, 네가 옆에 있었다고 하더구나. 이야기를 듣고 있었다고. 그때 돈 얘기도 나왔대. 부실에 놔둬도 괜찮겠느냐는 둥 하는."

"그것도 제가 듣고 있었다고 하던가요? 그래서 범인이라고요?"

또 미우라다. 그 녀석뿐이다. 아미모토도 그와 어울려 다니는 동료니까.

"너 말고 외부 사람 중에서 돈에 대해 알고 있는 사람은 없다던데."

"저도 돈에 대해서는 몰라요. 듣지 못했습니다. 사사키나 미우라가 한 말만 믿고, 제 말은 믿어 주시지 않는 건가요?"

덫에 걸렸다. 뻔한 일이다.

그날 밤, 누님이 동생을 데리고 놀러와 준 것은, 낮에 마모루가 "오늘 밤에는 혼자 집을 봐야 해"라고 이야기했기 때문이었다. 그걸 미우라 패거리도 듣고 있었다. 그저께인 토요일 밤이라면, 마모루의 알리바이를 증명해 줄 사람이 없다는 것을.

당했다고 생각했다.

"농구부 내부에서는 어때요? 다들 돈에 대해서 알고 있었을 거 아니에요?"

"부원들 짓은 아니야."

"어떻게 그렇게 단언할 수 있죠?"

노자키 선생은 침묵하고 있다. 관자놀이가 맥박 치는 것이 보인다.

"왜 접니까?" 마모루는 되풀이했다. "어째서죠?"

대답은, 듣지 않아도 알고 있다. 교사의 얼굴을 보고 있노라면 읽을 수 있었다.

도둑의 자식은 도둑. 분명히 그렇게 써 있다.

노자키 선생도 물론 마모루의 아버지 사건을 알고 있었다. 학생들도 선생도, 모두 알고 있다. 미우라 패거리는 사건을 파헤친 후, 전염병이었다면 학교가 폐쇄됐을 정도의 기세로 소문을 퍼뜨리고 다녔으니까.

둔한 칼날로 베이듯이, 절망감이 파고들어 왔다. 또냐. 무엇 하나 바뀌지 않았다.

"이와모토 선생님도 그렇게 말씀하셨나요? 제가 범인이라고."

"선생님은 농구부 전원에게 연습 정지 처분을 내리고 조사하고 계셔. 설령 돈이 나오더라도 정월 합숙은 중지된다는군. 우선 관리 소홀이라는 것 때문에. 미우라네 말도 듣기는 하셨지만 이와모토 선생님은 선생님대로 조사를 하겠다고 하시더라."

그 말을 듣고 조금 구원받은 기분이 들었다. 학생들에게 '호랑이 이와모토'라고 불리고 있는 그 선생은, 확실히 엄격하고 완고하고 머리도 나쁘지만 어중간한 것을 싫어하는 성격이다. 조사한다고 한 이상, 온 학교를 뒤집어서라도 끝까지 조사할 것이다.

"선생님은 어떻게 생각하세요?" 마모루는 노자키 선생의 하얀 얼굴을 향해 물었다.

"제가 했다고 생각하세요?"

교사는 대답하지 않았다. 잠시 후, 마모루의 얼굴을 보려고도 하지 않고 불쑥 말했다.

"나는 그저, 진실을 얘기해 주기를 바랄 뿐이야."

"그렇다면 간단해요. 저는 훔치지 않았습니다. 그것뿐이에요."

"그것뿐이냐?" 교사는 무뚝뚝하게 말했다. "그것뿐이야?"

마모루는 문득 다이조가 놓여 있는 상황을 떠올렸다. 그의 심정을 아플 만큼 잘 이해할 수 있었다. 누가 좀 믿어 주세요. 저는 사실을 말하고 있습니다.

화가 나기 시작했다. 모든 게 바보 같아졌다. 어째서, 이런 곳에서 이런 말을 들으며 참아야 하는 걸까?

당신, 무서운 거로군. 입을 다물고 시선을 피하고 있는 교사의 얼굴을 향해 그렇게 말해 주고 싶었다. 자신이 담임을 맡고 있는 학생이 불상사를 일으켰다고 생각하니, 그것만으로도 안절부절못할 정도로 무서워서 견딜 수 없는 거야.

"한동안 쉬겠습니다." 문 쪽으로 가면서 그렇게만 말했다. "제가 없는 편이 조사하기 쉬울 것 같으니까요."

"근신할 생각이냐?"

"아닙니다. 그냥 쉬는 거예요." 아무래도 마음이 진정되지 않아서, 억누르고 있던 말이 입을 뚫고 나왔다.

"안심하세요. 인권 침해라고, 교육 위원회에 고소하거나 하지는 않을 테니까요."

"바보 같은 말을—." 교사의 얼굴이 또 창백해졌다.

"선생님. 한 가지만 가르쳐 주세요. 부실과 로커에 걸려 있던 자물쇠는 어떤 거였죠?"

"맹꽁이자물쇠야. 열쇠는 이와모토 선생님이 갖고 계시지."

마모루는 생각했다. 만일 내가 악질적인 몽유병에라도 걸려서 무의식중에 어디론가 숨어드는 버릇이 있다 하더라도, 맹꽁이자물쇠를 볼트 커터로 자르는 짓은 하지 않는다. 고작해야 맹꽁이자물쇠를 상대로 무엇 때문에 그런 꼴사나운 짓을 한단 말인가.

그건 생초보의 짓이에요, 선생님.

학교를 나설 때는 역시 발걸음이 무거웠다. 계단을 내려간다기보다 발부터 먼저 떨어지는 것 같은 느낌이었다.

집에는 못 가겠다고 생각했다. 마키처럼 개방적인 딸을 키우는 한편으로, 요리코는 어디에서 어떻게 수행을 쌓았는지 아이의 마음을 꿰뚫어보는 기술을 가지고 있다. 이 얼굴로 집에 들어갔다간 괜히 또 쓸데없는 걱정이나 시킬 뿐이다.

문득 생각나서, 다급히 현관에 있는 공중전화로 전화를 걸었다. 지금까지 사야마 변호사에게서 좋은 소식이 들어와서, 요리코가 학교에 전화를 했으면 어쩌나 하는 생각이 들었던 것이다.

"아직 확실히 몰라."

벨소리가 한 번 울리자마자 요리코가 받더니 약간 낙담한 목소리로 그렇게 말했다. 경찰도 여러 가지로 조사할 게 있으니까 앞으로 이틀만 참아 달라고 사야마 선생님이 그러시더라.

전화를 끊자 누군가가 뒤에서 말을 걸었다.

"구사카."

미야시타 요이치였다. 숨을 헐떡이고 있다.

"아아, 찾아서 다행이다. 도키다랑 둘이서 계속 찾고 있었어."

"고마워. 그런데," 마모루는 숨을 삼켰다. "꼴이 왜 그래?"

요이치는 상처투성이였다. 오른쪽 팔은 어깨에 깁스로 매달려 있고, 왼쪽 다리의 발끝에도 붕대가 보인다. 신발이 들어가지 않아서 발가락 끝만 걸치고 있다. 입술 끝이 찢어져서 딱지가 앉아 있을 뿐 아니라 오른쪽 눈꺼풀까지 부어올라 있다.

"자전거에서 떨어졌어." 그는 당황해서 말했다. "나 정말 둔하지?"

"그래도 너무 심하잖아. 팔은? 부러진 거야?"

"아니. 좀 찢어졌을 뿐이야."

"찢어져? 어째서?"

"대단한 건 아니야. 의사 선생님이 호들갑이 심해서 그래." 요이치는 웃음을 지었지만, 오히려 애처로워질 뿐이었다.

"전람회에 내놓을 그림을 그리고 있잖아? 곤란하지 않아?"

"괜찮아. 이런 상처쯤은 금방 나으니까. 그보다, 너야말로 어쩔 거야?"

"어쩌다니……." 마모루는 가볍게 웃어 보였다. "어떻게 하는 게 좋을까?"

"그거, 전부 다 거짓말이야." 요이치는 입술을 꼭 다물었다. "전혀 근거가 없어. 미우라 패거리가 지어낸 거야."

"나도 그렇게 생각해."

"어째서 노자키 선생님은 그런 놈들이 하는 말만 믿고, 널 믿어 주지 않는 걸까."

"그야 아마, 내가 횡령범의 아들이기 때문이겠지." 마모루는 무뚝뚝하게 말했다. 요이치의 상냥한 얼굴을 보고 있자니 지금까지 참아온 반동이 일어나 버린 것이다. "너도 그렇게 생각하지 않아? 멘델의 유전 법칙이라는 거 아닐까."

요이치는 눈을 깜박이며 마모루를 보고 있었다. 울음을 터뜨리는 게 아닐까 잠시 걱정이 되었다.

하지만 의외로 단호한 목소리로, 그는 말했다.

"'츠루 씨는 동글동글 벌레'*라는 거 알아?"

"그게 뭔데?"

"'헤노헤노모헤지'** 같은 낙서야. 내가 어릴 때, 아버지는 자주 그걸 그려 주셨지. 난 재미있다고 생각했어. 하지만 다른 것도 더 그려 달라고 졸랐지. 전철이라든가, 꽃이라든가. 그랬더니 아버지는 날 근처 미술 학원으로 데려갔어. 아버지는 그림을 정말 못 그려서, '츠루 씨'밖에 못 그렸던 거야."

요이치는 싱긋 웃었다. "나, 장래에 화가가 되면 '츠루 씨'를 사인 대신으로 삼을까 해. 하지만 '츠루 씨'만 그리면 아무래도 아버지 얼굴이랑 비슷해져서 곤란하다니까."

---

* 'つるさんはまるまるむし'. 이 열한 개의 히라가나 문자를 이용해, '헤노헤노모헤지'처럼 그림을 그리는 글자 놀이.
** '헤노헤노모헤지へのへのもへじ'라는 일곱 개의 히라가나 문자만을 사용해 사람 얼굴 모양의 그림을 그리는 글자 놀이. '헤헤노노모헤지'라고도 한다. 앞의 두 개의 '헤(へ)'가 양 눈썹을, 두 개의 '노(の)'가 두 눈을, '모(も)'가 코를, 세 번째 '헤(へ)'가 입을, '지(じ)'가 얼굴 윤곽을 각각 나타낸다.

3

다음 날도, 그 다음 날도 다이조는 돌아오지 않았다.

어떻게 된 걸까. 아사노가에 남아 있는 세 사람은 각자의 얼굴 속에 자신의 초조함과 의문이 어리는 것을 느끼며, 참을성 있게 기다리는 수밖에 없었다.

마모루는 매일 아침, 마치 학교에 가는 것 같은 얼굴로 집을 나가 '로렐'에서 일하고 있었다. 자체 휴강을 결심한 후, 그 길로 '로렐'을 찾아가 다카노에게 사정을 설명하고 여기 있게 해 달라고 부탁했던 것이다.

"학교 그만두고 일할 셈이야?"

"그럴 생각은 없어요." 마모루는 대답했다. "하긴, 학교 쪽에서 강제로 그만두게 한다면 얘기는 다르지만."

"마음 약한 소리 하지 마. 반드시 진짜 범인이 잡힐 테니까."

그러더니 다이조의 사고 목격자가 나왔다는 보고를 듣고 함께 기뻐해 주었다.

"틀림없이 좋은 결과가 나올 거야. 초조해하지 마."

서적 코너의 점원들은 평일 낮에 출근한 마모루에게 하나같이 놀란 얼굴을 했다.

"어떻게 된 거야? 학교는?" 여사는 특히 험악한 얼굴을 했다.

"저어……."

"학급 폐쇄래요. 그렇지?" 사토가 마모루의 어깨를 툭 두드렸다.

"뭐? 이상하네. 아직 인플루엔자가 유행하기에는 이른데." 여사는 방심하지 않는다.

"어라, 모르세요? 최근에 유행성 이하선염이 크게 유행하고 있어요."

"유행성 이하선염?"

"네. 안자이 씨, 어릴 때 앓으셨어요?"

"아니. 안 앓았는데."

"그럼 조심하세요. 남자친구한테도 말해 두는 게 좋을 거예요. 남자가 걸리면 무서우니까."

"어머, 정말?"

"그럼요. 씨가 없어져 버리거든요. 곤란하죠?"

거드름을 피우면서 말하고, 사토는 여사의 눈이 닿지 않는 곳까지 마모루를 끌고 갔다.

"고마워요."

"인사는 됐어. 네가 있어 주는 게 난 좋으니까. 뭔가 사연이 있는 모양이지만, 뭐, 너무 심각하게 생각하지 마. 학교 같은 데 안 가도 죽지 않으니까."

섣달이 다가오고, 연말 판매 전쟁을 위한 달력, 수첩류도 들어왔기 때문에 일은 바빴다. 일에 쫓기고 있을 때는 다이조에 대한 걱정도 사라지고 오십만 엔에 대해서도 잠시 잊을 수 있었다.

목요일 오후, 창고에서 휴식을 취하고 있는데 마키노 경비원이 다가왔다.

"오, 청소년, 학교는 땡땡이치고 노동이야?"

옆에 있던 사토가 골판지 상자 위로 올라가 팔을 흔들면서 "들어라,

만국의 노동자들이여" 하고 멋들어지게 한 소절을 노래했다. 꽤 좋은 목소리였다.

"수고했어. 앉아도 돼."

"감사합니다!"

"그런데 너 정말 스물여섯 살 맞냐? 너희 부모님도 참 불행하시구나."

마모루는 웃음을 터뜨렸다. "마키노 씨야말로 어떠세요?"

"에너지 충전 백이십 퍼센트지. 한가해서 죽겠어."

"한가? 이렇게 손님이 많은데."

마키노도 이상하다는 듯한 얼굴을 했다. "그렇지? 나뿐만이 아니야. 다른 매장 애들한테 물어봐도 다 비슷하더라고."

"역시 경기가 좋아서 그런 거 아닐까요?" 사토가 느긋하게 말했다.

"멍청이. 경기가 좋을 때일수록 절도가 많은 거야. 불경기에 늘어나는 건 강도지. 무엇보다, 경기가 좋아지기 시작한 건 최근의 일이 아니잖아?"

"손님의 질이 좋아진 거죠." 마모루는 말했다.

"글쎄. 어느 지역 자치회에서 의식 개조 강좌를 하고 있다는 소문은 못 들었는데……."

거기에 다카노가 얼굴을 내밀었다. 긴장한 표정이었다. "마키노 씨!"

경비원은 달려갔다. 마모루와 사토가 얼굴을 마주 보고 있자니, 뛰어서 돌아왔다.

"이봐, 112에 전화해. 옥상에서 손님이 뛰어내리겠다고 소동을 피우고 있어. 소방서도 불러. 단, 사이렌을 울리면서 왔다간 죽을 줄 알라고 해."

그렇게만 말하고 다시 사라졌다. 사토는 전화기로 달려갔다. 마모루는 마키노의 뒤를 쫓았다.

통로로 달려 나가자 계단을 둘씩 뛰어 올라가는 다카노와 경비원이 보였다. 매장 내 방송이 클래식 메들리에서 빠른 템포의 팝으로 바뀌었다. 긴급 사태가 발생했음을 모든 가게에 알리는 신호이다.

계단을 달려 옥상까지 올라가 보니, 미니 정원이나 어린이 유원지로 통하는 테라스의 넓은 문 앞은 이미 구경꾼으로 가득했다. 마모루는 사람들 앞에 있던 점원 중 한 명을 붙들고 물었다.

"어디쯤이에요?"

"급수 탱크 있는 데인가 봐요. 여자애래요."

마모루는 오른쪽으로 돌아, 일단 아래층의 플로어로 내려가서 반대쪽으로 향했다. 옥상의 구조도를 떠올린다. 채용되면, 언제 손님이 물어도 즉시 대답할 수 있도록 머리에 매장 지도를 집어넣어 두어야 한다.

'여기서부터 관계자 외 출입금지'라는 팻말이 세워져 있는 통로를 달려, 모퉁이를 하나 돌면 스틸제(製)의 내열문이 있다. 그 문을 열면 옥상으로 통하는 좁은 계단이 나온다. 점검 정비나 청소를 할 때, 작업원이 출입하는 것을 본 기억이 있었다.

낮은 계단을 올라가니 앞에 한 짝짜리 문이 보였다. 위쪽 절반에 철망이 든 유리가 끼워져 있어서 밝은 햇빛이 새어 들고 있다.

문을 잠그고 있는 것은 가방 모양의 맹꽁이자물쇠였다. 가게 안에서는 화려한 인테리어에 가려져 알아차리지 못하지만, 이 건물은 상당히 낡아 있다. 경보장치나 전자자물쇠는 나중에 단 것이고, 빌딩 벽을 암벽 등반해서 오지 않는 한 숨어들 수 없는 옥상으로 통하는 이 출입구는 여전히 구태의연하다.

배불리 먹고 나서 지갑을 찾는, 음식 값을 떼어먹고 달아나는 파렴치한처럼 마모루는 온몸의 주머니를 뒤졌다. 쓸 만한 것은 아무것도 없다. 여자가 아니라서 머리핀도 없다.

그때 간신히 가슴에 단 배지를 알아차렸다. 명찰 뒤의, 길이 삼 센티미터의 안전핀.

핀 텀블러의 실린더자물쇠가 미로라고 한다면, 맹꽁이자물쇠는 구획 정리된 분양지와 같다. 무릎을 꿇고 일 분, 달칵 하고 실없는 소리를 내며 자물쇠가 열렸다. 마모루는 신중하게, 신중하게 문을 열고 옥상에 얼굴을 내밀었다.

자신도 모르게 얼굴을 찌푸릴 정도로 햇볕이 강했다. 눈이 따끔거린다.

정확하게 들어맞았다.

마모루 앞에는 펌프실—이라고 해도 콘크리트 벽이다—이 서 있었다. 맞은편이 급수 탱크다.

문제의 여자아이는 이쪽으로 등을 돌리고, 분명히 탱크 꼭대기에 앉아 있었다. 마모루의 위치에서는 빨간 스웨터를 입은 등과 머리밖에 보이지 않는다. 올려다보는 동안에도 여자아이는 천천히, 천천히 옥상 울타리 쪽으로 이동해 간다.

어떻게 기어 올라갔을까? 탱크의 높이는 이 미터쯤 된다. 마모루는 놀랐다. 발 디딜 곳이 없는 건 아니니까 불가능하지는 않지만, 여자애에게는 힘든 일이었을 것이다. 들개에게 쫓겨 목숨을 걸고 올라갔다면 모를까, 이곳은 슈퍼마켓이니 그럴 리도 없지 않은가.

여자아이는 탱크 가장자리까지 왔다. 급수 탱크는 울타리 거의 끝에 서 있으니 그곳에서 몸을 날리면 옥상 위가 아니라 육 층 아래의 땅바닥까지 논스톱 급행편이다.

여자아이는 여전히 이쪽에 등을 돌리고 있었고, 마모루의 존재를 눈치 챈 기색은 없었다. 시선은 그녀를 설득하려고 모여 있는 어른들에게 못 박혀 있는 것 같다.

마모루는 급수 탱크 아래쪽의 그늘에서 머리를 내밀고 맞은편을 살펴보았다.

설득하는 사람들은 마모루가 보기에 오른쪽 방향에 있었는데, 탱크에서 오륙 미터 떨어진 곳에 한데 모여 있었다. 선두에 여성 경비원. 그 옆에서 양손을 비틀고 있는 중년 여성은 여자아이의 어머니인 듯했다.

그 앞쪽, 마모루와 거의 마주 보는 위치에 다카노가 있었다. 마키노 경비원은 뒤를 지키고 있다. 구경꾼들의 웅성거림이 마모루의 귀에도 들렸다.

자, 어떻게 할까. 마모루는 머리를 집어넣고 생각했다.

역시 여기로 올라갈 수밖에 없을 것 같군. 다시 한 번 탱크를 올려다보고 각오를 굳혔다. 꼭대기에 손이 닿으면, 몸은 팔의 힘으로 끌어올릴 수 있을 것이다.

여성 경비원의 침착한 목소리가 들렸다.

"아무도 당신에게 상처를 입히지 않아요. 그런 위험한 짓은 그만두세요."

여자아이는 신음하듯이 뭐라고 말했다.

"오지 마……. 오지 말라니까!"

마모루는 다시 머리를 내밀어 다카노의 주의를 끌려고 시도했다. 빨리, 빨리 눈치 채 주세요!

눈치를 챈 다카노가 눈을 크게 떴다. 놀라서 턱이 딱 벌어졌다. 마모루는 서둘러, 목소리를 내지 않고 입만 움직였다.

'모르는 척해 주세요.'

다카노는 알 수 없을 정도로 작게 고개를 끄덕였다. 곁눈질로 힐끗 여자아이를 바라본다.

'어쩔 셈이야?' 입술이 움직였다.

"다가오지 마! 정말 뛰어내릴 거야!" 여자아이의 날카로운 목소리가 울린다.

'제가 이쪽에서 올라가서 뒤로 돌아갈 테니까,'

손으로 방향을 가리키며,

'말을 걸어서 주의를 끌어 주세요.'

다카노는 고개를 끄덕이는 대신 격렬하게 눈을 깜박였다. 당장이라도 마모루 쪽으로 걸음을 내딛을 것 같아졌기 때문에 턱을 당기며 꾹 참았다.

마모루는 펌프실 옆으로 되돌아갔다. 되도록 눈치 채이지 않는 편이 좋다. 우선 여기로 올라가서 탱크 쪽으로 이동하자.

점프. 손이 지붕에 닿고, 힘껏 붙잡으려고 했지만 놓쳤다.

"아가씨." 다카노의 목소리가 들려왔다. "무서워하지 않아도 돼요. 거기 있고 싶으면 움직이지 않아도 돼요. 잠깐 얘기 좀 해요. 나는 여기 점원인데, 이름은 다카노예요. 다카노 하지메. 하지메는 숫자 일—이라고 쓰죠. 아가씨 이름은? 괜찮다면 가르쳐 줄래요?"

"미스즈!" 여자아이의 어머니의, 반쯤 울음 섞인 목소리가 들렸다. "부탁이니까 내려와!"

다시 한번 점프. 이번에는 정확하게 손이 닿았다. 마모루는 펌프실 문의 손잡이에 한쪽 발을 딛고 자신의 몸을 끌어올리기 시작했다. 다카노의 목소리가 달래듯이 이어진다.

"오늘은 어머니랑 물건을 사러 와 줬다면서요? 고마워요, 뭘 샀어요?"

상반신이 펌프실 위로 나왔다. 순간 시야가 트이면서, 앉아 있는 여자아이의 뒷모습과 설득하고 있는 점원들이 보였다. 다카노는 한 발짝 앞으로 나섰다.

"이쪽으로 오지 마."

여자아이의 목소리가 똑똑하게 들렸다. 마모루는 펌프실 위로 나갔다.

옥상 울타리가 있는 쪽을 애써 쳐다보지 않도록 했다. 그래도 몸의 그쪽이 간질간질했다.

천천히 자세를 낮추고 여자아이에게 다가간다. 빨간 스웨터가 바람에 흔들린다. 다카노는 계속 이야기하고 있다.

"서적 매장에는 와 보셨죠? 혹시 책 좋아해요?"

탱크 앞까지 왔다. 여자아이의 등까지 약 이 미터. 그녀는 다시 천천히 이동하기 시작했다. 그에 따라 마모루도 움직인다. 마침내 울타리가 가까워졌다.

"싫어해." 여자아이는 속삭였다.

"싫어요? 그거 유감이네. 왜요?"

마모루는 준비 자세를 취했다.

"무서워." 여자아이는 말했다. 목소리가 정상적인 어투에서 벗어나기 시작했다. "싫어, 무서워, 무서워, 무서워, 무서워—."

이제 다카노 이외의 사람들도 마모루를 알아차렸다. 여성 경비원의 얼굴에 놀란 표정이 떠올랐다. 여자아이가 그것을 보았다. 그녀는 돌아보았다. 마모루를 보았다.

그녀는 절규했다. 순간적으로 마모루가 움츠러들 정도의 목소리였다. 생각할 여유도 없이, 마모루는 빨간 스웨터를 향해 무턱대고 뛰어들었다. 여자아이를 안고 울타리에서 멀어지듯이 되돌아가다가 엉덩방아를 찧으며 넘어져서, 이번에는 탱크에서 떨어지지 않도록 발로 버텼다.

여자아이는 계속 소리를 지른다. 설득하던 사람들이 달려오고, 다카노가 엄청난 기세로 탱크를 기어 올라와서 떨어질 것 같은 마모루를 도와 여자아이를 껴안았다.

"이제 괜찮아, 괜찮을 거야. 가만히, 가만히 있어. 쉬—, 조용히."

다카노는 주문처럼 되풀이하며 간신히 저항을 멈추고 약하게 울기 시작한 여자아이를 부축해 주었다. 그녀를 내려놓으려면 사다리가 필요했지만, 도착한 소방대원이 마련해 주어서 여자아이는 들것으로 실려 나갔다.

"큰일 날 뻔했네……."

둘이서 탱크 위에 앉아 땀으로 흠뻑 젖은 이마를 닦았다. 다카노는 크게 숨을 쉬었다.

"정말 잘하는 짓이다. 까딱 잘못했으면 마모루도 같이 떨어졌을 거야."

"괜찮았잖아요."

"이봐, 청소년! 형사 드라마를 너무 많이 봤어."

탱크 밑에서 마키노 경비원이 허리에 손을 대고 고함치고 있다. 마모루는 꾸벅 머리를 숙였다.

"이 탱크 주위에도 울타리를 쳐 두었어야 했어. 매니저에게 말해 두지."

"그 애, 어떻게 올라온 거예요?"

"마모루랑 똑같아. 삼 층 악기 매장에 있을 때 갑자기 이상해졌다더군. 산불에 쫓기는 동물처럼 위로, 위로 달아나서 마지막에는 여기까지 왔지."

"흐음……. 대체 어떻게 된 걸까요?"

"나도 이런 경험은 처음이야. 그 애, 정말로 뭔가에 쫓기는 것처럼 보였어."

문득, 다카노는 고개를 갸웃거리며 마모루를 보았다. "그런데 넌 어디로 온 거야?"

"계단으로요."

"하지만 저 문은 잠겨 있을 텐데."

"오늘은 안 잠겨 있던데요."

간신히 떨림이 멈추고 아래로 내려갈 용기가 생겼다. 문득 보니 소방대원 한 명이 무서운 얼굴로 올려다보고 있었다.

"소란을 피워서 죄송합니다."

다카노가 머리를 숙이자 소방대원은 단호하게 말했다.

"난처합니다. 멋대로 행동하시면."

자살 소동으로 경찰이나 소방서에서 어떻게 된 건지 꼬치꼬치 물어대고, 야단맞고, 일은 밀려서, 마모루는 그날 한 시간 정도 잔업을 했다. '로렐'을 나설 때는 완전히 지쳐 있었다.

자전거를 타고 제방 아래 길모퉁이를 돌자 뒤에서 누군가가 이름을 불렀다. 속도를 떨어뜨리며 돌아보니 마키가 재킷 소매를 팔락거리며 쫓아왔다.

잘 여닫히지 않는 집의 문을 열고, 두 사람은 초등학생처럼 목소리를 맞춰 "다녀왔습니다" 하고 인사했다.

"왔니?"

귀에 익은, 그러면서도 그리운 목소리가 들렸다. 마모루와 마키는 벗으려던 신발의 뒤축을 밟고 서로의 얼굴을 보았다.

장지문을 열며 다이조가 나왔다.

"다녀왔다." 그도 말했다.

4

그날 밤, 요리코는 팔을 걷어붙이고 작은 식탁에 다 올리지 못할 정도의 저녁 식사를 준비했다.

"아버지는 꿈에 나올 정도로 맥주가 마시고 싶으셨대." 마키는 부루퉁한 얼굴을 지어 보였다. "너무하네, 우리들보다 맥주라니."

다이조는 역시 얼굴이 조금 야위어 있었다. 하지만 맥주잔을 비우며 웃는 얼굴은 지금까지와 조금도 다르지 않았다.

"어쨌든 좋아요. 이렇게 돌아오셨으니까."

다이조는 맥주잔을 놓고는 병을 들어 내민 요리코를 손으로 제지하고 똑바로 앉았다.

"이번 일로, 모두들 걱정 많이 했지? 정말 미안하게 생각하고 있다. 그리고 모두에게 감사하고 있어. 엄마는 다치기까지 하고……."

네모난 몸을 움츠리듯이 하며, 다이조는 방바닥에 손을 짚고 머리를 숙였다.

"왜 그래요, 아버지. 부끄럽게." 제일 먼저 말한 것은 마키였다. "밥 먹어요, 네?"

식사 후 마모루와 마키는 어떤 경위로 다이조가 돌아올 수 있었는지 자세한 설명을 들었다.

"나서 준 목격자는 어떤 사람이었어요? 결국 그 사람의 증언이 결정적이었죠?"

"마키, '신일본상사'라는 회사를 아니?" 다이조가 물었다.

"물론이죠. 우리 영업 담당자들이 계약을 따내려고 필사적인걸요."

마키가 일하는 곳은 에어 카고, 즉 항공 화물을 취급하는 회사이다.

"'신일본상사'는, 원래 수입품인 고급 가구나 골동품만 취급하던 회사였어요. 그러다가 오 년쯤 전부터 분양 맨션이나 리조트 호텔 건설에도 손을 뻗게 되었죠. 물론 전부 고급 재료로 인테리어가 되어 있고 붙박이 가구도 최고급품만 있는 수억대 맨션이지만, 그게 또 히트를 쳐서 급성장하고 있어요. 한때 유행하던 복고풍도 제일 먼저 시작한 건 그 회사예요."

"근데 그 회사가 왜요?" 마모루는 물었다.

"나서 준 사람은 그 회사의 부사장이야. 요시타케 고이치 씨라고 하는데……"

"정말요? 그 사람이라면 알아요! 잡지에 '서재 구경'이라는 에세이를 쓰고 있는데, 그게 단행본으로 묶여 나왔거든요. 본 적이 있어요."

"그거라면 알아. 큰 판형에, 사진이 들어가 있는 책이지?"

"맞아, 맞아. 작가나 저널리스트, 건축가 등 유명한 사람들의 서재만 실려 있어."

"그거 잘 팔렸어." 마모루가 말한다.

"유명인이니까." 요리코가 생각에 잠겼다. "좀처럼 나설 수 없었던 것도 무리는 아니네……"

"무슨 소리예요?"

요리코가 다이조를 바라보았다. 다이조는 헛기침을 한번 하고 나서 말했다.

"요시타케 씨는 아버지의 사고를 목격했을 때, 정부情婦의 맨션에 가는 길이었대."

마모루도 마키도 잠시 말이 나오지 않았다.

"경찰도, 뒤늦게 나선 목격자니까 꽤 신중하게 조사한 모양이야. 말하는 내용에 이상한 점은 없나 하고. 요시타케 씨는 사고가 일어나기 조금 전에 스가노 씨와 이야기도 했다더구나. 시간을 물어봤는데 스가노 씨가 거기에 대답해 줘서……. 스가노 씨는 얼른 집에 가고 싶어서 뛰었던 게 아니겠느냐고, 요시타케 씨가 말했대."

요리코는 요시타케의 목격 증언을 간단히 요약해서 설명했다.

"이해가 가요. 앞뒤가 맞네요. 나도 혼자 집에 올 때는 그렇거든요." 마키는 몇 번이나 고개를 끄덕였다. "너무하네. 경찰은 정말 의심이 많다니까. 나, 절대로 경찰하고만은 결혼하지 않을 거예요."

"그쪽에서도 싫다고 할 거야." 요리코가 말하자, 마키는 혀를 내밀었다.

"그렇구나, 그런 사정이 있는 사람이……."

"일부러 거짓말을 할 리도 없지. 그래서 아버지는 이렇게 돌아올 수 있었어." 다이조는 감개무량한 듯했다.

"요시타케 씨는 데릴사위래. 회사 사장을 맡고 있는 건 부인이라더군. 담당 형사한테 들었는데, 앞으로가 힘들 거야. 이혼 소동도 일어나고 있는 모양이야."

"안됐네." 요리코는 괴로워 보였다. "고마운 일이야. 그런 사정을 무릅쓰고 증언해 주다니. 꽤 망설이지 않았을까?"

"말도 안 돼요. 엄마는 참 사람도 좋아." 마키는 동조하지 않았다. "따지고 보면, 아버지가 체포된 건 애초에 그 사람 탓이에요. 그 자리에서 곧 증언해야 했는데 도망쳐 버린 거니까. 그걸 잊지 마세요."

"마키는 엄격하구나." 다이조는 쓴웃음을 지었다. "이번 일로 많이 속상했지?"

다시 마모루를 보더니, "마모루도. 학교에서 안 좋은 일이 있었겠지."

"대단한 일은 없었어요." 마모루는 대답했다. 마키는 잠자코 있다.

"그보다, 앞으로 어떻게 되는 건가요?" 마모루는 이야기 방향을 바꾸려고 물었다. "스가노 씨의 과실은 확실해졌으니까."

"그렇다고 해서 아버지의 전방 부주의, 안전운전 의무 위반이 사라진 건 아니야. 하지만 어떻게든 벌금으로 끝나도록, 사야마 선생님이 노력해 주신대. 합의도 될 것 같고."

앞으로는 그쪽이 큰일이겠군. 마모루는 생각했다. 한동안은 면허 정지도 피할 수 없을 테고.

그래도 이모부가 돌아와서 다행이다. 스가노 요코 씨의 비밀도 그대로 놔둘 수 있어서 다행이다. 마모루는 그것만 생각하려고 했다. 좋은 일만을. 여러 가지 일이 있었지만, 최소한의 상처로 빠져나갈 수 있을 것 같으니까.

"……돌이킬 수 없는 일도 있는 거야."

마키가 불쑥 중얼거렸다. 마모루의 마음을 꿰뚫어보고 반론한 것처럼 딱딱한 목소리였다.

그날 밤 아홉 시가 지나서, 마모루는 하시모토 노부히코에게 전화를 걸었다. 증언할 필요가 없어졌다는 사실을 알리기 위해서다.

그는 집에 없었다. 부재중 전화의 메시지가 돌아왔다. 마모루는 재빨리 사정을 설명하고, 하시모토의 노력에 깊이 감사한다는 말을 덧붙인 뒤 전화를 끊었다. 솔직히 말하면, 그와 이야기하지 않아도 되어서 다행스런 기분이었다.

그 후, 누님에게서 전화가 왔다. 그녀는 수업 시간에 필기를 해 주고 무능 선생이나 미우라, 이와모토 선생의 동향도 알려 주었다. 다이조가 돌아온 것, 전망이 밝다는 것을 보고하자 그녀는 박수갈채를 보냈다.

열한 시 정각에 달리기를 하러 나갔다.

오늘 밤에는 코스를 바꿔서 사고 현장인 사거리에 다시 가 보았다. 도둑 흉내를 낸 그날 밤과 똑같은 별이 깜박이고, 만지면 손을 베일 것 같은 달이 함께 달렸다.

사거리는 여전히 조용했다. 사람 그림자도 없고 그저 신호만이 깜박거리고 있다.

마모루는 스가노 요코가 살던 맨션 쪽을 향해 머리를 숙였다.

집을 뒤져서 죄송해요. 하지만 그 일은 아무한테도 이야기하지 않을게요. 부디 편히 쉬세요.

마모루는 가벼운 마음으로 달리기를 즐겼다. 집 근처로 돌아오자, 제방 위에 하얀 그림자가 보였다.

다이조였다.

"잠이 안 오세요?"

마모루는 다이조 옆에 나란히 앉았다. 운동하고 온 몸에 닿는 차가운 콘크리트가 기분 좋게 느껴진다.

다이조는 파자마 위에 생일날 마키가 직접 떠서 선물한 두꺼운 스웨터를 입고 있었다. 손가락 사이에 끼우고 있던 짧은 담배를 강에 던진다. 빨간 점이 호를 그리고, 순식간에 사라졌다.

"뛰고 나서 그런 차림으로 있으면 감기 걸린다."

"괜찮아요."

다이조는 잠깐 기다리라고 말하더니 모습을 감추었다.

돌아왔을 때는 캔커피를 두 개 들고 있었다. 그중 하나를 마모루에게 건넨다. "뜨겁다."

두 사람은 말없이 커피를 마셨다.

"여러 가지로 폐를 끼쳤구나." 다이조가 중얼거렸다.

"전 아무것도 못했는걸요."

또 침묵이 흘렀다. 다이조는 커피를 다 마시고 나서 발밑에 캔을 놓고는 말했다.

"너, 요즘 학교에 안 간다면서."

마모루는 마시던 커피를 뿜으며 기침을 했다. 다이조가 손을 뻗어 등을 두드려 주었다.

"깜짝 놀랐어요." 기침은 계속 나왔지만 가까스로 말을 할 수 있게 되자 마모루는 말했다. "어떻게 아셨어요?"

"오늘 집에 돌아와서, 이모가 장을 보러 나간 동안이었으니까 아마 세 시쯤이었나? 학교에서 전화가 왔어."

식은땀이 났다. "이모부가 받아서 다행이에요. 누구 전화였어요?"

"이와모토 선생님이라고 하시더라. 내일부터 등교하도록, 등교하면 곧장 저한테 오라고 전해 주십시오, 라고 하셨어."

어느 쪽일까. 마모루는 생각했다. 진범이 밝혀진 걸까. 아니면……처분이 결정된 걸까.

"이모부, 제가 학교를 쉬었던 건, 이모부 사건이랑은 상관없어요."

다이조는 강을 바라보고 있다.

"정말로, 전혀 다른 이유예요."

사정을 설명하는 동안 다이조는 한마디도 끼어들지 않았다. 이야기를 마치자, 천천히 물었다.

"그럼 어떻게 되는 거냐?"

"모르겠어요. 이와모토 선생님은 일을 대강대강 하는 사람이 아니니까 내일은 꼭 등교해서 얘기를 듣고 올게요."

두 사람은 입을 다물고 강 건너편 버스 회사의 커다란 간판을 바라보았다. 대형 버스 한 대가 차고로 들어가는 참이다. 이런 시간까지 달리는 관광버스가 있네……. 마모루는 멍하니 생각했다.

"너도 힘들겠구나."

이윽고 다이조가 말했다. "아이는 아이 나름대로 힘든 법이지."

옆얼굴을 보고, 마모루는 이모부가 생각하고 있는 것을 알았다.

"마키 누나는 벌써 어른이에요."

"그렇군." 살짝 웃는다.

나한테 전화 온 거 없었어? 하고 물었을 때의, 약간 겁먹은 것 같기도 하던 얼굴.

—— 돌이킬 수 없는 일도 있어…….

"이제 운전은 못 하겠지."

다이조는 이야기한다기보다는 말을 떨어뜨리듯이 중얼거렸다.

"네……. 한동안은 면허가 정지되겠죠? 잠깐 참으시면 될 거예요."

"아니, 그런 뜻이 아니야."

다이조는 천천히 말하며 담배에 불을 붙였다. 아득한 눈을 한다.

"지금까지 이 일을 해 오면서 한 번도 사고를 일으킨 적이 없어. 이모부는 그걸 자랑스럽게 생각해 왔단다."

"훌륭한 일이라고 생각해요."

"하지만 이번 사고에서는, 그런 이모부 때문에 사람이 한 명 죽었어. 젊은 아가씨였어. 살아 있었다면 앞으로 즐거운 일이 많이 있었을 텐데."

그렇지도 않았을 거예요……. 마모루는 마음속으로 말했다.

"지금까지 사고를 일으키지 않을 수 있었던 건 그저 운이 좋아서였어. 그걸 잊고 어딘가 자만하고 있었기 때문에 한꺼번에 벌을 받은 거야. 그런 기분이 들어서 견딜 수가 없구나. 그날 밤에 이모부는 기분이 좋아서 말이지."

다이조는 소곤소곤 이야기했다.

그날, 다이조는 약간 감기 기운이 있어서 컨디션이 별로 좋지 않았다고 한다. 그래서 밤 여덟 시쯤, 시간은 이르지만 오늘은 이만 들어가려고 '회송' 표시를 켰을 때, 손님이 탔다.

"마흔 살 정도 되는 부인이었는데, 행선지는 나리타였어. 무역 회사에서 일하느라 해외에 전근을 가 있는 남편이 부임지에서 쓰러져서 달려가는 참이었던 거야. 전화로 부른 콜택시를 기다리다 못해 밖으로 나왔을 때 이모부가 지나간 거지."

"운이 좋았네요."

"장소는 미츠토모 뉴타운 외곽이었어. 보통 때 같으면 거의 가지 않는 곳이야. 우연히 지나가서 다행이었지. 그 부인도 말했어. 평소 때 전혀 보지 못하던 택시가 때마침 달려오다니 기적이라고."

'회송' 표시를 끄고 그 손님을 나리타 공항까지 태워다 준 후, 돌아오는 길에는 택시 승강장에서 이번에는 남자 손님을 태웠다. 첫 아이가 태어났다는 소식에 해외 출장지에서 서둘러 돌아온 젊은 아버지였다. 그 손님이 사고 현장인 사거리에서 두 블럭 정도 북쪽에서 내린 것이었다.

"기분이 좋았단다……. 역시 이 직업도 쓸 만하다, 그렇게 생각했거든. 그때 그 사고가 일어났어."

침묵이 흘렀다. 멀리서 딱 한 번, 엄청난 역화逆火 소리가 났다.

"스가노 씨는 뭔가에 쫓기는 것처럼 정신없이 뛰어들었어."

다이조는 평탄한 목소리로 말을 이었다.

"필사적으로 핸들을 꺾었지만 소용없었지. 우선 범퍼에 부딪히고, 지푸라기 인형처럼 튀어 올라 몸이 통째로 보닛 위로 떨어졌어. 앞유리에 부딪혀서……."

양손으로 얼굴을 쓱 문지르고, 다이조는 한숨을 쉬었다.

"……소리가 났어. 그런 소리는 들어본 적도 없고, 앞으로도 듣고 싶지가 않구나. 하지만 가끔 귓속에 들려와. 꿈속이나 경찰 취조실에서도, 독방에서 멍하니 있을 때도 몇 번이나 들었어."

마모루는 상상해 보려고 했다. 오늘 그 빨간 스웨터를 입은 여자애. 그 애가 땅바닥에 떨어졌다면 분명히…….

"차에서 내려 달려가 보니 하늘을 보고 쓰러져 있었는데, 아직 숨이 붙어 있었어. '정신 차려요'라고 말을 걸었던 것 같아. 하지만 들리지 않는 것 같더라. 깜짝 놀란 표정이 그대로 달라붙은 것처럼, 눈을 한껏 크게 뜨고 작은 목소리로 되풀이하고 있었어.

'너무해, 너무해' 하고. 이모부는 머리가 쿵쿵 울려서 뭐가 뭔지 알 수가 없었지만, 사거리에 서서 주위를 둘러봤어. 순간적으로 누군가 같이 있었던 게 아닐까 생각했거든. 하지만 아무도 없었어. 그때 순경이 달려왔지."

너무해, 너무해, 어떻게 이럴 수가 있어. 고통스럽게 숨을 쉬는 그 목소리가, 마모루의 귀에도 들리는 것 같았다.

"이모부도 흥분해 있었고, 순경도 머리에 피가 올라 있었겠지. 스스로도 무슨 짓을 했는지 잘 기억나지 않지만 빨리 구급차를 불러 달라거나, 이 아가씨는 쫓기고 있었다, 상대를 찾아 달라거나, 그런 말을 외쳤던 모양이야."

"스가노 씨가 죽었다는 소식을 들은 건 언제였어요?"

"경찰에서. 그때, 이제 평생 집에는 못 돌아가는 게 아닐까 생각했어."

다이조는 입을 다물었다. 두 사람은 나란히 강을 내려다보면서, 아무 말도 없이 앉아 있었다. 희미하게 물소리가 들린다. 썰물이 된 것이다.

"이제 운전은 못 해."

이윽고 낮은 목소리가 그렇게 말했다.

"살아 있는 한, 이모부는 두 번 다시 핸들은 잡지 않을 거야."

다이조는 뺨을 괴고 반짝이는 수면에 시선을 떨어뜨린 채 꼼짝도

하지 않는다. 마모루는 흔들리는 뗏목을 바라보며, 경계수위가 내려간 후의 일을 생각하고 있었다.

5

"미야시타가 범인이라니, 그런 바보 같은!"
 이와모토 선생은 체육과 준비실 한 쪽 구석에서 의자에 몸을 젖히고 앉아 있었다. 마모루는 그에게서 일 미터 정도 떨어진 벽 쪽에 서 있다가 저도 모르게 한 발짝 다가가고 말았다.
 "며칠이나 조사했는데 그런 바보 같은 결론밖에 안 나왔단 말씀이세요?"
 평소 같으면 호랑이 이와모토는 학생에게 바보라는 말을 듣고 잠자코 있을 교사가 아니다. 하지만 지금은 말투 운운하는 것보다도 중대한 안건을 다루고 있다는 자각이 있어서, 마모루의 실언을 눈감아 주었다.
 "미야시타가 여기로 찾아와서 그렇게 고백했을 때, 나도 곧 그렇게 생각했어."
 "그게 언제죠?"
 "어제 점심시간이야. 그래서 자세히 캐물어 보니, 아무래도 말하는 요령도 형편없고 말도 횡설수설이더구나. 머리를 식히라고 말하고 그대로 돌려보냈는데,"

체육 교사는 튼튼해 보이는 얼굴을 일그러뜨렸다.

"그대로 집으로 돌아가서 대들보에 목을 매달았어."

순간 마모루의 눈앞이 새하얘졌다. 교사는 서둘러 말을 이었다.

"매달았지만 끈이 풀려서 바닥에 떨어졌어. 부모님이 곧 그 자리로 달려갔으니까 괜찮아, 상처 하나 없어. 그런 얼굴 하지 마라. 누군가 들어오면 내가 널 목졸라 죽이고 있다고 생각하겠다."

"그래서―," 몇 번인가 침을 삼키고 나서 간신히 목소리를 쥐어짜내어, 마모루는 물었다. "미야시타는 지금 어디에 있어요?"

"오늘은 집에 있어. 널 만나고 싶어 해. 어째서 그런 가짜 자백을 했는지, 내게는 절대로 이유를 얘기하려고 하지 않아. 그저 널 만나서 이야기를 하고 싶다고 할 뿐이야."

"지금 곧 다녀올게요."

"그건 안 돼. 수업을 끝까지 듣고, 미야시타 집에는 방과 후에 가라. 그 녀석도 그렇게 알고 기다리고 있으니까. 더 이상 제멋대로 학교를 쉬면 내가 그냥 안 둬."

예기치 못한 곳에서 갑자기 주먹이 날아왔다. 꿀밤을 한 대 얻어맞은 후, 마모루의 세계는 한동안 상하좌우로 흔들리고 있었다.

"방금 그게, 나흘 동안의 자체 휴강을 인가하는 도장이야. 아프면 앞으로는 멋대로 행동하지 마. 도대체가 너란 놈은, 한번 말을 꺼내면 요지부동이라니까."

"아마 선생님을 닮았나 봐요."

"하나도 안 기쁘다."

이와모토 선생은 흥 하고 코웃음을 쳤지만 눈은 웃고 있었다.

"그래서, 동아리비 도난 사건은 어떻게 됐어요? 결국 제가 범인이라는 걸로 처리됐나요?"

교사는 눈을 부릅떴다.

"멍청한 놈. 난 처음부터 그런 얘기는 믿지 않았다."

"하지만······."

"미우라 패거리가 뭔가 꾸미고 저지른 짓이라는 정도는 알고 있었어. 다만 아무 증거도 없이 거짓말이라고 단정할 수도 없었지. 효과도 없고. 그래서 도난이 있은 후로 계속, 매일 밤 번화가를 돌아다니다가, 드디어 어젯밤에 미우라나 사사키가 18세 미만 출입금지인 극장에서 나오는 걸 붙잡았어. 그놈들, 술까지 마셨더라."

분하다는 듯이 내뱉었다. 선생님은 아마 간이 안 좋아서 금주를 하고 있었을 것이다. 그걸 떠올리자 마모루는 약간 우스워졌다.

"파출소에도 협조를 부탁해 뒀지만, 시간이 걸렸지. 어찌나 속이 타던지."

"거기서 아무리 돈을 썼다 해도, 동아리비 도난과는 상관이 없잖아요?"

"그렇지. 요새 학생들은 모두 아르바이트를 하고 있으니까. 원칙적으로는 여름 방학 이외에는 금지일 테지만."

그렇게 말하며 노려보는 눈빛에, 마모루는 목을 움츠렸다.

"그래도 교칙 위반은 틀림없어. 농구부의 내부 규정 위반이기도 하고. 일 학년 애송이 주제에 태연하게 규율을 어지럽히는 짓을 하니까 동아리비가 분실되는 거다. 그런 후배를 내버려두는 상급생도 칠칠치 못해. 그걸 꼬투리 잡아서 흠씬 야단을 쳐 줬지. 올해 내내, 농구부원

전원이 교내 화장실 청소를 할 거야. 정월 합숙 대신, 내가 고른 곳에서 아르바이트를 해서 분실된 돈을 메우게 할 거다."

이와모토 선생은 주머니에서 손수건을 꺼내, 폭발하는 듯한 소리를 내며 코를 풀었다.

"도난에 관해서는 그렇게 처리했어. 무엇보다 그놈들을 제대로 감독하지 못한 내 책임이 중대하다고 생각한다. 그 바람에 네가 고생했구나. 미안하다."

그는 일어서서 고지식하게 머리를 숙였다.

"처분이 가볍다고 불만스럽게 생각할지도 모르지만, 미우라 놈들은 농구부에 놔둘 생각이야. 놈들이 그만두고 싶다고 징징거려도 절대 그만두지 못하게 할 거다. 그런 놈들이니까 더더욱 놔주지 말고 단련시켜야지. 이해해 주겠지?"

마모루는 고개를 끄덕였다.

"좋아, 이제 가 봐도 돼. 교실로 가기 전에 우선 노자키 선생님을 만나서 멋대로 학교 쉰 걸 사과하고 와. 그 선생님은 성실하시거든."

"그렇게 할게요."

준비실을 나가려고 하는데, 지금 막 생각났다는 듯이 이와모토 선생은 말했다.

"구사카, 난 유전은 믿지 않는다."

마모루는 문에 손을 댄 채 걸음을 멈추었다.

"개구리의 자식이 전부 개구리가 된다면, 주위는 온통 개구리투성이라 시끄러워서 견딜 수 없을 거야. 난 평범한 체육 교사라서 어려운 건 잘 모른다. 모르는데도, 교육이라는 귀찮은 짓을 질리지도 않고 하고 있는 건, 개구리의 자식이 개가 되거나 말이 되는 걸 보는 게 재미있기 때문이야."

마모루는 입가의 긴장이 풀어지는 걸 느꼈다. 오랜만에 진심으로 솟는 웃음이었다.

"하지만 세상에는 눈이 나쁜 놈들이 많거든. 코끼리 꼬리를 만지고 뱀이라며 소동을 피우고, 쇠뿔을 잡고는 코뿔소라고 믿기도 해. 놈들은 자기 코앞도 못 보는 거야. 부딪힐 때마다 화를 내지 말고 네 쪽에서 잘 피해 다녀."

미야시타 요이치의 집은 철근으로 된 삼 층짜리 건물로, 일 층이 사무실로 되어 있었다. 그의 부모님은 공동으로 법무사 사무소를 경영하고 있다. 간판 밑에 '등기수속 일체·부동산 감정도 합니다'라는 글씨와, 그 옆의 나무가 많은 거리의 풍경화는 아마 요이치가 쓰고 그린 것 같다.

요이치의 어머니는 그와 매우 닮아 가냘픈 몸매를 하고 있었다. 안내된 곳은 삼 층 안쪽에 있는 방으로, 문 옆에는 요이치의 작품이 들어 있는 액자가 걸려 있다.

노크하자 작은 목소리가 대답했다.

"누구세요?"

"츠루 씨는 동글동글 벌레."

문이 열렸다. 요이치가, 벌써 울음을 터뜨리려고 하는 얼굴을 내밀었다.

"나는 구제불능일 정도로 서툴러. 매듭도 잘 못 만들 정도니까."

애써 마모루에게서 시선을 피하고, 고개를 숙인 채 요이치가 말했다.

마모루는 대들보를 올려다보았다. 튼튼해서, 요이치의 체중 정도는 쉽게 받칠 수 있을 것 같았다. 끈이 풀려 정말 다행이다.

붕대도 여전히 감고 있고, 게다가 요이치는 한층 더 작아진 것처럼 보였다.

"왜 그런 짓을 했어?"

요이치는 대답하지 않는다.

"이와모토 선생님한테 얘기는 들었어. 그대로 내가 누명을 쓰고 퇴학 처분을 받으면 불쌍하다고 생각하고, 거짓말을 해서 구해주려고 한 거야?"

조용하다. 아래층도 조용한 것은, 미야시타의 부모님도 여기에서 하는 이야기에 신경을 쓰고 있기 때문이 아닐까 하고 생각했다.

"그렇지만 그건 틀렸어. 게다가 죽으려고 하다니 말도 안 돼. 주위 사람들이 얼마나 슬퍼할지 조금이라도 생각해 봤어? 무엇보다, 네가 그렇게까지 한다면 나는 그걸 견딜 수 없을 거야. 책임을 질 수가 없잖아."

오랫동안 뜸을 들이다가, 모기가 우는 듯한 목소리가 대답했다

"내가 한 거야……."

"그러니까 그건 아니잖아."

고개를 저으며 말하려고 한 마모루에게, 요이치는 단호하게 말을 이었다.

"내가 한 거야. 전부 내가 한 짓이야. 너도 내가 무슨 짓을 했는지 알면 분명히 경멸할 거야."

"무슨 소리야?" 요이치의 기세에 마모루는 약간 불안을 느꼈다. "네가 무슨 짓을 했다는 거야?"

눈물이 요이치의 뺨을 타고 흘렀다.

"내가 한 짓이야." 그는 되풀이했다. "너희 이모부 기사를 잘라서 붙인 것도, 칠판의 낙서도, 너희 집 벽에 '살인자'라고 쓴 것도, 전부 나야. 내가 한 거야."

느닷없이 보디 블로를 맞은 느낌이라, 마모루는 말이 나오지 않았다. 흐느껴 울 때마다 오르내리는 요이치의 머리와, 붕대에 감긴 오른손을 번갈아 바라보고 있었다.

"그럼 그 손……. 우리 집 유리창을 깼을 때 다친 거구나?"

요이치는 고개를 끄덕였다. 마모루에게 제정신으로 돌아왔다.

"알았어." 그는 낮게 말했다. "미우라 패거리한테 협박을 받고 한 짓이야. 그렇지?"

요이치는 다시 한 번 크게 고개를 끄덕인다.

"직접 손을 썼다간, 누군가에게 들켰을 때 곤란해지니까. 그래서 널 협박해서 대신 시킨 거야."

마모루는 요이치가 '로렐'에 왔을 때의 일을 떠올렸다. 그때 무슨 얘기를 하려고 망설였던 건지 그제야 짐작이 갔다.

"그 상처도 자전거를 타다가 넘어진 게 아니지? 내가 아르바이트하는 곳까지 와서 그 사실을 고백하려고 했던 걸, 미우라 패거리 중 누군가에게 들킨 거야. 그래서 맞은 거 아니야?"

요이치는 무사한 왼손으로 얼굴을 닦았다.

"시키는 대로 하지 않거나, 누군가에게 얘기하면 이번에는 이 정도로 끝나지 않을 거라고 했어. 평생 양손을 쓸 수 없게 할 수도 있고, 눈이 보이지 않게 할 수도 있대. 자기들이 한 짓이라는 거, 아무도 모를 거라고."

마모루의 귓속에서 피가 끓었다.

전에 다이조가 '화가 나서 귀에서 피가 뿜어져 나올 것 같다'고 말한 적이 있었다. 어린아이를 친 운전수를 붙잡았을 때의 일이다. 다이조가 쫓아가서 차를 세우지 않았다면, 그 운전수는 도망쳐 버렸을 것이다. 무면허에 음주 운전이었다.

그 기분을 알 것 같았다. 노인이었다면 머리 어디에선가 혈관이 끊어졌을 것이다.

"난 아무것도 못 해. 운동도 안 되고, 공부도 안 돼. 여자애들은 나 같은 건 거들떠보지도 않아. 하지만 그림만은……. 그림을 그리는 것만은 내 거야. 그것만은 누구한테도 지지 않아. 그림을 그리는 걸 빼앗긴다면, 난 정말로 텅 빈 껍데기가 돼 버릴 거야. 그래서 협박을 받았을 때, 무서워서 견딜 수가 없었어. 차라리 죽여 버리겠다고 협박했다면 견딜 수 있었을지도 몰라. 눈이 보이지 않게 되거나 손이 망가지면, 나는 산 채로 죽어 버릴 거야. 목숨이 없어지는 게 아니라 알맹이가 뽑혀나가서, 텅 빈 채 말라 버릴 테니까. 그렇게 생각하니까 미우라 패거리의 말대로 하지 않을 수 없었어. 그놈들에게는 내게 한 협박을 실행하는 것 정도는 준비 운동처럼 간단한 일이니까."

요이치는 가까스로 마모루의 얼굴을 보며 말을 이었다.

"계속 양심에 찔려서 견딜 수가 없었어. 구사카 넌 날 이해해 주려고 했어. 아무도 봐 주지 않는 내게 너만은 진지하게 말을 걸어 줬어. 그런데 나는, 그런 널 볼 면목이 없는 짓을 하고 있었던 거야. 그래서 보상을 하고 싶었어."

"보상······?"

"이번 도난 사건의 범인이 나라고 나서면, 그래서 해결된다면 널 구할 수 있을 거라고, 그렇게 생각했어. 하지만 나는 그것도 제대로 할 수가 없었지. 이와모토 선생님 앞에 나섰더니 제대로 거짓말을 할 수도 없었어. 전날 밤, 잠도 안 자고 생각했는데. 선생님은 '넌 얌전히 그림이나 그리면 돼'라고 하셨어. '구사카라면 내버려둬도 괜찮아' 하고. 난 집으로 돌아왔어. 더욱더 나 자신이 형편없고 비참하게 여겨지더라. 살아 있을 가치 따위도 없어. 그래서 목을 매달려고 했는데, 그것도 실패해 버렸어."

심호흡을 한 번 하고, 마모루는 말했다.

"그건, 최악의 실패였어."

마모루는 미야시타네를 나와 학교로 돌아갔다. 오후 여섯 시 삼십 분. 닫혀 있는 뒷문을 뛰어넘어, 남들 눈에 띄지 않도록 충분히 주의를 기울이며 야간 출입구를 빠져나갔다.

교내에는 완전히 불이 꺼지고, 휑뎅그렁한 어둠이 펼쳐져 있었다. 마모루는 똑바로 이 층으로 올라가서 펜라이트를 꺼내 미우라의 로커를 찾았다.

마주 보고 오른쪽에서 네 번째 윗단. 반짝반짝 빛나는 새 다이얼식 맹꽁이자물쇠가 달려 있다.

별것 아니군, 하고 생각했다.

미우라의 로커를 열고 난잡하게 들어차 있는 내용물을 미우라의 어머니라도 그렇게 안 할 정도로 꼼꼼하고 정연하게 정리했다. 지저분한 수건, 교과서, 자료집, 표지가 말려 있는 공책, 땀 냄새 나는 티셔츠, 반쯤 차 있는 담배 한 갑―공책을 한 페이지 찢어, 거기에 볼펜으로 썼다.

'미우라 구니히코는 유전을 믿는다.'

그걸 로커에 든 사물 위에 눈에 띄게 놓고는, 문을 닫고 원래대로 자물쇠를 잠갔다.

학교를 나서 근처 전화박스로 들어갔다. 미우라네 집 전화번호를 돌린다.

"여보세요?"

한 번에 본인이 받았다. 여자친구한테서 올 전화라도 기다리고 있었는지, 묘하게 붙임성 좋은 목소리였다.

"미우라지?"

"응, 난데……." 잠깐 침묵하더니, 주의 깊게 "뭐야, 너―구사카냐?"

또 혈압이 올라서 관자놀이가 지끈거리기 시작했다. 마모루는 가능한 한 똑똑히 들리도록, 억누른 어투로 말을 시작했다.

"한 번만 말할 테니까 잘 들어. 미우라, 네가 한 짓은 전부 다 알고 있어. 왜 그런 짓을 하는지도. 내가 타지 사람이고, 촌놈이고, 도둑의 자식에 부모 없는 더부살이라 그렇지? 너란 놈은 그런 인간을 괴롭히는 걸 아주 좋아하지. 하지만 미우라, 너야말로 불쌍한 놈이야. 넌 열어서는 안 될 문을 열었어."

깜짝 놀란 듯한 침묵이 전해져 왔다. 그러고 나서 고함 소리. 마모루는 지지 않으려고 목소리를 내질렀다.

"한 번만 말하겠다고 했지? 조용히 들어. 나중에 다시 대화를 하고 싶다고 해도, 그땐 이미 아웃이니까. 잘 들어, 미우라. 분명히 난 부모 없는 더부살이, 도둑의 자식이야. 더 좋은 걸 가르쳐 줄까? 우리 아버지는 횡령범일 뿐만 아니라 살인도 했어. 우리 어머니를 죽였거든. 그저 들키지 않았을 뿐이야."

게이코가 뼈 빠지게 고생하다가 죽은 책임의 일부는 도시오에게 있다. 마모루는 늘 그렇게 생각해 왔다. 즉, 이건 거짓말이 아니다.

"네가 우리 집 벽에 쓰게 한 낙서는 사실이야. 난 살인자의 자식이기도 하단 말이지."

침묵. 이번에는 숨을 죽이고.

"맞았어, 미우라. 난 살인자의 아들이야. 유전을 믿지? 도둑의 자식은 도둑. 그래. 그런 법이야. 유전은 있어. 그러니까 만만하게 보지 마. 내게는 살인자의 피가 흐르고 있으니까. 살인자의 자식은 살인자. 그렇지?" 잠깐만⋯⋯. 변명 같은 목소리가 들렸다.

"입 다물고 있으라니까. 잘 들어, 미우라. 생각해 보지그래? 전에 네가 눈독을 들였던 여자애 말이야. 그녀의 자전거. 열쇠를 찾았다고, 그래서 돌아갈 수 있게 됐다는 건 거짓말이야. 너도 알고 있는 모양이지만 그건 내가 자물쇠를 따 준 거야. 도둑의 피가 흐르고 있으면 그 정도는 식은 죽 먹기지. 태어날 때부터 익힌 기술이거든. 하지만 미우

라. 딸 수 있는 게 자전거 자물쇠뿐이라고 생각하지 마."

분노는 말을 낳고, 말은 분노를 증폭시킨다. 마모루는 단숨에 퍼부었다.

"알았어? 앞으로 네가 날, 내 친구를, 우리 가족을 따라다니면, 그들에게 무슨 짓을 한다면, 그때는 더 봐주지 않겠어. 아무리 문을 잠그고 틀어박혀도, 어디까지 도망쳐도 소용없어. 어떤 자물쇠든 따 버릴 테고, 어디까지라도 쫓아갈 테니까. 네 소중한 오토바이, 어디에 보관되어 있지? 자물쇠로 잠글 수 있는 안전한 곳이야? 출발하기 전에는 아주 조심하도록 해. 백 킬로미터로 한창 달리던 중에 브레이크가 듣지 않게 되었다는 사실을 발견하는 건, 너도 탐탁지 않겠지?"

전화선을 타고 미우라의 무릎이 떨리는 게 느껴지는 것 같았다.

"알았어? 유전을 믿도록 해. 그리고 있는 힘을 다해 목숨을 소중히 여기도록 하라고."

마지막으로 전화기를 내동댕이치듯 전화를 끊었다.

위 언저리에 무겁게 얹혀 있던 것이 사라져 간다. 정신을 차려 보니 자신의 무릎도 떨리고 있었다. 마모루는 전화박스 유리에 기대어 깊이 한숨을 쉬었다.

6

11월 30일 발행 사진 주간지 「스파이더」 통권 제524호에서 발췌

'양심'과 '정부' 사이
경찰에 출두한 선의의 목격자의 경우

독자 여러분 중에 연간 매출 백억 원을 자랑하는 기업의 중역으로, 재산가인 미인 아내를 가지고 있고, 아내보다 더 미인이고 젊은 정부를 가지고 있는 운 좋은 분이 계시는지. 왼쪽 사진의 인물, 주식회사 '신일본상사' 부사장인 요시타케 고이치 씨는, 그 보기 드문 행운의 소유자다. 또한, 그는 보기 드물게 정의감과 공평한 양심을 가진 사람이기도 하다.

일의 발단은 13일 심야에 일어난 교통사고이다. 21세의 여대생이 개인택시에 치여 사망한 사고인데, 이 사건은 목격자가 없어서 피해자 쪽이 신호를 무시하고 차 앞으로 뛰어들었다는 운전수 측의 주장과, 운전수가 신호를 무시한 거라는 피해자 측의 주장이 팽팽하게 대립하고 있었다. 그 대립에 종지부를 찍고, 체포되어 있던 운전수를 자유의 몸으로 석방시킨 것이 바로 요시타케 씨의 목격 증언이었다.

요시타케 씨가 사고를 목격한 현장은 그의 자택과는 멀리 떨어진 곳이었고, 그에게는 그 시간에 그곳에 있어야 할 정당한 이유가 없었다. 있었던 것은 그의 정부이자 사고 현장 근처의 맨션에 사는 I양을 찾아가던 중이었다는, 지극히 위험한 이유였다.

요시타케 씨는 ○○현 히라카와 시 출생, 45세. 일개 세일즈맨에서 현재의 지위로 올라선 민완 사업가지만, 그가 부사장을 맡고 있는 '신일본상사' 자체는 그의 부인과 창립자인 그녀의 아버지의 소유물이다.

그가 정부를 두려면 최대한 주의를 기울여야 하는 입장에 있다는 것은 상상하기 어렵지 않다.

그러나 요시타케 씨는 현장의 목격 증언이 없어서 운전수가 부당한 의심을 받고 있다는 사실을 알자, 죠토 경찰서에 출두해 그가 목격한 사고가 운전수의 진술대로라는 사실을 증언했다. 그의 기억은 정확해서, 피해자인 여대생이 사고 직전, 시간을 물은 그의 질문에 '열두 시 오 분이 지났어요'라고 대답한 것까지 기억하고 있었다. 이에 따라 죠토 경찰서에서는 그의 증언의 신빙성을 인정하고, 사고 원인은 피해자 측의 과실에 있었던 것으로 결말을 지었다. 동시에 요시타케 씨가 진실로 용감하고, 가정 내의 불화보다 사회 정의를 우선하는 배포 큰 인물이라는 사실도 실증된 셈이지만, 이에 따라 그의 이혼이 시간문제가 되었다는 비관적 관측도 생겨나고 있다.

가장 가엾은 것은 I양이다. 요시타케 씨와의 관계가 공표된 그녀는 일하던 클럽도 그만두고, 요시타케 씨와 부인이 어떤 결론을 내릴지 친구 집에 몸을 숨긴 채 사태를 관망하는 중이다. 독자 여러분 중에 만일 요시타케 씨처럼 운 좋은 분이 계시다면, 모쪼록 주의하시기 바란다. 아내를 화나게 하지 않고 정부를 울리지 않기 위해서라도, 비밀스런 만남을 가지러 갈 때에는 교통사고를 목격하지 말아야 할 것이다.

7

아사노네의 생활은 언뜻 보기에는 평상시로 돌아왔다.

약간 기운은 없는 것 같지만, 마키는 매일 아침 회사에 출근한다. 요리코는 매일 아침 마모루를 두들겨 깨우고, 도시락을 들려 학교에 보내고는 청소기를 돌리며 하루를 시작한다.

패턴이 바뀐 것은 다이조뿐이었다. 지금까지는 심야에 일을 하느라 아이들이 나가는 아침에는 이불 속에 있던 그가, 거실 창가에 앉아 배웅하게 되었다.

신문을 보는 시간도 많아졌다. 다이조가 열심히 지면을 들여다보고 있을 때, 펼쳐져 있는 것은 언제나 구인란이라는 사실을 모두 알고 있었다. 하지만 입 밖에 내서 말하지는 않았다.

다이조의 짙은 녹색 차는 그보다 하루 늦게 수리 공장에서 돌아왔지만, 그는 그걸 한 번 청소했을 뿐 손도 대지 않고 있다.

'도카이 택시'의 사토미 사장은, 면허 정지 기간이 끝날 때까지 우리 회사에서 일하지 않겠느냐고 몇 번 권해 주었다. 청소나 정리를 돕고 인원을 관리하는 일. 운전 외에도 할 일은 많이 있다.

하지만 다이조는 그것을 부드럽게 거절했다. 두 번 다시 핸들을 잡지 않겠다, 차에 가까이 가지도 않겠다고 정한 그의 결심은, 결코 흔들리지 않았다.

"다이조 씨는 완고하니까요."

사토미 사장은 결국 포기하고 돌아가면서 요리코에게 말했다.

"운전수 일을 하다 보면 누구나 몇 번은 그런 기분이 드는 법이고,

그 마음은 알지만 말입니다. 부인, 앞으로 어떻게 하실 겁니까?"

"어떻게든 되겠죠." 요리코는 웃으며 대답했다.

마모루의 학교생활도 차분함을 되찾았다. 그 일격이 어지간히 효과가 있었는지, 미우라와 동료들은 심술을 완전히 그만두었다. 미야시타 요이치도 상처가 나아 등교하게 되었다.

십이월에 들어선 지 얼마 안 되어, 일가족이 저녁을 먹고 있을 때의 일이다. 켜져 있던 텔레비전에서 여섯 시 뉴스가 나오고 있었다. 아무 생각 없이 쳐다보니, 어딘가 낯익은 건물이 마모루의 눈에 비쳤다. 아나운서가 이야기하기 시작했다.

"오늘 오후 세 시경, K구의 대형 슈퍼 '로렐' 죠토점에서 중년 남성이 갑자기 날뛰기 시작해……."

로렐이다. 마모루는 식사를 멈추었다.

"가정용품 매장에서 가지고 나온 식칼로 점원 두 명에게 부상을 입히는 사건이 일어났습니다. 이 남자는 같은 구에 사는 무직, 가키야마 가즈노부 씨로 마흔다섯 살이며……."

"세상에, 마모루가 아르바이트하는 데 아니야?" 마모루가 떨어뜨린 젓가락을 주우면서 마키가 물었다.

"부상을 입은 것은 이 가게의 경비원인 쉰일곱의 마키노 고로 씨, 점원인 서른 살 다카노 하지메 씨 두 사람입니다. 다카노 씨는 왼쪽 어깨를 찔려, 전치 약 이 주의 중상입니다. 또한, 사건 당시 이 가게에는 천오백 명 정도의 손님이 있었으나 부상자는 나오지 않았습니다. 경시청 죠토 경찰서에서는 가키야마를 체포하고 현재 동기 등에 대해 조사하고 있는데, 가키야마는 범행 직후 이상하게 흥분해 있었으며,

또한 각성제 소지에 의해 체포된 경력도 있는 것으로 보아 약물 중독에 의한 일시적 정신 착란이 범행의 원인인 것으로 보고 조사를 진행하고 있습니다."

마모루는 하마터면 밥공기까지 떨어뜨릴 뻔했다.

다카노가 실려 간 병원에는 면회 시간이 종료되기 직전에 아슬아슬하게 들어갈 수 있었다.

다카노는 목에서 어깨까지 깁스와 붕대로 고정된 채 침대에 누워 있었다. 비어 있는 오른손에는 링거 바늘이 꽂혀 있다. 마모루가 살그머니 병실에 얼굴을 내밀자, 그 자세로 가능한 한 머리를 들고,

"여어, 와 줘서 고맙다" 하며 웃는 얼굴을 보였다. "미안해. 깜짝 놀랐어?"

"뉴스에서 봤어요. 저녁밥이 어디로 들어갔는지 모르겠어요."

경관들은 물러간 후였다. 본격적인 사정 청취는 내일 이후에 하게 된다고 한다.

"이게 웬일이에요. 아프세요?"

"그렇지도 않아. 그렇게 깊은 상처는 아니거든. 다만, 찔린 자리가 자리다 보니까 만약을 대비해서 이러고 있을 뿐이야."

다카노는 턱 끝으로 상처 주변을 가리켜 보였다. 십 센티미터만 더 위였다면 목덜미, 십오 센티미터 아래로 찔렸다면 심장 바로 위였을 것이다.

쉽게 말하고 있지만, 하마터면 큰일 날 뻔했지 않은가. 마모루는 등이 오싹해졌다.

"둔해졌나? 나는 피할 수 있다고 생각했는데, 한심하군. 뭐, 손님이 안 다쳐서 다행이지."

"마키노 씨는요?"

"그 사람은 범인을 붙들어 눌렀을 때 허리를 얻어맞았어. 하지만 검사에서도 뼈에 이상은 없었다고 하고, 괜찮을 거야. 지금쯤 집에서 쉬고 있겠지."

"이상하네요. 우리 가게에서 이런 사건이 일어나다니."

서적 코너와 가정용품 매장은 사 층 플로어의 양쪽 끝에 위치하고 있다. 가키야마가 날뛰기 시작해서 진열대를 맨손으로 깨고 식칼을 꺼냈을 때 매장의 여성 점원은 곧 비상벨을 울렸지만, 다카노와 경비원이 달려가지 않았다면 손님 중에도 다치는 사람이 나왔을지 모르는 상황이었다.

"표창감이네요. 얼마 전의 투신자살 소동도 그렇고, 이번도 그렇고, 다카노 씨가 없었다면 큰일 날 뻔했잖아요."

"몰라? 이럴 때를 위해서 회사는 다소 성적이 나쁘더라도 체력이 좋은 사원을 고용하는 거야."

다카노는 웃었다. 역시 좀 아파 보였다.

"게다가 지난번에는 마모루의 공이었잖아."

이야기하는 동안에도 일정하게 느릿한 간격으로 링거액이 떨어진다. 약이 효과를 나타내기 시작했는지 다카노는 멍하고 졸린 것처럼 보였다. 마모루는 살며시 침대 옆을 떠나려고 했다.

"……하지만, 좋은 기회라는 생각은 들어." 다카노가 중얼거렸다.

"뭐가요?"

"좀…… 생각하고 있는 일이 있거든……. 그 여자애, 기억나?"

"물론이죠."

"그 애, 학교에서는 우등생이래. 그런 소동을 일으킬 원인이라고는…… 없어 보였어. 소동을 일으키고 잠시 지나자, 왜 그런 짓을 했는지 스스로도 알 수 없다는 모양이고……."

말꼬리가 흐려지기 시작했다. 한동안 상태를 보고 있자니 눈이 감겼다. 마모루는 조용히 병실을 나왔다.

복도를 조금 걸어가다가, 클립보드를 손에 든 젊은 간호사와 마주쳤다. 미인이구나…… 하며 지켜보고 있는데 다카노의 병실로 들어간다.

맹장을 잘라 낸 경험이 있는 사토의 설에 따르면, 독신 남자란 입원해 있으면 반드시 간호사에게 열을 올리게 되는 법이라고 한다.

어쩌면 다카노 씨도 드디어 벌을 받게 되는 때가 온 건지도 모른다. 그건 또 그것대로 꽤나, 재앙이 변해 복이 되는 경우라고 볼 수 있을 것이다. 마모루는 생각했다.

그건 그렇고—.

'좋은 기회'라는 건 무슨 뜻일까. 목숨을 잃을 뻔한 사람이 할 말이 아니다.

병원 출입구를 나갈 때, 눈부신 불빛과 함께 구급차가 달려 들어왔다. 노란 담요를 덮은 들것이 실려 들어간다.

그 여자애—왜 그런 짓을 했는지, 스스로도 알 수 없다고?

8

연말에는 가만히 있어도 손님이 모인다. 상품도 팔린다. 그만큼 하루의 매상 목표액도 높게 설정되고, 점원들에게는 긴장의 나날이 이어진다.

십이월의 첫 번째 일요일, 개점하고 나서부터 오후의 휴식 시간까지 마모루와 사토는 서적 코너를 떠나 시간을 보냈다. 일 층에 있는 커뮤니티 홀에서 벌어지는 제비뽑기 코너를 담당하게 되었기 때문이다. 이처럼 평소에 하던 일 이외의 일에 시간을 빼앗기는 것도 이 시즌의 특징이었다.

이곳에서 사용하는 제비뽑기 장치는 핸들을 돌려서 구슬을 내놓는 일반적인 형태의 것이 아니라, 조금 현대적으로 보이기 위해 컴퓨터와 연동되어 있었다.

슬롯머신 같은 것인데, 조작하는 점원이 레버를 밀면 기계 속의 화면이 엄청난 속도로 회전한다. 손님은 손에 스톱 버튼을 들고 있다가, 원할 때에 눌러서 정지시킨다. 멈췄을 때 화면에 나온 숫자의 상품을 받을 수 있는 구조다. 깨끗하고, 소리는 시끄럽지 않고, 아이들은 매우 기뻐했지만, 무거운 레버를 밀었다가 당기고, 밀었다가 당기며, 한 사람이 한 대씩 기계를 맡아 끝도 없이 차례차례 밀려오는 많은 손님을 상대로 계속해서 작업하는 점원 쪽은, 한 시간만 하면 팔이 뻐근해진다.

"이봐, 마모루, 수라도修羅道라는 거 알아?" 싱글벙글 웃는 얼굴 안쪽에 '이제 완전히 질렸다'를 감추고 작업하면서, 사토가 물었다.

"수라도? 무도武道의 일종인가요?"

"노, 노. 수라도라는 건 말하자면 육도六道 중 하나인데, 전쟁터에서 죽거나 살해당한 인간이 떨어지는 곳이야."

"그게 제비뽑기랑 무슨 관련이 있나요? 네, 아차상입니다. 또 와 주세요."

휴대용 티슈를 받은 손님은 미련이 가득한 얼굴로 '특상 한 명, 에게해 크루즈 여행 7일'이라고 커다랗게 써 놓은 포스터를 돌아보고 간다.

사토는 갑자기 강연조로 말을 이었다.

"싸움에 대한 집착, 원한, 고통이 마음에 깊이 자리 잡아서 수라도에 떨어지지. 그럼 어떻게 되느냐. 떨어진 곳은 전쟁터야. 아침 해가 비치지. 일어서서 검을 들고 끊임없이 공격해 오는 적과 싸워야 해. 상처 입고, 쓰러지고, 다시 일어서서 칼을 휘두르는 거야. 해가 질 무렵에는 팔이 떨어지고 다리가 떨어지고, 아픔에 신음하면서 눈물을 흘리지……."

"또 무슨 이상한 책을 읽으셨군요."

"끝까지 들어 봐. 그런데 말이야, 그래도 죽지는 않아. 불사신이거든. 한 번 죽었으니까 당연하지만, 상처투성이에 빈사의 중상을 입어도 아침 해가 비치면 깨끗이 나아 버리는 거야. 그리고 또 적이 공격해 와. 싸워야 해. 그 반복이야. 못 견딜 노릇이지."

"저한테는 그거, 럭비 일본팀이 올 블랙스뉴질랜드 럭비 대표팀의 애칭와 대전했을 때의 모습으로 보이는데요."

"몇 시간이나 레버를 밀었다 당겼다 하면서." 사토는 정말이지 싫어졌다는 듯이 고개를 저었다. "마모루, 우리들, 이렇게 해서 손님을 속이고 있는 거야."

"어째서요? 손님들은 제비뽑기를 즐기고 있어요."

"그거야, 그거. 문제는 그거라고. 특상이 정말 나올 거라고 생각해? 그럴 리가 있냐? 내가 보기에는, 고작해야 삼 등 하이파이 비디오가 한계일 거야."

"어머나, 정말이에요?"

귀 밝은 여성 손님이 끼어들었다. 미간에 주름을 짓고 있다.

"그럴 리가요. 일 등도, 특상도 틀림없이 있습니다."

사토는 꾸며 낸 웃음을 짓고는 그 여성 손님에게서 추첨권을 빼앗았다. 레버를 민다. 사 등이었다.

"쓸데없는 말 하지 마세요. 네, 사 등입니다. 주방용 랩과 목캔디 중 어떤 게 좋으세요?"

목소리는 낮추었지만, 그래도 사토는 말을 이었다.

"손님은 꿈을 찾아, 추첨 교환권을 움켜쥐고 다가오지. 나는 가슴이 아파. 추첨권을 받고 싶어서, 손님이 필요하지도 않은 것까지 사고 있다고 생각하면. 나랑 너는 그 죄로, 죽으면 수라도에 떨어질 거야. 제비뽑기의 수라도. 아침부터 밤까지 팔이 떨어질 정도로 레버를 조작하고, 밤이 새면 또 손님이 우글우글 몰려오는 거지. 저마다 손에 추첨권을 들고. 똑같은 일의 반복이야. 덜컹, 덜컹—."

"무슨 발상이 그래요?"

그때, 다카노가 없어서 현재는 서적 코너의 실질적인 치프가 된 여사가 다가왔다.

"수고 많네. 교대할 테니까 점심 먹고 와. 오후부터는 창고에서 검품 좀 부탁해."

"아미타불, 살려 주십시오." 사토가 말했다.

사토와 둘이서 카페테리아에서 점심을 먹고 나서, 마모루는 하시모토에게 전화를 걸러 갔다. 추첨 코너에 있을 때 요리코에게서 전화가 왔다며 전언이 있다고 했다.

"오늘 아침에, 네가 집에서 나가고 나서 곧바로 하시모토라는 사람한테서 전화가 왔대. 다시 전화해 달라던데."

하시모토 노부히코가 무슨 볼일일까?

전화는 통화중이었다. 시계를 보면서 이 분 간격으로 세 번 걸었지만, 뚜―, 뚜―, 하는 소리의 반복에 마모루는 수화기를 내려놓았다.

"당장 만나러 와 주지 않으면 절교야! 여자친구냐?" 사토가 실실 웃었다.

"맞아요. 하지만 괜찮아요, 몇 번이나 절교했으니까. 나중에 화해하는 것도 즐겁거든요."

"이야, 이거, 몰라뵈었습니다." 사토는 깊이 머리를 숙였다. "좋겠다. 나는 자유인인데. 여행에서 여행으로 바람을 타고. 말리지 마라, 귀여운 사람이여!"

"이번 정월 휴가 때는 어디로 가세요?"

"파리 다카르 랠리를 보러 갈 거야."

"우와! 좋겠다. 하지만 꽤 많이 들지 않아요?"

"돈? 그렇지, 뭐. 그걸 위해서 열심히 저축해 왔으니까 어떻게든 될 거야. 내가 쉬는 동안 잘 부탁해. 갔다가 돌아오지 않으면 유럽 대륙 쪽을 향해 기도해 줘."

그 이야기와 방금 전까지 수라도 운운하던 이야기가 연결되어, 마모루는 사토에게 물어보았다. 스가노 요코 사건 이후로 가끔 생각하는 것이었다.

"사토 씨, 실컷 여행하며 다니기 위해서 더 좋은 일을 하자고 생각한 적은 없으세요?"

"좋은 일이라니?"

"그러니까…… 좀더 편하게 잔뜩 벌 수 있는."

사토는 어리둥절했다. "너답지 않은 질문이네. 무슨 일 있냐?"

"별로요. 그냥 흥미가 좀 있을 뿐이에요."

"흐음." 사토는 코 밑을 문질렀다. "실컷 벌 수 있다, 라. 그건 기쁘지만, 하지만 말이야, 그런 일은 대개 위험하잖아? 누군가를 속이거나 이쪽이 속거나 하는 거지. 내키지 않는데. 서점은 재미있고, 내 적성에도 맞아. 일한 만큼의 보람도 틀림없이 있고."

창고로 돌아가자 검품과 반품이 산더미처럼 기다리고 있었다. 게다가 오늘은 그 매장 비디오 디스플레이로 내년 여름용 수영복 패션쇼를 내보내고 있다고 하는 통에 사토가 계속 자리를 이탈한다.

"다리 엄청 길다. 저건 다 벗은 것보다 더 야한데. 너도 보고 와."

한 시간밖에 안 지났는데, 유니폼 밑에 입은 티셔츠가 땀으로 흠뻑 젖었다. 정리해도 정리해도 일은 산더미처럼 버티고 있다. 이쪽이 더 수라도인데, 하고 쓴웃음이 나왔다.

반품을 하기 위해 쌓아올려 놓은 잡지 묶음을 바라보다가, 문득 「정보 채널」이 생각났다.

얼마나 팔렸을까? 얼마나 되는 사람들이 그 기사를 읽었을까. 대부분은, 역시 이런 경로를 통해 마지막에는 폐기업자의 손에 넘어갔겠지만.

── 전부 사들인 사람이 있었어요.

재판이라고 했던가……. 하지만 연인 장사 같은 케이스로, 과연 개인을 사기 혐의로 고소할 수 있을까?

그때 약간 분위기가 다른 잡지가 눈에 띄어, 마모루는 멍하니 잠겨 있던 생각에서 깨어났다.

소위 말하는 '스크랩 잡지'였다. 일반에 나돌고 있는 신문·잡지·사진 주간지나 석간지의 기사를 그대로 스크랩해서 장르별로 다시 편집한 것이다. 마모루가 아는 것만 해도 서평 전문, 컴퓨터 관련 신제품 개발 정보 전문의 두 종류가 있고, 각각 수요가 있는지 잘 팔리고 있다.

그러나 이것은 좀 달랐다. 사회면, 즉 3면 기사 전문의 잡지였던 것이다. 범죄·사고·사건 기사뿐이니 일반 사람들이 그렇게 흥미로워할 만한 잡지는 아니고, 직업상 그런 게 필요한 사람들은 직접 스크랩하고 있을 테니까 일부러 사지 않을 것이다.

스크랩 잡지는 손으로 만들기 때문에, 보통 잡지보다 훨씬 비싸다.

이 잡지는 도매상을 통하지 않고 출판사가 직접 가져온 것인지, 받을 때 다카노도 똑같은 설명을 하고, 이쪽에서 지정하는 기한이 되면 반드시 책임을 지고 인수하러 오라고 몇 번이나 못을 박았다.

'9월 하반기~11월 상반기 사고·자살 외'라는 큰 제목에 끌려, 한 권 집어 들었다. 다이조의 사고 기사도 있을 거라고 생각한 것이다.

실려 있긴 했지만 기사가 작았다. 3대 신문과 경제지 하나, 아사노네에서 구독하고 있는 「도쿄일보」. 전부 1단 표제 기사라, 다 모아도 월말에 일어난 유아 유괴미수사건 기사의 신문 하나 기사량의 절반에도 못 미친다.

그래도 여기에 씌어 있지 않은 곳에서 여러 가지 일이 있었다. 어떤 사건이든 마찬가지일 것이다. 휩말린 사람들에게는, 머리 위에 갑자기 달이 낙하한 것과 같으니까.

그건 그렇고 매일 참 많은 사람들이 죽는구나……. 히라카와에서는 생각할 수 없는 일이다. 마모루의 눈에는, 이 도쿄라는 도시가 튼튼하고 인정사정없는 어금니를 가진 괴물로 보일 때가 있었다. 인간을 갈가리 찢어놓는.

전체를 대충 훑어보고 있을 때, 시월 상반기 부분에서 '도세이선 플랫폼에서 투신자살'이라는 제목이 눈에 들어왔다. 그리고 보니 이 노선을 이용하는 마키가 그런 얘기를 한 적이 있다. '역에서 들었는데, 자살한 사람의 머리가 연결기 사이에 끼어 있더래. 진짜야.'

읽어나가다가, 마모루는 저도 모르게 창고 바닥에 정좌를 했다.

"사망한 여성은—회사원, 미타 아츠코 씨(20)로—."

미타 아츠코.

그 좌담회에 나온 여성 중 한 명인가?

설마. 마모루는 잡지를 무릎에 놓고 눈을 깜박였다. 몇 번을 다시 봐도 똑같은 내용이 씌어 있다. 미타 아츠코. 자살. 유서는 발견되지 않았다.

시월. 미타 아츠코, 투신자살. 십이월. 스가노 요코, 사고사. 하지만 내용상으로는 자살과 비슷하다. 달려서 차 앞에 뛰어들었으니까.

잡지를 든 채 플로어 끝에 있는 카드 공중전화로 달려갔다. 다시 한 번 하시모토에게 전화를 건다.

또 통화중.

입술을 깨물며 생각하다가 생각을 바꿔 이 스크랩 잡지의 발행처에 전화를 했다. 그 이전에 나온 잡지는 이미 반품해 버린 후이다.

용건을 이야기하자 잠깐 기다려 달라고 하더니 오르골이 울리기 시작했다. 마모루는 초조하게 발을 구르며 기다렸다.

"여보세요? 오래 기다리셨습니다. 가토 후미에라는 이름이 있네요. 9월 2일에 기사가 났어요. 자택 맨션에서 투신자살."

"유서가 있는지 씌어 있나요?"

"네. 발견되지 않았다고 합니다. 동기를 조사하고 있다네요."

가토 후미에. 투신자살. 유서는 없음.

"다카기 가즈코라는 이름은? 그건 없나요?"

잠시 침묵하며 페이지를 넘기는 희미한 소리가 난 후, 상대방은 대답했다.

"없네요…… 안 보여요."

그럼 세 명이다. 아직 세 사람. 벌써 세 사람.

세 명이 죽었다. 좌담회의 네 여성 중 세 명이.

마모루의 분위기가 이상하다는 걸 눈치 챘는지, 사토가 곁에 섰다.

"이봐, 왜 그래? 지금 막 이 리터쯤 헌혈하고 온 얼굴이네."

"죄송해요, 급한 볼일이 좀 생겼어요."

마모루는 계단으로 달려갔다. 하시모토를 만나러 가자. 그도 틀림없이 이 일 때문에 전화했을 거라고 생각했다.

네 명 중 세 명. 이런 바보 같은 우연이 있을 수 있을까.

9

하시모토 노부히코는 사라지고 없었다.

아니, 사라진 것은 그만이 아니었다. 집도 사라졌다. 남아 있는 것은 그가 살던 짙은 녹색 집의 잔해뿐이었다.

금이 가고 검게 그을린 벽. 드러나 있는 그을린 철근이 묘석처럼 하늘을 찌르며 서 있다. 물고기의 이빨을 연상시키는 깔쭉깔쭉한 잔해만이 남아 있는 창틀 맞은편에는, 탄내가 나는 어둠이 펼쳐져 있다.

'위험·출입금지' 로프 옆으로 다가가자, 발밑에서 뭔가 깨지는 소리가 났다. 유리창의 날카로운 파편에 섞여 둥그스름한 술병의 파편이 재와 먼지, 물웅덩이 속에서 점점이 반짝이고 있다.

흔적도 없이 전부 불타 사라졌다.

녹기 시작한 캐비닛. 철제 모서리만 남아 있는 책상. 마모루가 앉았던 소파에 남아 있는 늘어진 스프링.

대체 무슨 일이 있었던 걸까? 마모루는 잔해를 올려다보며 아무 말도 할 수 없었다. 하시모토 씨에게 무슨 일이 일어난 걸까?

"너, 하시모토 씨랑 아는 사이니?"

돌아보니, 한 손에 빗자루를 들고 빨간 앞치마를 두른 여성이 서 있었다.

"네……. 맞아요."

"친척 애?"

"아뇨. 그냥 약간 알고 지내던 정도지만……. 이건 대체."

"하시모토 씨는 돌아가셨어."

돌아가셨다고? 마모루는 우뚝 멈춰 섰다. 하시모토 노부히코까지 죽었다?

"무슨 일이 있었나요?"

"프로판 가스 폭발." 여자는 대답했다. "엄청났어. 이 길 끝에 있는 집에서도 유리창이 날아갔으니까. 민폐도 이런 민폐가 없지."

여자는 속이 안 좋다며 학교에서 조퇴하고 돌아온 아이를 보듯이, 마모루를 바라보았다.

"너 괜찮니? 안색이 안 좋은데."

"하시모토 씨는 폭발로 돌아가셨나요?"

"그래. 완전히 새까맣게 탔다고 들었어."

여자는 손에 든 빗자루로 마모루에게 손짓했다. "어쨌든 거기서 나와. 위험하니까. 경찰이, 들어가면 안 된다고 했거든."

그 말을 따르면서, 마모루는 다시 한번 몸을 돌려 불에 탄 흔적을 보았다. 새까만 잔해의 산 속에, 이곳을 찾아왔을 때 본 기억이 있는 벽걸이 시계가 떨어져 있다. 유리가 깨지고, 바늘은 두 시 십 분을 가리킨 채 멈춰 있다.

날아갔다. 산산조각으로.

전화가 되지 않은 것도 이 때문이었다. 화재나 사고로 접속선이 끊어지면, 일시적으로 통화중 소리가 들린다는 얘기를 들은 적이 있다.

"원인이 뭐였는지 아세요?"

"글쎄. 술이거나, 부인이 도망쳤기 때문이겠지. 그 사람 특이했거든. 무슨 생각을 하고 있었는지 어떻게 알겠니."

여자의 말뜻을 알 수가 없었다.

"무슨 말씀이세요?"

"자살이래." 여자는 빗자루를 이리저리 흔들었다. "집 안의 가스 마개가 완전히 열려 있었대. 게다가 꼼꼼하게 플라스틱 통 하나분의 가솔린까지 뿌리고 말이야. 성냥이라도 그은 거 아닐까? 지금 소방서에서 조사하고 있다더구나. 너 정말 괜찮니? 얘, 하시모토 씨랑 아는 사이라면, 그 사람 가족이랑 연락 좀 할 수 없을까? 다들 곤란한 지경이거든. 우리 집도 유리창은 깨졌지, 물에 침수됐지, 어떻게 해 줘야 할 거 아니야?"

다음 말은 들리지 않았다. 바깥세상의 모든 소리가 사라져 갔다.

하시모토 노부히코도 죽었다. 자살했다고 한다.

마모루는 건너편 집의 벽돌담에 머리를 기대어 생각했다.

또 자살이다. 네 명 중 세 명이 아니었다. 그 좌담회와 관련된, 다섯 명 중 네 명이었다.

이런 일이 일어날 수 있을 리 없다. 믿을 수 없다. 우연으로 이런 일이 계속될 수가 있을까.

이건 살인이다. 누군가가 계획적으로, 냉정하게 계획을 세워서 이

네 사람을 죽여 온 것이다. 목덜미에 누군가 칼날을 들이댄 것처럼 차가운 느낌이 들었다.

하시모토는 그 네 명의 여성을 잇는 단 하나의 고리였다. 언뜻 관련이 없어 보이는 세 개의 시체를 연결하는, 가장 중요한 인물이었다. 그래서 날려 보내졌다.

이 철저한 파괴. 그걸로 알 수 있다. 저 캐비닛에는 네 여성의 취재 기록이, 사진이 있었다. 이 살인을 기획하고 실행하고 있는 '누군가'에게는 그게 방해가 되었을 것이다.

만일 하시모토가 그 네 명 중 세 명이 각각 다른 장소에서 사망했다는 것을 알아챘다면—아니, 분명히 알아챘을 것이다. 그는 알아차렸다. 그래서 살해되었다.

다만—마모루는 시선을 들었다.

대체 어떤 방법으로? 스가노 요코는 모르겠지만, 다른 두 명의 여성은 적어도 겉으로 보기에는 의심의 여지가 없는 자살이었다. 목격자가 있다. 상대는 살아 있는 인간이다. 빌딩 옥상이나 역의 플랫폼에서 떠밀 수는 있어도, 스스로 그렇게 하도록 만들 수는 없다.

바람을 타고, 불에 탄 자리의 냄새가 났다. 가솔린 냄새가 났다.

가솔린. 그렇다, 가솔린이다. 하시모토 한 사람만 죽일 거라면 프로판 가스 폭발만으로 충분했을 것이다. '누군가'는 캐비닛의 내용물까지 처리하고 싶었기 때문에 가솔린을 뿌렸다. 그리고 불을 질렀다.

어떻게? 이렇게 심한 참상이다. '누군가'도 그 자리에 있었다면 결코 무사할 수는 없었을 것이다. 그렇기 때문에 경찰도 자살이라고 판단한 것이다.

대체 어떻게 한 걸까?

하시모토 씨는 내게 무엇을 전하고 싶었던 것일까. 또 그것을 떠올렸다.

오늘 아침에 온 전화다. 그 전화로 무슨 이야기를 하고 싶었던 걸까. 세 여성의 죽음이 연속 살인이라는 것뿐일까, 아니면 그 방법까지 알아내고…….

오늘 아침에 온 전화. 거기에서 생각이 멈췄다.

불탄 자리는 이미 식어 있다. 폭발이 있었던 것은 언제일까?

시계는 두 시 십 분에 멈춰 있다. 지금은 오후 네 시 삼십 분을 막 지나는 참이다. 다시 말해서 오늘 오전 두 시 십 분이라는 뜻이 된다.

그건 하시모토 씨가 아니었다. 하시모토 노부히코의 이름을 빌어 '누군가'가 전화를 했다.

갑자기, 세게 얻어맞은 듯한 기분이 되었다.

단 한 권 남아 있던 「정보 채널」이다. 또 하나의 고리다. 네 명의 여성을 잇고, 세 명의 사망의 우연성을 부정하는 유일한 증거다. 옆구리 아래로 차가운 땀이 흘러 떨어졌다.

그건 우리 집에 있다. 나는 하시모토 씨에게, 우리 집 주소와 전화번호를 적은 메모를 건네주었다. '누군가'는 그걸 알고 있다. 알고 있기 때문에 전화한 것이다.

경고하기 위해.

전화가 보이지 않았다. 미친 듯이 뛰어다니다가, 한 구획 떨어진 곳의 전화박스로 뛰어들어갔을 때는 눈이 빙글빙글 돌 것만 같았다. 초조한 나머지, 순간 집 전화번호마저 생각나지 않았다.

수화기를 쥐고 금속성의 접속음을 듣고 있을 때, 이미 모든 게 늦은 것은 아닐까 하는 생각이 들었다. 집 전화도 뚜―, 뚜― 하는 통화중 소리를 반복할 뿐이라면…….

"네, 아사노입니다." 요리코의 목소리가 받았다.

"이모? 빨리 집에서 나오세요!"

"네? 누구세요?"

"마모루예요. 설명하고 있을 시간이 없어요. 무조건 제 말대로 해 주세요. 빨리 집에서 나오세요. 아무것도 챙기지 말고. 이모부도, 마키 누나도 같이. 지금 당장!"

"잠깐, 마모루, 왜 그러니?"

"부탁이니까 제 말대로 해 주세요! 부탁이에요."

"얘." 요리코의 목소리가 날카로워졌다. "대체 무슨 잠꼬대를 하는 건지 모르겠지만, 네가 없는 동안 또 전화가 왔었어. 하시모토 씨라면서 당장 전화해 달라고……."

"알아요, 그러니까……."

"전화번호를 말해 주더라. 가르쳐 줄까?"

목소리가 나오지 않았다. 전화번호를 가르쳐 줬다고? "너랑 중요한 할 얘기가 있대. 준비됐니? 부른다."

하시모토의 집 전화번호가 아니었다. 도쿄 내의 국번이다.

뭘 생각하고 있는 거지? 머리가 쿵쿵 울리기 시작했다. 투명인간과 피구를 하는 기분이었다. 다음 공은 어디에서 날아올까?

좀처럼 전화를 걸 수가 없었다. 무서웠다. 이대로 전부 내팽개치고 도망치고 싶었다.

하지만 그럴 수는 없다. 마모루는 요리코가 말한 번호를 눌렀다.

호출음이 딱 두 번 울리고 상대가 전화를 받았다. 마모루는 무슨 말을 하면 좋을지 알 수가 없었다. 손가락 끝이 하얘질 정도로 세게 수화기를 움켜쥐었다.

처음으로 듣는, 차분하고 낮은 목소리가 말했다.

"여어, 꼬마야. 꼬마 맞지?"

잠시 사이를 두고, 즐거운 듯이.

"아무래도 널 위협해 버린 모양이군. 나는 너랑 꼭 이야기를 하고 싶었어. 하시모토 노부히코는 빼고 말이야. 그의 역할은 이제 끝났거든……."

제5장 보이지 않는 빛

1

'누군가'의 목소리였다.

기묘한 '기시감'이 피어올랐다. 스가노 요코를 죽여 줘서 고마워. 그때와 똑같다. 모든 것이 한 통의 전화로 시작되어, 마지막에 다시 한 통의 전화에 다다랐다.

"넌 머리가 좋은 애야." 목소리가 이어졌다. 희미하게 말끝이 쉬어 있다. 골초의 목소리처럼.

"행동력도 있고. 나는 감탄했단다. 빨리 널 만나고 싶어."

"당신은……." 마모루는 이를 악물고 나서 가까스로 말했다. "당신이지? 전부 당신이 한 짓이지?"

"전부라니?"

"뻔하잖아. 하시모토 씨의 죽음과 「정보 채널」의 좌담회에 출석했던 네 명의 여자 중 세 명이 죽은 거 말이야."

"호오." 목소리는 소박하게 감탄했다. "벌써 거기까지 조사했단 말이지. 놀랍군. 오늘 네게 연락한 것은 하시모토가 죽었다는 걸 알리고, 더불어 여자들에 대해서도 가르쳐 주기 위해서였는데, 그럴 필요가 없겠구나."

"왜지?" 말끝이 히스테릭하게 뒤집히는 것을 막을 수가 없었다. "어째서 이런 짓을 하고, 그걸 내게 가르쳐 주겠다는 거야. 당신이 노리는 건 뭐야?"

"이유를 얘기하기는 아직 일러."

생각지도 못한, 부드럽기까지 한 말투로 상대방은 말을 이었다.

"때가 오면 얘기해 주지. 지금은 그저 그 세 명의 여성도, 하시모토 노부히코도, 내 명령에 따라 죽었다는 것만 알고 있으면 돼."

"명령? 바보 같은 소리 하지 마. 제정신인 사람에게 명령해서 자살하게 하다니 말이 돼?"

밝은 웃음소리가 났다. 교실에서 학생의 농담에 저도 모르게 웃음을 터뜨린 교사 같은. 실제로, 들려오는 그 목소리에는 손아랫사람에게 가르치고 타이르는 듯한 울림이 있었다.

"그래, 아직 안 믿어질지도 모르지. 네가 믿지 못하는 일이, 이 세상에는 산더미처럼 있어. 무리도 아니야, 넌 아직 어린애니까."

여자 두 명이 자전거를 밀며 전화박스 앞을 지나갔다. 그중 한 명과 순간적으로 눈이 마주쳤다. 여자는 의아한 얼굴을 했다. 얘, 너 왜 그러니? 몸이라도 안 좋아? 곤란한 일이 있으면 어른이랑 상의해.

이 전화 맞은편에서, '누군가'도 똑같은 얼굴을 하고 있을지 모른다. 불쌍하게도, 네가 감당하기에는 힘든 일이지만, 공교롭게도 너밖에 없어서 말이야.

바보 취급하고 있다—그렇게 생각하자, 공포가 약간 멀어졌다.

"죽은 세 여자는, 어딜 어떻게 조사해도 자살이 분명해. 스가노 요코도 자살이었어. 내 계산이 약간 빗나가는 바람에 쓸데없는 의심을 사 버렸지만, 그녀는 자신의 의사로 도로에 뛰어든 거야."

"당신의 명령을 받고?"

"그래. 내가 그녀들을 처리했지."

처리했다고? 쓰레기라도 버리듯이?

"그리고 난 조금도 후회하지 않아. 남은 한 명도 똑같이 처리할 생각이야."

나머지 한 명. 마모루는 남은 여성의 이름을 떠올렸다. 다카기—그렇다, 다카기 가즈코다. 사진 왼쪽 끝에 앉아 있었다. 어깨까지 오는 머리카락에, 이목구비가 또렷한 미인.

"난 조금도 두렵지 않아. 내가 한 짓이 발각될 리는 없으니까. 하지만 쓸데없는 주의를 끌어서 실패할 수는 없지. 그래서 하시모토 노부히코도 없애 버렸어. 그 남자는 완전히 밑바닥까지 추락해 있긴 했지만 머리는 나쁘지 않았거든. 네가 찾아간 게 계기가 되어 그 네 명의 여성이 현재 어떻게 됐는지 알아내려고 움직일지도 몰랐어. 그리고 네 명 중 세 명이 사망했다는 걸 알면, 반드시 의심했겠지. 나를."

"당신……, 하시모토 씨를 알고 있었군? 하시모토 씨도 당신을 알고 있었어."

"그래. 힌트를 주지. 난 말이지, 「정보 채널」 발행처를 찾아가서 팔고 남은 잡지를 전부 사들인 사람이야. 그리고 하시모토 노부히코에게 재판 운운하는 거짓말을 해서 취재 기록을 보여 달라고 한 사람이기도 하지."

나이 많은 할아버지였어요. 미즈노 아케미의 말이 떠올랐다.

"당신—이미 노인이라고 들었는데."

"그렇군. 너에 비하면 반세기는 더 살았으니까."

"왜 이런 짓을 하는 거지?"

"신념이야."

그것은 단언이자 선언이었다.

"내 신념이야. 그게 이 늙어 빠진 몸을 움직이고 있지. 꼬마야, 약속하마. 네 번째인 다카기 가즈코 때는, 반드시 네게 연락하지. 그리고 네게 증명해 주마. 내가 어느 정도의 일을 할 수 있는지 믿을 수 있도록."

"그때까지 내가 기다릴 줄 알아?"

공포는 완전히 날아갔다. 남은 것은 분노뿐이었다. 마모루의 안쪽에서, 거칠어진 자신이 밖으로 나가는 문을 주먹으로 쾅쾅 두드리고 있다.

"당신이 뭘 할 수 있는지 알고 싶지 않아. 알 필요도 없고. 지금 내가 여기서 전화를 끊고 제일 가까운 경찰서로 달려가는 걸 막을 수 있으리라는 생각도 안 드는데."

말을 마침과 동시에, 정말로 전화를 끊으려고 했다. 그러지 않은 것은, 이쪽의 행동을 꿰뚫어본 것처럼 '누군가'가 힘껏 소리를 질렀기 때문이었다.

"아니, 난 할 수 있어!"

목소리는 자신에 차 있었다.

"생각해 봐라. 네게는 잃을 것이 많이 있을 거야. 하시모토에게는 아무것도 없었어. 그 남자에게 남아 있던 것은 고작해야 쩨쩨한 자존심뿐이었지. 그래서 그의 입을 막으려면 그런 거친 수단을 쓸 수밖에 없었어. 하지만 넌 달라."

얼어붙었다. 마모루의 모든 것이 얼어붙어 버릴 때까지 기다렸다가, '누군가'는 말을 이었다.

"알겠지? 나는 네가 어떤 증거를 쥐고 있든 뭘 알고 있든 조금도 신경 쓰지 않아. 왜냐하면 넌 아무것도 할 수 없으니까. 나는 타인을 뜻대로 조종할 수 있어. 그 '타인' 속에 네 가족이나 친구를 섞는 것도 아주 간단한 일이지."

어디론가 날려 보낸 줄 알았던 공포심이, 예광탄처럼 꼬리를 끌며 돌아왔다. 그 빛 속에 많은 사람들의 얼굴이 보였다.

"비겁한 놈."

그렇게 말하는 게 고작이었다.

"그럼 당장 날 죽이면 되잖아. 왜 그렇게 하지 않지?"

"난 널 좋아하거든. 너의 용기를, 지혜를 높이 평가하고 있으니까. 그리고 우리 두 사람에게는 분명히 서로 이해할 수 있는 부분이 있다고 생각하기 때문이야."

"누가 너 같은 놈이랑……."

"작은 데모를 보여 주지." 마모루의 말을 가로막으며 '누군가'는 말을 이었다.

"오늘 밤 아홉 시다. 내가 분명히 타인을 뜻대로 움직일 수 있다는 증거를, 네 가족을 이용해서 보여 주겠어. 믿든 믿지 않든 네 자유지만, 경찰서를 달려가는 건 그걸 보고 나서라도 늦지 않을 거야."

그는 약간 놀리는 듯한 말투로 덧붙였다. "그때도 경찰서로 달려갈 마음이 있다면 말이지만."

"당신은 미쳤어. 자신이 하고 있는 일이 어떤 건지 알아?"

"거기에 대해서는 널 만난 후에 서로 이야기해서 결론을 내리기로 하지."

목소리는 끝까지 즐거운 듯한 기색을 누그러뜨리지 않았다.

"기대되는데. 꼬마야, 난 너를 만날 수 있기를 손꼽아 기다리고 있어. 나랑 너 사이에는, 분명히 공통점이 있을 거야. 그걸 네게 가르쳐 줄 수 있는 날이 올 때까지, 한동안 나에 대해서는 잊고 있도록 해. 꼭 연락할 테니까."

"다카기 가즈코를 찾겠어." 마모루는 딱 잘라 말했다. "찾아서, 당신이 손대지 못하도록 할 거야."

"마음대로."

웃음 섞인 목소리.

"이 넓은 도쿄에서, 무슨 수로 찾아낼 거지? 뭐, 해 봐. 이제 와서는 그녀가 네가 찾을 수 있을 만한 곳에 있으리라는 생각도 안 들고, 네가 부른다고 나타날 걸로 보이지도 않아. 그녀도 지금은 지나칠 정도로 충분히 무서워하고 있을 테니까."

다카기 가즈코도 남은 것은 그녀 혼자뿐이라는 사실을 알고 있다는 뜻이다.

"한 가지 더, 마지막으로 말해 두지. 네가 날 찾아내려는 노력 따위, 관두는 게 좋아. 단서는 전혀 없어. 이 전화번호로 여길 찾아낸다 해도 더 이상 여기에 머물 생각이 없으니까, 내 쪽에서 널 만나려고 할 때까지 기다리는 수밖에 없을 거야."

어디선가 인용한 것처럼 억양을 붙여, 마지막으로 이렇게 말하고 전화는 끊어졌다.

"나는 대답을 하지 않을 거고, 두 번 다시 돌아오지 않을 거다. 그때가 오기 전까지는."

2

다카기 가즈코가 하시모토 노부히코의 죽음을 안 것도, 그의 집의 잔해 앞에 섰을 때였다.

그를 찾아갈 생각을 한 것은 견딜 수 없게 되었기 때문이었다. 매일매일 웃는 얼굴을 하고 화장품을 파는 일을 하면서도, 가즈코의 안쪽에서는 확실히 일종의 침식이 진행되고 있었다. 가구로 감춘 카펫의 얼룩처럼, 아무리 덮으려 해도 그것은 거기에 있었다.

움직이지 않는다. 그 네 명 중 세 사람이 죽고, 남은 건 그녀 혼자뿐이라는 현실은.

하시모토라면 뭔가 알고 있을지도 모른다. 그렇게 생각하니 가만히 있을 수가 없었다. 좌담회에 나갔을 때는 그런 불유쾌한 남자와 두 번 다시 얼굴을 맞대지 않겠다고 결심했지만, 지금은 그 하시모토가 유일한 열쇠처럼 여겨졌다. 그녀들 네 명의 신원을 알고 있는 단 한 명의 남자.

그 하시모토도 죽었다.

폭발로 날아간 문의 흔적에 선 그녀는, 지금까지 마음에 품어 온 두려움 따윈 아무것도 아니었다는 사실을 알게 되었다.

"잠깐만요, 당신."

누군가가 말을 걸었다. 새빨간 앞치마를 두른 여자가 불쾌하다는 듯이 미간을 찌푸리며 이쪽을 바라보고 있었다.

"하시모토 씨의 친척인가요?"

"아뇨. 그냥 아는 사람이에요."

흐응, 하고 바보 취급하듯이 여자는 턱을 들었다.

"그 사람한테는, 죽고 나서 찾아오는 지인들이 참 많기도 하네."

"저 말고도 누가 왔었나요?"

가즈코는 몸을 긴장시켰다. 그녀의 기억 속에 있는 하시모토라는 남자에게는, 몸을 걱정해 줄 지인이라곤 있을 것 같지 않았다. 누군가 왔었다면, 분명히 이 일과 관련이 있는 사람이 틀림없다.

"한 시간쯤 전인가? 고등학생 정도 되는 남자애였어요. 역시 당신처럼 거기 우두커니 서서, 멀미라도 난 것 같은 얼굴을 하고 있더군요."

"남자애."

당혹스러운 사실이었다.

가토 후미에에 이어 미타 아츠코가 죽은 후, 가즈코와 스가노 요코는 이게 우연이 아닐 가능성을 생각해 본 적이 있었다. 하기야 그 생각을 하고 있던 것은 오로지 요코 쪽이었고, 가즈코는 상대방의 추측을 처음부터 부정하고 있었지만.

"손님 중 한 명일 거야, 분명히." 그때, 요코는 말했다. "우리들을 원망하고 있고, 그래서 한 명씩 죽이고 있는 거야."

"그렇게 배짱 좋은 놈이 있었겠어?" 가즈코는 코웃음을 쳤다. "무엇보다, 어째서 우리 네 명이 다 죽어야 하는 건데? 아무도 똑같은 손님을 등친 적은 없잖아. 내 손님은 나만. 네 손님은 너밖에 몰라. 원망을 받는 것도 한 명씩. 따로따로야."

"그 잡지를 보고……."

"그러니까, 우리 손님이 잡지를 봤으리라는 보장이 없잖아! 안 봤을 가능성이 훨씬 더 크다고."

"한 명 있어." 요코는 속삭였다. "내 옛날 손님 중에 그 잡지 기사를 읽은 사람이. 굉장히 집요하단 말이야. 나 무서워서……."

"요코 너, 그래서 이사한 거야?"

요코는 고개를 끄덕였다. "하지만 소용없었어. 금방 알아냈더라. 또 쫓아올 거야."

"정신 똑바로 차려."

자신도 같은 일을 당할지도 모른다는 가능성에 남몰래 몸을 떨면서, 가즈코는 강하게 말했다.

"그 남자는 이제 아무것도 못 해. 고소할 수도 없어. 우리들은 그냥 고용되어 있었을 뿐이니까. 사기 행위가 있었다 해도 그건 회사 책임이지 우리들 개인이 아니야."

"그래서 죽이고 있는 건지도 몰라." 요코는 꺼질 듯한 목소리로 중얼거렸다. "달리 원한을 풀 방법이 없으니까."

"바보 같은 소리 하지 마! 아츠코도 후미에도 살해된 게 아니야, 자살한 거란 말이야. 몇 번 말해야 알겠어? 도대체 우리들이 무슨 짓을 했다는 거야? 물론 조금은 더러운 방법을 썼을지도 몰라. 하지만 장사잖아. 영업이야. 살해될 정도의 짓은 하지 않았어."

요코는 입을 다물었다. 가만히 가즈코를 보고 있다.

"왜?"

"가즈코, 진심으로 그렇게 생각해? 정말로, 나쁜 짓은 하나도 안 했다고 생각해? 우리들을 원망하는 사람이 있을 리 없다고 생각하고 있어?"

"당연하지."

요코는 속지 않았다. 그날 헤어질 때, 그녀는 이렇게 말했다.

"가즈코, 너한테도 누군가 있지? 이런 짓을 할 법한, 생각나는 사람이 있는 거지? 알고 있어, 너도 무서운 거야."

그 말이 맞았다. 생각나는 '손님'이 없지는 않았다. 그때는.

하지만 그 '손님'은 죽었다. 옛날에 적어 둔 주소로 문의해 보니, 그 남자는 이미 죽은 후였다. 오월에. 첫 번째인 가토 후미에가 죽기 네 달이나 전의 일이었다.

음독 자살이었다고, 문의에 답해 준 상대는 말했다. 가즈코는 그 '손님'이 대학 연구실에서 일하고 있었다는 사실을 떠올렸다. 전공이 뭐였더라……. 뭔가, 의사와 비슷한 일을 하고 있었던 것 같은 기분이 든다.

가즈코는 그 '손님'에게 「정보 채널」을 보내 준 적이 있었다. 그것은 하시모토 노부히코가 비꼬는 웃음을 띠면서 그녀에게 '기념으로' 준 한 권이었다.

그 '손님'은 진저리가 날 정도로 순수한 남자였다. 학문에만 둘러 싸여 살아서 밀고 당기기도, 의미심장한 태도도, 전부 액면 그대로 받아들이는 남자였다. 많은 '손님'을 취급했지만, 독촉장의 액면을 보고도 여전히 가즈코가 장사를 하고 있었다는 사실을 깨닫지 못한 사람은 그 남자뿐이었다.

"당신 바보 아니야?" 그가 전화를 걸었을 때, 그렇게 말해 주었다. "아직도 정신을 못 차렸어? 그건 연극이야. 전—부 연극. 난 당신 같은 사람한테 하나도 관심 없어."

상대방은 믿지 않았다. 맹목적으로 가즈코를 쫓기를 멈추지 않았다. 그것도 원망해서 그런 게 아니라 그녀를 좋아하고 있었기 때문이었다.

그래서 「정보 채널」을 보내 주었다. 그녀가 그 같은 '손님'을 사실은 어떻게 생각하고 있는지 알려 주기 위해.

그 후로 그 '손님'—다자와 겐이치라고 했던가—은 일절 연락을 하지 않게 되었다. 자살했다니, 가즈코는 전혀 모르는 일이었다.

고등학생 정도 되는 남자애. 가즈코는 떠올리려고 했다. 다자와 겐이치에게는 동생이 있었을까?

"그 애, 느낌이 어떻던가요?"

그렇게 묻자, 빨간 앞치마를 두른 여자는 고개를 갸웃거렸다.

"어떻다니, 아무 데나 있을 법한 애였어요. 머리카락을 파마한 것도 아니고, 입은 옷도 눈에 띄는 건 아니었고, 불량학생은 아닌 것 같더군요."

"하시모토 씨를 닮았나요?"

"전혀. 귀여운 얼굴이었어요."

같은 시각, 당사자인 구사카 마모루는 이미 전철을 타고 돌아가는 중이었다. 가즈코가 십 분만 더 일찍 역에 내렸다면, 반대쪽 플랫폼에 서 있던 그가 가즈코의 얼굴을 발견하고 달려왔을지도 모른다.

"저기요, 당신, 하시모토 씨의 친척이랑 연락 안 돼요?"

빨간 앞치마를 두른 여자가 말했다.

"손해 배상을 받고 싶어서 그래요. 정말 난처하다니까."

"돈으로 해결이 되는 문제라면 행복한 거예요."

가즈코는 대답하고, 그 자리를 떠났다.

아파트로 돌아가서 재빨리 짐을 정리하고, 집주인에게도 알리지 않은 채 주위에 보는 눈이 없는지 확인하며 밖으로 뛰쳐나갔다. 우선 어딘가 멀리 떨어진 곳에서 살자. 주말 맨션이라도 빌리면 된다.

그러면 아무도 그녀를 찾아낼 수 없을 것이다. 한동안은.

3

시간을 잊기 위해, 마모루는 온갖 일을 했다.

녹초가 될 때까지 장거리 달리기를 했다. 방문을 잠그고 자물쇠 따는 도구를 전부 닦았다. 누님과 미야시타 요이치에게 전화를 걸었다. 다카노가 입원해 있는 병원에 연락해서 회복 상태를 물었다. 외출했던 마키가 일곱 시쯤 돌아왔기 때문에, 그녀가 보고 왔다는 신작 영화를 화제로 수다를 떨었다.

"중간에 잠들어 버렸어." 마키는 자백했다. "그래서 액션 영화가 좋다고 했는데, 같이 간 사람들이 전부 역사 드라마를 보고 싶어 하잖아. 다수결에 졌지, 뭐."

"매일 밤늦게까지 놀러 다니니까 그렇지."

요리코가 이때라는 듯이 끼어들었다. 마키는 혀를 쏙 내밀었다.

"망년회 시즌이잖아요."

마키는 태연하게 말했지만, 그것뿐만이 아니라 반쯤 자포자기해서 술을 마시고 다닌다는 사실을 마모루는 알고 있었다.

다이조의 사고는, 마키와 연인인 마에카와 사이에 심각한 그림자를 드리운 것 같았다. 그녀가 밤중에 울면서 전화하고 있는 것을, 마모루는 몇 번이나 들었다. 매일 자정을 넘겨 들어오면서도 그녀가 늘 혼자서 돌아온다는 것도, 가족에게 털어놓고 위로받고 싶어 하지 않는다는 것도, 좋지 않은 경향이었다.

"하지만 진짜, 요즘 좀 지나쳤어. 어제는, 지금 생각해 봐도 어디에 있었는지 잘 기억나지 않는 시간이 있단 말이야. 꽤 취했었나 봐."

"잘한다. 덮쳐 달라고 선전하는 거나 마찬가지잖아."

"어머, 괜찮아요. 엄마가 생각하는 위험한 사건은, 구십 퍼센트까지는 얼굴을 아는 사람과의 사이에서 일어난대요. 난 택시를 타려고 혼자서 돌아다니고 있었으니까 오히려 안전했던 거예요."

"그게 웬 말도 안 되는 억지야?"

두 사람의 대화를 듣는 동안에도 마모루의 눈은 걸핏하면 시계로 향하고 있었다. 머리는 텅 비고, 시계 바늘은 지뢰밭을 기어다니는 병

사처럼 천천히 움직이는 듯했다.

"마모루, 아까부터 계속 시계만 노려보네."

마키가 그렇게 말한 것은, 일요일 밤의 간단한 저녁 식사가 끝난 후였다. 곧 여덟 시가 된다.

"그런가?"

"그래. 무슨 약속이라도 있어?"

"시계, 좀 느리지 않아?"

다이조가 대답했다. "그렇지는 않을 게다. 오늘 태엽을 감아서 맞췄거든."

아사노네 식당에는 벽시계가 하나 있다. 골동품상이 기뻐 날뛰며 가져가고 싶어 할 만큼 오래된 수동식 시계로, 다이조와 요리코의 결혼 축하 선물로 친척이 준 것이다.

지금까지 몇 번 지진도 당하고, 거는 장소도 바뀌었지만, 한 번도 움직임이 멈춘 적은 없었다. 일주일에 한 번 다이조가 태엽을 감고, 가끔 기름을 친다. 그것만으로도, 언제나 집 안에 울려 퍼지는 좋은 소리로 정확한 시간을 알려 주고 있다.

그 벽시계조차 지금의 마모루에게는 시한폭탄으로 보였다.

여덟 시 반이 되자 마모루는 자신의 방에 틀어박혔다. 혼자가 되어, 누구도 곁에 없으면 아무 일도 일어나지 않을지 모른다—매달리듯이 그렇게 생각하며 불을 끈 방에 앉아 있었다.

침대 옆에 있는 디지털시계를 노려보았다.

여덟 시 사십 분이 되었을 때, 문을 노크하는 소리가 났다.

"나야, 잠깐 들어가도 돼?"

마키가 빠끔히 들여다본다. 들어오라고 대답하기도 전에, 그녀는 숨바꼭질을 하는 어린아이처럼 문을 빠져나오더니 손을 뒤로 돌려 문을 닫았다.

"왜 그래? 얼굴이 말이 아니네. 배라도 아파?" 마키는 고개를 갸웃거렸다.

쫓아낼 수도 없다. 마모루는 애매하게 웃으며 고개를 가로저었다.

"저기, 어떻게 생각해? 좋은 얘기지?"

"어떻게라니……. 뭐가?"

"뭐라니, 뻔하잖아. 아까 그 얘기 말이야. 이상하네, 못 들었어? 오늘 요시타케 씨가 우리 집에 찾아왔다고, 엄마가 얘기했잖아."

그러고 보니 그런 얘기가 나왔던 것 같은 기분도 든다. 마모루도 마키도 집에 없을 때, 요시타케 고이치가 '신일본상사'의 부하를 데리고 찾아와서…….

"난 좋은 얘기라고 생각하는데. 어쨌든 이제 택시 운전을 그만둘 거라면 새 직장을 찾아야 하잖아. 아버지 나이쯤 되면 구직도 힘들 테고. 모처럼 요시타케 씨가 그렇게 말해 줬으니까, 그냥 받아들이시면 좋을 텐데."

아무래도 요시타케 고이치가 다이조에게 취직을 제의한 모양이다.

"요시타케 씨가 왜?"

"그러니까, 그 사람으로서는 죗값을 치를 생각인 모양이야. 자기가 도망쳐 버리는 바람에 아버지가 괴로움을 맛보셨잖아. 그래서 보상을 하고 싶은 거지" 하며 웃는다.

"좀 생각할 시간을 달라고 대답하다니, 아버지도 엄마도 제정신이 아니야. '신일본상사'라면 월급도 많이 줄 텐데. 나도 설득해 볼 테니까 마모루 너도 슬쩍 얘기해 줄래? 둘이서 공동 전선을 펴자고."

그런 얘기를 하고 있는 동안, 사정없이 아홉 시가 다가온다. 마모루는 몸이 굳어지고 목이 말라 오는 것을 느꼈다.

가족 중—누굴까?

"그런 얘기지, 뭐. 응? 부탁해. 열심히 해 보자."

그런 말을 남기고 마키가 방을 나갔다. 마모루는 크게 숨을 내쉬고 가만히 시계를 바라보았다.

여덟 시 오십 분이 되었다.

"마모루, 빨래 좀 정리해라!" 아래층에서 요리코가 큰 소리로 부른다. "안 들리니? 마, 모, 루!"

여덟 시 오십오 분 삼십 초.

"어쩔 수 없네."

형식적인 노크에 이어, 요리코가 방으로 성큼성큼 들어왔다. 양손에 마른 빨래를 안고.

"이거야. 지금 아버지가 목욕하고 계시니까, 그 다음에 너도 들어가라. 불러 줄게."

그러더니 그녀도 고개를 갸웃거렸다. "왜 그래……? 몸이라도 안 좋아?"

마모루는 잠자코 격렬하게 고개를 저었다. 여덟 시 오십구 분.

"정말이야? 왠지 얼굴이 새파란데. 그러고 보니 너, 낮에도 전화로 뭔가 알 수 없는 말을 했었지."

마모루가 대답하지 않자, 요리코는 얼굴을 찌푸리고 방을 나갔다.

어깨 너머로 한번 돌아본다.

다음 순간, 디지털시계가 깜박이며 아홉 시를 나타냈다. 동시에 아래층에서 기둥 시계가 울리기 시작했다. 마모루는 양팔로 무릎을 꼭 껴안았다.

뎅―, 뎅―, 뎅―. 계속 울린다. 디지털은 깜박인다. 일 초, 이 초. 벽시계가 다 울리고, 아홉 시 십 초가 되었다.

십오 초가 되었다.

이십 초가 지났다.

삼십 초.

마모루의 방문이 천천히 열렸다. 마키가 다시 얼굴을 내밀었다.

그 눈은 마모루를 향하고 있었지만 아무것도 보고 있지 않았다. 초점은 백 미터 저편에 있다. 그리고 그녀는 단조롭게 말했다.

"꼬마야, 나는 하시모토 노부히코에게 전화를 걸었어. 그래서 그는 죽은 거야."

문이 탁 닫혔다.

굳어 있던 몸이 풀려 움직일 수 있게 되자 마모루는 복도로 뛰어나갔다. 마키의 방문을, 몸을 부딪칠 듯한 기세로 열었다. 그녀는 오디오 앞에 쪼그리고 앉아 있었다.

"꺅! 왜 그래?" 마키는 레코드를 손에 들고 펄쩍 뛰어올랐다.

"뭐야, 무슨 일?"

"마키 누나······. 지금 뭐라고 했어?"

"뭐라니―, 아까 그 얘기? 요시타케 씨 얘기 말이야?"

아무것도 기억하지 못한다.

"역시 이상해. 마모루, 너 무슨 일 있어?"

아니야, 신경 쓰지 마. 변명을 하며 방으로 돌아갔다. 침대 끝에 걸터앉아 양손으로 머리를 끌어안았다.

아래층에서 "마키, 너한테 전화 왔다!" 하고 외치는 요리코의 목소리가 들린다.

"누구한테 온 건데요?" 마키가 계단을 내려간다. 발소리도 가볍고, 무엇 하나 달라진 것은 없다.

지금의 마모루가 할 수 있는 일은 진심으로 두려워하는 것과, 어쩔 줄 몰라 하는 일뿐이었다.

4

그 후로 매일, 마모루는 악몽을 순환 제조하며 사는 거나 마찬가지였다. 손에 닿는 것 모두가 황금으로 바뀌어 버리는 바람에 부에 파묻혀 굶어 죽어야 했던 왕처럼, 누구에게도 가까이 가는 것을 피하며 지냈다.

막아야 한다. 자신의 힘만으로. 아무에게도 이야기하지 않고. 더 이상 다른 누군가를 끌어들일 수는 없다.

십이월도 중순에 이르러, 거리는 한층 활기를 띠었다. 상점가에는 조릿대가 장식되고, 역 앞에는 구세군의 나팔 소리가 흐른다. 매년 그렇듯이 마을 자치회의 야간 순찰이 시작되고, 잠들지 못하고 뒤척이는 마모루의 귀에 자신과는 인연이 없는 밝은 목소리들이 스쳐 지나간다.

"올해는 유일酉日이 세 번 있는 해라서 화재가 많아*."

요리코가 그렇게 말하며 마모루의 방에도 '불조심' 스티커를 붙이고 갔다. 그것은 마모루에게, 싫어도 하시모토 노부히코의 죽음을 떠올리게 했다. 녹은 캐비닛이 생각났다. 불탄 자리의 탄내 섞인 냄새가 생각났다.

며칠 동안 계속, 꿈속에서 가스가 새며 쉬익 하는 소리를 들었다. 꿈속에서는 자주 있는 일이지만 그곳은 마모루가 사는 이 집이기도 하고, 동시에 하시모토 노부히코의 집이기도 했다.

꿈속에서 하시모토의 검은 실루엣이 보인다. 그는 자고 있다. 그때 전화가 울린다. 호출음이 계속된다. 한 번, 두 번, 세 번. 받으면 안 돼, 하고 마모루는 외친다. 하지만 하시모토는 일어나서 전화를 받는다. 그리고 분명치 않은 폭음과 함께 창문으로 불꽃이 넘쳐난다.

늘 거기에서 잠이 깬다. 땀에 흠뻑 젖어, 폭발의 충격을 피하려는 듯이 몸을 웅크리고.

누군가에게 고백하면 어떨까. 전부 다 얘기해 버리면 어떨까. 상대는 그냥 웃어넘겨 줄지도 모른다. 피곤해서 그런 거야, 하며. 어쩌면 마모루도 같이 웃을 수 있을지 모른다.

---

* 유일은 12일마다 돌아온다. 11월 1일부터 6일 사이에 유일이 있는 해에는 11월에 유일이 세 번 돌아오게 되는데, 일본에는 11월에 유일이 세 번 있는 해에 화재가 많다는 통설이 있다.

하지만 그 후로 며칠이 지나면 상대방은 죽고 말 것이다. 빌딩 옥상에서 뛰어내려서. 폭주하는 차 앞에 몸을 던져서. 그리고 전화가 걸려오고, 낮은 목소리가 이렇게 말하겠지.

"꼬마야, 넌 약속을 깼지……."

아무에게도 이야기할 수 없다.

이야기하지 않기 위해, 최소한의 필요한 말밖에 하지 않게 되었다.

마키는, 요즘 마모루는 좀 비뚤어진 것 같아, 하며 토라진다. 미야시타 요이치는 말을 걸고 싶은 듯이 바로 옆까지 왔다가 포기하고 가버린다. 누님은 걱정을 뛰어넘어 화를 내고 있다. '로렐'에서는 연말 매출 때문에 살인적으로 바쁜 것을 구실 삼아, 가까스로 퇴원한 다카노하고도 말을 하지 않았다.

처음 방문한 지 일주일 후에, 요시타케 고이치가 다시 아사노네를 찾아왔다. 다이조의 대답을 듣기 위해서다.

그의 제안을 받아들이느냐 마느냐에 대해서, 다이조와 요리코는 그때까지 몇 번이나 얘기를 나누었다. 때로는 아이들도 함께 상당히 깊은 대화를 나누었다. 앞으로의 생활. 다이조의 나이에는 재취직 자리를 찾기 어렵다는 것.

그 결과, 다이조는 요시타케의 제안을 받아들이기로 결정했다. 새 취직자리는 '신일본상사'가 최근 시작한 가구나 인테리어 용품의 렌탈 사업으로, 다이조는 주문 전표에 따라 배송용 트럭에 짐을 싣는 일을 하게 된다.

그 결정을 알리자 요시타케는 몹시 기뻐했다.

이번에는 요시타케 혼자서, 일을 마치고 돌아가는 길에 들렀다고 했다. 살그머니 현관 앞을 내다보러 간 마키가 역시 좋은 차를 타고 다닌다고 감탄하며 돌아왔다.

"수입 차?"

"아니. 요시타케 씨는 속물이 아니야. 어디선가 에세이에 쓴 적이 있어. 세상에는, 한 나라가 다른 나라를 향해 가슴을 펴고 자랑스럽게 제공할 수 있을 정도로 멋진 물건들이 많이 있다. 일본의 승용차도 그중 하나다. 그래서 나는 국산 차만 탄다, 고 말이야."

처음 만나는 요시타케 고이치의 실물은, 마모루의 눈에는 그때까지 잡지 같은 데서 보던 사진보다 훨씬 젊고 건강하게 보였다. 골프를 치느라 피부가 고르게 볕에 그을려 있고, 그 피부색이 와이셔츠나 양복의 색깔과 잘 어울린다.

목격 증언을 하는 바람에 그가 귀찮은 입장에 놓인 것도, 그걸 비웃는 사람들이 많다는 것도, 아사노 집안 전원이 알고 있었다. 특히 마모루와 마키는 다이조가 "제 딸 마키와 아들 마모루입니다" 하고 소개했을 때, 어떤 얼굴을 하면 좋을지 당혹스러움을 감추지 못했다.

그러나 요시타케 본인은 그런 것 따윈 전혀 개의치 않는 것처럼 보였다.

"어떤 걸 내놓으면 좋지? 입에 안 맞으면 어쩌니?" 하고 요리코가 고민하면서 내놓은 가정 요리를 칭찬하고, 다이조의 취직을 기뻐하고, 마키의 리드에 분위기를 맞춰 주고, 해외 출장 때의 에피소드에서부터 인테리어의 유행 동향, 최신 패션 정보까지 전부 얘기해도 풍부한 화제는 떨어지는 일이 없었다.

그가 처음으로 소더비의 경매에 참가해, 청조 말기에 서태후가 자금성에서 애용했다는 길고 아름다운 담뱃대를 낙찰했을 때의 이야기에는, 마키가 몸을 내밀었다. 다이조의 사고 이후 그녀는 오래간만에 무척 즐거워 보였다.

"서태후는 굉장히 사치를 좋아하는 왕비였죠?"

"그렇다고들 하지요. 어떤 의미로는 그녀가 청조를 멸망시켰는지도 모릅니다. 이천 벌이나 되는 옷을 가지고 있었다더군요. 아가씨는 〈마지막 황제〉라는 영화, 보셨나요?"

"네, 봤어요. 멋있었죠."

보기는 했지만, 그녀는 두 시간이 넘는 긴 상영 시간 대부분을 반쯤 졸면서 보냈다. 같이 갔던 마모루는 똑똑히 기억하고 있었지만 잠자코 있었다.

즐거운 듯이 이야기하는 요시타케를 보는 동안, 마모루는 아무래도 전에 그와 어디선가 만난 적이 있는 것 같은 기분이 들었다. 어디였을까?

화장실에 가는 척하면서 밖에 세워져 있는 요시타케의 차를 보러 갔을 때, 간신히 생각났다. 은회색 차체.

스가노 요코의 집에 숨어 들어간 날 밤, 현장의 사거리에 서 있던 차다.

요시타케는 돌아갈 때, "나오지 마십시오" 하며 현관 앞에서 인사를 마쳤다. 다이조와 가족들이 집으로 들어가자 마모루는 살그머니 밖으로 나갔다.

그는 주머니에 손을 넣어 차 열쇠를 찾고 있었다. 아무리 유능한 실업가라도 운전하는 사람은 모두 마찬가지다.

요시타케는 마모루를 알아차렸다.

"여어, 늦게까지 눌러앉아 있어서 미안했다. 뭐 잊어버린 거라도 있니?" 하며 흠잡을 데 없는 영업용 미소를 띠었다.

"이상한 걸 좀 여쭤 봐도 될까요?"

"뭐지?"

"요시타케 씨, 이 차로 현장인 사거리에 가신 적이 있죠. 사고가 있었던 주의 일요일, 오전 두 시나 두 시 반쯤."

요시타케는 마모루를 물끄러미 마주 보았다. 이윽고 눈이 온화해지고 눈가에 웃음으로 인한 주름이 생겼다.

"난처하군, 어떻게 알았지?"

"봤어요. 저는 밤중에 달리기를 하는 습관이 있는데, 사고 후에 아무래도 신경이 쓰여서 현장 근처까지 달려간 적이 있거든요."

"그랬니?" 요시타케는 가슴 주머니에서 담배를 꺼내 불을 붙였다.

"그 담배도. 향이 좋네요. 약간 독특하지만."

요시타케는 가볍게 웃었다. "앞으로 은밀한 행위를 할 때는 아주 주의해야겠다."

담배 연기가 피어오른다.

"감사 인사를 드리고 싶었어요." 마모루는 말했다. "여러 가지……사정이 있었는데도, 증인으로 나서 주신 것에 대해서."

"일부 매스컴에서 크게 떠들어 댔으니까 알고 있겠지. 그건 과장이었어. 내 개인적인 일이니까 걱정해 주지 않아도 돼. 이혼은 하지 않을 거고 부사장을 그만두는 일도 없을 테니까. 아무리 데릴사위라지만, 나도 완전히 무능하지는 않은데 세상이 그렇게 생각해 주지는 않더구나. 이번 일로 잘 알았어. 더 열심히 해서 '신일본상사'는 내가 없으면 안 된다는 걸 어필해야겠다, 하고 의욕이 생기더라."

그의 밝은 얼굴에, 마모루는 안심했다. 요시타케는 웃음을 띤 채 말을 이었다.

"그보다, 나야말로 너나 네 누나에게 사과해야지. 도망쳐 버린 것. 증인으로 나서기까지 시간이 걸린 것. 망설였거든. 좀더 기다려 보면 다른 목격자가 나올지도 모른다—하고. 나도 참 패기 없는 놈이라니까."

"결국은 나서 주셨잖아요."

"당연한 일이야."

그렇게 말하고 나서 요시타케는 걱정스러운 듯한 얼굴을 했다. "최근에 좀 야위었지?"

마모루는 놀랐다. "제가요?"

"응. 아까는 네가 놀라게 했으니까 이번에는 내가 널 놀라게 할 차례구나. 증인으로 나서기 전에 이 근처까지 와 본 적이 있었어. 경찰보다 먼저 직접 아사노 씨의 가족을 만나서 얘기를 해 보면 어떨까 생각했거든. 결국은 그렇게 하지 않고 돌아가 버렸지만, 그때 널 봤단다."

마모루는 기억을 더듬어 보았다.

"그때도 이 차로요?"

"그래."

생각났다.

"제방 밑에 세워져 있던?"

요시타케는 고개를 끄덕였다. "넌 달리기를 하고 있었어. 그때와 비교하면 뺨이 홀쭉해졌구나."

"그런가요?"

그럴지도 모른다고 생각했다. '누군가'의 출현 이후, 마음이 편할 날이 없었으니까.

요시타케는 천천히 말했다. "이번 일은 불행한 사건이었어. 하지만 그게 계기가 되어서 이렇게 너희들과 알게 된 것을, 나는 아주 기쁘게 생각해. 우리 부부에게는 자식이 없거든."

요시타케는 미소를 띠었다. 따뜻한 손으로 마음을 어루만지는 듯한, 그런 웃음이었다.

"너나 네 누나와 알게 되어서 아주 기쁘단다. 무슨 어려운 일이 있으면 사양 말고 말해 줘. 내 힘으로 할 수 있는 일이라면 뭐든지 해 주고 싶구나."

"고맙습니다. 전부 다요."

요시타케는 마모루의 눈을 똑바로 보며 말했다.

"나는 네 아버지에게 보상을 해야만 했어. 그러니까, 해야 할 일을 하고 있을 뿐이야."

이런 생활이 매일 계속되는 동안, 마모루도 문득 자신의 입장을 잊어버릴 때가 있었다. '누군가'는 두 번 다시 접촉해 오지 않는 게 아닐까. 그런 일은 이제 끝난 게 아닐까. 무서워할 것은 이제 아무것도 없는 게 아닐까.

하지만 다음 순간에는 생각을 바꾼다. '누군가'의 말을 떠올린다.

── 네 번째 때는 반드시 네게 연락하지.

그건 거짓말이 아니다.

신문이나 뉴스에서 '다카기 가즈코'라는 여성이 사망했다는 보도는 나오지 않았다. '누군가'는 정말로 시기를 기다리고 있다. 그 말은 신용해도 된다고 생각하게 되었다.

'누군가'의 말대로, 다카기 가즈코를 찾을 길은 마모루에게는 없었다. 도쿄 시내의 전화번호부에서 우선 다카기 가즈코를, 다음으로 '다카기'라는 이름을 찾아, 천분의 일의 확률에 의지해 순서대로 전화해 본 적도 있다. 하지만 해당하는 '다카기 가즈코'는 발견하지 못했고, 그녀가 도쿄 시외나 근교에 살고 있다면 혹시 가명을 쓰고 있다면 아무 소용도 없다는 걸 생각하고 그만두었다. 목이 칼칼하게 말랐다.

기다릴 수밖에 없다. 하지만 그때가 오면 반드시 저지할 것이다. 다카기 가즈코는 죽게 하지 않겠다. 그것만을 마음속에 똑똑히 새기고 있었다.

그렇지만 왜일까. 왜 '누군가'는 마모루에게 연락했을까. 무슨 이야기를 하고 싶다는 걸까. 나와 너 사이에는 분명히 공통점이 있을 거야, 라는 말의 뜻은 대체 무엇일까.

때가 오면 얘기해 줄게. '누군가'는 그렇게 말했다. 지금은 그걸 기다릴 수밖에 없다. 용기가 깎여 나가지 않도록, 조용히 이를 악물고.

어느 날 밤, 달리기를 하고 돌아와 보니 낯선 차가 집 앞에 서 있었다. 조수석 문이 열리고 마키가 내렸다. 운전석의 남자가 말을 걸고 있었지만 마키는 돌아보지도 않았다.

남자가 차에서 내려, 앞을 돌아서 마키의 팔을 잡았다. 그 이상의 짓을 할 것 같으면 도와야겠다고 생각하던 찰나, 마키는 남자의 손을 뿌리치고는 몸을 돌려 상대방의 뺨을 때렸다.

 집으로 뛰어 들어가 현관문을 굳게 닫는다. 마모루는 멍하니 서 있는 남자를 지나쳐 집으로 들어갔다.

 마키는 울고 있지 않았다. 오히려 시원한 얼굴이었다.

 "멋진데." 마모루가 말하자 그녀는 소리 내어 웃었다. 조금도 히스테릭하지 않았다.

 "저 사람이 마에카와 씨지?"

 "그래. 그 사람, 아버지의 사고가 일어난 순간 태도가 이상해졌거든……. 엘리트니까, 아버지가 형무소에 들어가 있는 여자랑 사귈 수는 없다고 생각했겠지."

 "이모부는 안 그러실 거야."

 사야마 변호사의 노력과 지금까지 다이조가 운전수로서 쌓아온 실적, 그리고 합의가 이루어진 덕분에, 다이조의 처분은 아무래도 약식 청구로 처리될 것 같았다. 그렇다면 벌금형으로 끝난다.

 "그렇지. 나, 그 덕에 저 사람의 본성을 본 것 같은 기분이 들었어. 그런데도 좀처럼 떨쳐 내지 못하고 있었던 거야. 혹시나 하고. 하지만 이제 알았어. 난 이제 마에카와 씨를 좋아하지 않아. 그저, '아사노 씨, 차였군요'라는 말을 듣는 게 화가 났을 뿐이라는 걸. 난 지금까지 콧대가 높았으니까. 마에카와 씨는 회사 여직원들에게 엄청 인기가 많거든."

 나도 참 허영이 심하지, 바보 같아. 마키는 명랑하게 웃었다.

"더 좋은 사람이 생길 거야."

"응. 이번에는 평판에 흔들리지 않는 남자로 할 거야."

"절대로 평판에 흔들리지 않는 사람을 한 명 아는데."

"어머, 그럼 조만간 소개해 줄래?"

하지만 마모루와 다카노는, 어딘지 모르게 서먹한 상태가 이어지고 있었다. 원인이 마모루 쪽에 있음은 분명하고, 변명의 여지는 없다. 다만, 다카노가 의지할 수 있는 상대인 만큼 더 무서웠다. 다른 누구에게보다도, '누군가'에 대해서 고백해 버릴 것 같은 기분이 들었다. 그걸 피하기 위해 떨어져 있자고 마음먹었다.

그런데 섣달 그믐날을 하루 앞둔 어느 날 밤, 다카노가 마모루를 찾아왔다.

5

"연말이라 바쁠 텐데 갑자기 찾아와서 미안해."

다카노는 완전히 회복되어 있었다. 깁스도 풀었고, 간편한 스웨터 위로는 붕대를 감고 있는 기색도 느껴지지 않을 정도가 되었다.

"이제 완전히 좋아지셨네요. 다행이에요, 팬 클럽 사람들도 안심하고 있어요."

"팬 클럽?"

실례합니다, 하는 목소리와 함께 마키가 얼굴을 내밀었다. 미끄러지는 듯한 손놀림으로 커피잔을 내밀고는 접수계 아가씨의 필살기인 미소를 던지며 조용히 물러간다.

"여기도 한 명 늘어난 모양인데요." 마모루는 웃었다. "각오하셔야 할 거예요. 우리 누나는 만만치 않거든요."

둘이서 한동안 두서없는 이야기를 나누었다. 다카노가 왜 찾아왔는지, 그 이유를 마모루는 알고 있었다. 알고 있는 만큼 입 밖에 내서 말할 수 없었다.

"실은 말이지," 커피잔이 빌 무렵이 되어서야 다카노는 말했다.

"요즘 마모루 네 태도가 아무래도 이상해서, 어떤지 좀 보러 온 거야. 매장에서는 느긋하게 얘기도 못 하잖아. 전화를 걸어도—야, 업무상 연락이라도 그것보단 붙임성이 있겠다."

"죄송해요."

사과할 수밖에 없었다. 기분 상해하는 게 아니라, 걱정해 주는 만큼 더 괴로웠다.

"무슨 일 있는 건 아니지?"

"전혀요. 걱정 끼쳐서 죄송합니다."

거짓말이 얼굴에 드러나지 않았는지, 거울을 보고 싶어졌다.

"안심했어. 속이 시원하다. 그럼, 사양 않고 네 의견을 물어볼 수 있겠군."

"제 의견이요?"

"응. 순서대로 설명하자면, 투신자살 소동을 일으킨 여자애랑 관련이 있는 일이야. 나도 꽤 머리를 짜내 보긴 했지만 지금은 완벽하게 꽉 막힌 상태라서."

마모루는 다카노가 병원에서도 그 여자애에 대해 이야기했던 것을 떠올렸다.

"그 애, 우등생이라고 했죠. 그런 소동을 일으킬 타입이 아니라고."

"그렇다니까. 그래서 아무래도 신경이 쓰여. 소동이 일어났을 때 어머니가 취한 태도도 마음에 걸리는 데가 있었고. 그래서 사정을 좀 자세히 조사해 봤더니……."

다카노는 갑자기 정색하는 어투가 되었다. "클렙토마니kleptomanie라는 거 알아?"

"그게 뭐예요?"

"심리학 용어로 '병적 도벽'이라는 뜻이야. 특별히 경제적 이유가 있는 것도 아닌데, 물건을 훔치고 싶다는 충동에 사로잡혀서 절도나 도둑질을 계속하지. 강박신경증의 일종이야."

공립 고등학교의 이수 과정에 심리학은 아직 들어 있지 않다. 마모루는 "네에" 하고 대답했다.

"그러니까 그—그 애가 그거였다는 건가요?"

"응. 본인도 부모도 몹시 고민하고 있어. 전문의에게 치료를 받으러 다니고 있대."

"안됐네요."

무서워, 무서워, 무서워—그 애가 두려워하고 있던 것은 이성으로 제어할 수 없는 자신 안의 충동이었던 걸까.

"또 한 가지, 나랑 마키노 씨에게 엄청난 일을 저지른 그 가키야마라는 남자 말이야."

"그 후로 별다른 말은 듣지 못했지만, 역시 각성제 중독이었죠?"

다카노는 고개를 저었다. "확실히 그런 전과는 있어. 하지만 그 사건을 일으켰을 때는, 그는 깨끗했어. 경찰에서 한 혈액 검사에서도 결과는 음성이었대."

"흐음……. 하지만 한번 각성제에 중독되면 약을 끊은 후에도 환각을 보거나 착란을 일으킬 때가 있다고 어디선가 읽은 적이 있는데."

"플래시백이라는 거지. 응. 경찰에서도 그렇게 보고 있어."

"경찰은 그렇죠. 다카노 씨의 그 얼굴은, 납득이 가지 않는다는 얼굴인데요."

다카노는 턱을 가볍게 두드리고 있다. 그러다가 이윽고 시선을 들더니 말했다.

"이 두 가지 사건은 겨우 열흘 안팎으로 일어났어. 이렇게 단기간에, 지금까지 없었던 사건이 두 가지나 일어나다니 어딘가 이상하지 않아?"

"우연 아닐까요? 원인은 각각 다르잖아요."

"그렇게 생각해? 하지만 이런 일이 일어나기 시작한 건, 우리가 광고 아카데미와 계약한 후부터야."

"광고 아카데미?"

"왜, 비디오 디스플레이가 들어왔잖아? 그게 그거야."

마모루는 스크린의 틀에 들어가 있던 로고 마크를 떠올렸다. 그때 어디선가 본 적이 있다고 생각했었다.

"정식으로는 앞머리에 마케팅이라는 말이 붙지만, 그냥 '광고 아카데미'라고만 해도 통해. 우리 같은 대형 소매업자나 패스트푸드, 패밀리 레스토랑 회사들을 고객으로 부쩍 성장하고 있는 회사야."

"광고 대리점인가요?"

"그건 아니야. 좀더 수상쩍지. 판매 촉진을 위한 어드바이스・인재 육성・시장 조사, 그 외의 일도 합니다. 회사의 선전 팸플릿을 읽어 본 적이 있는데, 약장수 말투 같은 느낌을 받았어. 다만, 그곳과 계약한 기업의 업적이 신장되고 있는 건 틀림없어. 그래서 우리도 계약한 건데……."

"아하. 나쁜 소문이 있군요? 뇌물이라든가 리베이트라든가?"

다카노는 쓴웃음을 지었다. "아니, 그렇진 않아. 거긴 그런 거라면 상식인 업계지."

광고 아카데미를 따라다니는 나쁜 소문은, 어떤 의미로는 좀더 과학적인 것이었다.

"나한테 이 얘기를 해 준 건 대규모 기업 연구소에서 일하고 있는 대학 선배인데, 그의 말로는 광고 아카데미는 과거에 어떤 백화점에서 새로 개발된 아주 가벼운 흥분제를 사용한 적이 있대. 마시거나 피하에 주사하지 않아도 호흡에 의해 혈액으로 들어가지. 그걸 에어컨 시설과 연동시킨 장치를 통해 가게 안에 살포했던 모양이야. 물론 비밀리에 한 일이니까 증거는 없지만 정보의 신뢰도는 높다고 했었어."

"흥분제 같은 걸 뿌려서 어쩌려고요? 손님에게 달리기라도 시키나요?"

"구매 욕구를 부추기는 거야."

마모루는 입을 딱 벌렸다.

"그 왜, '충동구매'라는 말이 있잖아? 별로 필요하지도 않은 물건을, 사치품을 사 버리고 나서 나중에 후회하는. 소비자가 왜 그런 심리 상태가 되는지를 조사해서 인위적으로 그렇게 만들면 내버려둬도 상품은 팔리지."

"그야 뭐……. 바겐세일 매장에서는 손님들이 굉장히 흥분하긴 하죠."

"그렇지? 우리도 바겐세일 때는 빠른 템포의 음악을 내보내. 그것과는 반대로, 귀금속이나 가구 같은 고급품 매장에서는 차분한 곡을 틀지. 손님이 마구 걸어가서 지나쳐 버리면 곤란하니까. 컨트롤을 하고 있다는 말이지. 광고 아카데미는 그걸 좀더 규명해서 실천하고 있는 거야."

"어쩐지 기분 나쁜 얘기네요."

"응. 이게 패스트푸드나 레스토랑이라면 또 얘기가 달라져. 본래 공복을 느끼는 건 위나 장이 아니야. 뇌지. 뇌 속에 식욕을 관장하는 부위가 있어서, 배가 고프니까 먹어라 배가 부르니까 그만 먹어라, 하고 지령을 내리는 거야. 만일 약물이나 저주파나 음악을 사용해서 뇌를 제어하면, 별로 배가 고프지도 않은데 공복감을 느끼게 할 수 있지. 그럼 어떻게 될 것 같아?"

"실제로는 위가 꽉 차 있어도 먹으려고 하는 기분이 든다—?"

"그렇지. 그 결과, 매상은 확 오르지. 한때, 최면 요법으로 다이어트를 할 수 있다는 얘기가 화제가 된 적이 있는데, 효과가 반대일 뿐이지 원리는 같은 거야."

"다카노 씨가 하고 싶은 말은," 마모루는 머리를 정리하면서 천천히 말했다.

"광고 아카데미가 우리 가게에서도 그거랑 비슷한 짓을 하고 있다는 거죠?"

"틀림없다고 생각해."

"그것과 그 두 사람이 어떻게 연결되는 건데요?"

"두 사람은 부작용이야."

다카노는 단호하게 말했다.

"부작용에 당한 거야. 예를 들면 일반에 널리 보급되어 있는 약도 그렇잖아. 이런 말을 하고 있는 나도 쇼크 증상을 일으켜서 페니실린을 못 써. 주방용 세제도, 손이 거칠어져서 못 쓰는 사람이 있지. 맞지 않는 거야. 광고 아카데미가 개발하고 있는 판매 촉진의 새로운 수단에도, 적응하지 못하는 사람이 있다 해도 이상하지 않지."

게다가 두 사람에게는 공통점이 있어. 다카노는 손가락 두 개를 세우며 말을 이었다.

"두 사람 다 약을 복용하고 있다—또는 복용한 경험이 있다는 거야. 그 여자애는 주기적으로 돌아오는 우울증 상태일 때, 의사가 처방해 주는 정신 안정제를 먹고 있었대. 가키야마는 각성제. 플래시백이라는 건 말이지, 맥주 한 잔이나 감기약을 먹고도 그게 방아쇠가 되어서 일어날 때가 있다는 거야."

일이 커졌다.

"그럼 광고 아카데미가 우리 가게에서도 구매 의욕을 부추기기 위해 그런 흥분제를 쓰고 있고, 그것과 그 두 사람이 복용한 약이 뒤섞여서 그런 착란 상태를 일으켰다—그렇게 생각하시는 거군요."

"그래. 처음에는. 하지만 거기서 딱 막혔어."

다카노는 분한 듯이 한숨을 쉬었다.

"우리 빌딩을 관리하고 있는 사람들에게 슬쩍 물어봤지만, 최근 설비에 손을 댄 기색은 없더라구. 흥분제를 뿌리려면 꽤나 대규모의 장치를 들이지 않고서는 불가능할 거야. 그냥 무턱대고 뿌리기만 하면 되는 게 아니니까. 게다가 그 가키야마 말이야. 그는 경찰에서 한 검사에서는 클린이었어. 각성제 자체도 그렇지만, 어떤 약물도 나오지 않았단 말이지. 경찰의 검사에서 검출하지 못할 정도의 약물을, 광고 아카데미에서 극비로 개발했다고는 나도 생각할 수 없어."

"출발점으로 되돌아왔군요."

"그래. 그래서 말인데……."

또 노크 소리가 났다. 마키가 불쑥 얼굴을 내민다.

"얘기가 한창인가 보네요. 커피 한 잔 더 드릴까요?"

그리고 케이크랑요, 하며 치즈 케이크를 담은 접시가 나왔다.

"급하게 만들어서 어떨지 모르겠네요. 단 거 싫어하시나요?"

누나, 완벽하게 회복되었구나. 마모루는 서둘러 접대하는 마키를 곁눈질하며 생각했다. 뭐, 잘된 일이지.

"광고 아카데미가 어떻게 됐나요?"

그녀는 아예 자리를 잡고 앉아서 말을 꺼냈다.

"예?"

"아니, 광고 아카데미 얘기를 하고 계셨잖아요? 언뜻 들었어요. 저, 그 회사 때문에 엄청난 일을 당한 적이 있거든요."

다카노는 흥미가 생긴 얼굴을 했다.

"어떤 일인가요?"

"아, 알았다."

마모루는 끼어들었다. 방해를 할 생각은 없었지만, 마키의 말을 듣고 생각난 것이다.

"그 시사회 말이지?"

마키는 슬쩍 마모루를 견제하고 나서 대화의 주도권을 되찾았다.

"맞아요. 광고 아카데미와 화장품 회사가 스폰서를 맡았던 영화 시사회였어요. 영화 자체는 그럭저럭 괜찮았지만, 끝나고 나니까 홀에는 그 화장품 회사의 신제품 판매장이 생겨 있더라고요. 전 필요도 없는 물건을 산더미처럼 사 버렸어요. 집에 돌아와서 얼마나 후회를 했는지. 하지만 버리기도 아깝잖아요."

"그렇군요."

마키는 기운이 넘쳤다. "그래서 별 수 없이 써 봤어요. 하지만 저한테는 전혀 맞지 않아서, 얼굴이 완전히 뒤집어졌다니까요. 정말이지, 그 후로는 그 회사의 시사회 초대장이 와도 무시하고 있어요."

"나한테 한 번 준 적이 있잖아."

그래서 로고가 기억났던 것이다.

"마모루, 넌 안 갔잖아."

"잊고 있었어. 하지만 누나, 그건 편견이야. 쓸데없이 돈을 쓴 건 누나의 책임이고, 광고 아카데미가 나쁜 건 아니잖아."

"분위기에 휩쓸렸단 말이야. 나도 평소에는 절대로 그런 짓 안 해. 화장품은 신중하게 고른다고."

그때, 다카노가 의외의 행동을 했다. 근처 불량배처럼 휘익 하고 휘파람을 분 것이다.

"놀랍군. 딱 들어맞아."

"뭐가 딱 들어맞아요?"

"마키 씨, 그건 그냥 분위기에 휩쓸린 게 아니에요. 서브리미널 광고에 걸려든 거죠."

마모루와 마키는 모호하게 얼굴을 마주 보았다. "서브마린?"

"아니, 서브리미널 광고. 식역하투사법識閾下投射法이라고도 하는데."

잠깐 생각하고 나더니, 다카노가 마모루에게 물었다. "현대용어사전 같은 거 없어?"

"있어요!"

마키는 날듯이 자기 방으로 돌아가, 전화번호부 같은 용어사전을 안고 왔다. 다카노가 필요한 페이지를 찾고 있는 동안 마모루는 소곤소곤 물었다.

"왜 누나가 이런 걸 갖고 있어? 믿어지지 않는데."

마키도 귓속말로 대답했다. "망년회 빙고 게임에서 당첨됐거든. 들고 오느라 얼마나 힘들었다고."

"있다."

다카노가 페이지를 펼쳐서 내밀었다. '광고·선전' 페이지였다.

【서브리미널 광고】

잠재의식에 호소하는 광고. 텔레비전 또는 극장의 스크린, 또는 라디오 등에 인지가 불가능한 속도 또는 음량으로 메시지를 내보내 구매 행위에 충분한 자극을 주려는 광고. 1957년에 미국의 J. 비케리와 프레콘 프로세스 앤드 이퀴프먼트 사社가 동시에 이 방식의 실험결과를 발표했다. 그에 따르면 삼천분의 일 초~이십분의 일 초로, 프로그

램이 진행중인 화면 위에 오 초마다 CM을 플래시시키는 방법으로 시청자가 보거나 의식하지는 못하지만 의식 밑에는 남는다. 이 결과 팝콘은 오십 퍼센트, 코카콜라는 삼십 퍼센트의 매상고 상승을 보았다고 한다. 그 후 FTC(연방통상위원회)는 윤리적인 문제점을 지적하여 금지 조치를 내렸다.

"그러니까 마키 씨는 영화를 보고 있는 동안 내내, 필름 사이에 끼워져 있던 화장품 CM도 같이 보고 있었던 셈이에요. 물론 전혀 의식하지 못하고 말이죠."

그렇군. 마모루도 간신히 이해가 갔다.

"〈형사 콜롬보〉 중에 '의식하의 영상'이라는 게 있었는데, 아마 이게 트릭이었을 거야."

"맞아. 그거야."

"너무하잖아. 불공평해."

"일본에서는 아직 실제 효과가 의심스럽다고 해서, 금지 조치를 내리지는 않았어요. 광고 아카데미라면 할 만한 짓이죠. 아까 딱 들어맞는다고 말한 건, 실은 나도 흥분제일 가능성이 사라진 후에는 이걸 생각하고 있었기 때문이야."

마모루도 무심코 큰 소리를 냈다. "그 비디오군요?"

"그래. 광고 아카데미가 거리낌 없이 우리 가게에 들여놓은 비디오 디스플레이 말이야."

바람이 지나가는 듯한 침묵이 흐른 후, 마키가 그녀답지 않게 신중하게 말했다.

"정말로 그럴까요? 실제 효과는 의심스럽다고, 방금 그렇게 말씀하셨잖아요?"

"네. 하지만 의심스럽다는 건, 뒤집어 보면 혹시 있을 수 있는 일인지도 모른다는 뜻이지요. 게다가 광고 아카데미는 우리들의 인식보다도 훨씬 앞을 달리고 있고, 서브리미널 효과를 확실하게 환기할 수 있는 노하우를 고안해 냈을지도 몰라요. 음향이나 색채나 영상뿐만이 아닌 다른 요소도 집어넣어서."

마모루는 자세를 고쳤다.

"당장 그만두게 해야겠네요. 또 그 두 사람과 같은 일이 일어난다면……."

그러나 이번에는 다카노가 천천히 고개를 가로젓는다.

"그런데 말이야, 내가 몇 가지 조사해 본 바로는, 서브리미널 광고에 의해 착란 상태가 일어났다는 예는 없어. 이론상으로도 있을 수 없는 일이야. 방법에 문제는 있다 해도, 보여 주는 건 그냥 CM일 뿐이니까."

맥이 빠진 느낌이었다. 아까 다카노가 꽉 막혔다고 한 건 이거였던 것이다.

"매상이 부자연스럽게 급상승하지는 않았나요?" 마키가 도움의 손길을 내밀었다.

"그러진 않았어요. 연말이니까 오르는 게 당연하죠. 예상하고 있던 상승률 그대로예요."

"비디오가 들어온 지 사십 일쯤 지났으니까……. 이제부터 시작일지도 몰라요."

"그렇다 해도 문제에는 변함이 없어. 아무리 매상을 올릴 수 있다 해도, 착란 상태를 일으키는 광고를 누가 좋다고 도입하겠어? 우리 회사의 높으신 분들도 그렇게까지 욕심에 눈이 멀지는 않았어."

다카노는 차가워진 커피를 마시고, 마모루는 팔짱을 끼며 벽에 기댔다.

"뭔가 이상한 일은 일어나지 않았나요?" 마키는 열심이었다. "예를 들어, 손님 중에 갑자기 붙임성이 좋아지는 사람이 생겼다거나."

"손님 중에? 점원이 아니라?"

"응. 엄청나게 상품을 칭찬한다거나. 어쩌면 그런 식으로 흥분 상태가 되는 장면이 들어가 있을지도 모르죠."

"무엇에 흥분하느냐는 사람에 따라 다르잖아. 돈에 흥분하는 사람도 있고, 우리 매장 사토 씨처럼 산이나 사막 사진을 보면 몸이 근질거리는 사람도 있어."

"마모루는 뭘 보면 흥분해?"

"그야 물론, 누나지."

마키는 손에 들고 있던 쟁반으로 마모루의 머리를 가볍게 때렸다. 다카노는 웃고 있다.

"아, 하지만," 마모루는 다시 때리려고 하는 마키를 피하면서 말했다. "한때, 분명히 흥분하던 사람이 있었어요. 마키노 씨."

다카노는 눈썹을 치켜올렸다.

"그 사람? 그는 자위대가 쿠데타를 일으켜도 콧노래를 부르면서 구경할 사람인데."

"떨어진 수류탄 파편을 기념으로 줍기도 할 테죠. 하지만 그때는 약간 흥분해 있었어요. 전과 8범의 절도 상습범을 붙잡았을 때 말이에요. 그 전에 여고생도 두 명 붙잡았잖아요? 굉장히 컨디션이 좋았어요."

다만―생각나기 시작했다. "그러고 나서 얼마 있다가 물어봤을 때는, 너무 한가해서 곤란할 정도라고 했었죠. 마키노 씨뿐만 아니라 다른 매장의 경비원들도. 절도가 줄어 있었거든요."

"다른 매장에서도?"

다카노는 되풀이해서 말하며, 벽의 한 부분을 바라보듯이 시선을 고정시켰다.

"절도가 줄었다고?"

"다카노 씨한테 데이터가 나오지 않았나요?"

"정확한 절도 피해액은, 정리해 보지 않으면 알 수 없어. 하지만······. 그렇군, 생각해 보니까 그래. 생각났어."

잠시 후, 마모루와 마키가 걱정스러운 얼굴로 바라보는 가운데 그 눈이 천천히 맑아져 갔다.

"그거야." 그는 내팽개치듯이 말했다. "절도야. 발상이 반대였던 거야. 광고 아카데미가 그 비디오를 이용해서 하는 일은, 매상을 올리는 게 아니라 절도에 의한 피해액을 줄이는 거였어."

서적 코너만 해도 연간 사백오십만 엔. 안자이 여사는 한탄하고 있었다. 일 년 중 한 달 이상은 공짜로 일하고 있다는 뜻이 된다며.

"하지만 그것만을 위해서 일부러 그렇게 대규모 장치를 들일까요? 경비원을 증원하는 편이 싸게 먹히고 빠르지 않나요?"

"잘 들어." 이번에는 다카노가 자세를 고쳤다. "생각해 봐. 비디오 디스플레이는 우선 첫 번째로 가게 안에서 장식품으로서의 역할을 하고 있어. 상품 정보도 내보낼 수 있고, 선전에도 사용할 수 있지. 거기에 절도 억제에 효과가 있는 샷을 넣어 봐. 일석이조지. 확실히 마모루 네 말대로, 절도 대책만을 위해서 그걸 도입한다면 본전도 못 건질 거야. 피해액을 손해로 보고 포기하는 게 더 빠르지. 하지만 서브리미널 샷을 이용해서 판매촉진을 하는 김에 절도를 억제할 수 있다면 어떨까? 간단한 일이지. 세공된 테이프를 손님에게 보여 주기만 하면 되니까. 게다가 능력에 개인 차가 있는 경비원에게 의존하는 것보다 훨씬 확실해."

그 녀석, 오늘은 솜씨가 엄청 나빴어.

마키노가 이상하다는 듯이 하던 말을, 마모루는 떠올리고 있었다. 묘하게 쭈뼛거리고 있었지.

"절도가 발견되어 붙잡히는 장면이나 경비원이 달려오는 장면을 비춘 샷을 내보내서 하의식下意識에 경고하는 거야. 그래서 범행도 줄고 발견되기 쉬워지는 거지. 꺼림칙한 짓을 하고 있다는 의식, 여기서 저질렀다간 틀림없이 붙잡힌다는 의식을 품게 하니까."

"그럼 그 두 사람은? 착란 상태가 된 것도 설명이 되나요?"

"그 두 사람에게는 약 외에도 공통점이 있어. 심리적으로 지극히 약한 부분을 가지고 있다는 점이야. 한쪽은 도벽 노이로제 환자, 다른 한쪽은 체포된 적이 있는 약물 중독자. 거기에 붙잡힌다, 붙잡힌다는 무의식의 경고와 부딪혔다고 생각해 봐. 그들의 머릿속에서 잠들어 있는 지뢰 위를 밟고 지나가는 거나 마찬가지잖아."

"왠지 소름이 끼치네요."

마키는 몸을 떠는 시늉을 했다. "인간이란 자신의 의사에 따라서만 행동하는 존재라고 생각했는데."

나는 타인을 뜻대로 조종할 수 있어. '누군가'의 목소리가 마모루의 귓속에 되살아났다. 못 믿을지도 모르겠지만, 할 수 있단 말이야.

"조사해 보죠." 마모루는 딱 잘라 말했다. "테이프는 로렐 안의 중앙 관리실에 있죠? 실물을 조사해 보는 게 제일 좋아요."

마모루는 손뼉으로 무릎을 두드렸다.

"그건 그래. 하지만 어떻게? 거기는 관계자 외 출입금지, 문은 굳게 잠겨 있어. 테이프가 들어 있는 캐비닛에도 자물쇠가 걸려 있고. 더욱 기쁜 일은, 나는 그중 어느 쪽 열쇠도 가지고 있지 않다는 거야."

왔다. 마모루는 남몰래 생각했다. 또 왔다. 이런 기회가. 어떻게 된 걸까, 대체.

뭔가 말하고 싶은 듯이 망설이고 있는 그의 기색을 느꼈는지, 마키가 일어섰다.

"자, 난 설거지나 해야겠다. 다카노 씨, 천천히 놀다 가세요."

그녀가 나가자, 다카노는 재촉하듯이 다시 마모루를 보았다.

도박이군. 마모루는 생각했다. 할아버지한테 배운 것은 아무한테도 이야기하지 않았다. 앞으로도 이야기할 생각은 없었다. 그것 없이, 다카노가 어디까지 자신을 믿어줄지가 문제다.

"다카노 씨, 전 아마 할 수 있을 거예요. 그 테이프를 가져올 수 있어요."

"네가?"

"네. 방법은 설명할 수 없고, 하고 싶지도 않지만요. 중요한 건 절

믿어 주시느냐 아니냐예요."

다카노는 꼼짝 않고 생각에 잠겨 있었다.

"그 여자애를 구했을 때, 출입계단을 통해서 옥상으로 나갔다, 문은 잠겨 있지 않았다—그렇게 말했었지."

그는 진지한 얼굴이었다.

"나중에 조사해 봤더니, 역시 그 문은 언제나 잠겨 있다는 걸 알았어. 그때처럼—말하자면 그런 거야?"

마모루는 고개를 끄덕였다.

그러고 나서 정확하게 이 분 동안, 다카노는 생각에 잠겨 있었다. 이윽고 그가 말했다.

"좋아. 순서가 어떻게 되지?"

6

결행은 다음 날, 섣달 그믐날 밤에 하게 되었다. 신년 영업은 3일부터 시작되니까 그만큼 조사에 여유가 생기기 때문이다.

매장에서 한 해가 끝난 것을 축하하는 박수로 간단한 마무리를 하고, 마모루는 먼저 퇴근하는 척하며 세면실에 숨었다. 삼십 분쯤 그대로 기다리다가 사람들의 목소리가 사라지고 경비원실과 비상등만을 남겨놓고 불이 전부 꺼지자, 주머니에서 꺼낸 펜라이트를 손에 들고 어두운 가게 안으로 발을 내딛었다.

낮 동안에 루트를 확인해 두었기 때문에 어둠 속에서도 당황하지는 않았다. 감시 카메라가 있는 위치에서는 첩보원처럼 자세를 낮추고 벽을 따라 걸었다. 가끔 휴대용 냄새 제거 스프레이를 뿌려서 가느다란 분말 속에 떠오르는 경보장치의 적외선 망을 확인하고, 걸리지 않도록 충분히 주의를 기울였다.

이런 모든 일들은 낮에 별다른 뜻 없는 얼굴을 하고 여기저기 걸어다니며 경비원에게 물어보거나, '로렐'과 계약이 되어 있는 경비 회사의 팸플릿을 보며 조사한 것이었다. 아무도 의심을 품지 않고 (경비원 중 한 명은 설비에 흥미를 가져 주는 사람이 적다며, 조금 기뻐하는 것 같아 보이기까지 했다), 지극히 협력적으로 가르쳐 주었다. 마모루는 주위 사람들이 그를 성실하게 평가하고 있다는 사실과, 어머니로부터 벌레 한 마리 못 죽일 것 같은 얌전한 얼굴을 물려받은 사실에 마음속으로 몰래 감사했다.

중앙 관리실의 문을 여는 건 식은 죽 먹기였다. 비밀번호로 잠그고 여는 버튼식 자물쇠로, 문손잡이 위에 1부터 12까지의 숫자와 ABC의 세 알파벳이 달린 버튼이 달려 있다.

몸을 굽혀 손잡이 아래쪽에서 펜라이트로 버튼을 비춰 본다. 열다섯 개 중 빛이 약간 둔한 게 다섯 개. 손의 지방이 묻었기 때문이다.

이번에는 다시 베이킹파우더가 나설 차례다. 다섯 개의 버튼 하나하나에, 립스틱을 바를 때 쓰는 붓으로 조심스럽게 하얀 가루를 바르자 다섯 개 중 네 개에 오늘 마지막으로 이 문을 잠근 사람의 지문이 또렷이 떠올랐다.

숫자가 세 개, 3과 7과 9. 그리고 알파벳 A다.

여기서 포켓용 컴퓨터를 꺼내 자물쇠의 커버를 벗기고 내부의 회로에 접속해서, 네 개의 버튼을 순서대로 눌러 주도록 짜여 있는 프로그램(이건 마모루가 만든 것도, 할아버지의 작품도 아니다. 컴퓨터 관련 잡지에 마니아의 작품으로 당당히 게재되어 있는 것이다)을 실행해 준다―일의 순서는 그 정도면 되지만, 순간 마모루는 깨달았다.

여기는 '로렐' 죠토점. 전국 통산으로는 제379호점이다.

그렇다면 남은 것은 A를 어디에 끼워 넣느냐다. 전부 합쳐서 네 가지 조합밖에 없다.

3A79였다. 퍽도 심사숙고한 비밀번호다.

안으로 들어가 보니, 그곳에서 기다리는 것은 테이프가 들어 있는 캐비닛이었다.

캐비닛. 기가 막혀서 말도 나오지 않는다는 건 이럴 때를 두고 하는 말이다. 다이얼식 콤비네이션 자물쇠. 금고라고 하는 편이 정확할 것이다. 이렇게 엄중하게 잠그는 걸 보면, 광고 아카데미에는 역시 꺼림칙한 데가 있는 거라고 생각했다.

마모루는 일을 시작하기 전에 좁은 방 안을 뒤져 보았다. 문의 비밀번호 방식으로 보아, 이곳 책임자는 별로 신중한 성격은 아니라고 짐작했기 때문이다. 서랍이나 전화기 뒤, 꽃병 속, 아니면 카펫 아래에 이 캐비닛의 비밀번호를 메모한 종이를 감춰 뒀을지도 모른다고 생각한 것이다.

예상은 빗나갔다. 감춰둔 게 아니라 메모해서 가지고 다니나 보다. 어쩔 수 없다, 시작하자.

우선 다이얼 자물쇠가 회전하는 안쪽 부분에, 가느다란 2B 연필을 갖다 댄다. 연필의 머리 부분은 마모루의 위치에서 보아 오른쪽에 오도록 한다. 그리고 그 끝에 하얀 종이를 붙인다. 지진계의 기록 용지와 바늘 같은 모양으로 만드는 것이다.

캐비닛의 차가운 표면에 오른쪽 귀를 대고 다이얼을 돌리기 시작한다. 다이얼 안쪽에는, 소리로 번호가 맞았다는 걸 눈치 채지 못하도록 스프링이 장치되어 있어서 아무리 돌려도 지익 지익 하는 소리가 날 뿐이다.

하지만 돌리고 있는 동안에 어디선가 내부의 핀이 들어맞으면 그때만은 아주 희미하기는 하지만 자물쇠 전체가 반응한다. 그 미세한 움직임이 연필 끝에 전해지고, 거기에만 위아래로 흔들린 흔적을 남기는 것이다. 그러면 그 기록을 따라 연필이 흔들린 부분을 세어 다시 다이얼을 돌리면서, 하나하나 반응을 확인해 나가면 된다.

삼십 분이 걸렸다. 땀에 흠뻑 젖은 마모루는 거기에 있던 세 개의 테이프를 안고, 온 루트를 도로 더듬어 일 층 세면실 창문을 통해 밖으로 나갔다. 경보장치도, 안쪽에서 창을 여는 한 작동되지 않는다.

다카노는 주차장에서 기다리고 있었다. 그는 애차의 문을 열면서 마모루를 재촉했다.

"아는 사람 중에 편집 스튜디오를 하는 사람이 있어서 부탁해 뒀어. 가자."

스튜디오 기사는 다카노의 대학 시절 친구로, 가모시다라고 했다. 어린이 만화에 등장하는 곰처럼 몸집이 크고 사람 좋아 보이는 얼굴을 하고 있다. 다카노는 '이치'라고 부르고, 마모루를 '형씨'라고 불렀다.

스튜디오는 아담한 규모로 아직 새것이었다. 리놀륨 바닥도 방음벽도 새하얗다. 마모루가 막연하게 생각하고 있던 시청각실 같은 구조가 아니라, 전부 컴퓨터로 조작하게 되어 있어서 키보드나 카운터가 줄지어 있다.

가모시다는 당장 시작했다. 마모루가 실례해 온 비디오를 컴퓨터에 걸고, 어드레스 신호라는 일종의 번호를 컷마다 입력해서 번호 순서대로 스크린에 비추는 작업이다. 비디오는 일 초에 서른 컷. 기계적이지만 시간이 걸리는 작업이었다.

문제의 샷은 첫 번째 테이프의 스물다섯째 컷에서 처음 나타났다.

'로렐'과 비슷한 가게에서, 경비원이 손님인 남자의 손을 누르고 있다. 남자의 얼굴에는 믿을 수 없다는 표정이 떠올라 있다.

다음 샷은 허리에 찬 곤봉에 손을 댄 채, 상의 소매가 부풀 정도의 속도로 이쪽을 향해 달려오는 세 명의 순경.

팔이 등 뒤로 꺾인 채 두 사람에게 짓눌려 있는 남자.

경비원에게 쫓겨 비명을—소리는 지워져 있지만 입이 일그러져서 벌어져 있다—지르며 달아나는 여자.

차례차례로 이런 샷이, 낙엽이 떨어지는 풍경이나 남쪽 바다의 낙원, 패션쇼의 광경 사이사이에 추한 얼룩처럼 끼워져 있었다.

가모시다가 낮게 휘파람을 불었다.

"이게 절도 방지 특효약이라는 건가……."

다카노가 신음하듯이 말했다. "물건을 훔치는 심리는 아직 잘 알려

지지 않았어. 이건 그냥 위협할 뿐이야."

"이게 착란 상태를 일으킨 거군요." 마모루는 화면을 들여다보고 있었다.

"마음속에 폭탄을 감추고 있는 사람한테는."

가모시다는 의자를 돌려 마모루와 다카노 쪽을 향했다. "다만, 서브리미널 광고의 효과 자체는 별로 인식되지 않았을 정도잖아? 그런데 이걸로 인과 관계를 인정하게 할 수 있을까?"

"하지만 이 테이프가 돌아가고 있었어요."

"그렇겠지. 형씨는 이, 낙엽 풍경의 비디오를 봤어. 그건 틀림없는 사실이지. 하지만 그때 거기에 이 샷이 장치되어 있었는지 아닌지까지는 알 수 없잖아? 두 사람이 착란 상태를 일으켰을 때 틀어져 있던 비디오에 장치되어 있었는지 아닌지도, 지금은 알 수 없어."

그는 가볍게 양손을 펼쳤다.

"이치의 부탁이라면, 지금부터 밤을 새서라도 이 세 개의 테이프에 삽입되어 있는 이상한 샷을 전부 없애 줄게. 하지만 광고 아카데미는 새 테이프를 가져올 거야. 끝이 없을걸. 어떻게 할 거야?"

다카노는 가만히, 아무것도 비치지 않게 된 화면으로 얼굴을 돌리고 있다가, 이윽고 말했다.

"어쨌든 이거 더빙 좀 해 줘."

침묵 속에서, 스튜디오 안에 있는 히터의 온도 조절 장치가 돌아가는 소리가 울렸다. 마모루는 몸을 떨었다.

7

 다카기 가즈코는 그 해의 나머지 날들을 아파트에서도, 본가에서도 멀리 떨어진 동네에 있는 커피숍 '케르베로스'에서 보내고 있었다.
 '케르베로스'는 손님이 열 명만 들어도 꽉 차는 아담한 가게였다. 가즈코와 비슷한 나이의 미타무라라는 남자가 혼자서 경영하고 있다.
 아파트를 떠나 주말 맨션으로 옮긴 지 일주일 정도 지난 어느 날, 공원 벤치에 앉아 있던 가즈코에게 미타무라가 말을 건 것이 계기가 되었다.
 "매일 여기서 뭘 하세요?"
 가즈코는 상대방을 올려다보았지만 대답은 하지 않았다. 다음에 무슨 말을 할지 대충 짐작은 하고 있다. 어디선가 만난 적이 없나요? 아니면, 괜찮으시면 차라도 한잔 하실래요? 그것도 아니면, 시간 있으면 잠깐 같이 있어 주실래요?
 그는 그대로 말했다. "괜찮으시면 저기 있는 가게에서 커피라도 드시지 않을래요?"
 길 건너편을 가리킨다. 그게 '케르베로스'였다.
 "맛은 보증합니다. 제 가게거든요."
 가즈코는 천천히 눈을 깜박이고, '케르베로스'의 간판과 남자의 얼굴을 번갈아 바라보았다. 상대방은 재미있다는 듯이 웃었다.
 "경영자를 죽이고 빼앗은 가게예요. 그래서 바다 밑에 시체가 묻혀 있죠. 아니, 농담입니다. 정말 제 가게 맞아요. 기둥 하나 정도는요. 나머지는 아직 은행의 소유물이죠."

"왜 저한테?" 가즈코는 짧게 물었다.

"우리 가게 단골손님 중에, 저 유치원에 아이를 보내고 있는 어머니들이 계시거든요. 그분들이랑 아가씨 사이에 아무래도 오해가 생긴 것 같아서요."

가즈코는 공원과 맞닿아 있는 유치원을 바라보았다. 좁은 마당에서 감색 원복을 입은 아이들이 기운차게 뛰어다니고 있다.

"제가 매일 여기에 와서 유치원 쪽을 보고 있어서, 어머님들이 경계하고 있다는 말씀이세요?"

"맞아요. 요즘 안 좋은 사건이 많으니까요. 다들 신경이 날카로워져 있지요."

가즈코는 우스워졌다. 유치원을 바라보고 있을 생각은 없었고, 무엇보다도 그녀 자신이 몸의 위험을 느끼고 여기까지 도망쳐 왔는데, 골똘히 생각에 잠긴 얼굴로 여기 앉아 있는 모습 때문에 어린아이를 납치해 갈 것 같다고 여겨진 걸까.

"웃으시는군요." 상대방도 싱긋 웃었다. "그런 얼굴로 웃을 수 있는 분이라면 괜찮아요. 제가 어머님들께 잘 설명해 두죠. 어쨌든 커피 어떠세요? 무례한 말을 한 걸 사과드려야죠."

그렇게 해서 가즈코는 '케르베로스'에 발을 들여놓았다.

이름은 특이하지만 편안한 가게였다. 커피는 진하고 뜨거웠다. 미타무라는 먼저 자신의 이름을 말하고, 여기에 가게를 열기까지의 고생담을 조금도 고생 따윈 하지 않은 것 같은 분위기로 이야기했지만, 가즈코가 자신 쪽에서 말을 꺼내기 전에는 이름도 묻지 않았다.

"가게 이름은 누가 지었어요?"

가즈코는 발 받침대에 발을 올려놓으며 물었다.

"제가요. 이상한 이름이죠?"

"굉장히. 괴물 같아요."

"그 말이 맞아요. 신화에 나오는 지옥의 문지기 개 이름이거든요."

"왜 그런 이상한 이름을 붙였어요?"

"말하자면, 이 가게는 지옥의 입구인 셈이에요. 그러니까 손님이 여기를 나갈 때는 지옥의 입구 앞에서 되돌아가게 되는 거죠. 아무리 우울한 마음으로 이곳에 들어오더라도, 앞으로 더 이상 나쁜 일은 일어나지 않을 거라는 뜻이에요."

가즈코는 미소를 지었다. 마음 어디에선가 단단하게 닫혀 있던 밸브가 열리고, 따뜻한 물이 쏟아져 들어오는 것 같았다.

그 후로 매일 '케르베로스'에 다니게 되었다. 미타무라는 늘 바빴고 다른 손님이 있으면 이야기도 할 수 없었지만, 일하는 그를 바라보는 건 즐거웠다.

"정월에는 어떻게 하실 거예요? 여행 계획이라도 있나요?"

섣달 그믐날이 다가온 어느 날, 미타무라가 물었다. 가즈코는 고개를 저었다.

"계획 같은 거 없어요. 혼자 집에 있을 뿐."

본가에도 올해는 돌아가지 않는다고 연락해 두었다. 추격자에게 단서를 줄 것 같아서 무서웠다.

추격자. 가즈코는 지금 쫓기는 몸인 자신을 분명하게 인식하고 있었다.

"저는 섣달 그믐날은 가게 문을 닫고, 새해 아침 일찍 가게를 열 생각이에요. 새해 참배를 마치고 돌아가는 손님들이 들러 줄 테니까요. 가게 문을 열기 전에 새해 참배를 가는 건 어떠세요? 한밤중이니까 좀 춥겠지만 기분 좋을 거예요."

가즈코는 승낙했다. 그리고 문득 생각했다. 혼자서는 무섭지만, 누군가 있어 준다면…….

"그 김에 부탁 하나 해도 될까요?"

"뭔데요?"

"신사 참배를 가기 전에, 같이 제 아파트로 가 주었으면 좋겠어요. 여기서 좀 먼 곳이라 죄송하지만 짐을 가지러 가고 싶어서."

미타무라는 약간 진지한 얼굴이 되어 가즈코를 바라보았다. 이 사람은 어떤 생활을 하고 있는 걸까, 라는 의문이 그의 눈 속에 떠올라 있었다.

이윽고 그는 대답했다.

"좋아요. 별로 어려운 부탁도 아니네요."

아파트에는 미타무라의 낡은 미니밴을 타고 갔다. 그는 면목 없는 얼굴을 했다.

"가게 할부금을 내느라 차까지는 바꿀 수가 없어서요."

"차야 굴러가기만 하면 되잖아요."

문의 우편함에 대여섯 통의 엽서가 꽂혀 있었다. 우편 광고물이나 카드 회사에서 온 통지, 여행사의 카탈로그 등 용무가 없는 것들뿐이었지만 그중에 딱 하나, 받는 사람 이름도, 소인도, 발신인 이름도 없는 것이 있었다. 가즈코는 봉투를 뜯었다.

내용은 간단했다.

'마지막 한 사람이 되어 버린 당신을 도울 수 있을 것 같습니다. 1월 7일, 오후 세 시까지 유라쿠쵸의 '마리온_{만남의 장소로 인기 높은 대형복합시설}' 앞으로 와 주세요. 제 쪽에서 말을 걸겠습니다. 이 사실은 아무한테도 이야기하지 말고, 신중하게 행동해 주세요. 위험하니까요.'

편지를 손에 들고 우뚝 서 있자니, 아파트 입구에서 기다리고 있던 미타무라가 다가왔다.

"왜 그러세요?" 그가 가볍게 그녀의 얼굴을 들여다본다. "집세 연체로 쫓아내겠다는 말이라도 들었어요?"

가즈코의 손가락이 끝까지 하얘져 있었다. 미타무라도 그걸 알아차렸다.

"왜 그러세요?"

다시 한번 물었다. 이번에는 진짜 질문이었다.

가즈코는 말없이 편지를 내밀었다. 미타무라는 그것을 읽고 나서 시선을 들었다.

"이건 뭐죠?"

가즈코 안에서 둑이 무너졌다. 그녀는 떨기 시작했다. 멈추지 않았다. 상당히 오랫동안 그렇게 미타무라의 팔을 잡고 있었다. 이윽고, 그녀는 말했다.

"제가 제정신이라고 믿어 줄 건가요? 전 지금까지 거짓말만 해 왔어요. 그걸 주위 사람들이 믿게 해 왔죠. 그런데, 이제 와서 겨우 사실을 이야기하면 아무도 믿어 주지 않을 것 같은 기분이 들어요."

그녀는 이야기하기 시작했다. 모든 것을.

편지를 보낸 사람의 지시에 따라 보자. 그렇게 말한 것은 미타무라 쪽이었다.

"저도 같이 따라갈게요. 사람들이 많은 곳이고, 괜찮아요, 위험할 건 없어요. 상대방을 만나 보지 않으면 얘기가 안 되잖아요?"

"살해될 거예요." 가즈코는 중얼거렸다.

"그렇게 되진 않아요. 당신은 이제 혼자가 아니니까."

그날 밤, 그녀는 주말 맨션의 방을 빼고, 짐을 정리해서 '케르베로스'로 옮겼다. 우는 것을 떠올린 것도 그날 밤이었다.

새해 참배를 마치고 돌아가는 길에, 길 위에서 통행인들에게 얇은 전단지를 나눠 주는 소녀를 만났다. 그녀는 '주님의 가르침'이라고 쓰인 간판 앞에 서서 어머니로 보이는 여성과 둘이서 맑은 목소리로 찬송가를 부르고 있었다.

"조촐한 신년 미사군요."

미타무라가 미소를 띠었다. 소녀는 가즈코를 알아차리고 전단지를 내밀었다.

"성서의 한 구절이에요. 읽어봐 주세요. 주님의 은총이 함께 하기를."

가즈코는 전단지를 받아들었다. 왠지 갑자기, 그것이 귀중하고 신성한 것으로 여겨졌던 것이다.

내용을 읽은 것은 미타무라의 차 조수석에 앉고 나서였다.

가즈코에게 건네진 전단지에는 신약 성서의 『요한묵시록』에서 발췌한 구절이 인용되어 있었다. 기독교와는 인연이 없는 그녀도, 거기에 씌어 있는 말의 불길함은 이해할 수 있었다. 그녀는 그걸 뭉쳐서 대시보드의 쓰레기통에 처넣었다.

"뭐라고 씌어 있었어요?" 미타무라가 물었다.

"잘 모르겠어요."

가즈코는 바깥을 바라보았다. 새로운 해. 새로운 거리. 이제 곧 해가 뜨고, 날이 밝는다.

전단지를 버리기 전에 마지막으로 눈에 들어온 말이, 그녀의 마음에 무겁게 스며들었다.

―― 그는 죽음이라는 이름을 가진 사람이었습니다. 그리고 그 뒤에는 지옥이 따르고 있었습니다.

구사카 마모루가 시간에 맞추지 못한다면, 가즈코는 일주일 뒤에는 죽을 운명이었다.

제6장 마법의 남자

1

새해 3일부터 시작된 영업에, 마모루와 다카노만은 기세가 오르지 않았다.

"시치미를 떼고 있어."

마모루가 매니저들과 이야기한 결과를 묻자 다카노는 분한 듯이 주먹을 움켜쥐고 대답했다.

"테이프 복사본을 들이댔는데도 시치미를 뚝 떼고 있다고. 추궁했더니, 인과 관계를 입증할 수 있느냐고 나오더군. 게다가 그런 걸 너무 냄새 맡고 다니면 네 부하가 귀찮은 일을 당하게 될 거라고 하더라."

"말하자면 우리들이?"

"그쪽도 머리가 좋아. 난 잘려도 상관없지만, 서적 코너에는 이곳에서 하는 일을 소중히 여기는 사람들이 있으니까."

뭔가 방법이 있을 것이다. 다카노는 가동을 개시한 비디오 디스플레이를 바라보며 말했다.

"무슨 일이 있어도, 저런 건 여기에서 없애고 말겠어."

새해는 마모루에게 있어서 다른 의미로도 마음이 무거웠다. '누군가'는 아직 접촉해 오지 않았다. 자칫하면 중압에 눌려 찌부러질 것 같은 기분이 든다.

서적 코너는 세뱃돈을 손에 들고 온 어린아이들로 넘쳐나고 있었다. 마모루도 계산대 일을 도우며, 게임북이나 만화책을 사 가는 작은 손을 상대하는 일에 쫓겼다. 일본을 떠난 사토는, 멀리 사막의 모래먼지를 뒤집어쓰고 있겠지. 마모루는 정말로 그가 부러워졌다.

어머니에게 이끌려 문학 전집을 사러 온 초등학생이, 원망스러운 눈으로 만화영화 캐릭터 코너를 바라보고 있다. 마모루는 왠지 가엾어서, 거스름돈을 돌려줄 때 인기 만화 캐릭터를 본뜬 딱지 한 장을 건네주었다. 초등학생의 눈이 빛났다.

"고맙습니다."

마모루는 손짓으로 빨리 집어넣으라고 신호했다. 그때 누군가가 마모루를 불렀다.

"구사카 군."

코너 입구에, 아이들의 머리에서 높이 튀어나온 요시타케의 얼굴이 보였다.

"이런 곳이라 죄송합니다."

마침 점심 식사 때였다. 같이 식사를 하자는 권유에, 마모루는 그를 오 층 식당가에 있는 중화요릿집으로 안내했다. 전 세계를 여행하고 다녀서 아마 상당한 미식가일 요시타케를 데려가기에는 내키지 않는 곳이었지만 멀리 갈 수 없으니 어쩔 수 없다.

요시타케는 뜨거운 물수건으로 얼굴을 닦고는, 웃으면서 손을 저었다.

"상관없어. 내가 평소에 어떤 점심을 먹는지 가르쳐 주고 싶군. 제일 많은 건 포장 도시락이려나."

"정말요?"

"정말이야. 나한테는 갓 지은 뜨거운 밥과 된장국이 최고의 식사지. 옛날에 여인숙 거리에 있었을 때는 그런 꿈을 많이 꿨어."

요시타케는 비싼 일품요리를 몇 가지 고르고, 디저트로 여지_{디저트로 즐겨 먹는 중국 남부 원산의 과일}를 추가했다. 이곳 웨이터는 마모루의 아르바이트 동료였는데, 주문서를 손에 들고 고개를 갸웃거리면서 안쪽으로 들어갔다. 어쩌면 메뉴에만 실려 있을 뿐, 사실은 여지의 '여' 자도 없는 건 아닐까 하고 마모루는 걱정했다.

"너희 집으로 찾아갔더니, 넌 쉬는 날은 여기서 아르바이트를 한다고 하더라."

다이조와 요리코는 아주 느긋한 정월을 보내고 있었다. 특히 다이조는, 익숙하지 않은 힘쓰는 일에 지쳤는지 허리가 아프다며 드러누워 있다. 요시타케의 갑작스런 방문에 자못 허둥거렸을 게 분명하다.

요리가 나오자, 요시타케는 마모루에게 권하며 젓가락을 들었다.

"많이 먹으렴. 오후부터는 또 바빠지지?"

"점심때부터 이렇게 맛있는 걸 먹다니, 저희 집 식구들이 원망하겠는데요."

"그럼 다음에는 다들 초대하지. 꼭 그럴 기회를 줬으면 좋겠구나.

난 아내와 둘이 살다 보니, 소란스런 식사를 동경하고 있거든."

"요시타케 씨도 오늘부터 일하시나요?"

중역들은 휴가를 듬뿍 받는다고만 생각하고 있었다.

"이것저것 정리할 게 많아서. 게다가 일을 하고 있는 쪽이 마음은 편해. 정월의 하와이는 일본인들로 북적거려서 터무니없는 장소에서 아는 사람과 마주치기도 하니까."

"하와이?"

어쩐지, 한층 더 그을린 피부색이 짙어졌다 했다.

"골프만 치는 연휴였어. 아내는 아직 그쪽에 남아 있지만 역시 남아도는 시간을 주체하지 못하고 있지 않을까."

"좋겠네요."

"한번 놀러와. 별로 넓지는 않지만, 와이키키 해변이 보이는 곳에 리조트 맨션을 샀거든. 호텔보다는 맛있는 밥을 먹을 수 있을 거야."

흔한 거지만, 하며 요시타케가 커다란 초콜릿 상자를 내밀었다.

"매장 사람들이랑 같이 먹어. 다들 지칠 대로 지쳐 있어서, 당분이 필요해 보이던데."

'미국에 사는 친척 아저씨'로군. 식사를 하면서, 마모루는 마키에게 들은 이야기를 떠올리고 있었다. 부지런하지만 가난한 일가를, 미국으로 건너가 많은 재산을 모은 친척 아저씨가 찾아온다. 일가에게는 행운을, 재산은 있어도 고독한 친척 아저씨에게는 가족의 애정을—어느 모로 보나 마키가 좋아할 만한 이야기였다.

그런 생각이 마모루의 얼굴에 나타났는지, 요시타케는 재미있다는 듯 물었다.

"뭐가 생각나서 웃는 거니?"

"아아, 아뇨, 죄송합니다. 아무것도 아니에요. 잠깐 친척에 대해서 생각하고 있었을 뿐이에요."

"친척?"

마모루는 당황했다. "네. 저희 이모부, 새로운 일에도 익숙해진 모양이고 매일 즐거워 보여서요. 요시타케 씨 덕분이에요."

말해 버리고 나서, 이래서야 얘기가 묘하다는 사실을 깨달았다.

"어라……. 죄송합니다. 더 이상하네요."

요시타케는 '그렇구나' 하며 웃었다.

"실은, 저는 아사노가家의 양자예요. 그것도 아직 정식 양자는 아니라서 성도 다르죠. 사실은 저랑 마키 누나는 이종사촌지간이거든요."

"너희 부모님은?" 요시타케는 천천히 물었다.

"어머니는 벌써 돌아가셨어요. 아버지는……." 잠깐 망설였다. "돌아가신 거나 마찬가지예요. 계속 행방불명이시거든요."

'신일본상사'에서 일하기 시작한 지 얼마 안 되어, 다이조가 의외라는 듯이 "회사에서 들었는데, 요시타케 씨도 히라카와 출신이래" 하고 이야기한 적이 있다. 어쩌면 구사카 노부오를 알고 있을지도 모른다고 생각하고 반응을 살펴보았지만, 요시타케는 아무 말도 하지 않았다.

디저트가 나올 때까지, 조금 거북한 침묵이 흘렀다. 마모루는 문득, 요시타케에게라면 물어봐도 괜찮을지 모른다고 생각했다.

"요시타케 씨, 어떤 사람이 다른 사람을 뜻대로 움직이는 게 가능하다고 생각하세요?"

요시타케는 종업원이 가져다준 여지 껍질을 벗기던 손을 멈췄다.

"무슨 뜻이지?"

"그러니까, 다른 사람에게 명령해서 하고 싶지도 않은 일을 하게 할 수 있을까 하는 거예요."

요시타케는 웃음을 터뜨렸다. "그런 방법이 있다면 나도 알고 싶구나. 비서에게 시험해 보고 싶어. 그녀는 정말 엄하거든. 그녀의 허락이 없으면, 나는 화장실도 마음대로 못 간다니까."

역시나. 마모루는 생각했다. 이 눈으로 본 자신도 아직 믿을 수 없는 일이니 진지하게 받아들이지 않는 게 당연하다.

"광고 아카데미라는 회사를 아세요?"

"글쎄……. 모르겠는데. 광고 대리점이니?"

자스민 차가 나왔다. 요리는 깨끗이 없어지고, 여지 접시에도 껍질과 씨와 녹아 가는 얼음이 남아 있을 뿐이다.

"잘 먹었습니다. 오후에는 좀 것 같아요."

요시타케와는 가게를 나왔을 때 헤어졌다. 쇼핑을 좀 하고 돌아갈 거야. 엄청나게 혼잡하지만 즐겁구나. 그는 그렇게 말하고 에스컬레이터에서 내렸다.

다카노가 서두르는 발걸음으로 계산대에 있는 마모루에게 다가온 것은, 그로부터 삼십 분 정도 지난 후의 일이었다.

"마모루, 아까 여기로 널 찾아온 사람, 아는 사람이지?"

"네, 그런데요. 점심을 사 주셨어요."

다카노는 험악한 얼굴로 말을 이었다. "일 층 출구 근처에서 쓰러졌어. 지금……."

마모루의 귀에도, 다가오는 구급차의 사이렌 소리가 들려왔다.
"심한 흥분 상태던데, 나는 순간 그 녀석이 생각나더라."
"그 녀석이라니, 가키야마 말이에요? 말도 안 돼요."
마모루는 계산대를 뛰쳐나가 일 층으로 달렸다.

2

 그는 행복했다. 지난 십이 년 동안 찾아오지 않았던 행복감이 그를 감싸고 있었다.
 착한 아이다. 정말로. 전에 찾아갔을 때도, 일부러 나를 쫓아와서 인사를 했었지. 사거리에서 그 애가 내 모습을 보고 있었으리라고는 생각도 하지 못했지만.
 착한 아이다……. 솔직한 아이로 자라 주었다. 그 애에게는 어떻게 해서라도 좋은 장래를 마련해 줘야지. 내 의무다. 우선 말을 잘 꺼내서, 대학에 진학할 때 원조를 해 주자. 그 애가 희망한다면 유학도.
 그 후에는 우리 회사에서 일을 해도 좋다. 물론 언제까지나 단순한 종업원으로 놔두지는 않을 것이다. 내가 만들어 온 것을 그 애에게 물려줘야지. 물론 본인이 내 일에 흥미를 갖는다면 말이지만. 그렇지 않다면, 희망하는 곳에 연줄을 대 줄 수 있을 것이다……. 아니, 역시 내 곁에 두고 싶다. 그래야만 한다…….
 행복에 취해 있었기 때문에, 처음에는 속이 안 좋은 게 신경 쓰이지 않았다. 사람이 많은 탓이리라. 공기가 나쁘다. 어째서 환기를 시키지 않는 걸까? 마모루도 이런 곳에서 오랜 시간을 지내고 있는 걸까. 좀 더 좋은 아르바이트를……

그렇다, 꼭 장래에만 한정할 것은 없다. 우리 회사에서 아르바이트를 하지 않겠느냐고 권해 보자. 영업 2과에서 사람이 필요하다고 했었다. 그러면 더 자주 그 애의 얼굴을 볼 수도 있다.

모든 것이 잘 진행되었다. 걱정할 일은 하나도 없다.

두통이 시작되고 숨이 막히기 시작했다. 가슴 깊은 곳에서 징을 울리는 것처럼, 심장 고동 소리가 커다랗게 들린다. 그게 온몸으로 울리고, 숙취에 시달리는 아침의 전화벨처럼 참기 어려운 고통을 가져온다ㅡ.

흐려지는 눈에 많은 손님들이 보였다. 밝은 비디오 화면이 보였다. 가게 안에 들어왔을 때, 꽤나 신경을 많이 쓴 예쁜 디스플레이라고 생각하며 흥미를 가졌다.

그렇다, 밝다. 여기는 너무나도 밝다. 그래서 눈이 아프다.

여자 점원이 손을 내밀며 다가온다. 손님, 왜 그러십니까?

그는 대답하려고 했다. 아무것도 아니에요, 속이 좀 안 좋을 뿐ㅡ.

그리고 깨닫는다.

저건 점원이 아니다. 이곳은 붐비는 가게 안이 아니다. 이곳은 두려워하고 있던 곳, 악몽 속에서밖에 본 적이 없었던 곳, 추궁의 장소다. 한번 갇히면 두 번 다시 나갈 수 없는 장소다.

손님. 목소리가 부른다. 아니다. 저것도 눈속임이다. 저건 나를 쫓아오는 가짜 얼굴.

손님. 집요한 손이 뻗어온다. 그를 만지려고 한다. 붙잡으려고, 붙잡아 끌고 가려고.

그는 도망친다. 다리가 엉킨다. 다들 그를 보고 있다. 손가락질을 하고, 목소리를 낮추며. 가장 두려워하고 있던 일이 일어나고 있다.

밖으로 나가야 한다. 여기서 도망쳐야 한다. 아직 시간은 있다. 도망칠 수 있다. 나는 보상을 하려고 하고 있는데, 지금에야 그때가 왔는데, 왜 이제 와서 이런 일이. 불공평하다.

바닥에 쓰러지는 자신을 의식하지는 못했다. 우선 무릎이 꺾이고, 상반신이 천천히 그 뒤를 따랐다. 쓰러져 간다. 힘이 빠진 팔을 들고, 그는 필사적으로 가슴을 눌렀다. 거기에 지니고 다니는 소중한 것이 떨어져서 없어지지 않도록. 그대로 가슴을 아래로 깐 채 쓰러져 간다.

바닥은 차가웠다. 신발 밑창의 고무 냄새가 났다. 의식이 끊어지기 직전, 마지막으로 그가 느낀 것은 쓰러지면서 입술 끝이 찢어져, 거기에서 흐르는 피였다. 피에서는 쇠맛이 났다.

3

구급병원의 병실에서 요시타케 고이치가 의식을 되찾은 것은, 실려 오고 나서도 거의 한 시간이나 지나서였다. 마모루는 그의 침대 발치에 의자를 끌어다 놓고 앉아 있었다.

치아노제호흡 장애나 순환 장애의 원인으로 피부나 점막, 특히 입술, 손발톱, 귀, 뺨 등이 보랏빛을 띠는 상태를 일으켰고, 쓰러졌을 때 왼쪽 가슴을 누르고 있었기 때문에 처음에는 심장 발작으로 여겨졌다. 의사나 간호사들의 얼굴에는 긴장이 가득했다. 복도에서 기다리던 마모루는 어쩌면 최악의 결과를 듣게 되는 건 아닐까 하고 두려워하면서, 닫힌 처치실 문에서 눈을 뗄 수가 없었다.

하지만 실려 들어온 지 삼십 분이 지나자 맥박도 호흡수도 정상으로 돌아오고 혈압도 안정되었다. 의사는 고개를 갸웃거리며, 어쨌든 병실에 입원시킨 뒤 상태를 보자고 지시를 내렸다.

"여어……. 이건, 어떻게 된 일이지?"

정신을 차린 요시타케는, 제일 먼저 그렇게 말했다.

"나 참. 그건 제가 할 말이에요. 기분은 어떠세요?"

마모루는 의사가 지시했던 대로 침대 옆에 있는 호출 버튼을 누르면서 대답했다.

담당 의사와 요시타케의 대화를 들으면서 생각했다.

── 나는 순간 가키야마가 생각나더라.

다카노는 그렇게 말했다. 그건 다시 말해, 요시타케도 그 서브리미널 샷이 원인이 되어 정신이 흐트러졌다는 뜻이다.

"인간 독dock에 들어가신 적은?" 의사가 묻고 있다.

"작년 봄에 일주일 동안 꼼꼼하게 검사를 했습니다." 요시타케는 대답했다. "저는 심장마비를 일으킨 겁니까?"

"심장마비라는 병은 없습니다." 의사는 대답한다. "전부 정상치예요……. 하지만 아무래도 이상하군요. 지금까지 비슷한 일이 있었습니까?"

"전혀 없었어요. 저도 믿을 수가 없군요. 제가 정말로 쓰러졌습니까?"

"어쨌든, 자세히 한번 검사해 보지요." 의사는 선고했다. "한동안 입원하셔야 할 겁니다."

"이렇게 기분이 상쾌한데도요?"

요시타케는 항의했지만 의사와 간호사는 병실에서 나가 버렸다.

"건강이 제일이에요." 마모루는 웃으며 달랬다.

"과장이 심한 의사로군." 요시타케는 말했다. "단순한 스트레스야. 가끔 있거든. 특히 작년 십이월 정도부터였나? 아침에 잠에서 깨면 어젯밤의 행동이 생각나지 않을 때가 있기도 하고. 뭐, 절반은 취해 있었기 때문이지만. 너도 구급차로 같이 와 준 거니?"

요시타케는 아직 '로렐'의 유니폼을 입고 있는 마모루를 보았다.

마모루는 고개를 끄덕였다. "댁에는 연락해 두었어요. 가정부가 입원에 필요한 옷가지를 가져온다고 하더군요."

"그래? 신세 많이 졌구나. 고맙다."

청결하지만 살풍경한 개인 병실이었다. 약 냄새가 나는 공기와 하얀 침대. 그 외에는 의자 하나와 작은 벽장이 있을 뿐이다. 요시타케의 옷은 침대 옆에 있는 벽의 후크에, 가느다란 옷걸이에 걸려 매달려 있었다.

여섯 시 가까이 되어서야 겨우 가정부가 왔다.

"특별히 준비할 물건은 아무것도 없어요. 나는 곧 퇴원할 거니까. 양복도 그대로 놔둬요. 정말로 별일 아니에요. 금방 돌아갈 수 있을 겁니다."

요시타케는 시원시원하게 지시를 했다. 실제로 안색도 완전히 좋아졌다.

"의사 선생님은 입원하라고 말씀하셨는데요." 가정부는 말하며, 마음이 내키지 않는 듯 덧붙였다. "오늘 밤에는 제가 여기에서 자는 게 좋을까요?"

아무래도 불만스러운 듯한 어투였다. 가정부가 오면 교대하고 돌아가려고 생각하고 있던 마모루는 왠지 요시타케가 불쌍해졌다.

"그럴 필요는 없어요. 돌아가도 돼요."

가정부는 생긋 웃었다. "사모님께 알려 드릴까요?"

"그럴 필요도 없어요. 아내가 돌아올 무렵에는 퇴원해 있을 테니까."

그녀가 나가고 나자 마모루는 조금 생각하고 나서 말해 보았다.

"만일 괜찮으시다면, 오늘 하룻밤은 제가 여기에서 잘까요?"

요시타케는 몸을 일으켰다. "그렇게까지 해 주는 건……."

"하지만, 또 발작이 일어나면 무섭잖아요?"

"넌 어디서 자려고? 바닥에서 잘 수는 없잖아."

"간이침대를 빌려 올게요. 그 정도의 공간은 있잖아요. 집에도 연락할 테니까 하룻밤 정도는 괜찮아요. 제가 있어 봐야 별로 도움은 안 되겠지만."

"그렇지는 않아. 그럼, 신세 지기로 할까?"

소등 시간이 되기 전에 간호사가 한 번 체온을 재러 왔다. 마모루를 보고 "아드님이세요?" 하고 요시타케에게 물었다. 요시타케는 곤란한 얼굴이 되어 마모루를 바라보았다.

"숨겨둔 자식이에요." 마모루는 점잔을 빼며 대답했다. 간호사는 웃었다.

"재미있는 학생이네."

그러고 나서 잠시 후, 다시 한 번 그 간호사가 얼굴을 내밀었다. "소등 때까지만 봐야 해" 하고 못을 박으며 잡지 몇 권을 빌려 주었다. "심심하지?"

긴 밤이었지만 생각할 것이 많았기 때문에 심심하지는 않았다.

지금 처음으로, 마모루는 다카노가 세운 설에 의문을 느끼기 시작하고 있었다. 인과 관계를 입증할 수 있냐고 물은 가모시다와 같은 기분이었다.

요시타케는 그 여자애나 가키야마와는 다를 거라고 생각한다. 다이조의 사고에 대해 목격 증언을 해 준 것 때문에, 경찰에서는 다소 불쾌한 기분을 맛보았을지도 모른다. 하지만 요시타케에게는 '붙잡힌다, 붙잡힌다'라는 무의식의 메시지를 두려워할 이유라고는 없을 거라고 생각했다.

'신일본상사'가 막대한 액수의 탈세를 하고 있다거나……, 설마 아니겠지.

그러다가 어느새 잠이 들고 말았다.

한밤중에 뭔가 가벼운 게 바닥에 떨어지는, 털썩 하는 소리에 잠에서 깨었다. 역시 깊이 잠들지는 못한 것이다. 요시타케는 조용히 규칙적인 호흡 소리를 내고 있다.

어두컴컴한 방 안을 둘러보니, 요시타케의 상의와 와이셔츠가 옷걸이에서 흘러내려 바닥에 떨어져 있었다. 구깃구깃하게 산을 이루고 있다.

귀찮다고 생각하면서 마모루는 살며시 일어났다. 이참에 화장실에나 가자.

상의와 셔츠를 집어 들었을 때 뭔가가 굴러 떨어졌다. 주머니에서 미끄러져 떨어졌나 보다. 리놀륨 바닥에 작고 딱딱한 소리가 났다.

커튼 너머로 비쳐드는 희미한 달빛에 의지해, 마모루는 떨어진 것을 더듬어 찾았다. 그것은 침대 다리 밑으로 굴러가 있었다.

백금 반지였다. 심플한 무늬가 새겨져 있다. 결혼반지일 것이다. 그렇다면 왜 주머니에 넣어둔 걸까, 정말로 지금 떨어진 게 이건가, 하고 창가로 다가가 자세히 살펴보았다. 반지 안쪽에, 날짜와 이니셜이 새겨져 있다.

'K to T'

그리고 날짜는—마모루가 소중히 보관하며, 어머니를 생각할 때 꺼내 본 적이 있는, 게이코의 유품인 결혼반지 안쪽에 새겨져 있는 날짜와 똑같았다.

마모루 부모님의 결혼기념일 날짜였다.

K to T.

게이코가 도시오에게.

초등학생 때, 자전거를 타고 가다가 돌풍 때문에 살을 베인 적이 있다. 오른쪽 다리가 싸늘한 느낌이 들어서 자전거를 세우고 내려 보니, 장딴지가 십 센티미터 정도 싹 베여 있었다. 상처는 마치 죽은 물고기 배처럼 허옇게 되어 있었는데, 놀라서 지켜보고 있자니 갑자기 피가 뿜어져 나왔다.

그것과 똑같았다. 인식은 나중에 따라왔다. 피가 뿜어져 나오는 것처럼.

아버지다.

—— 나는 네 아버지 얼굴을 몰라.

—— 어디에선가 스쳐 지나갔을지도 모르지만, 알 수 없지.

우뚝 선 채 생각했다. 이 사람이 아버지다.

그래서 그 서브리미널 샷에 반응한 게 아닐까.

돌아와 있었다. 요시타케 고이치가 구사카 도시오였던 것이다. 아버지는 돌아와 있었다.

다음 날 아침 일찍 요시타케가 잠에서 깨었을 때는, 마모루가 이미 모습을 감춘 후였다. 그는 누님의 집을 찾아가 있었다.

어느 집도 아직 잠에서 깨어나지 않은 시간이었다. 동쪽 하늘에 아침놀이 피어오르기 시작했지만 머리 위에는 아직 별이 남아 있다. 신문 배달부의 자전거가 지나간다.

누님의 집 부엌에는 불이 켜져 있었다. 출판사에서 일하는 부모님을 둔 누님은, 밤늦게까지 일할 때가 있는 어머니 대신 본인도 인정하는 '무서울 정도로 일찍 일어나는 새'였다.

마모루는 그녀의 집 앞에서 싸늘하게 식은 손을 주머니에 찔러 넣고 서 있었다.

현관문이 열리고 누님이 나왔다. 신문함을 들여다본다. 도로 들어가려다가 마모루를 알아차렸다.

"구사카?"

깜짝 놀랐다는 듯이 눈을 깜박거린다. "무슨 일이야, 이렇게 아침 일찍?"

마모루는 잠자코, 살짝 어깨를 움츠렸을 뿐이었다. 누님이 가까이 다가왔다.

"세상에……. 완전히 얼었잖아. 언제부터 여기 있었어?"

대답할 말이 없었다. 다만, 그녀에게 이렇게 말하고 싶었다. 맞았어. 아버지는 정말로 곁에 있었어. 이런 일이 세상에 있을까?

"저기……. 무슨 일 있었어? 왜 그러는 거야?"

그렇게 묻는 그녀의 어깨를 양손으로 잡고 자신 쪽으로 끌어당겼다. 하지만 그녀를 껴안고 싶었던 게 아니라, 그녀가 자신을 안아 주기를 바랐다. 매달리고 싶었다.

"왜 그래?"

작은 목소리로 계속 물으면서도, 누님은 그렇게 해 주었다. 몸을 굽히고 마모루를 꼭 껴안아 따뜻하게 해 주었다.

4

야아, 꼬마야.
약속대로 그 목소리를 들은 것은, 1월 7일 아침이었다.
"잘 지냈냐, 꼬마야? 새해를 맞은 기분이 어때?"

마모루는 아직 회복하지 못했다. 회복할 수 있을 거라는 기분도 들지 않았다. 양손에 갑자기 아주 정교하고 부서지기 쉬운 물건을 받은 것처럼 움직일 수가 없었다.

요시타케의 옷 주머니에서 구사카 도시오의 결혼반지가 나왔다. 글자로 하자면 그저 그뿐이지만, 입에 담을 수 없을 정도로 무거운 말이기도 했다. 아무한테도 이야기하지 않았고, 어떻게 고백하면 좋을지도 알 수 없었다.

누님에게는 "그냥, 갑자기 얼굴이 보고 싶어져서"라고만 이야기했다. 그녀는 캐묻지 않았고, 그 일 때문에 태도가 급변하지도 않았다.

"이런 얼굴이라면 언제든지 좋아"라며 웃었다.

7일 아침, 그래서 마모루의 머리에는 안개가 껴 있었다. '누군가'의 전화는 그것을 씻은 듯이 날려 보냈고, 마모루는 자세를 바로 했다.

"오늘 오후 세 시야. 장소는 스키야바시 사거리. 알지?"

"알아."

"꼭 오거라. 거기가 다카기 가즈코의 마지막 장소가 될 테니까. 나도 너와 그곳에서 만나겠지. 기다리고 있으마."

마모루는 정오 정각에 유라쿠쵸 역에 내렸다. 스키야바시 사거리까지 걷는다. 날씨가 좋았다.

단서가 있는 건 아니다. 그저 「정보 채널」을 꼭 움켜쥐고, 거기에 찍혀 있는 다카기 가즈코의 얼굴을 머릿속에 떠올릴 수 있을 정도로 외우고 있었다.

하지만 여성은 복장이나 머리 모양에 따라 인상이 달라지는 법이다. '사귀는 남자에 따라서도 완전히 달라져'라는 건 마키의 의견이지만, 거기까지 생각하고 싶지 않았다.

게다가 이렇게 혼잡하다. 도쿄 전체의 인간이 한꺼번에 모인 것 같았다. 쇼핑. 데이트. 영화. 가족 일행도 눈에 띈다. 그런 평화의 견본 속을, 칠흑의 정글을 나아가는 척후병처럼, 설원에서 지도를 잃어버린 등산가처럼, 마모루는 혼자서 헤매 다니며 긴 미로를 더듬어 갔다. 지나가는 젊은 여성들의 얼굴을 들여다보고, 뒷모습을 쫓고, 지쳐서 멈춰 섰다가는 다시 사거리를 건너가는 옆얼굴을 향해 달려간다.

그 데모 때의 마키의 얼굴. 바로 직전까지는 무엇 하나 특이한 점이 없었는데, "꼬마야―"하고 부르기 시작했을 때에는 눈이 초점을 잃고 있었다.

지금 이 거리에서 찾아내려고 하는 얼굴도, 그때까지는 다른 수많은 얼굴들과 똑같이 웃고, 반짝이고 있을지도 모른다. 세 시까지는 이곳에 오지 않을지도 모른다.

어떡하지? 긴자에 있는 모든 백화점, 찻집, 영화관, 극장에서 '다카기 가즈코 씨'를 호출해 달라고 할까?

허무한 탐색에 시간이 지나간다.

두 시 삼십 분.

가즈코는 미타무라의 팔에 매달려 지하철 계단을 올라가, '마리온' 앞으로 나왔다. 두 시 사십 분이었다.

"편지에는 나 혼자 오라고 씌어 있었어요. 같이 있으면 나타나지 않을지도 몰라요."

"하지만 이렇게 혼잡해서는 잠깐만 떨어져도 놓치고 말 거예요."

그때 미타무라가 약간 앞쪽에 있는 공원에 풍선 장수가 나와 있는 것을 발견했다.

"저걸로 하죠. 풍선을 들고 있으면 당신이 어디에 있어도 금방 알 수 있을 거예요."

가즈코는 빨간 풍선을 손에 들었다.

"어린애 같네요."

"부적이에요."

두 시 사십오 분.

니시긴자 아파트 옆의 좁은 화단에 앉아, 마모루는 잠시 다리를 쉬었다.

이제 여기서 기다릴 수밖에 없다. 세 시가 되고, 누군가 이상한 움직임을 보이는 사람을 발견하면 달려 나가는 방법뿐이다.

눈앞에서, 거리가 긴 스크램블 사거리를 일정한 간격을 두고 많은 사람들이 오간다. 하얀 완장을 찬 순경이 수신호를 보낸다. 과속하는 차나 성급한 보행자를 단속하는 날카로운 호루라기가 울린다.

이 사거리. 왜 여기일까.

신호가 바뀌고, 차들이 소토보리 거리를 달려가기 시작한다.

왜 세 시일까?

두 시 오십삼 분 이십 초.

등 뒤에서 누군가 어깨를 두드려서 물어뜯을 듯한 기세로 돌아보니, 당황한 얼굴의 젊은 여자가 있었다. 클립보드를 손에 들고 있다.

"깜짝 놀랐어. 너 혼자니?"

친근한 말투로 말하며 다가온다. 캐치 세일즈는 연중무휴인가? 마모루는 상대방을 노려보고는 일어섰다.

"뭐야, 이상한 애네."

두 시 오십육 분.

세이부 백화점과 한큐 백화점 사이, JR 유라쿠쵸 역으로 가는 통로 입구에 서 있던 가즈코는, 주위가 갑자기 붐비기 시작했음을 깨달았다. 통로 반대쪽에 서 있을 미타무라의 얼굴조차 보이지 않게 되었다. 가즈코는 풍선 끈을 움켜쥐고 조금이라도 사람이 적은 곳으로 이동하려고 앞으로 나섰다.

사람으로 벽이 생겨나 있다. 굳이 발을 멈출 이유라곤 없을 텐데, 하며 가즈코는 귀찮게 생각했다.

"죄송합니다. 좀 지나갈게요."

뭔가를 올려다보고 있던 젊은 커플이 길을 비켜 주었다. 그 뒤에도 똑같이 위를 올려다보고 있는 여자들이 있었다.

"실례합니다……. 죄송해요, 길 좀 비켜 주세요."

두 시 오십구 분. 그때, 등 뒤에서 누군가가 슥 다가와 가즈코의 오른손을 꽉 잡고는 귓가에 이렇게 속삭였다.

"지금 몇 시죠?"

가즈코의 손에서 풍선이 떨어졌다.

마모루는 다시 사거리로 돌아갔다.

신호를 기다리는 사람들의 무리 속에서 미친 듯이 자문했다. 도쿄 전체의 수많은 번화가, 길, 사거리 중에서 왜 여기를 고른 걸까?

세 시 정각.

오르골로 연주하는 듯한 종소리가 느긋하게 들려온다.

'마리온'이다. 돌아보며 시간을 확인했다. 사람들이 움직이기 시작한다. 스크램블 신호의 모든 방향의 보행자 신호가 파란불이다.

종소리는 계속된다. 몇 번이나 들은 적이 있는 음색이다. 매일 정해진 시간에, 빌딩 벽에 달려 있는 시계 속에서 정교하게 만들어진 인형들이 나타나 작은 망치로 종을 친다. 그리고 지금은 세 시. 종이 울릴 시간이다. 모여 있던 많은 사람들이 걸음을 멈추고 시계를 올려다보고 있다. 사람들이 까맣게 모여 있다.

그래서 여기인 걸까? 도저히 분간할 수 없을 정도로 많은 얼굴들이 모이기 때문에 여기인 걸까? 마모루가 다카기 가즈코를 찾아내는 게 불가능하도록.

"아, 풍선이다."

마모루 옆을 지나가던 작은 여자아이가 시계를 올려다보는 사람들 사이에서 날아오른 빨간 풍선을 가리켰다. 마모루도 반사적으로 그것을 눈으로 좇았다.

보행자 신호가 빨간색으로 바뀌었다. 차가 움직이기 시작한다. 굉음이 일어난다.

그때, 계속해서 움직이는 인형들을 올려다보고 있는 사람들 사이를 헤치며, 빠른 속도로 누군가가 뛰어나왔다. 검은 코트가 마모루의 시야를 스쳤다. 여자였다. 그녀는 걸음을 멈추지 않고, 똑바로 차가 지나가는 하루미 거리를 향해 가드레일을 타 넘으려고 다리를 올려 놓았다.

마모루는 땅바닥을 차고 달려 나가면서 동시에 외쳤다.

"말려 주세요! 누가 그 사람을 좀 말려 주세요!"

시간이 멈췄다. 가드레일을 타넘는 여자의 하얀 종아리가 눈에 비쳤다. 검은 코트 자락이 펄럭였다. 모여 있는 사람들 사이로 뛰어들자 수많은 주먹으로 한꺼번에 얻어맞은 듯한 충격이 돌아왔다. 마모루는 기세를 못 이겨 비틀거렸다.

다른 누군가가 사람들을 헤치고 버둥거리며 빠져나왔다. 이번에는 젊은 남자였는데, 놀라서 얼어붙은 얼굴을 한 채 필사적으로 달려온다. 달려온 그의 손이 여자의 검은 코트 자락을 잡았을 때 마모루도 가드레일에 다다랐다. 둘이서 여자를 도로 끌어내 함께 쓰러지듯이 엉덩방아를 찧었다. 사람들 사이에서 비명이 일었다.

여자는 핏기 없는 얼굴로 두 눈을 크게 뜨고 있었다.

다카기 가즈코다. 틀림없다. 사진으로 본 얼굴이었다. 하느님, 감사합니다. 태어나서 처음으로, 마모루는 생각했다.

"대체 어떻게 된 거야?" 뛰어나온 젊은 남자가, 가즈코와 마모루의 얼굴을 번갈아 바라보면서 똑같이 창백해진 얼굴로 중얼거렸다.

시계 종이 다 울리고, 사람들로 이루어진 벽이 무너져 간다. 길가에 주저앉아 있는 세 사람을 기분 나쁘다는 듯이 바라보는 눈길도 있지만, 많은 사람들은 그냥 지나쳐 간다.

남자의 목소리에 정신이 든 것처럼 다카기 가즈코는 몸을 떨었다. 눈을 깜박였다. 멍하니 젊은 남자를 올려다본다.

"방금, 차 한가운데로 뛰어들려고 했어요." 남자는 차근차근 설명하듯이 말했다.

"제가요?"

"당신, 다카기 가즈코 씨죠?"

너무 놀랐던 반동 때문에 잘 돌아가지 않는 혀로, 마모루는 간신히 그렇게 물었다. 그녀는 고개를 돌려 마모루를 보고는 분명히 고개를 끄덕였다.

"제가, 어떻게 된 거죠?"

"이제 괜찮아요. 여기 있는 사람이 큰 소리로 알려 줘서 다행이었어요. 풍선이 없어져서 전 당신이 어디 있는지 알 수 없었거든요." 남자가 대답했다.

"네가 날 구해줬니?" 가즈코는 마모루에게 물었.

"거기 있는 분도요. 아는 사이시죠?"

마모루는 젊은 남자를 바라보았다. 그도 고개를 끄덕였다.

"남자애……. 맞다, 너 하시모토 노부히코의 집을 찾아갔었지?"

손을 뻗어 마모루의 재킷 소매를 붙잡으면서, 가즈코는 말했다.

"그가 프로판 가스 폭발로 죽은 후에. 갔었지, 그렇지?"

"갔어요. 그 후, 어떻게든 다카기 씨를 찾아내고 싶었지만……."

"나도 널 만나고 싶었어. 넌 누구지? 하시모토 씨와 어떻게 아는 사이야? 넌 뭔가 알고 있지? 오늘 여기로 오라는 편지도 네가 쓴 거야?"

매달려 오는 가즈코의 손은 차가웠다. 마모루는 서둘러 물었다. "편지? 여기로 불려나온 건가요?"

"그래." 남자가 대답했다. "그녀를 도울 수 있다고 씌어 있었어."

마모루는 조금 난폭할 정도로 가즈코를 끌어당겨 일으켜 세웠다. 그리고 남자에게 말했다.

"다카기 씨를 데리고, 얼른 여기를 떠나세요. 갈 곳은 있죠? 나중에 연락을 하려면 어떻게 하면 되나요?"

가즈코를 안듯이 부축하며, 남자는 대답했다.

"내 가게로 오면 돼."

그리고 '케르베로스'의 위치를 가르쳐 주었다.

"얘기는 나중에. 어쨌든 당장 여기서 떠나는 겁니다."

"알았어."

두 사람이 떠나자, 마모루는 각오를 굳히고 주위를 둘러보았다. '누군가'는 분명히 곁에 있다. 전부 보고 있을 것이다.

오른쪽 어깨에 '누군가'의 손이 닿는 것을 느꼈다.

5

환자다.

이상하게도, 첫인상은 그랬다. 그렇게 두려워하고 있던 '누군가'는 늙은 환자의 모습을 하고 있었다.

"야아, 꼬마야. 드디어 만났구나."

약간 쉰 그 목소리로, 그렇게 말했다. 키도 마모루와 별로 차이가 나지 않는다. 본래의 육체가 병 때문에 쭈그러든 건지, 머리만이 묘하게 커 보인다. 헐렁헐렁한 은회색 양복이 머리카락 색깔과 비슷했다. 눈 밑의 살이 늘어져 있고, 얼굴은 나이가 새긴 주름 외에 병이 살을 갉아 먹은 증거인, 잔해 같은 피부로 덮여 있었다.

마모루를 보고 있는 두 개의 눈. 그것만이 살아 있다.

"꼬마야, 물론 내가 누군지 알겠지?"

마모루는 턱을 힘껏 당기며 고개를 끄덕였다.

"네 번째는 실패였죠?"

의외로 노인은 미소를 지었다. "넌 잘했어. 분명히 해낼 줄은 알았지만 말이야. 다카기 가즈코는 이제 아무래도 좋아. 그럼, 갈까?"

"가다니, 어디로?"

"무서워할 건 없단다. 난 널 좋아하고, 너와 이야기하고 싶은 게 있어서 이렇게 불러낸 거니까. 잠자코 따라오렴."

노인을 따라 택시를 타고 삼십 분 정도 흔들리다가 내렸다. 머리 위로 고속도로가 달리는 동네로, 오피스 빌딩 속에 맨션들이 점점이 흩어져 있다. 저녁놀이 빌딩 벽면에 불길할 정도로 선명하게 반사되고 있었다.

택시가 떠나가자 마모루의 마음에 차가운 두려움이 돌아왔다. 방금 그 택시가, 자신이 제정신인 세계로 돌아갈 수 있는 마지막 배였던 것처럼 여겨졌다.

노인이 안내한 곳은 도로에서 조금 들어간 곳에 있는 하얀 벽의 맨션 오 층이었다. 건물로 들어가기 전에 마모루는 주위의 풍경을 똑똑히 머리에 새겨 넣었다.

맨션 맞은편에 빌딩 사이에서 어깨를 움츠리듯이 한 모습의 가느다란 운하가 흐르고 있다. 맞은편에는 입체 주차장이 있다. 근처 전봇대에는 주소 표시가 되어 있다. 일이 어떻게 되든, 적어도 자신이 어디에 있는 건지는 알아 두고 싶다.

503호실. 노인은 발을 멈추었다.

"여기야."

문 위쪽의 문패에는 '하라사와 신지로'라고 씌어 있었다. '누군가'가 이렇게 평범한 이름을 갖고 있다니 믿을 수 없는 기분이 들었다.

"하라사와?"

중얼거리자, 노인은 대답했다.

"그게 내 이름이야. 계속 이름도 말해 주지 않아서 미안하게 됐구나."

노인은 흔하고 간소한 방을 지나 안쪽 방문을 밀었다. 마모루를 먼저 들여보내고, 문을 닫고 나서 불을 켰다.

압도적인 광경이 펼쳐졌다.

안쪽 방의 벽면 가득, 오디오 기기 비슷한 기재가 **빽빽**이 배치되어 있다. 마모루가 알아볼 수 있었던 것은, 중앙에 자리 잡은 세 대의 카세트와, 그 양옆의 스피커, 튜너……. 저건 오실로미터일까. 증폭기 같은 것도 보인다. 어머니 게이코가 죽었을 때 집중 치료실에서 보았던, 심박수나 뇌파를 재는 기계와 비슷한 장치도 있다.

막다른 곳에 있는 창에는 무거운 커튼이 쳐져 있어, 외부에서의 빛을 완전히 가로막고 있다. 면이나 울이 아니라 뢴트겐 기사가 두르고 있는 앞치마 비슷한 재질이었다.

반대쪽 벽에는 서적이 가득 꽂혀 있는 붙박이식 선반이 있다. 바닥에는 털 길이가 짧은 카펫이 깔려 있어 마모루의 발소리를 흡수했다. 그리고 방 중앙에 안락의자가 하나.

"어때?" 하라사와 노인이 말했다. 인공의 빛과 완전한 정적 속에서, 목소리가 몹시 인간적으로 울렸다.

"여기서 뭘 하는 거죠?"

노인은 상의를 벗어서 옆에 있는 기재 위에 올려놓았다.

"얘기가 길어지겠군. 피곤할 거야. 앉는 게 좋지 않겠니?"

"됐어요." 마모루는 창을 등지고 섰다. "당신이야말로 앉지그래요. 아무리 봐도 환자인데요."

"그래?"

"당장이라도 쓰러질 것 같아요."

"그래? 그럼 시간은 별로 없는 셈이로구나. 무엇부터 설명을 시작해야 하나?"

허리에 손을 대고 학 같은 자세로 기재 앞을 천천히 걸어가더니 카세트 앞에서 걸음을 멈췄다.

"우선, 한 가지 트릭을 공개하지."

카세트의 스위치를 누른다. 빨간 램프가 켜지고 이어서 스피커에서 테이프 돌아가는 소리가 흘러나왔다. 그 뒤를 따라 날짜와 시간을 읽는 하라사와 노인의 목소리가 들렸다.

"피험자 아사노 마키, 여성, 나이 스물한 살."

마모루는 창에서 등을 뗐다. 노인의 목소리가 이어진다.

"당신의 이름은?"

"아사노 마키."

마키의 목소리가 대답했다. 조금 졸린 것 같고 차분하긴 하지만 마키의 목소리가 틀림없다. 노인의 질문에 마키의 목소리는 충실하게, 솔직하게 대답해 나간다. 생년월일, 가족 구성, 직업, 현재의 건강 상태……

"내 누나—정확하게는 사촌누나라고 하던데, 그녀는 아주 암시에 걸리기 쉬운 사람이었어. 유연하고 적응성이 높더구나. 최면술의 피험자로는 최고의 타입이었지."

"최면술?" 화상을 입은 고양이처럼 펄쩍 뛰어오르며 마모루는 노인에게 덤벼들었다. "누나한테 최면을 걸었다고?"

"그래, 꼬마야." 하라사와 노인은 침착했다. "손을 놔. 그 다음을 듣고 싶지 않니?"

숨을 헐떡이며 손을 떼자 노인은 테이프의 볼륨을 높였다.

"당신이 좋아하는 곳은 어디입니까?"

"바다—푸른 바다가 좋아요."

"바다의 어떤 곳입니까? 바닷가? 아니면 해상?"

"글쎄요……. 요트…… 요트가 좋아요. 갑판에 앉아 바닷바람을 맞으면서……."

노인의 목소리는 계속되어 마키에게 '당신은 요트 갑판에 앉아 있어요. 햇빛을 받고 있고, 아주 즐겁습니다. 아주 편안해요'……하고 암시를 건다.

"앞으로 제가 하는 말을 잘 들으십시오. 들리지요?"

"잘 들려요."

"당신 집에는 시계가 있습니까?"

"있어요."

"시간이 되면, 벨이나 종을 울려 소리를 내는 시계는 있습니까?"

"있어요……. 벽시계가."

"그럼 당신은 내일, 그 벽시계가 오후 아홉 시를 알리면, 구사카 마모루에게 이렇게 전해 주세요."

"꼬마야, 나는 하시모토 노부히코에게 전화를 걸었어. 그래서 그는 죽은 거야."

같은 말을, 마키가 단조로운 어투로 반복한다.

"그렇습니다. 알겠지요? 그럼 지금부터 제가 셋을 세겠습니다. 그럼 당신은 깨어납니다. 깨어나서 이 건물에서 나갑니다. 밖으로 나가면 지금까지 있었던 일을 전부 잊어버립니다. 저를 만난 것도, 제게 명령을 받은 사실도 잊어버려요. 지금까지의 일은 전부, 내일 오후 아홉 시가 되면 자연스럽게 당신의 마음에 떠오릅니다. 그리고 전언을 전달한 후에는, 제 명령에 따라 행동한 것도 잊어버립니다."

"잊어버립니다……."

"아시겠지요. 그럼 세겠습니다. 하나, 둘, 셋. 됐어요."

테이프는 거기에서 끝나 있었다.

"후최면 현상이라는 거야." 하라사와 노인은 설명을 시작했다. "피험자를 깊은 최면 상태로 이끌어서 하의식에 명령을 내리지. 그러면 그걸 어떤 일정한 키워드—말이든 소리든, 어떤 행동을 취하는 것도 좋아—를 줌으로써, 언제든지 불러내고, 주어진 명령을 실행하게 할 수 있는 거야. 피험자는 그 사실을 깨끗이 잊어버리지. 물론 자신의 행동을 의식하지도 못해. 기억에 잠깐의 공백이 생길 뿐이야."

데모가 있었던 날 밤, 마키는 술에 취해서 자신이 어디서 어떻게 하고 있었는지 생각나지 않는 시간이 있다고 이야기했었다……. 데모 후에도 자신이 무엇을 했는지 기억하지 못했다.

"간단한 거야. 난 숙련된 유도자거든. 피험자에게 다가가서 말만 걸 수 있으면, 최면 상태로 이끄는 건 쉬운 일이지. 규칙적으로, 일정한 간격으로 손가락을 튕기거나, 물건을 두드리는 것만으로도 얕은 최면 상태로 이끌 수 있어. 그리고 어딘가 좀더 조용하고 시간을 낼 수 있는 이런 곳으로 데려와서 더욱 깊은 암시를 주지. 아무래도 최면 유도를 하기 어려울 때는 약을 쓸 때도 있지만 말이야. 주로 바르비투르산 barbituric acid 유도체 등……. 하지만 여자에게는 필요 없어. 여자는 암시에 걸리기 쉬운 생물이거든."

벽에 늘어놓은 기재를 손으로 가리켰다. "이 기기들은 최면 유도 하에 있는 피험자의 신체적, 생리적 상태를 기록하기 위한 거야. 너한테 흥미가 있다면, 최면 상태에 있는 인간이 얼마나 흥미로운 관찰 재료가 되는지 가르쳐 줄 수도 있어."

마모루는 시선을 피했다.

"이건 듣고 싶지?" 노인은 다른 테이프를 틀었다. 또 다른 여자의 목소리가 흘러나왔다.

"이게 가토 후미에야." 노인은 말했다. "아주 노골적이더군. 그녀는 자신이 어떻게 해서 더러운 돈을 벌고 있었는지 꼼꼼하고 세세하게 설명해 주었어. 그걸 의기양양하게 생각하는 것 같은 구석이 있었지. 의식이 표면에 드러내고 싶어 하지 않는 꺼림칙한 일도 하의식을 건드리면 어려움 없이 알아낼 수 있는 거야."

"그 '하의식'이라는 건 뭐죠?"

"여기 있어." 하라사와 노인은 손가락 끝으로 머리를 가볍게 두드렸다. "스물네 시간 내내 결코 쉬는 일이 없는 파수병이야. 학자에 따라서는 하의식이야말로 인간의 영혼 자체라고 문학적으로 표현하는 사람도 있지. 의식은 단순한 칠판에 지나지 않아. 거기에 쓰인 것은 쉽게 지워지고 말거든. 하지만 하의식은 말하자면 조각이야. 거기에 새겨진 것은 태고에 인류의 선조가 동굴 벽에 새긴 고대 문자처럼 영원히 남는 거지. 어떤 사람이 다섯 살 때 넘어져서 앞니가 부러졌다고 치자. 그럼 하의식은 그 사람이 여든 살의 나이로 죽을 때까지, 앞니가 부러졌을 때의 아픔과 공포를 기억하고 있어. 후최면 현상이란 그 하의식을 건드림으로써 일어나지. 넌 최면 학습이라는 말을 들어본 적이 있지?"

"있어요. 우편 광고물이 왔죠. 자는 동안에 영어 단어를 외울 수 있다는 둥 하면서."

"시험해 봤니?"

"설마요."

"현명하군." 노인은 싱긋 웃었다. "상품화된 것 중에는 제대로 된 게 없어. 그 정도 일을 할 수 있을 만큼 고도의 기술을 익힌 유도자는 흔하지 않거든."

"당신은 자신이 그중 한 명이라고 말할 셈인가요?"

"그렇단다, 꼬마야."

노인은 이야기를 하기 쉽도록 테이프의 음량을 낮췄다.

"그 네 명의 여자들에 대해 나는 이렇게 모든 기록을 남겨 두었어. 그녀들과 접촉하고 암시를 걸고 키워드를 주고……."

"하지만……. 그 말을 믿는다면, 그 사람들은 모두 꽤 오랫동안 당신의 최면에 걸려 있었던 게 되잖아요. 그런 게 가능한가요? 당신이 모르는 곳에서 누군가 전혀 다른 사람이 우연히 키워드를 말해 버릴 수도 있잖아요."

노인은 미소를 지었다.

"시간적인 걸 걱정해야 했던 것은, 사실을 말하면 다카기 가즈코 때뿐이었어. 다른 네 사람은 가장 긴 경우라도 키워드를 줄 때까지 열두 시간 정도의 공백만 계산하면 되었거든. 하시모토 노부히코 때는 겨우 세 시간이었지."

갑자기 노인의 눈에 빈틈없는 빛이 떠올랐다.

"난 그들의 행동을 확실하게 감시하기로 했지. 실패하고 싶지 않았으니까. 다만, 다카기 가즈코는 좌담회에 나온 여자들 중 마지막 한 명이었어. 그녀는 경계하고 있는데다 정말로 마음먹고 달아나서 모습을 감춰 버릴 가능성이 충분히 있었지. 내가 알아내지 못할 정도로 완전히 말이야. 그래서 긴 시간적 공백이 발생할 것을 알면서도 붙잡을 수 있을 때 붙잡았어. 스가노 요코의 장례식 날 밤이었지."

"하지만……."

"그리고 복합 키워드를 사용했어. 키워드를 말함과 동시에, 그녀의 오른손을 잡는다. 그게 둘 다 갖춰지지 않으면 암시는 듣지 않는 거지."

"그렇게 해서 '죽으라'고 명령했군요."

"그렇지 않아." 노인은 고개를 저었다. "내가 한 것은, 그녀들에게 '도망쳐'라는 명령을 내린 것뿐이야. 개체에는 자기보호본능이라는 게 있으니까 말이야. '자살하라'는 명령을 내려도 실행되지 않아. 하의식 또한 그 인간의 일부임에는 틀림없으니까."

"도망쳐?"

"그래. 달려라. 도망쳐라. 추격자에게 붙잡히지 마. 붙잡히면 죽는다. 가로막는 것은 뿌리치고, 문을 빠져나가고, 창문을 깨고, 뛰어내리고, 계속해서 도망쳐, 그렇지 않으면 죽는다, 하고 말이야. 하의식은 그 명령을 실행하지. 그런 의미로는, 그녀들 자신의 자기보호본능이 그녀들을 죽게 한 셈이 되려나."

아무 말도 없이 우뚝 서 있는 마모루 앞에서, 노인은 손을 약간 들더니 '그렇지' 하고 중얼거리며 기재 한 귀퉁이로 손을 뻗어 거기에서 한 통의 커다란 봉투를 꺼냈다.

"이걸 다카기 가즈코에게 좀 전해 주겠니?"

마모루는 그가 내민 봉투에 손을 댈 수가 없었다. 노인은 웃음을 지었다.

"걱정할 것 없어. 위험한 물건은 아니니까. 그보다 그녀를 완전히 구해 내기 위한 물건이야. 그녀는 죽지 않았잖니. 그러니까 최면을 풀어 두지 않으면 나중에 후유증이 나타날 위험이 있단 말이야. 원래 내가 하는 게 제일 확실하지만, 그럴 수도 없으니까."

마모루는 봉투를 받아들었다.

"그 속에는 내가 키운, 이 분야의 권위자 가운데 한 명의 연락처가 씌어 있어. 물론 이유는 숨기고 그럴듯한 거짓말을 늘어놓았지만, 자료도 첨부되어 있어. 그에게 연락해서 부탁하면 적절한 조치를 취해 줄 거야. 네게 전화했을 때부터 준비해 둔 거야. 넌 이겼어. 그러니까 다카기 가즈코는 완전하게 구해줘야지."

문득 마모루는 무서운 사실을 깨달았다.

"마키 누나는? 누나는 어떻게 되죠? 최면을 풀지 않았잖아요."

노인은 마모루의 어깨를 툭 두드렸다.

"그거라면 걱정하지 않아도 돼. 그 데모 후에 확실하게 해 뒀으니까. 마키 씨에게 전화가 걸려 온 거 기억나니? 그게 나야. 직함을 이용해서 가벼운 거짓말을 하고, 다음 날 곧 만났지. 그때 확실하게 처리해 뒀단다."

마모루는 헛돌 것 같은 머리로 생각했다. 요즘 마키의 상태가 이상한 적은 없었던가?

없다. 괜찮다는 생각이 들었을 때 그제야 다시 노인의 얼굴을 직시할 수 있었다. 노인은 조용히 말했다.

"이렇게 된 마당에 거짓말은 안 해. 너한테는 거짓말은 하지 않는단다."

마모루는 안도감을 느끼면서 다시 봉투를 꽉 움켜쥐었다. 무슨 일이 있어도 이건 다카기 가즈코에게 전달해야 한다. 그러면 이제 마키와 똑같이, 모든 게 없었던 일이 되는 것이다. 이제 괜찮다.

하지만―.

마모루 안에서 소용돌이 치던 의문이 가까스로 말을 되찾았다.

"하지만 다른 사람들은 죽였잖아요. 왜 그런 짓을?"

"올바른 처벌을 위해서야." 노인은 즉시 대답했다. 그때까지 입가에 띠고 있던 엷은 웃음이 씻은 듯 사라졌다.

"일 년 전까지, 나는 한 대학의 연구실에 있었어. 거기에서 내가 공들여 가르친 다섯 명의 제자들과 최면 요법이나 바이오피드백, 중국에서 오랜 전통을 자랑하는 기공 연구를 계속하고 있었지. 그 연구가 결실을 맺으면, 대인 관계의 스트레스로 고민하는 남자들이나 부정형 신체 증후군*으로 괴로워하는 많은 여자들을 구할 수 있게 돼."

양손을 벌리고 슬픈 듯이 그걸 내려다보았다. "그 무렵 나는 이미 내 건강에 문제가 있다는 걸 알고 있었어. 암이었지. 한 번 수술을 받았지만, 절제 불가능한 곳까지 전이되어 있었던 거야. 연구에 몰두해 있었기 때문에 알아차리는 게 너무 늦었지. 하지만 사람은 누구나 언젠가는 죽는 법이야."

가볍게 받아넘기듯이 웃고, 말을 이었다.

"내가 죽어도 연구원들이 있으니까. 나보다 훨씬 많은 시간을 가지고 있는 그들이 내 유지를 물려받아 줄 거야. 나는 다만, 남겨진 시간 동안 할 수 있는 한 많은 지식을 그들에게 전달하면 그걸로 족했어. 다행히 요즘에는 좋은 진통제가 있으니까."

노인은 책꽂이로 다가가 스크랩북을 한 권 빼더니 페이지를 넘겨 마모루에게 내밀었다. "이걸 보렴. 다섯 명의 연구원 중에서도 가장 우수했던 내 수제자야."

---

* 머리의 무거움이나 초조감, 피로, 불면 등 막연한 불쾌감을 동반하는 자각 증상을 호소하지만, 그것과 몸의 이상과의 관련이 확실하지 않고, 실제로 검사해 보면 아무 이상도 발견되지 않는다.

왼쪽 페이지에 검은 테 안경을 쓰고 하얀 이를 드러내며 웃고 있는 젊은 남자의 사진이 있었다. 넓은 이마. 시원스런 콧날. 안경 렌즈 너머로 눈동자가 반짝이고 있다.

오른쪽 페이지에는 세 여자들의 사망 기사를 스크랩한 것이 붙어 있다.

"다자와 겐이치라는 이름이었어. 타고난 학자였지. 매일 눈을 빛내며 연구실에 오곤 했어."

"당신은 이 사람을 과거형으로 이야기하는군요. 이 사람은 어떻게 됐죠?"

"자살했어. 연구실에 있던 수면제로. 작년 오월의 일이야."

마모루는 시선을 들었다. 노인의 눈이 그 시선을 응시하며 천천히 고개를 끄덕인다.

"그는 사랑을 하고 있었어. 불행한 사랑을. 내성적이지만 성실한 청년이었지. 나는 그가 사랑하는 여자가 그에게 어울리는 사람이었으면 좋겠다고 바라고 있었어."

"그건 누구였죠?" 마모루는 물었다.

"다카기 가즈코야."

노인은 잠시 침묵하다가 조용한 어투를 유지하며 말을 이었다.

"그가 자살했을 때, 나는 미치는 줄 알았어. 그렇게 괴로운 장례식은 없었지. 내 뒤를 물려받아 줄 사람을 보내는 장례식이었으니까."

"다자와 씨의 연인이 다카기 가즈코라는 걸 어떻게 아셨어요?"

"다자와 군은 내 앞으로 유서를 남겼어. 거기에 모든 게 적혀 있었지. 그는 상처를 입고 있었어. 손도 쓸 수 없을 정도로 상처를 입은 상태였어. 그는 정말로 다카기 가즈코를 사랑하고 있었지."

"그래도 죽을 건 없잖아요. 장래가 유망한 사람이었는데. 섣부른 짓을……."

"그렇게 생각하니? 내 제자는 지나치게 순진무구하고 면역이 너무 없었다, 그렇게 생각해?"

아니, 아니야. 노인은 험악하게 단언했다.

"꼬마야, 넌 연애라는 걸 어떻게 생각하니? 연애 감정은 왜 한 인간에게만 향하고, 다른 사람으로는 안 되는 걸까. 왜 한 인간에게만 끌리는 걸까. 그건 신비란다. 우리 학자들도 아직 밟아 보지 못한 분야야. 다카기 가즈코는, 그걸 영리를 얻기 위한 수단으로 이용했어. 게다가 하필이면 내 제자가 쓰러졌지. 학문의 길을 가야 할 학자가 쓰러진 거란 말이야. 행성 탐사 우주비행사가, 미지의 별에 내린 순간 원시인에게 곤봉으로 얻어맞고 쓰러진 거나 마찬가지지."

노인의 목소리에는 힘이 있었다.

"꼬마야. 그녀가 한 짓은 단순한 사기나 기만이 아니야. 그건 모독이었어."

대답할 수 없었다.

"다카기 가즈코는 자기를 믿고, 속았다는 걸 인정하지 못하던 다자와 군에게 「정보 채널」을 보냈어."

마모루는 눈을 크게 떴다. 좌담회의 기사를, 하시모토의 말을 떠올렸다.

—— 네 명의 여자들이 이야기한 것에, 나는 일언반구도 손을 대지 않았어. 어떤 지저분한 말도, 저질스러운 말도, 무엇 하나 덧붙일 필

요가 없었거든.

"유서와 함께 그것도 남아 있었어. 난 읽었지. 몇 번이고, 몇 번이고, 암기할 정도로 읽었어. 그리고 결심했단다."

"그 여자들을 죽이기로." 마모루는 말했다. "왜 네 명 전원이었죠? 그런 이유 때문이라면 다카기 씨만으로도 충분했을 텐데요."

"이게 개인적 복수 이상의 것이었기 때문이야, 꼬마야. 그녀들은 샘플이었어."

"샘플? 바보 같은 소리, 이게 무슨 실험도 아니고, 당신이 한 짓은 살인이었다구요!"

"그리고 연인 장사는 비열한 범죄지. 범죄자는 재판을 받아야만 해."

노인은 비척비척 마모루에게 다가왔다.

"꼬마야, 난 너보다 네 배 이상이나 되는 세월을 살아왔어. 그리고 알게 된 사실이 하나 있지. 어느 세상에나, 진정한 악인이라는 게 분명히 존재한다는 거야."

연설. 손을 벌리고.

"다행스럽게도 그들은 절대적인 수가 적어. 그들만으로 할 수 있는 일은 고작해야 뻔하지. 진짜 문제는 그런 그들을 따라가는 자들이야. 연인 장사만이 아니란다. 흔해 빠진 악질적 금융 범죄도, 그걸 생각해낸 몇 안 되는 사람들만으로는 성립하지 않아. 그걸 성립시키고, 실행하고, 만연시키는 건 더 많은 추종자들이지. 거기에서 무슨 일이 벌어지고 있고, 자신이 어떤 역할을 하고 있는지 충분히 알고 있으면서도, 막상 때가 되면 도망칠 길을 찾을 수 있는 자들이야. 악의는 없었다,

몰랐다, 나도 속고 있었다, 사정이 있어서 꼭 돈이 필요했다, 나도 피해자다—변명, 변명, 끝없는 변명이지."

침묵.

"난 그 네 명의 여자들에게, 그녀들이 부당하고 쉽게 손에 넣은 것에 대해 올바른 대가를 지불하게 해 주자고 마음먹었어. 그것뿐이야."

"미쳤어." 마모루는 가까스로 중얼거렸다. "어떤 논리를 갖다 붙여도 살인은 살인이에요."

"그건 사회가 판단할 일이지. 나는 보다시피 남은 삶이 길지 않아. 앞으로 한 달이나 버틸 수 있을지 모를 일이지. 내가 죽으면 유언 집행인의 손으로 여기에 있는 모든 자료가, 내 고백과 함께 경찰에 보내지도록 조치를 취해 놓았단다."

해야 할 말은 더 이상 아무것도 없었다. 여기서 나가는 것만 생각하고 있었다. 일어서서 밖으로 나가, 가능한 이곳으로부터 멀리 떨어진 곳으로 가자.

"당신은 의기양양하군요. 그렇죠? 미친 마술사예요."

"마술사?" 노인은 즐거운 듯이 웃었다. "학문은 신성한 거야. 결코 쓸모없는 게 아니지. 난 과학자란다. 진실을 추구하고 있어. 그 증거로 너에게 한 가지 유익한 사실을 가르쳐 줄 수 있지."

방을 나가려던 마모루는 돌아보았다.

"유익한 사실?"

"그래. 네 이모부를 위해 목격 증언을 한, 요시타케 고이치의 정체 말이다."

마모루는 하라사와 노인을 물끄러미 바라보았다.

"당신이 그 사람에 대해서 뭘 알고 있다는 거죠?"

"그 남자는 거짓말을 하고 있어. 그는 스가노 요코가 죽었을 때, 현장에는 없었거든. 난 그걸 확신하고 있어. 왜냐하면, 키워드 때문이야."

노인은 손가락을 하나 세웠다. "가토 후미에 때는 전화를 이용했어. 미타 아츠코에게는 플랫폼에서 말을 걸었지. 하시모토 노부히코 때는, 그를 찾아가서 잠을 재우고, 암시를 준 후 가스 마개를 열고 가솔린을 뿌렸어. 그리고 가스가 적당히 찼을 때를 노려서 그에게 전화를 걸어, 키워드를 주고 담배에 불을 붙이게 한 거야."

그리고 스가노 요코는—.

"그녀 때는 키워드로, 그녀의 손목시계를 이용했어. 알람이 울리게 되어 있는 거였거든. 그걸 자정에 맞추고 알람이 울리면 암시가 시작되도록 해 두었어. 그래서 그녀는 정신없이 달아나다가 네 이모부의 차 앞으로 뛰어들었지. 그러니 나도 그날 밤 그 장소에는 없었다. 휴식이 좀 필요했거든. 그 바람에 네 이모부께 폐를 끼치고 말았지만."

그는 조금 미안하다는 듯이 시선을 피했다.

"그래서 그녀가 죽은 후에 사고 상황을 보도한 기사는 전부 읽었어. 뉴스도 봤지. 그리고 요시타케가 증인으로 나서서 현장에서 보고 있었다고 이야기한 내용을 알았을 때, 나는 그가 거짓말을 하고 있다는 걸 알았던 거야. 그는 그날 밤 스가노 요코에게 시간을 물어봤다고 증언했어. 그녀가 대답하기를 '열두 시 오 분이에요'라고 했다고. 그건 거짓말이야. 있을 수 없지."

"왜죠?"

"그 시각이라면, 이미 암시가 시작되어 있었을 거야. 그녀는 내가 준 암시에 의해 추격자로부터 달아나고 있었어. 바깥 세계로부터의 자극에 반응할 수 있었을 리가 없단 말이야. 누군가 시간을 묻는다고 해서, 거기에 대답할 수 있었을 리가 없어. 절대로 말이야."

절대로. 노인은 강조했다.

"요시타케 고이치는 새빨간 거짓말을 하고 있어. 그가 정말 그 자리에 있었다면, 아무도 쫓는 사람이 없는데도 필사적으로 달아나는 스가노 요코를 보고 있었을 텐데. 그는 있을 수 없는 얘기를 했어. 왜일까? 왜 그런 거짓말을 한 걸까?"

마모루는 눈을 감고 문에 기댔다.

"그 사람이 우리 아버지이기 때문이에요."

처음으로 노인의 얼굴에 놀람이 달렸다.

"그 남자가 네 아버지라고?"

"그래요. 알고 있어요. 그 사람은 십이 년 전에 행방불명된 우리 아버지고, 지금은 요시타케 고이치라는 이름을 쓰고 있어요. 저와 아사노 씨 일가를 구하기 위해 그런 거짓 목격 증언을 한 거죠."

"넌 어떻게 그걸 알았지?"

마모루는 설명했다. 결혼반지. '붙잡힌다!'라는 서브리미널 샷에 걸려든 것. 그리고 또 한 가지—.

"그 사람은 날 '구사카 군'이라고 불렀어요. 그렇게 부를 수 있을 리가 없죠. 아사노 씨 일가에서는 절 아들이라고 소개했으니까. 지금 생각해 보면 그때 눈치 채지 못한 게 더 이상한 일이었어요."

잠시 동안 노인은 물끄러미 바닥을 바라보고 있었다.

"꼬마야, 그의 신원은 확실해. 목격 증언 때 경찰에서 샅샅이 조사했을 테니까. 출생이나 경력, 호적을 위조할 수는 없어."

"저도 그 생각은 했어요. 하지만 그 사람한테 들었어요. 옛날에, 한때 여인숙 거리에 있었던 적이 있다고. 그런 곳에서는 돈으로 호적을 매매하는 일이 있다고 하잖아요.

아버지처럼 과거를 지우고 싶은 사람이 돈을 내고, 이제 호적 따윈 필요 없는 다른 사람의 신원을 사는 거죠. 그렇지 않으면 길에 쓰러져 객사한 동료 중 누군가의 신원을 그대로 받든가. 그렇게 해서 다시 태어나는 거예요."

"그렇군. 생각할 수 있는 일이야." 노인은 고개를 끄덕였다. "그래도 꼬마야. 틀렸어. 그는 네 아버지가 아니야. 그것보다도 더 큰 빚을 지고 있지. 너와 네 어머니에게."

노인은 다시 카세트로 다가갔다.

"그가 거짓말을 하고 있다는 걸 알았을 때, 난 흥미를 느꼈어. 그리고 그가 거짓말을 하는 이유를 알고 싶다고 생각했지. 그래서 그에게도 최면 유도를 시도했어. 이게 그 기록이야."

"그 사람에게?"

"그래. 다행히 내게는 그 같은 인물에게 쉽게 다가갈 수 있을 만한 직함이 있어. 그래도 매우 어려운 일이었단다. 두꺼운 억압의 벽을 깨야만 했으니까. 하지만 그의 거짓말의 의미를 알았을 때, 동시에 그 이유도 알았어. 그 남자에게는 죽어도 밖으로 드러내고 싶지 않은 사실이 있었다."

노인은 테이프를 틀었다. 긴 고백이 시작되었다. 그 고백에 귀를 기울이는 것은 마모루에게 있어, 깊은 안개에 갇힌 십이 년이라는 세월을 거슬러 올라가는 일이었다.

6

열여덟 살이 되던 해의 봄, 대학 진학을 위해 상경한 노무라 고이치의 가슴에는 희망이 넘치고 있었다.

히라카와 시에서 대대로 여관업을 경영하며 그 지방의 오랜 가문으로 알려져 있던 그의 생가는 제2차 세계대전의 전화戰禍로 가옥과 재산의 대부분을 잃었고, 또 전쟁 후의 혼란 속에서 살아남기 위해 조금씩 재산을 처분한 결과 지금은 옛 자취를 찾아볼 수 없는 상태에 있었다.

대개 오래된 가문들은 혈족을 중시한 나머지 새로운 사람을 받아들이기를 싫어하는 경향이 있다. 노무라 집안은 그게 특히 현저했다. 여관업이라는, 유연한 두뇌와 장사수완이 필요한 가업에 그 편협함은 치명적인 타격을 주었다.

당시 노무라 집안에 남아 있는 것은 옛 명문가로서의 체면과, 매달 들어오는 얼마간의 토지 임대료뿐이었다. 이미 남편을 잃고 외아들 고이치만을 위해 살아가고 있던 어머니 우메코는, 가난한 살림을 깎아먹어 가면서도 아들을 도쿄의 대학에 보냈다. 그 의미를, 고이치는 지나칠 정도로 충분히 잘 이해하고 있었다. 일견 썩어가고 있는 것처럼 보이는 고목에 자라나는 생각지도 못했던 새싹. 바로 그였다.

도쿄에서의 생활은 순조로웠다. 고이치는 우수한 학생이었고, 그대로만 나가면 유능한 청년이 되어 노무라 집안을 다시 일으켜 세울 수 있을 만한 인재가 되리라는 사실을, 본인을 포함해서 아무도 의심하지 않았다.

최초의 불운이 덮쳐올 때까지는.

사고였다.

고이치의 하숙집 근처에 신축중인 빌딩이 있었는데, 하필 그가 그 근처를 지나갈 때 그의 머리 위쪽에서 인부들이 삼 층 유리창을 끼우고 있었다. 그리고 다음 강의 때 제출할 리포트의 내용을 생각하면서 고이치가 그 바로 아래까지 왔을 때, 유리를 받치고 있던 인부의 손이 미끄러졌다. 유리를 매달고 있던 와이어의 후크가 풀린 것이다. 사정없는 중력의 손길 때문에, 고이치는 전치 이 개월의 중상을 입었다.

그 사고에는 후한 보상이 뒤따랐고, 젊었던 그는 상처 회복도 빨랐다. 이 개월의 공백이라면 나중에 어떻게든 되찾을 수 있을 거라고 생각하며, 병원 침대에서는 오로지 책을 읽으며 시간을 보냈다. 정말로 당황한 것은 퇴원한 지 겨우 한 달 후에 재입원하라는 선고를 받았을 때였다.

혈청 간염에 걸려 있었다.

간염이 수혈된 혈액에서 수평 감염된다는 사실은, 오늘날에는 잘 알려져 있다. 예방법 연구도 진행되었다. 그런 의미로 고이치는 이중으로 불운했다고 해야 할 것이다. 실혈사失血死를 면하게 해 준 수혈 때문에, 그 후로 일 년이라는 학생 생활을 그는 통째로 날렸다.

가까스로 원래 코스로 돌아올 수 있을 정도로 회복되었을 때, 이번에는 어머니 우메코가 쓰러졌다. 가벼운 뇌일혈이라 목숨에 지장은 없었지만 그에 따른 경제적인 사정은 이미 고이치에게는 선택의 여지가 남아 있지 않을 정도로 궁핍해져 있었다. 스물한 살 되던 해의 봄, 고이치는 '중퇴'라는 본의 아닌 형태로 대학을 떠났고, 그 이상으로 본의 아닌 취직을 하게 되었다.

아들이 취직할 때, 혹시나 하고 마음을 졸이던 우메코는 아는 사람에게 그의 성명으로 점을 쳐 달라고 부탁했다. 그 사람은 말했다.

"기운은 강하지만 사고와 인연을 끊을 수 없는 이름입니다. 개명하시는 게 좋을지도 몰라요."

자신을 덮친 불운에 질려 있던 고이치는 그 말에 귀를 기울이지 않았다. 그가 하고 싶은 말은 단 하나, '불공평하다'. 그것뿐이었다.

어쨌든 그는 도심에 있는 중간 규모의 부동산 회사 사원으로서 사회로의 첫발을 내딛게 되었다. 그렇게 나쁜 직장은 아니었을 테지만, 고이치 자신 안에 있는 좌절감과, 그와는 반대로 굴절된 우월감은—자신은 본래 이런 곳에 있을 리 없는 인간이다—그를 까다롭고 불쾌한 남자로 만들어 갔다. 사람을 대하는 태도가 나쁜데다, 입 밖에는 내지 않지만 한층 더 웅변적인 태도로 나타나는 동료들에 대한 모멸의 의식이 적을 만들고 사람을 멀리 하고 나아가서는 일에도 악영향을 미치게 되었다.

그 당연한 귀결로, 그는 이 직장 저 직장을 전전하기 시작했다. 이력서의 경력란은 '일신상의 사정에 의해 퇴직'이라는 기록과 갖가지 회사 이름으로 채워졌다. 그만둔 회사 중에는 이름조차 기억나지 않는 곳도 있었다. 다음 회사에 제출하는 이력서에는 그런 곳은 빼고 썼다. 빈 세월은 적당히 수정하고. 단기간이기는 했지만, 모든 것에 싫증을 느끼고 방랑자처럼 여인숙 거리에서 생활한 것도 이 무렵의 일이었다.

서른두 살 되던 해 여름, 고이치는 한 운송 회사에 중도 채용되었다. 일은 총무 관련의 사무직이었지만 소규모 회사라 남자 내근 직원은 혼자뿐이었다. 단골 거래처를 도는 사장을 따라다니며 보좌하는 것도 그의 역할 중 하나가 되었다.

그런 단골 거래처 중 하나에 '신일본상사'가 있었다.

두 사람이 처음 만났을 무렵, 후에 그의 아내가 된 요시타케 나오미는 아직 스물두 살의 학생이었다. 어느 쪽이 먼저 '첫눈에 반했'는지를 말한다면, 그녀 쪽이었을 것이다. 세상 물정 모르던 그녀에게는 주위에 있는, 부모의 보호 밑에서 장래가 보장되던 청년들보다도, 거래 미팅 때 참을성 있게 다리 사이에 가방을 놓고 속사포처럼 이루어지는 대화가 지체되지 않을 정도의 속도로 서류를 넘겨 나가는, 시니컬한 분위기의 남자가 훨씬 더 매력적으로 여겨졌다.

게다가 그녀가 모르는 세상을 헤엄치고 있는 노무라 고이치에게는, 미모로 유명했던 어머니로부터 물려받은 얼굴이 있었다. 계속되는 불운도 그것만은 손상시키지 못했다.

딸의 강한 희망에 져서 '신일본상사'의 사장이 고이치의 신변 조사를 시작했을 때 가장 우려했던 대목은, 팔보다도 긴 그의 과거 취직자리 목록이었다. 구르는 돌에는 이끼가 끼지 않는다. 나오미의 아버지는 그 말이 가지고 있는 나쁜 일면의 신봉자였다. 이렇게 많이 굴렀으면 몸에 익힌 거라고는 아무것도 없을 것이다.

 단, 그 긴 목록은 잠시 시간이 지난 후에 다른 의미로 그의 주목을 받았다. 노무라 고이치의 과거 취직자리는 직종도 경영 내용도 제각각이었지만, 분야로 따지자면 앞으로 뻗어나갈 것, 이미 뻗어나가고 있는 것들뿐이었다. 고이치가 취직했을 무렵에는 이름도 없는 소기업이었는데, 지금은 그 분야에서 두각을 나타내고 있는 예도 있었다.

 이건 우연일까? 나오미의 아버지는 '신일본상사' 사장으로서의 머리로 생각했다.

 우연이 아니다. 어떤 이유로 전직을 되풀이했든, 외동딸이 홀딱 반한 이 청년에게는 선견지명이 있다―좀더 노골적으로 말하면 코가 좋다. 그리고 스스로도 자수성가해서 회사를 일으킨 나오미의 아버지는, 이 선견지명만은 훈련이나 교육으로 익힐 수 있는 게 아니라는 사실을 익히 알고 있었다.

 고이치와 요시타케 나오미는 그 해 말에 약혼했다. 고이치는 '신일본상사'에 취직하여 일하기 시작했다. 노무라 집안을 실질적으로 재건할 생각을 하고 있던 그는, 망설임 없이 데릴사위가 되는 것을 승낙했다. 식은 나오미의 졸업을 기다려 올릴 예정이었다.

 그리고 사고와 인연을 끊을 수 없는 이름이 불러들인 최후이자 최대의 불운은, 노무라 고이치가 요시타케 고이치로 바뀌기 일주일 전에 찾아왔다.

7

십이 년 전—삼월.

전날 밤에 도쿄를 출발해 히라카와 시내로 들어섰을 무렵, 고이치의 승용차 시계는 오전 다섯 시 십오 분을 가리키고 있었다. 실 같은 빗줄기가 앞유리를 때리고, 거리는 차가운 수증기에 싸여 있었다.

일주일 후의 결혼식을 위해 그는 어머니를 모시러 귀향하는 길이었다. 본가에서 하룻밤 묵고, 전화나 편지로는 다할 수 없던 지금까지의 이야기를 하며 지낼 생각이었다. 그리고 함께 도쿄로 돌아간다. 간신히 찾아온 기회—아니, 먼 길을 돌았지만 결국 예정된 코스로 돌아온 것을, 어머니의 눈에 보여 줄 수 있다.

시내로 들어선 후 그는 약간 길을 돌아갔다. 국도를 직진해서 중앙거리로 빠져나가는 게 아니라, 역 앞에서 간선도로로 우회하여 도시를 둘러싸고 있는 산기슭을 한 바퀴 돌며 개선을 즐기고 싶었다.

차창 오른쪽에, 한때 노무라 가의 것이었던 높은 산이 보이기 시작했다. 정상 부근의 땅이 깨끗하게 다져져 있고, 건설중인 리조트 호텔의 철골이 새벽 전의 보라색 하늘에 검게 솟아 있다.

'9월 1일 오픈!' 비계飛階에 세로로 걸려 있는 현수막이 전구의 불빛을 받아 빛나고 있다.

꿈이 아니다. 고이치는 생각했다. '신일본상사'를 리조트 호텔 경영에 나서게 하는 것은, 지금은 아직 어려울지라도 불가능하지는 않다. 멀지 않은 장래에 그가 경영의 실권을 쥘 수 있게 되면, 반드시.

그때까지는 충분히 힘을 길러야 한다. 그는 이미 '신일본상사'의 경영 방침을 좀더 대중적인 노선까지 확대할 생각을 하고 있었다. 대중이라는 말의 의미가 끌어올려지는 시대가 반드시 올 것이다.

　차는 도시를 반 바퀴 돌아 시의 서쪽을 빠져나가는 선로와 도로가 교차하는 지점에 접어들고 있었다. 빗발이 거세져 와이퍼를 움직여도 시야가 흐려지기 시작했다.

　이른 아침이어서인지 간선도로를 지나는 차는 한 대도 없었다. 보행자도 보이지 않는다. 그는 액셀러레이터를 밟은 발에 약간 힘을 주었다. 날씨와는 반대로 기분은 고양되어 있었다.

　차는 매끄럽게 속도를 높였다. 나오미에게서 받은 선물이었다. 이걸로 어머님을 모시러 가세요……. 넘겨받은 열쇠에는 그녀의 체온이 남아 있었다.

　검은 그림자를 알아본 것과 브레이크를 밟은 것, 어느 쪽이 먼저였는지는 기억에 없다.

　안개 속을 헤엄치듯이 나타난 그림자는 나타났을 때와 똑같이 순식간에 사라졌다. 둔한 충격 소리가 나고, 차는 크게 튕기면서 급정차했다. 반동으로 고이치의 몸도 앞으로 내동댕이쳐졌다. 운전자를 보호하는 완충 장치가 달려 있는 핸들은 서서히 충격을 받아내 그에게는 상처 하나 입히지 않았다.

　소리라는 소리가 모조리 사라졌다. 자신의 심장 소리만이 귓가에서 울리고 있었다. 대시보드에 짚은 손은 탈색된 것처럼 하얗게 변해 있었다.

　문을 열고 밖으로 나갔다. 진창이 그의 구두를 붙들고, 격렬한 비는 어깨를 때리기 시작했다.

간선도로 끝에 떨어진 넝마조각 덩어리가 보였다. 그 넝마조각에는 다리가 있고, 한쪽에만 구두가 신겨져 있었다. 벗겨진 다른 한쪽은 고이치의 발밑에, 깜짝 놀랄 정도로 가까이에 떨어져 있다.

고이치는 한 걸음씩 다리를 앞으로 밀어내듯 천천히 다가갔다.

넝마조각은 움직이지 않는다. 몸을 굽히고 목덜미를 만져 보았다. 맥박은 미동도 하지 않았다.

고이치와 별로 차이 나지 않아 보이는 나이의 남자였다. 오른쪽 눈썹 밑에 작은 사마귀가 있다. 물웅덩이에 반쯤 얼굴을 처박고 쓰러져 밑에 깔려 있는 왼쪽 귀에서 한 줄기 피가 흘러나오고 있다. 떨리는 손으로 머리를 안아들자 갓 태어난 갓난아기처럼 흔들렸다.

고이치는 시체에서 손을 떼고 손바닥을 몇 번이나 바지 무릎에 문질렀다. 목덜미로 흘러드는 비 때문에 등이 차갑다.

남자가 쓰고 있던 우산이 손잡이를 위로 한 채 떨어져 있다. 그 속에도 비가 고여 간다.

오른쪽에 있는 산림 속에서 새가 한층 높게 울었다.

고이치는 주위를 둘러보았다.

시 외곽이다. 완만한 커브를 그린 선로가 숲 너머로 사라지고 이윽고 터널로 빨려 들어간다. 커브가 가장 심한 곳에 기울어진 신호기가 있다. 무인 건널목이다. 왼쪽에는 벽에 '히라카와 칠기 공업'이라고 페인트로 씌어 있는 낡은 창고가 나란히 서 있다.

아무도 없다.

도망치려면 지금이다. 여전히 손바닥을 문지르면서 물에 빠진 생쥐 꼴이 되어 우두커니 서 있다.

자, 도망치려면 지금이다. 비가 타이어 흔적도 피도 깨끗하게 씻어 줄 것이다.

안에서 들려오는 목소리에 대항하듯이 천천히 고개를 저으면서, 고이치는 살아 있는 인간이라면 불가능했을 각도로 하늘을 올려다보는 시체에게 말을 걸었다.

"몰랐어요."

변명하고 싶었다. "안 보였어요."

자, 도망쳐. 모든 걸 망칠 셈이냐?

갑자기 등 뒤에서 커다란 경고음이 울리기 시작했다. 그는 위협당한 듯이 벌떡 일어섰다. 무인 건널목의 신호가 깜박거리고 있다. 차단기가 내려가기 시작한다. 열차가 통과하는 것이다.

고이치는 멍하니 신호기를 바라보았다. 카앙, 카앙, 카앙. 경고음. 위아래로 늘어선 빨간 램프가 교대로 깜박거린다. 위, 아래, 위, 아래.

운전수는 알아차릴까? 이 차가, 시체가 보일까? 승객에게는 보일까?

카앙, 카앙, 카앙.

피가 역류했다. 고이치는 달려 나가 시체를 안아 일으켜서 차 옆까지 끌고 갔다. 문을 열고, 비로 흠뻑 젖은 시체를 질질 끌어, 가까스로 뒷좌석에 밀어 넣었다.

다시 있던 자리로 뛰어가 땅바닥을 둘러본다. 우산을 집어 들어 접어서 시체 옆에 놓는다. 물웅덩이에 흘러든 피는 비 때문에 옅어져 간다. 흘러나간다. 아무것도 남아 있지 않다.

차에 올라타려고 했을 때 구두에 발이 걸렸다. 벗겨진 한쪽 구두였다. 정신없이 주워 들어 시체 위에 집어던진다. 다리를 집어넣고 문을 닫았을 때 굉음과 함께 열차가 통과했다.

어떻게 운전했는지, 무슨 생각을 했는지, 기억이 나지 않는다. 물웅덩이를 튀기며 집 앞에 차를 대고, 찌그러진 펜더와 벗겨진 칠을 아무도 보지 못하도록 머리부터 차고에 넣었다.

소리를 듣고 어머니 우메코가 나왔다. 좁은 정원에 지주를 세우고 비닐 시트를 쳤을 뿐인 차고였다. 웅얼거리는 소리가 들린다. 차로 돌아오는 일이 늘어난 그를 위해, 우메코가 얼마 안 되는 저금을 털어 급조한 차고다. 훌륭한 차고는 필요 없다, 곧 집까지 새로 지을 거니까. 히라카와를 떠나고 싶어 하지 않는 어머니에게, 그가 그렇게 약속했었다.

"다녀왔니? ……얼굴이 왜 그래?"

어머니의 목소리를 들었을 때 그제야 그는 울음을 터뜨렸다. 목소리를 억누르기 위해 주먹을 깨물면서.

우메코는 그를 탓하지 않았다. 이야기를 전부 듣고 나서 이렇게 말했다.

"시체를 어떻게든 해야겠구나."

안쪽 방에, 차고 지붕을 만들고 남은 비닐 시트를 깔고 시체를 옮겼다. 우메코는 냉정하고 철저했다. 뇌일혈의 후유증으로 오른손이 제대로 움직이지 않았지만 그에게 지시하는 목소리는 단호하고 시종 흐트러짐이 없었다.

어머니의 지시대로, 고이치는 시체의 옷을 벗기고 한 덩어리로 뭉쳐 종이봉투에 쑤셔 넣었다. 상의 주머니에서 명함첩이 나왔다. 운전면허증과 신분증명서가 들어 있었다.

"구사카 도시오. 어머니, 아세요?"

그의 손에서 그것을 빼앗듯이 받아들더니 다른 것과 함께 봉투에 넣어 입구를 묶고 우메코는 대답했다.

"시청의 재무과장 보좌야."

시체를 시트로 싸서 끈으로 묶은 후 안쪽 방에 숨겼다.

"차는 어떡할까?" 우메코는 말했다. "상처가 났겠지?"

그날 밤 일곱 시경, 지방 뉴스에서 히라카와 시청의 재무과장 보좌가 행방불명되었다는 사실이 보도되었다. 고이치는 그걸 들은 후 차고에서 차를 꺼냈다. 고이치는 차를 돌리다 실패한 척하고, 차 앞부분을 맞은편에 있는 집의 돌담에 부딪혔다.

불러들인 견인차는 선뜻 차를 끌어가고, 십오 분 만에 대여 차량이 도착했다.

"나는 전부터 맞은편 돌담이 마음에 안 들었어." 우메코는 아들에게 말했다.

심야가 되기를 기다려 대여 차량에 올라타기 전, 트렁크 속에 시체를 실었다. 삽도 함께 실었다. 히라카와 시를 떠날 때까지 문제가 되는 건 하나도 없었다.

시내에서 한 시간 이상 달리다가 산 속에서 차를 세우고, 고이치는 삽과 손전등을 들고 차에서 내렸다. 이 근처는 현의 자연보호림으로 지정되어 있어서 채벌될 예정도 파내어질 위험도 없다. 잡목림 속을 약간 거슬러 올라가자 경사면 중간에 적당한 곳이 보였다. 차로 돌아가 시체를 끌어낸 후 파묻어 버리면 된다. 전부 혼자서 했다. 우메코는 라이트도 라디오도 끈 어둠 속에서 가만히 앞을 바라본 채 기다리고 있었다.

파낸 흙을 비닐 시트 위에 덮다가, 실어 올릴 때 끈이 느슨해져서 시체의 구부러진 왼손이 삐져나와 있다는 사실을 알아차렸다. 당장이라도 그 손이 움직여 고이치의 발목을 붙잡을 것 같은 기분이 들었다.

그보다 더욱 무서웠던 것은, 그 왼손 약지에 반지가 반짝이고 있었다는 사실이었다.

보지 못했다. 하마터면 큰일 날 뻔했다. 고이치는 반지를 빼내면서 이마의 땀을 닦았다. 시체가 발견될 가능성이 낮다고는 하지만 만에 하나라는 경우도 있다. 그때, 신원을 알 수 있을 만한 물건을 남겨 두는 건 위험했다.

덮은 흙을 원래대로 다지고 난 후 차로 돌아왔다. 공포와 중노동 때문에 팔이 떨려, 한동안은 운전할 수가 없었다.

간신히 시동을 걸었을 때, 우메코가 작지만 단호한 목소리로 선고했다.

"네가 잘못한 게 아니야. 잊어버리렴."

고이치는 그렇게 생각할 수가 없었고, 잊을 수도 없었다.

나오미와의 결혼식을 무사히 마치고 요시타케 고이치가 되어 신혼여행에서 돌아오자마자, 제일 먼저 우편으로 받고 있던 지방 신문을 펴 보았다. 거기에 커다랗게 '구사카 도시오'의 이름이 실려 있었다. 요시타케는 핏기가 가시는 것을 느꼈다.

하지만 그것은 구사카 재무과장 보좌의 소식이 여전히 끊어져 있다는 것과, 그가 실종되기 전에 공금을 횡령했었다는 사실을 보도하는 기사였다.

도쿄에서의 생활은 순조로웠다. 히라카와에서 있었던 사건은 어둠에 묻혔다. 구사카 도시오의 실종에 대해서 의심을 품는 사람은 아무도 없었다. 요시타케의 안전은 보장된 거나 마찬가지였다.

한 가지 그의 마음을 괴롭히고, 구두 속의 돌처럼 집요하리 만큼 욱신거리게 하는 것은 구사카 도시오의 유족—물론 표면상으로는 절대로 그렇게 말할 수는 없었지만—에 대한 죄책감이었다.

그들의 남편은, 아버지는 횡령범이었다. 그건 의심할 수 없는 사실이다. 하지만 그는 자신이 원해서 모습을 감춘 게 아니다. 도망친 것도 아니다. 변명의 기회도, 정상 참작의 여지도, 죄를 보상할 시간도 받지 못하도록, 구사카 도시오를 없애 버린 것은 자신이다. 그 때문에 그의 처자식이 홀로 남겨져 있다. 그 책임이 자신에게 있다고 생각하면 심한 죄책감이 덮쳐왔다.

히라카와로 돌아갈 때마다 조금씩 정보는 들어왔다. 요시타케는 할 수 있는 한 모든 수단을 동원하여 구사카 도시오의 처자식이 지금 어떻게 지내고 있는지를 알려고 노력했다.

구사카 도시오의 아내 게이코와, 곧 다섯 살이 되는 외아들 마모루는 공무원 주택에서 나와 시내에 원룸 아파트를 빌려서 생활하고 있었다.

요시타케는 아파트를 찾아갔다. 시내에서도 가장 오래된 건물 중 하나로, 주인이 시 건축과에 애교를 떨고 다니지 않으면 당장이라도 철거 명령이 내려질 것 같은 곳이었다.

좁은 길에서 기다리고 있자니 소년과 어머니가 다가왔다. 장이라도 보러 다녀온 건지, 어머니는 양손에, 소년도 팔에 갈색 종이봉투를 들고 있다. 그 종이봉투에 인쇄되어 있는 가게의 이름은 같은 시내에서도 외곽 방향에 있는 먼 동네의 것이었다. 이 부근에서는 그들에게 일용품이나 식료품을 팔아 주는 가게가 없다는 사실을, 요시타케는 깨달았다.

아이가 올려다보며 어머니에게 뭔가 말을 걸고, 두 사람은 가볍게 웃었다. 아파트 어디에선가 창문을 탁 닫는 소리가 났다.

구사카 모자가 부식이 진행된 아파트의 계단을 올라간다. 그 뒷모습을 바라보면서 요시타케는 말없이 외쳤다.

왜 여기에서 나가지 않는 거냐. 너희들은 왜 여기에 머물러 있는 거냐. 앞으로 어떻게 될지 뻔히 보이는데, 그래도 여기에 머무르는 이유는 무엇이냐.

그때 이후로 구사카 모자는 요시타케의 마음에 자리를 잡고 말았다. 도쿄에서 어떤 생활을 하고 있어도 그들이 한시도 마음에서 떠나지 않았다.

요시타케는 오래된 가문의 연줄을 이용해서, 남몰래 구사카 게이코에게 일자리를 알선했다. 가족에게는 죄가 없다, 불쌍하지 않느냐고 말하면, 그런 이론에 반대할 수 있는 사람은 없다. 그리고 신중을 기해 여러 개의 흥신소를 이용하여 구사카 모자의 생활을 조사했다. 그들이 뭔가 곤란해하고 있으면 당장이라도, 언제라도 손을 내밀 준비가 되어 있었다.

요시타케 자신의 일은 순조로웠다. '신일본상사'의 노선 전환은 성공했고, 사내에서의 그의 지위는 해가 바뀔 때마다 중요하게 되어 갔다. 그에 대한 장인의 신뢰도도 높아져 갔다.

얄궂게도, 그와 반비례하듯이 그와 나오미의 사이는 차갑게 식어 갔다. 나오미는 두 사람 사이에 아이가 생기지 않는 게 원인이라고 생각하고 있었지만, 그는 그렇지 않다는 사실을 알고 있었다.

그의 마음속에 있는 일 이외의 부분을, 항상 구사카 모자가 차지하고 있기 때문이다. 거기에는 이미 다른 사람이 들어갈 여지가 없었다.

구사카 도시오가 실종된 지 오 년이 지나도 게이코와 마모루는 히라카와를 떠날 기색이 없었다. 요시타케의 손에는 몰래 찍은 그들의 사진이 늘어 갔다.

자택 서재에 혼자 틀어박혀 책상 서랍에서 그 사진들을 꺼내 바라보고 있노라면, 요시타케의 마음은 이상할 정도의 편안함으로 채워진다. 죄책감과 동시에 기묘한 일체감에 휩싸인다. 그때는 이 모자야말로 그의 아내이고 자식이다.

게이코는 상냥한 얼굴에 슬픈 눈을 한 여성이었다. 고생도 그녀에게서 타고난 상냥한 분위기까지는 빼앗아가지 못했다. 소년은 건강하게 자라고 있었다. 사진에 찍힌 그의 눈 속에서 지나치게 이른 깨달음 비슷한 그림자를 발견할 때도 있었지만, 요시타케도 따라서 함께 웃어 버릴 정도로 명랑한 웃는 얼굴이 반짝이고 있을 때도 있었다.

이 아이를 만나고 싶다. 그 바람은 그의 마음속의 새로운 희망이 되었다.

사건으로부터 팔 년 후 '신일본상사'의 대표 이사로 승격한 해의 봄, 그는 히라카와로 돌아갔다. 히라카와에서 공립 학교의 운동회는 사월 말에 열린다. 긴 겨울을 빠져나온 축제를 겸한 것이었다. 멀리에 서라도 좋다, 그는 소년의 모습을 그 눈으로 보고 싶었다. 소년은 열두 살이 되어 있었다.

교정의 철조망 밖에서, 개회식 때부터 계속 서 있었다는 사실도 잊고 소년의 모습을 눈으로 좇았다. 건강한 아이였다. 다리도 빠르다.

마지막 경기, 육 학년의 청백 릴레이 때, 소년은 마지막 주자로 등장했다. 빨간 어깨띠를 비스듬히 메고 진지한 얼굴을 하고 있었다.

바통을 받은 소년이 달리기 시작하자, 그는 철조망에 손가락을 걸어 파고들 것처럼 바라보았다. 저 애에게는 날개가 있는 것 같다고 생각했다. 5위로 출발했는데 얄미울 정도로 차분하게 뛰면서 점점 간격을 좁혀 간다. 세 명을 추월해서 최종 코너를 돌아, 그가 매달려 있는 철조망 맞은편의 직선 코스로 들어오더니, 간발의 차이로 골 테이프를 끊었다. 학생들 중 일부가 환성을 질렀다. 그도 박수를 쳤다. 좋아, 잘했어. 정신없이 그렇게 말하고 있었다.

철조망 너머의 학부형석 끝에 앉아 있던 여자가 그를 돌아보았다.

소년의 어머니였다. 구사카 게이코였다. 그녀 옆에는 땅딸막한 노인이 함께 박수를 치고 있다.

활짝 핀 봄의 벚꽃 향기 아래였다. 요시타케의 어깨에 벚꽃잎이 떨어졌다. 그날의 차가운 비가 아니라 따뜻한 햇볕과 벚꽃에 둘러싸인 곳에서 구사카 게이코가 그를 보고 있었다. 그리고 천천히 뺨에 웃음을 띠더니 그를 향해 가볍게 머리를 숙였다. 얼굴도 모르는 남자가 그녀의 아이에게 보내 준 찬사에 감사하며.

본가로 돌아온 요시타케를 우메코가 맞아 주었다. 어머니는 무표정하게 말했다.

"뭘 하러 돌아왔니? 네 집은 도쿄잖아."

그날 밤, 어두운 방 안에 혼자 남았을 때 요시타케 고이치는 이제 움직일 수 없게 된 사실을 새삼 확인했다.

그는 구사카 모자를 사랑하고 있었다. 그들의 씩씩함을, 강한 의지를, 그들이 살아가는 방법을, 모든 것을 포함해서 더없이 사랑하고 있었다. 자신이 그 비 오는 날 아침에 버린 것을 그들은 버리지 않았고, 앞으로도 결코 버리는 일은 없을 것이다.

그로부터 반년 후 우메코가 죽었다. 장례식을 치른 후 집을 처분하기 전에, 그는 바닥을 벗기다가 그 종이봉투를 발견했다. 완전히 썩어 있었지만, 함께 처분할 생각이었던 우메코의 유품과 함께 모닥불에 태웠다. 남은 것은, 처음에는 처분하기가 곤란했고 점차 버릴 수가 없어져서 계속 보관해 둔 구사카 도시오의 결혼반지뿐이었다.

그는 그걸 손가락에 끼어 보았다. 반지는 그의 손가락 두 번째 관절에서 멈췄다. 마치 구사카 도시오가 거부하고 있는 것처럼 느껴졌다.

그 후로 히라카와에는 돌아가지 않았다.

구사카 모자의 생활을 조사하는 일을 계속하면서 요시타케는 도쿄에서의 생활을 이어 나갔다. 나오미는 이제 그를 단순한 중역의 일원으로밖에 보지 않게 되었다.

요시타케가 '신일본상사'의 부사장에 취임한 해 말에 구사카 게이코는 급사를 당했다.

그는 남들의 눈을 피해 틀어박혀서 엉엉 울었다. 결국 그녀에게 보상할 기회를 갖지 못한 것을 아쉬워했다.

열여섯 살이 된 마모루는 친척 집에 맡겨졌다. 요시타케는 다시 흥신소를 이용해 새로운 가족과 그의 생활을 관찰했다. 그게 평온한 생활이라는 사실을 알자 그의 마음에도 잠시의 평온이 찾아왔다.

그 평온을 밑바닥에서부터 뒤흔든 것이, 스가노 요코의 사고사였다.

경찰에 있는 친구를 연줄로 그는 사고의 자세한 상황을 알아냈다. 이유는 어떻게든 갖다 붙일 수 있었다. 그리고 사고의 상황이 아사노 다이조에게, 마모루의 이모부에게 지극히 불리하며, 목격 증언이 없어서 곤경에 처해 있다는 사실을 알았다.

그 무렵 그에게는 이다 히로미라는 정부가 존재했다. 그녀와의 관계는 나오미와의 일그러진 결혼생활 속에서 음지 식물처럼 생겨났지만, 그날 밤 샤워를 하고 나온 히로미의 화장기 없는 얼굴을 바라보다가 요시타케는 문득 깨달았다.

이다 히로미는 구사카 게이코를 닮았다. 그리고 그녀를 살게 할 집으로 다이칸야마도 아자부도 아닌 도쿄의 다운타운을 고른 것은, 싫어하는 그녀를 설득하면서까지 그렇게 한 것은, 아주 조금이라도 마모루 가까이에 있는 시간을 원했기 때문이었음을 자각했다.

때가 왔다고 생각했다.

실제로 그는 사고 당일 밤 그 맨션에 있었다. 하지만 그곳으로 가는 도중, 사고 현장을 지나가지는 않았다. 물론 아무것도 목격하지 못했다. 다음 날 아침 신문을 읽을 때까지는 사고가 일어났다는 사실 자체도 몰랐다.

그렇지만 사고 현장을 지나갔다, 사고를 목격했다고 증언할 수는 있다.

그러기 위해 그는 직접 옷차림을 바꾸고 충분히 주의를 기울여 조사를 했다. 다운타운 사람들은 자신들의 거리에서 일어난 사고에 무관심하지 않다. 일 관련으로 손에 넣은 신문기자의 명함도 효과가 있었다. 피해자의 복장, 사고 상황, 차 색깔―모든 것을 탐문하고 머리에 집어넣은 후, 경찰에 출두하여 증언이 부자연스럽게 상세해지지 않도록 신경을 썼다.

현재의 '신일본상사'에서 그의 존재는 정부 때문에 일어난 스캔들 정도로 흔들릴 만큼 가볍지 않다. 이혼도 걱정하지 않았다. 나오미는 그와의 결혼이라는 모험에 실패한 후로 어떤 일에도 대담한 판단을 내릴 수 없게 돼 버렸기 때문이다.

가짜 증언을 하자. 그것은 동시에 구사카 마모루에게 가까이 가는 길이기도 하다. 그리고 그 애의 장래를 내 손으로 열어 주는 것이다.

그 애를 위해서다. 그것만을 생각하고 있었다. 내가 한 짓의 몇 분의 일이라도 보상할 수 있다면, 이건 싼 거래다. 견디지 못할 일은 없다. 거짓말을 하는 것도 아무것도 아니다. 지금까지 계속 거짓으로 점철된 삶을 살아왔으니까.

전부 그 애를 위해서였다. 마모루를 위해서였다. 앞으로는 내가 그 애 곁에 있어 줄 수 있다. 횡령범 아버지가 존재하는 것보다 훨씬 좋은 미래를 줄 수 있다. 그 애의 어머니는 오히려 그걸 기뻐해 줄지도 모른다.

나는 그 애의 성장을 보아 왔다. 그것만을 기대하며…… 그것만을 마음에…….

8

테이프가 끝났다.

"너무한 얘기로군." 하라사와 노인은 중얼거렸다. "정말로, 너무한 얘기야."

마모루는 문에 기대어 듣는 둥 마는 둥 그 말을 듣고 있었다. 몸 안쪽에서 자신이 작게 움츠러들어 버린 기분이 들었다.

속이 울렁거렸다.

"믿어지니?" 노인이 물었다.

긴 침묵 동안, 테이프를 되감는 소리만 들리고 있었다.

"믿지 않을 리는 없겠지? 넌 내가 어느 정도의 일을 해낼 수 있는지 알고 있어. 좋고 나쁨은 논외로 치더라도."

마모루는 고개를 끄덕였다. "믿어요. 앞뒤도 맞고요."

"어떻게 하고 싶니?"

"그걸―경찰에."

"네가 가져갈래?"

"당신이 고백서를 보낼 때."

"흐음, 그건 무리야."

마모루는 머리를 들었다. 믿을 수 없다.

"어째서죠? 당신이 이걸—그러려고 한 짓이잖아요?"

"아니, 아니야, 꼬마야."

노인은 가슴을 폈다. 지금까지의 이야기는 전제에 불과하고, 이 말을 하기 위해 힘을 남겨 두고 있었던 것처럼 목소리에 힘이 넘쳤다.

"내가 한 말 기억하니? 난 너와 서로 이해할 수 있을 거라고 했어. 나와 너에게는 공통점이 있다고 말이야. 그게 무엇인지 생각해 봐."

노인은 카세트의 열림 버튼을 눌러 테이프를 꺼냈다. 그걸 손에 들고 창가로 다가갔다.

"이런 건 네게 들려주기 위한 이유만으로 한 일일 뿐 아무런 가치도 없어."

그렇게 말하자마자 놀랄 만큼 재빠른 동작으로 창문을 열어 테이프를 밖으로 내던졌다.

마모루는 창문으로 달려갔다. 목소리도 나오지 않았다. 테이프는 완만한 포물선을 그리며 오 층 아래의 어둠 속으로 떨어졌다. 창문으로 내다보니 아래에는 기름이 뜬 운하의 물이 반짝이고 있었다.

"무슨 짓을!"

"포기해. 저건 최면에 걸린 인간의 고백이야. 처음부터 증거 능력이 인정되지 않아."

꼬마야. 노인은 엄한 목소리로 말을 이었다. "나는 다카기 가즈코가 한 짓을 폭로하는 것만으로는 만족할 수 없었어. 사법의 손에 맡기는 것만으로는 만족할 수가 없었지. 너도 마찬가지 아니야? 우리 나라 재판소의 형은 너무 가벼워."

"그럼 어쩌라는 거예요?"

"넌 속고 있었어. 십이 년 동안이나 계속 속고 있었어. 게다가 요시타케의 목격 증언에 도움을 받아, 다시 이중으로 속은 거야. 그 남자는 네 아버지를 죽이고 도망쳤을 뿐만 아니라 자신의 마음의 평안을 위해 자기만족만을 위해 널 속이고, 네게 접근하고, 네 호의를 얻고 싶다고 바라고 있어. 널 속이면서 그걸로 네 용서를 받을 수 있을 거라고 생각하고 있단 말이야. 십이 년 전에 내다 판 양심을, 부당한 방법으로 도로 사들이려 하는 거야."

그걸 용서할 수 있니? 노인은 천천히 물었다.

"이건 네 문제야. 너만의 문제지. 난 아무것도 하지 않을 거고, 해결할 사람은 너밖에 없어. 나 자신의 고백서 속에는, 스가노 요코의 사고 현장에 요시타케가 있을 리 없었다는 것도 쓰지 않을 생각이야. 그러니까 방법은 하나밖에 없다, 꼬마야."

하라사와 노인은 마모루를 차갑게 응시했다.

"네 손으로 처벌하는 거야."

하라사와 노인과 헤어진 후에도 마모루의 귀에는 노인의 목소리가 맴돌고 있었다.

—— 나는 요시타케에게 하나의 키워드를 주었어.

길에는 신호가 깜박거리고, 차의 꼬리등이 반짝거린다.

—— 간단한 말이야. 아주 간단해. 이렇게 말하면 돼.

바람이 마모루의 등을 떠민다.

—— 도쿄에는 오늘 밤에도 안개가 꼈네요.

도쿄에는 오늘 밤에도 안개가 꼈네요. 작게 중얼거려 보았다.

── 그러면 요시타케는 깨끗이 자살할 거야. 넌 곁에서 보고 있을 수도 있어.

집으로 돌아갈 수는 없을 것 같다.

── 이제 널 만날 일은 없겠지. 난 네가 옳은 선택을 하기를 바라고 있다.

처음부터 전부 그랬다. 속고 있었다.

── 나는 네 아버지에게 보상을 해야만 했어. 그러니까, 해야 할 일을 하고 있을 뿐이야.

보상하고 싶었다.

── 사정이 있는데도 증인으로 나서 준 거야. 고마운 일이잖니.

요리코는 감사를 담아 그렇게 말했다. 다이조는 요시타케 덕분에 일하고 있다.

어머니에게 일자리를 알선해 주고, 우리 두 사람이 히라카와에서 살아갈 수 있게 해 준 것도 그 사람이었다.

그건 보상이 아니다.

마모루는 있는 힘껏 부정했다. 그건 동정이었다. 요시타케 고이치는 우리들을 동정했고, 앞으로도 계속 동정하려고 하는 것이다.

── 그들을 살아남게 하고, 끝없는 변명을 계속 늘어놓게 할 셈이니?

그럴 수는 없다. 왜냐하면 그건······.

── 꼬마야, 그건 네 혼을 깎아먹는 짓이야.

하늘에는 칼날처럼 맑은 달이 빛나고 있었다.

9

 손님이 없는 '케르베로스' 가게 안에서 다카기 가즈코는 기다렸다. 마모루가 문을 열었을 때 돌아본 그녀의 얼굴은 오늘 하루 만에 십 년의 세월을 거친 것처럼 지칠 대로 지쳐 있었다.

 아무 말도 없이 미타무라의 손을 꼭 쥐고 있는 가즈코에게 마모루는 말했다. 그렇게 함으로써 자신의 마음도 정리할 수 있으리라 생각하며 가능한 자세히, 하라사와 노인이 왜 네 명의 여자들을 죽이려고 해 왔는지, 노인을 대변하는 마음으로 이야기했다.

 마모루가 이야기를 마치자, 따뜻한 '케르베로스' 안에 싸늘한 것이 떠돌았다.

 "나는……," 가즈코는 손으로 뺨을 눌렀다. "우리들은, 심한 짓을 해 왔어요."

 마모루는 잠자코 있었다.

 "심한 짓을 해 왔지만……. 하지만, 이건 너무해요."

 —— 너무해, 너무해, 어떻게 이럴 수가 있어.

 "죽일 건 없잖아요." 가즈코는 흐느껴 울었다. "살해당할 정도의 짓은 하지 않았어요."

 "이제 됐어요." 미타무라는 조용히 말했다. 가즈코는 격렬하게 고개를 저으며 마모루를 올려다보았다.

 "저기, 넌 어떻게 생각하니? 너도, 우리는 살해되어도 어쩔 수 없다고 생각해? 넌 미타 아츠코가 어떻게 됐는지 알아? 머리가 떨어져 나갔어. 산산조각이 나 버렸던 말이야. 가토 후미에도, 장례식 때 관을 열고 작별 인사를 할 수가 없었어. 그녀는 얼굴이 없어져 있었단 말이야."

가즈코는 마모루에게 매달려 재킷에 눈물을 떨어뜨리면서 흔들기 시작했다.

"나는 모르겠어. 어째서 그렇게까지 해야 했던 거야? 가르쳐 줘. 우리는 그렇게 심한 짓을 했던 걸까? 부탁이니까 가르쳐 줘. 우리는 죽을 정도의 벌을 받을 필요가 있었던 거야?"

마모루는 눈물로 더러워진 가즈코의 얼굴에서 시선을 피했다.

"우리들, 모두 나쁜 일이라고 생각하고 있었어. 마음이 편하지 못했어. 하지만 어쩔 수 없었어. 한번 시작하고 나니까, 우리만의 뜻으로는 멈출 수가 없었어. 어쩔 수 없었단 말이야. 아무도 좋아서 그런 짓을 하고 있었던 건 아니었어!"

그들에게 끝없는 변명을 계속 늘어놓게 할 셈이니, 꼬마야?

마모루는 바닥을 바라본 채 불쑥 말했다.

"그 사람은 이제 살인을 그만둘 거예요."

미타무라가 계속 울고 있는 가즈코의 어깨를 안은 채 마모루를 보았다.

"이제 그녀를 노리지 않는다는 뜻이야?"

"맞아요."

마모루는 노인이 건네준 봉투를 내밀고 그 내용을 설명했다. 가즈코는 봉투를 건드리려고 하지 않았지만, 미타무라는 그걸 받아들고 자문하듯이 중얼거렸다.

"이제 살인은 하지 않는다⋯⋯. 하지만 왜지?"

카운터 스툴에서 내려와, 마모루는 문으로 향했다.
"지금의 그 사람은, 동료를 원하고 있거든요."

마지막 장 마지막 한 사람

1

그날, 도쿄에는 보기 드물게 눈이 내렸다.

'신일본상사'의 본사는 스마트한 환락가, 롯폰기에 있다. 지하철 계단을 올라 롯폰기 거리로 나가자, 바로 옆에 아자부 경찰서가 보였다. 마모루는 건물 앞에서 걸음을 멈추었다.

저는 지금 사람을 죽이러 가는 참이에요.

입구에서 열심히 근무하고 있는 제복 경관의 눈이 롯폰기 거리를 지나는 차의 흐름을 쫓고 있다. 마모루가 어깨 너머로 돌아보니, 끝도 없이 찬연하게 반짝이는 도회 위에 눈은 묵묵히 계속 내리는 중이다. 도로는 젖어서 반짝이고, 헤드라이트를 비추며 지상의 은하를 만들어 내고 있었다.

요시타케가 지정한 '파풍관破風館'은 고풍스러운 분위기의 찻집이었다.

문은 무거웠다. 그것 자체에 의사가 있어서, 마모루에게 여기서 되돌아가라고 말하고 있는 것 같았다. 지금이라면 아직 늦지 않았다.

아니. 이미 늦었다. 마모루는 가게 안에 발을 들여놓았다.

조명이 낮게 달려 있는 가게 안은 어두컴컴했고, 공기까지 커피 향기에 차 있었다. 거의 만석인 손님들도 호박색으로 물들어 보인다.

안쪽 박스석에서 요시타케가 일어서 마모루를 향해 손을 들었다.

마모루가 요시타케에게 가까이 다가간다. 그 한 걸음 한 걸음이 요시타케의 교수대에 이르는 길이었다.

"얄궂은 날씨네. 추웠지?"

요시타케는 걱정스러운 듯이 말했다.

마모루는 생각했다. 당신이 아버지를 죽인 날 아침의 비도 차가웠겠지.

"괜찮아요. 눈은 좋아하니까."

"그래? 하긴, 히라카와에 비하면 도쿄의 눈 정도야 귀여운 축에 드니까. 갓난아기 눈이라고나 할까."

요시타케는 명랑하게 말했다. 테이블 위에는 빈 에스프레소 잔이 있었다.

웨이트리스가 다가왔다. 요시타케는 에스프레소를 추가하고, 마모루는 무뚝뚝하게 "아메리칸"이라고 말했다.

"그런데 할 얘기라는 게 뭐지?"

마모루는 전화로, 하고 싶은 얘기가 있으니까 시간을 내 줄 수 없겠느냐고 부탁했던 것이다. 제 쪽에서 찾아뵐게요. 회사 근처라도 상관없어요.

"몸은 이제 괜찮으세요?"

"완전히 좋아졌어. 뭐, 처음부터 안 좋은 데라곤 없었던 거지. 의사도 고개를 갸웃거리더구나. 나는 원래 건강한 체질이라서 말이야."

마모루는 숨이 막히는 것을 느꼈다. 입을 열 수가 없었다. 골프 때문에 그을린 요시타케의 얼굴에서 시선을 피할 수가 없었다.

당신이 골프를 치는 동안에도, 술을 마시는 동안에도, 그럴 듯한 얼굴로 형사에게 증언을 하는 동안에도, 아버지는 계속 죽어 있었어. 어딘지도 알 수 없는 산 속에서 뼈가 되어 있었다고. 내가 아버지를 미워하고, 어머니가 돌아오지 않는 아버지를 계속 기다리고 있던 동안에도, 당신은 계속 행복했지. 당신만은 행복하게 살고 있었어.

"왜 그러니?" 요시타케의 얼굴이 흐려졌다. "아까부터 계속, 묘하게 무서운 얼굴로 날 보고 있구나."

"그래요?"

컵에 손을 뻗었지만 집다가 실패했다. 검은 액체가 도자기 가장자리를 따라 흘러넘치며 마모루의 손가락을 적셨다. 피도 이런 색깔일까 하고 생각했다.

"괜찮아? 데지는 않았니?"

요시타케가 손을 뻗었다. 마모루는 의자째 몸을 당겼다.

당신은 우리들을 동정했어······. 동정했어······. 동정했어······.

무엇보다도 그걸 용서할 수 없는 거야. 알아?

"감기라도 걸린 것 같구나. 옷이 꽤 젖어 있고, 얼굴도 새파래. 우산 안 쓰고 왔어?"

추위 때문에 떨고 있는 게 아니다.

"오늘은 돌아가는 게 좋겠다. 얘기는 또 다른 기회에 하자." 요시타케는 주머니를 뒤져서 지갑을 꺼냈다. "가족들이 걱정하겠다. 이 근처에서 셔츠랑 스웨터 정도라면 살 수 있겠지. 갈아입고 가렴."

그가 내민 만 엔짜리 지폐를, 마모루는 테이블에서 떨어뜨렸다.

자, 말해. 도쿄에는 오늘 밤에도 안개가 꼈네요. 결말을 지어 버리자.

옆 테이블의 남자가 바닥에 떨어진 지폐와 두 사람의 얼굴을 번갈아 바라보고 있다. 이윽고 손을 뻗어 지폐를 줍더니 테이블에 도로 놓았다. 마모루도 요시타케도, 그것에 눈길도 주지 않았다.

이윽고 요시타케가 입을 열었다.

"아니…… 기분 상했다면 미안하다. 나는 그…… 잘 표현할 수 없지만……."

그는 거기에 말하려는 내용이 적혀 있는 것처럼, 컵을 손에 들고 들여다보았다.

"네가—아니, 널 내 자식처럼 생각할 때가 있어. 그래서 가끔 무례한 짓을 해 버리는 모양이지. 용서해 주려무나."

자, 말해 버려. 간단한 일이야. 도쿄에는 오늘 밤에도 안개가 꼈네요.

요시타케는 담배를 꺼내, 불편한 듯이 만지작거리고 있었다. 야단맞은 어린아이처럼 불안해 보였다.

가게 안의 웅성거림이 들린다. 이렇게 많은 사람들이 살아가는 이 도시에서, 한 사람쯤 죽는다고 누가 신경이나 쓸까.

—— 스가노 요코를 죽여 줘서 고마워.

아버지는 내게 그렇게 말할까. 마모루는 생각했다. 요시타케를 죽여 줘서 고맙다고.

그때, 갑자기 얼굴이 떠올랐다. 목소리가 들려왔다.

── 마모루, 어떤 일에서도 변명을 찾아서는 안 된단다.

── 난 구사카 네게 보상하고 싶었어.

미야시타 요이치는 마모루를 위해 죽으려고 했다.

── 난 내가 한 짓이 양심에 찔렸어. 자신이 엄청나게 형편없고 비참하게 여겨지더라.

마모루는 이를 악물었다. 보상이라면 어떤 방법으로 해도 된다고 생각해서는 안 된다.

"오늘은 이만 일어나는 게 좋을 것 같구나." 요시타케가 말했다. "나갈까?"

그가 앞장서서 계산대로 걸어간다.

마모루는 가게를 나갔다. 눈이 내린다. 계속 내려서 쌓인다. 도시도, 마모루도 얼어붙어 간다.

요시타케가 나왔다. 내뱉는 숨이 하얗다. 마모루의 숨결도 하얗다. 살아 있는 호흡의 색깔은 눈보다도 더 하얀 빛을 발했다.

마모루와 요시타케는 '파풍관'에서 새어 나오는 따뜻한 빛 속에서 마주 보았다. 눈은 가루눈으로 바뀌어 있었다. 두 사람의 머리카락은 노인처럼 하얘졌다.

삼십 년이 지나고 오십 년이 지나도, 나는 내가 한 일에 자신을 가질 수 있을까. 마모루는 생각했다. 언젠가 죽을 때가 와도 후회하지 않을 수 있을까.

"적어도 우산만은 사렴." 요시타케가 말했다. "집에 돌아가면 뜨거운 물에 목욕을 하고 몸을 따뜻하게 해야 해."

난 여기에 당신을 죽이러 온 거야.

"그럼, 이만." 요시타케가 등을 돌렸다.

넓은 등이었다. 아버지도 살아 있었다면 분명히 이런 등을 하고 있었을 거라고 생각했다.

요시타케는 어깨 너머로 말했다. "또 만날 수 있을 거라고 생각해도 될까?"

마모루는 대답하지 않았다. 요시타케는 걸어 나갔다.

한 걸음. 두 걸음. 멀어진다.

당신은 불공정한 거래를 했어. 십이 년 전에 팔아 치운 양심을, 더러운 수법으로 도로 사들이려고 한 거야.

그것도 자신만을 위해서.

"요시타케 씨!"

마모루는 외쳤다. 먼 가로등 아래에서 요시타케는 돌아보았다.

거기에는 시간이 있었다. 십이 년분의 거리가 있었다. 목소리조차 닿지 않는 그 거리를, 무심하게 내리는 눈이 메워 간다.

"요시타케 씨, 도쿄에는……,"

"응? 뭐라고?" 손을 귀에 댄다.

—— 그들의 변명을 계속 들을 거니?

"도쿄에는 오늘 밤에도……,"

—— 하지만 난 구사카 네게 보상하고 싶었어…….

오늘 밤의 도쿄에는 눈이 내리고 있다.

요시타케는 마모루 옆으로 되돌아왔다.

"뭐라고 했니?"

망설임의 실이 끊어졌다. 마모루는 말했다.

"도쿄에는 오늘 밤에도 안개가 꼈네요."

순간 요시타케는 고개를 갸웃거렸다. 마모루는 숨을 죽였다. 그 노인에게 속은 게 아닌가 하는 생각이 들었다. 아무 일도 일어나지 않는 게 아닐까 생각했다.

이윽고 요시타케의 눈에, 그 초점이 맞지 않는 느낌이 떠올랐다. 눈동자 색깔이 엷어졌다.

그는 눈을 크게 떴다. 주위를 둘러보았다. 보이지 않는 추격자의 그림자를 발견했다. 그리고 서둘러 떠나갔다. 그 뒤로 눈과 마모루와 얼어붙은 도시가 남겨졌다.

이제 된 거다. 마모루는 걷기 시작했다.

정말로 된 걸까?

마음속에서, 마모루는 불렀다. 엄마. 엄마는 아버지를 믿고 있었다. 이혼 서류를 놔두고는 있었지만, 결혼반지를 하고 집을 나간 아버지를 믿고 있었다. 거기에 아버지의 마음이 있었기 때문에, 그래서 기다리고 있었다.

그건 서툴지만 옳은 방식이었다.

—— 내가 한 짓의 몇 분의 일이라도 보상할 수 있다면.

눈이 목덜미에 떨어졌다. 우산 하나를 나눠 쓴 커플이 마모루를 돌아보고, 얼굴을 마주 보고 나서 추월해 간다.

—— 스가노 요코를 죽여 줘서 고마워. 그 여잔 죽어 마땅했어.

하지만 그녀는 두려워하고 있었다. 후회하고 있었다.

—— 저기, 가르쳐 줘, 우리는 정말로······.

나는 그녀들에게 정당한 대가를 치르게 해 줬을 뿐이야.

아니다.

마모루는 오던 길을 달리기 시작했다. 요시타케의 모습이 사라지고 없었다. 깜박거리는 보행자 신호의 횡단보도를 달려, '신일본상사' 빌딩을 향해 갔다.

정면 현관은 닫혀 있었다. 미끄러져서 무릎을 부딪히고, 일어서서 야간 접수대를 찾았다. 통행인에게 부딪혀 그 우산에 쌓인 눈이 마모루의 얼굴에 떨어졌다.

수위실의 불빛이 보였다. 접수계 창문을 손바닥으로 두드렸다.

"부사장님 방은 어딘가요?"

나무라는 듯한 목소리가 돌아온다. "넌 누구니?"

"구사카라고 합니다. 어디예요?"

"무슨 볼일이야?"

"몇 층이에요?"

"오 층이야, 너 말이다……."

마모루는 엘리베이터로 향했다. 수위가 쫓아온다. 버튼을 누르자 오 층에서 멈춰 있던 램프가 천천히 움직이기 시작했다. 마모루는 계단으로 달려갔다.

오 층. 좌우 대칭으로 문이 몇 개나 늘어서 있다. 벽의 안내도를 찾는다. 왼쪽 복도 막다른 곳이다. 복도 카펫에 젖은 발자국을 남기고 눈이 스며든 무거운 재킷을 흔들면서 달렸다.

비서실을 빠져나가 몸을 부딪어 문을 열었을 때, 요시타케는 책상 너머 크게 열린 창문으로 몸을 내밀고 있었다.

"요시타케 씨!"

목소리는 닿지 않았다. 들리지 않았다.

요시타케는 무릎을 창틀에 걸쳤다.

붙잡지 못하는 게 아닐까 하는 생각이 들었다. 달려들어서 코트 끝자락을 붙잡았다. 어딘가가 찢어지는 소리가 났다. 단추가 날아갔다. 두 사람은 한데 엉키듯이 바닥에 쓰러졌고, 그 기세에 팔걸이가 달린 회전의자가 바닥을 미끄러져 갔다.

마모루는 책상 다리에 기댔다. 요시타케는 눈을 깜박이고 있었다.

숨을 헐떡이며 수위가 뛰어들어왔다. "대체 이건……. 부사장님, 왜 그러십니까?"

암시가 끊어졌다. 키워드는 이제 무효다. 요시타케의 눈을 보면 알 수 있었다.

"나는……." 요시타케는 입을 벌리고 마모루를 보았다. "이런 곳에서……. 구사카, 나는 대체 무슨 짓을……. 넌 어째서 여기에……."

"아는 사이세요?" 수위가 끼어들었다.

"아아, 그래요. 하지만……," 요시타케는 마모루를 보고, 눈이 불어 들어오는 창문을 올려다보았다.

"당신은 이제 가 보세요." 수위에게 손을 흔들어 보이고, 그가 의아한 얼굴로 방을 나가자 마모루와 요시타케는 다시 단둘이 남았다.

마모루는 요시타케의 얼굴을 보고 있었다. 눈가에 가느다란 주름이 지고, 햇볕에 그을린 얼굴도 빛이 바랠 정도로 창백해진 얼굴을. 앞이 벌어진 코트가 부랑자의 것처럼 칠칠치 못하게 몸을 감싸고 있다.

"깜박 잊고 말하지 못한 게 있어서 왔어요."

마모루는 책상을 붙잡고 일어섰다. 창가로 다가가 아래를 내려다보았다. 인도는 눈으로 완전히 뒤덮이고, 갖가지 색깔의 우산이 오간다.

창문을 꼭 닫고 열쇠를 내렸다. 그리고 등을 돌린 채 요시타케에게 말했다.

"이제 앞으로 뵐 일은 없을 거예요. 이게 마지막이에요."

방을 나갈 때, 아직도 바닥에 앉아 있는 요시타케가 보였다. 손을 짚고 사과하는 듯한 자세였다.

천천히 계단을 내려간다. 도중에 한 번, 주저앉아서 쉬어야만 했다.

밖으로 나가 보니 눈발은 한층 더 거세져 있었다. 재킷도 바지도 하얗게 변했다.

이대로 평생 여기에 서 있자. 우편함처럼. 그렇게 생각했다.

눈투성이가 되어 걸음을 내딛자 하얀 인도에 발자국이 남았다. 하산이다. 더 이상 올라가는 건 무리다.

전화박스를 발견했다.

호출음은 몇 번이나 울렸다. 하라사와 노인은 이제 걸을 수도 없을 만큼 약해진 걸까?

"여보세요." 목소리가 들렸다.

"저예요."

긴 침묵이 있었다.

"여보세요? 들리세요? 오늘 밤은 안개가 아니라 눈이에요."

턱이 떨리기 시작했다.

"들리시죠? 눈이에요. 저는 할 수 없었어요. 할 수 있을 줄 알았는데, 못했어요. 아시겠어요? 당신처럼 되지는 못했어요. 전 요시타케를 구하고 말았어요."

뺨에 묻은 눈이 녹아서 흘렀다.

"전 할 수 없었어요. 아버지를 죽인 놈인데도 전 할 수 없었어요. 죽일 수 없었어요. 아셨어요? 전 할 수 없었다구요. 웃기죠."

움켜쥔 주먹으로 전화박스 벽을 두드리면서 마모루는 정말로 웃음을 터뜨리고 있었다. 멈추지 않았다.

"당신은 대단해요. 미쳤지만 대단해. 자신이 옳다고 생각하고 한 거죠? 전 뭐가 옳은지도 모르겠어요. 아무것도 알고 싶지 않았어요. 아무것도 모르는 채로 살고 싶었어요. 빌어먹을, 당신을 죽일 수 있다면 얼마나 좋을까!"

전화박스 밖은 눈보라로 바뀌어 있었다. 눈이 유리를 때리는, 부드러운 소리가 난다.

마모루는 전화에 머리를 대고 눈을 감았다.

"안녕, 꼬마야."

천천히 수화기를 놓는 소리가 들렸다.

나는 대답을 하지 않을 거고, 두 번 다시 돌아오지 않을 거다.

집으로 가는 기나긴 길 위에서 마모루는 희미한 꿈을 꾸고 있었다. 비틀어진 자전축 위에 서서, 나갈 곳이 없는 토끼를 두드리며 스틱을 휘두르는 늙은 마술사의 꿈이었다.

2

 마모루는 아사노가의 현관에 쓰러져서, 그 후로 만 열흘 동안 침대에 누워 있어야 했다.

 폐렴을 일으켜 한때는 입원을 권고받을 정도의 상태였다. 고열로 꾸벅꾸벅 졸았고, 가끔 몸을 뒤척이며 뭔가 중얼거렸지만 곁에 붙어 있는 아사노가 사람들도 알아들을 수가 없었다.

 의식이 전혀 없었던 건 아니었다. 주위의 모습도, 사람의 얼굴도, 흐릿하게 구분이 갔다. 다이조, 요리코, 이마에 닿는 마키의 하얀 손. 어떨 때는 옆에 어머니가 있는 듯한 기분이 들어서 몸을 일으키려고 할 때도 있었다.

 아버지의 얼굴은 보이지 않았다. 떠올려 보려고 해도 손가락으로 모래를 건지는 것처럼 허무했다.

 오랫동안 자면서 머리맡에서 들려오는 마키와 요리코의 대화를 들었다.

 "왜 이런 짓을 한 걸까……. 우산도 안 쓰고, 그렇게 눈이 많이 오는 날."

 마키는 곁에서 물끄러미 마모루를 내려다보고 있다.

 "저기요, 엄마." 그녀는 조용히 말했다. "이런 느낌 든 적 없어요? 이 애, 우리들에게 뭔가 숨기고 있구나, 하는."

 잠시 생각하고 나서, 요리코는 대답했다.

 "아아, 있어."

 "저도 있어요. 굉장히 강하게 느껴질 때가 있었어요. 하지만 어째서

일까 하고 생각하면, 거기서 막혀 버리는 거예요. 상상할 수가 없거든요."

"나도 그래."

"하지만요, 이 애가 우리들에게서 뭔가 숨기고 있다면 그건 분명히 숨겨 두는 게 좋은 일이기 때문일 거예요. 알리지 않는 편이 좋은 일이니까 자신만의 마음 깊은 곳에 담아 두고 이야기하려고 하지 않는 거예요. 쓸쓸하지만, 그것만은 알 수 있어요."

엄마―. 마키는 다시 요리코에게 말했다.

"그렇게, 이 애는 우리를 지켜 주는지도 몰라요. 그러니까 이 애가 스스로 말을 꺼낼 때까지, 부탁이니까 캐묻지 말아 주실래요? 그게, 우리들이 할 수 있는 최선의 일이라는 기분이 드니까."

요리코는 대답했다. "그렇게 하마. 약속해."

다이조가 방에 들어왔다.

"무슨 일이세요, 아버지?"

"얼음 사 왔다."

회복기에 들어서자 문병객이 찾아왔다.

누님은 얼굴을 내밀었을 때부터 반쯤 울고 있었다.

"별일이 다 있네."

아직 별로 힘이 없는 목소리로, 마모루는 놀렸다. "해가 서쪽에서 뜨는 거 아니야?"

"바보." 그녀는 눈물을 닦지도 않았다. "그런 말을 지껄일 수 있는 걸 보면, 죽지는 않겠구나."

"누가 죽어? 폐렴 정도로 일일이 죽어서야, 앞으로 살아갈 수가 없지."

"있지."

"응."

"나 말이야, 네가 아주 먼 곳으로 가 버린 것 같은 기분이 들었어."

"계속 여기 있었는데."

"아니. 분명히 없어졌었어."

"그럼, 돌아온 거야. 언제나 누님이 부르면 들리는 곳에 있을게. 누님은 목소리가 크니까."

미야시타 요이치가 와 주었을 때, 마모루는 그에게 한 가지 부탁을 했다.

"그 〈불안한 여신들〉, 복제 같은 거 구할 수 있을까?"

"아마 구할 수 있을 거야. 화집에서 잘라 줄 수도 있고."

"갖고 싶은데."

"그 정도야 별 거 아니지. 당장 구해다 줄게." 요이치는 기쁜 듯이, 하지만 조금 이상하다는 듯이 말했다. "갑자기 그 그림이 좋아졌어?"

"좋아졌는지 어떤지는 자신 없지만, 알 수 있게 된 듯한 기분이 들어."

다카노가 찾아왔을 때 제일 먼저 그 비디오 디스플레이에 대해서 물어보았다.

"아직 높으신 분들과 전면전 상태야." 다카노는 대답했다. "하지만 선전하고 있어. 사원들 사이에도 동요가 퍼져 가고 있거든."

"다른 사람들한테도 서브리미널 광고에 대해서 얘기하셨어요?"

"응. 이쪽은 수로 대항하는 것 말고는 방법이 없으니까. 지금 조합에도 입김을 불어넣는 중이야. 조합 간부에게 그 복사 비디오를 보여줬더니 의자에서 펄쩍 뛰어오르더라. 어쨌든 나는 실제로 찔려 죽을 뻔한 몸이니까 말이야. 설득력이 있지."

빨리 건강해져라. 다들 기다리고 있어. 사토가 사막 얘기를 하고 싶어 해. 그쪽에는 바람이 살아 있다더라······.

마모루의 마음은, 기울어진 채 움직임을 멈춰 버린 벽시계의 추처럼 되어 있었다. 지금은 아직 요시타케도, 하라사와 노인도 생각할 수 없었다. 한동안은 그대로 조용히 움직임을 멈추고, 아무것도 느끼지 않고 지내고 싶다고 생각하고 있었다.

이월 말 간토 지방에는 다시 큰 눈이 내렸다.

그날 아침, 다이조가 마모루와 마키에게 면허 정지가 풀렸다면 차로 데려다 줄 수 있을 텐데, 하고 말했다.

다이조는 '신일본상사'를 그만두고 도카이 택시에서 일하기 시작했다. 면허 정지 기간이 끝나면 다시 운전수 일을 시작하겠다고 한다.

다이조 자신의 마음속에서 뭔가가 계속 흔들리고 있었던 것이다. 그래도 스가노 요코의 죽음이 너무 강한 힘으로 붙들고 있었기 때문에, 차로 돌아가는 데는 그보다 더 강한 힘이 필요했다.

힘이 된 것은 한 통의 편지였다.

조심스런 필적으로 쓰인 그 편지는, 사고가 있던 날 다이조가 '회송' 표시를 도로 끄고 태운 여자 손님에게서 온 것이었다.

그녀의 남편은 지주막하 출혈로 쓰러졌다. 그녀가 병원으로 달려갔을 때 의사는 더 이상 손쓸 방법이 없다고 선고했다.

단 한 가지, 부인, 남편을 불러 보세요. 힘껏 불러 보세요. 남편을 죽음의 가장자리에서 데려올 수 있는 건, 이제 부인의 목소리뿐입니다.

그 말대로, 그녀는 남편의 손을 잡고 열심히 불렀다. 그녀가 여기에 있다는 걸, 기다리고 있다는 걸 계속 알렸다.

남편은 그에 응답해 돌아왔다. 극적으로 생환하였다.

'만일 제가 시간에 늦었다면―그때 아사노 씨가 태워 주지 않고, 공항으로 달려가는 게 늦어서 한 편이라도 늦은 비행기를 탔더라면, 남편은 돌아오지 못했겠지요.

거기에 대한 감사 인사를 드리고 싶은 마음만으로, 편지를 썼습니다. 제발 앞으로도 저 같은 손님을 위해 일을 계속해 주세요. 아사노 씨의 택시는 목숨을 나르고 있는 거랍니다.'

이 편지가, 다이조의 마음속에서 반쯤 들려 있던 깃발을 다시 높이 들게 해 주었다.

삼월에 들어선 후에도 하라사와 노인의 고백은 세상에 드러나지 않았다.

걱정하는 아사노 일가를 설득해, 삼월 첫 번째 휴일에 마모루는 혼자서 히라카와로 돌아갔다. 십이 년 전, 아버지가 아침 일찍 그런 곳에서 무엇을 하고 있었는지를 알고 싶었던 것이다.

히라카와에서는 드문드문 매화가 피기 시작한 상태였다. 산의 능선은 아직 하얗다.

시립 도서관에 가서, 십이 년 전의 시가지 지도를 빌렸다. 지리가 현재와는 완전히 달랐다.

옛 거리를 손가락으로 더듬다가 아버지가 무엇을 하려고 했는지 발견했다.

구사카 게이코와 '할아버지'가 잠들어 있는 공원묘지에는 아직 눈이 남아 있었다.

"아버지가 어디로 가려고 했었는지 알았어요."

그 건물은 지금은 시 중심부에 있다. 십이 년 전에는 지금보다도 더 작았고, 위치도 산기슭 쪽이었다. 그 간선도로는 외길인데, 똑바로 그곳으로 이어지는 지름길이었다. 이른 아침을 골라 그곳으로 향하고 있었던 것은 가능하면 직장에서 혼란이 벌어지는 걸 피하기 위해서였을 것이다.

그곳은 히라카와 경찰서의 건물이었다.

"아버지는 공금 횡령을 자수할 생각이었어요."

도쿄로 돌아오는 특급 열차 안에서, 마모루는 간신히 할아버지의 말뜻을 이해했다고 생각하고 있었다. 너희 아버지는 약했어. 약했던 아버지의 슬픔을 알게 되는 때가, 분명히 올 거야.

아버지는 약했지만 비겁한 사람은 아니었다. 잘못된 방법으로 손에 넣은 것의 대가를, 올바른 방법으로 다시 지불하려고 했던 것이다. 그렇게 생각했다.

이제 됐어. 아버지, 이제 됐다고 생각해 주시겠죠? 전 요시타케를 죽이지 않았어요. 죽일 수 없었어요. 그래도 된 거겠죠.

3

하라사와 노인의 고백서는 삼월 하순에 경찰의 손에 건네졌다.

그 후의 소동은, 모든 것을 알고 각오하고 있던 마모루조차 놀라게 하고 혼란스럽게 할 정도로 대단했다. 경찰이 왔다. 매스컴이 왔다. 이웃 주민들도 이것저것 알고 싶어 했다.

네 여자들의 사진은 여기저기의 신문·잡지를 장식하고, 와이드쇼 프로그램의 헤드라이트를 받으며 세간의 화제가 되었다.

어느 날, 그런 뉴스 중 하나에서 다카기 가즈코의 사진을 본 요리코가 놀란 듯이 손가락질을 하며 말했다.

"이 사람, 스가노 씨의 장례식날 밤에 다친 나를 도와준 사람이야."

악덕 장사라고 규탄하는 목소리도 높아졌지만, 그게 다분히 감정적이고 일과성이라는 사실에 마모루는 막연한 불안을 느끼고 있었다. 폭풍은 강하지만, 지나가는 것도 빠르다. 그리고 무턱대고 모든 것을 쓰러뜨리는 법이다.

예를 들면 스가노 요코의 동생 같은 존재를. 그게 마음에 걸렸지만 지금 마모루가 할 수 있는 일이라곤 아무것도 없었다.

말했던 대로, 하라사와 노인은 요시타케의 증언이 거짓이라는 걸

지적하지 않았다. 요시타케는 지금도 선의의 목격자이고, 사건이 다시 불붙음에 따라 그도 다시 매스컴에 쫓겨 다니는 존재가 되었다. 그가 뭐라고 대답하고 있는지, 무슨 이야기를 하고 있는지, 그걸 듣기 전에, 마모루는 늘 텔레비전이나 라디오 스위치를 끄곤 했다.

최면술에 대한 관심도 단숨에 높아졌다. '로렐'의 서적 코너에도 딱딱한 학술 연구서에서부터 실용서까지 관련 책이 매대에 산더미처럼 쌓이고 날개 돋친 듯 팔려 나간다.

마모루도 그중 한 권을 집어 들어 보았다. 다 읽고 나서 역시 하라사와 노인은 틀렸다고 새삼 생각했다.

백 명이면 백 명이 다, 노인이 말한 것처럼 자유자재로 자기파괴적인 암시에 걸리지는 않는다. 그 여자들이 노인에게 조종당하고, 도망치고 또 도망침으로써 죽어간 것은, 본래 그녀들의 마음 깊은 곳에 '도망쳐야 해'라는 생각이 있었기 때문이다.

바꿔 말하면, 그들은 후회하고 있었다. 두려워하고 있었다.

아무것도 없는 곳에 열매는 열리지 않는다. 그녀들은 '죄책감'이라는 열매가 달려 있는 나무였다. 하라사와 노인이 한 짓은, 난폭하게 그것을 흔들어 뿌리째 쓰러뜨려 버린 것—오직 그것뿐이다.

하라사와 노인은 벌하기 쉬운 죄인만을 벌한 것이다. 정말로 벌을 받아야 할 사람은 따로 있을지도 모른다는 생각은 하지 않았다.

아니면, 마술사가 꾸는 어두운 꿈속에서는 이미 그 두 가지도 구별할 수 없게 되어 있었는지도 모른다.

그 한 가지를 서로 이해하지 못한 채 헤어진 것을, 마모루는 희미하게 후회했다.

다카기 가즈코는 '케르베로스'에서 폭풍을 피하고 있었다.

하라사와 노인의 고백에 의해 소동이 시작되었을 때, 그녀는 그곳에서 나갈 생각을 하고 있었다. 미타무라에게 폐를 끼치고 싶지 않았던 것이다.

하지만 그는 허락하지 않았다.

"도망쳐 다닐 거 없어요." 그렇게 말했다. "당신은 이미 충분히 대가를 치렀어요. 어느 누구보다도 당신이 가장 깊이, 이번 일을 이해하고 있을 거예요."

"절 경멸하지 않나요?"

미타무라는 웃었다. "당신은 잠깐 넘어진 거예요. 저는 당신이 일어서는 걸 도왔어요. 그러니까 언제까지나 같은 곳에 있지 말고 슬슬 걸어 보지 않을래요?"

사월이 된 지 얼마 안 되어, 가즈코가 외출했다가 돌아오자 미타무라가 말했다.

"구사카가 왔었어요. 당신에게 말을 전해 달라더군요."

"뭐라고 하던가요?"

가즈코는 마음을 굳혔다. 그 아이에게라면 비난당해도 좋다. 그 아이에게는 비난할 자격이 있다.

"당신이 이번 사태를 무사히 빠져나갈 수 있기를 기도하고 있습니다. 그리고……,"

"그리고?"

"스가노 요코 씨의 장례식 때, 이모를 감싸 주셔서 고맙습니다. 그렇게 말하더군요."

카운터 끝에 손을 짚고, 가즈코는 말없이 얼굴을 숙였다. 이윽고 작게 말했다.

"그 아이, 절 용서해 주었군요."

어떻게 아버지를 찾을까. 마모루는 그것만 생각했다.

히라카와 근처의 자연보호림. 시내에서 차로 한 시간 거리. 표식이 될 것도 없어서야 혼자서는 무리였다. 어떻게 해야 경찰이 움직일까. 제방에 걸터앉아 생각에 잠기는 시간이 많아졌다.

생각지도 못한 하라사와 노인의 편지가 도착했을 때도 그걸 손에 들고 제방에 올라갔다.

조금 그립게 느껴지기까지 하는 호칭으로 편지는 시작되고 있었다.

'꼬마야.

나 때문에 놀랐니? 네가 이 편지를 읽을 때쯤, 나는 이미 이 세상 사람이 아니겠지.

의지의 힘은 참 위대하지. 나는 아직도 이 편지를 내 손으로 쓰고 있단다. 너랑 만났을 때에 비하면 두 배 가까이 진통제를 쓰고 있긴 하지만 아직 살아 있어.

이 편지는, 경찰에 보낸 고백서보다 훨씬 늦게 네게 도착하겠지. 유언으로 그렇게 지시해 둘 테니까. 지금 네가 이걸 읽고 있는 시점에서 필요 없게 되었다면 찢어서 버리면 돼.

꼬마야. 너는 그때, 차라리 날 죽이고 싶다고 말했지. 아무것도 알고 싶지 않았다고 말했어.

넌 요시타케를 죽이지 않았어.

꼬마야, 그래도 나는 우리가 서로 이해할 수 있는 부분이 있다고 생각한단다. 우리는, 다른 부분은 있지만 일부를 공유하고 있는 집합 같은 거야. 적어도 넌 내가 한 짓, 내가 하려고 했던 짓을 다른 누구보다도 잘 이해해 주겠지. 지금쯤 쓰레기더미를 뒤집은 것처럼 소란을 피우고 있을 게 틀림없는 매스컴이나, 소위 말하는 식자들 중 누구보다도 말이야.

나와 너는 고른 수단이 달랐어. 난 내가 틀렸다고는 생각하지 않고, 너도 그렇겠지. 요시타케를 죽이지 않은 걸 후회하지는 않을 거야.

너는 왜 요시타케를 죽일 수 없었을까. 단순히 살인을 할 수 없었기 때문일까?

난 그건 아니라고 생각한단다. 인간은 누구나 어쩔 수 없는 상황에 놓이면 살인을 하는 법이야. 스스로 할 때도 있지.

네가 요시타케를 죽이지 못한 건, 설령 너 자신은 의식하고 있지 못하더라도, 그 남자가 그 남자 나름의 방식으로 너와 네 어머니를 사랑해 왔다는 걸 깨달았기 때문일 게다.

넌 요시타케를 이해했어. 이해하고, 동정해 줬어.

죽는 순간에 나는 네게 줄 것이 있다.

네가 전화하고 며칠 뒤 나는 다시 요시타케를 만났어. 그리고 일단 최면을 풀고, 다시 새로운 암시와 키워드를 주었다. 그걸 여기에 적어두마.

단, 잊어서는 안 돼. 복합 키워드니까 말이야. 이 말을 할 때, 그와 오른손으로 악수를 해야 한다. 그것도 그것대로 좋다고 생각하지 않니?

내가 한 마지막 일이야. 너 자신을 위해 써 주었으면 좋겠다.

내가 하시모토 노부히코에게 위스키를 보냈던 걸 기억하니? 난 언제나 그 사람이 가장 필요로 하는 물건을 보내는 사람이란다. 이 키워드가, 하시모토에게 있어서의 위스키와 같은 형태로 널 멸망시키는 건 아니야.

요시타케를 동정했다면 그에게 자수할 기회를 주렴.

그리고 이제 과거에 사로잡히지 마. 앞으로의 네게는, 아직 열리지 않은 멋진 인생이 기다리고 있을 테니까.

안녕, 꼬마야. 이번에야말로 진짜 작별이구나. 모든 일이 끝나면 나에 대해선 영원히 잊어버리도록 해라.

네가 사는 동네에 벚꽃은 피었을까? 마지막으로 그 봄을 노래하는 꽃을 볼 수 없다는 것만이 아쉽다.'

편지 마지막에는 짧은 키워드가 적혀 있었다.

키워드를 보았을 때, 마모루는 그제야 노인과 서로 이해할 수 있었다―이미 늦었지만 서로 이해할 수 있었을지도 모른다고 생각했다.

키워드는 쉽게 기억할 수 있었다.

벚꽃은 활짝 피었어요. 맞은편 강가를 채색하고 있는 꽃을 바라보면서, 마모루는 편지를 잘게 찢어서 운하를 향해 바람에 날려보냈다.

오후 일곱 시에, 요시타케와 만나기로 약속한 '파풍관'의 문을 밀었다.

그는 지난번과 똑같은 박스석에 앉아 있었다.

두 사람 다 두서없이 이야기를 했다. 요시타케는 잘 웃었고, 마모루와 다시 만날 수 있게 된 것을 기뻐하고 있었다. 마모루도 많은 이야기를 했다. 두 사람 다 하라사와 노인의 화제는 건드리지 않았다.

가게를 나섰다. 따뜻한 봄날 저녁 거리는 크리스털 유리처럼 반짝이고 있었다.

손을 들고 헤어질 때 마모루는 요시타케를 불러 세웠다.

"한 가지 부탁하고 싶은 게 있어요."

"뭐지?"

마모루는 오른손을 내밀었다.

"악수해 주세요."

요시타케는 한순간 망설였지만, 커다란 오른손을 내밀어 마모루의 오른손을 꽉 잡았다. 그 손은 차가웠지만 탄탄했다.

그때, 비밀 이야기를 하듯이 몸을 가까이 하며 마모루는 말했다.

"마술사의 환상."

천천히 걸어가는 요시타케의 뒤를, 마모루도 따라갔다. 아자부 경찰서 앞에서 요시타케는 멈춰 섰다.

건물을 올려다본다. 그리고 차분한 태도로 안으로 들어갔다. 마모루는 그걸 지켜보고 나서 걷기 시작했다.

'아만드_{아자부에 있는 유명한 까페의 이름}'의 핑크색 네온이 보이는 데까지 왔을 때, 지하철 계단을 올라오는 비슷한 나이의 여자애 두 명과 마주쳤다. 두 사람 다 머리가 길고 예쁜 소녀로, 흥분으로 눈이 반짝이고 있다. 밤은 지금부터 시작이야, 라고 두 사람의 얼굴에 씌어 있었다.

마모루와 눈이 마주치자 여자애들은 쿡쿡 웃었다.

"안녕." 한 사람이 말을 걸었다. "멋진 밤이지? 어디 가는 길이야?"

"집에 돌아가는 거야." 그는 대답했다.

* 금고를 여는 기술 등에 대해서는 스기야마 쇼조 씨가 지은 『금고 깨기』(도지다 이사)를 참고했습니다. 깊이 감사드립니다.

* 글 중의 서브리미널 광고에 관한 서술은 슈에이샤에서 간행된 『정보·지식 이미다스』에서, 책 서두의 인용문은 소겐추리문고·나카무라 야스오 번역 『브라운 신부의 비밀』에서 각각 인용했습니다.

* 작중에 등장하는 인명·단체명 등은 모두 허구입니다.

작품 해설

"무엇을 써도 걸작을 만들어 내는
터무니없는 작가"

　미야베 미유키가 일본의 전후戰後 엔터테인먼트계에 느닷없이 나타난 귀재라는 사실은 여기서 새삼 말할 필요도 없을 것이다. 1985년에 「우리 이웃의 범죄」로 제26회 올 요미모노 추리소설 신인상을, 86년에 『가마이타치』로 제12회 역사문학상(가작)을, 그리고 89년 『마술은 속삭인다』로 제2회 일본추리서스펜스 대상을, 92년에는 『용은 잠들다』로 일본추리작가협회 장편상과 『혼조 후카가와의 신기한 이야기』로 제13회 요시카와 에이지 신인문학상을 각각 수상. 시대 소설에서 미스터리까지, 무엇을 써도 걸작을 만들어 내는 터무니없는 작가이다. 아마 앞으로도 걸작을 속속 써 나갈 것이다. 미야베 미유키는 그런 대단한 작가다.

　그러나 수많은 상을 수상했기 때문에 이 작가가 대단한 것은 아니다. 그러한 수상은 미야베 미유키의 작품이 정당하게 평가받은 결과이며, 이 작가의 행운을 이야기해 주긴 하지만 그 내용을 이야기해 주지는 않는다. 그럼 대체 뭐가 대단한 것일까.

미야베 미유키의 소설은 언제나 스릴이 넘친다. 서스펜스가 넘친다는 의미로 스릴이 넘치는 것이 아니다. 등장인물이 어떤 생각을 하고, 다음에 어떤 행동을 할지 전혀 짐작이 가지 않는다는 의미로 스릴이 넘치는 것이다. 따라서 이야기도 중반이 지나도록 항상 전모가 보이지 않는다.

대체 어떤 일이 시작될까 하는 기대에 떠밀려 페이지를 넘겨 나가다 보면, 우선 등장인물의 맨얼굴이 조금씩 행간에서 나타나기 시작한다. 동시에 이야기의 윤곽도 조금씩 떠오르는 식이다. 지루한 소설의 경우에는 주인공에서 조역에 이르기까지, 그 인물이 등장한 순간 그게 어떤 인물인지, 태생에서 성격까지 순식간에 보이고 말아서 새로운 발견이 없지만, 〈설명〉과 〈묘사〉의 차이를 알고 있는 미야베 미유키의 소설에는 그런 일이 좀처럼, 아니, 거의 일어나지 않는다.

유감스럽지만 이것이 몇 안 되는 예외라는 사실을 말해 두는 편이 좋을 것이다. 항간에 넘쳐나는 소설의 대부분은 〈묘사〉보다 〈설명〉을 중심으로 하고 있기 때문이다. 아니면 〈묘사〉를 지향하더라도 역량부족 때문에 결과적으로 〈설명〉이 되어 버린다. 미야베 미유키가 두드러지는 것은 바로 이 점이다. 보기 드문 자질과 노력과 소설에 대한 성의로, 이 작가의 작품은 분명히 일반 소설들로부터 벗어나 있다.

따라서 미야베 미유키의 소설은 방심할 수가 없다. 이야기 도중에 그때까지 숨어 있던 배경이 보이더라도(그것은 악덕 사업이나 초능력, 신용카드 파산 등 사회적 문제인 경우가 많지만), 그것은 이 작가가 이야기하려는 것을 효과적으로 부각하기 위한 소재에 지나지 않는다.

사회적인 문제를 다룰 때가 많다고 해도 이 작가가 사회파 미스터리를 지향하고 있는 것은 아니다. 그런 배경과 혼연일체가 되어, 미야베 미유키의 세계에서 많이 다뤄지는 것은 〈사랑〉이다. 가족의 사랑, 부모자식 간의 사랑, 이성에 대한 사랑. 미야베 미유키는 〈사랑의 작가〉이다. 이렇게 쓰면 왠지 할리퀸처럼 돼 버리지만, 그것은 소설의 보편적인 소재이니 꼭 미야베 미유키만 그런 것은 아니다. 그러나 『용은 잠들다』를 보라. 이것은 일급 연애소설이기도 하다.

이 작가가 그중에서도 뛰어난 것은 양질의 문장과 생생한 대화, 마음에 남는 에피소드가 두드러질 때도 있지만, 무엇보다도 치밀한 구성이다.

어떤 장편을 쓰더라도 그렇다. 이야기를 어디에서부터 시작할 것인가 하는 플롯에 관해서, 미야베 미유키는 놀랄 정도로 절묘하다. 때로 이야기가 의외의 방향으로 나아간다고 생각되는 것은 이미 작가의 마술에 걸려 있기 때문이고, 그런 식으로 독자를 미궁으로 안내하는 것이 미야베 미유키의 작품인 것이다. 내가 방심할 수 없다고 한 이유는, 배경이 보이더라도 그것이 결코 핵심이 아니고, 작가가 어디로 안내해 줄 것인지 마지막 페이지까지 알 수 없기 때문이다.

또 하나, 미야베 미유키의 소설이 참신한 인상을 강하게 주는 것은, 이 작가가 종래의 소설과는 다른 지점에서 드라마를 만들고 있기 때문이다. 아니면 이것이야말로 미야베 미유키의 가장 특이한 개성일지도 모른다.

가령 『마술은 속삭인다』의 마지막 부분에, 주인공 소년이 심판하는 쪽으로 돌아서는 구절이 있다. 수수께끼가 전부 풀린 후이니, 본래 같으면 드라마는 더 이상 없을 것이다. 그러나 미야베 미유키는 이 다음에, 소년이 과연 심판하는 쪽으로 돌아설 수 있을 것인가 하는 드라마를 준비한다. 그리고 놀랍게도 이것이 진정한 클라이맥스인 것이다. 그때까지 진행되어 온 드라마는 이 클라이맥스에 이르기 위한 것이고, 이야기는 전부 거기로 수렴된다.

　종래의 소설이라면 클라이맥스가 그 이전에 만들어졌겠지만, 미야베 미유키는 종래의 소설이 끝난 지점에서 이야기를 시작한다. 이 작가의 획기적인 새로움은 바로 이 점에 있다. 거기에 이모부가 다시 직장에 복귀하는 드라마와, 실종된 아버지의 수수께끼를 해명하는 드라마를 붙여 그 클라이맥스를 감동적으로 고조시키는 이 솜씨에는 경의를 표할 수밖에 없다.

『마술은 속삭인다』의 구조를 분석해 보면 알 수 있다. 메인이 되는 수수께끼는 세 여성이 차례차례 자살하고, 그것이 서로 관련되어 있는 것 같다는 수수께끼다. 네 번째 여성은 누군가가 그녀들을 스스로 죽도록 꾸민 것은 아닐까 두려워하고 있다는 설정으로, 이것이 주가 되는 수수께끼이다. 그 자살들의 관련성에 대한 수수께끼, 배경에 있는 수수께끼의 인물, 이 두 가지가 풀리면 이야기는 완결된다. 그런 이야기라도 좋다. 물론 종이 위의 리얼리티를 위해 광고라는 소재는 필요할 것이다. 갑자기 해명되면 독자에게 판타스틱한 인상을 줄 수 있으니, 설득력을 더하기 위해 광고 이야기를 도중에 삽입해 둘 필요는 있다. 그러나 통상의 이야기라면 이것만으로도 좋다. 배경에 사회적인 문제까지 있으니 말이다. 이 정도면 어엿한 사회파 미스터리가 될 것이다.

　미야베 미유키의 작품이 보통 소설과 다른 점은 그런 기존의 소설의 틀을 뛰어넘은 데에 있다. 앞에서 말한 바와 같이 『마술은 속삭인다』의 클라이맥스는 주요 수수께끼의 해명이 아니라, 심판하는 쪽으로 돌아선 소년의 흔들리는 마음이다. 그 가장 큰 특징을 두드러지게 하기 위해, 소년의 아버지는 공금을 횡령하고 실종된 것이다. 이웃의 차가운 시선을 받으면서도 완고하게 고향을 떠나지 않았던 어머니의 추억. 도둑의 자식은 도둑이라며 학교에서 소년을 괴롭히는 학생과 소년을 감싸는 친한 친구. 그런 드라마를 쌓아올려 간다.

미야베 미유키는 이런 에피소드가 언제나 뛰어난데, 이 『마술은 속삭인다』도 같은 반 친구나 교사, 아르바이트하는 회사의 동료들이 잘 묘사되어 있다. 테마가 장대하고 구성이 절묘해도 세부적인 부분이 좋지 않으면 지루해지는데, 이 작가는 디테일에 관해서도 절묘하다. 전혀 불평할 데가 없다.

어쨌거나 작가는 진정한 클라이맥스를 향해 소년의 그런 드라마를 만들어 간다. 그리고 그것을 보충하듯이 소년을 지켜보고 있는 남자의 독백을 도중에 몇 번이나 삽입한다. 미야베 미유키는 당연히 속임수에 능하기 때문에, 방심하지 않으면 그만 걸려들고 만다(스포일러가 되므로 자세한 것은 쓸 수 없지만, 결코 독자의 예상대로 되지는 않으니 안심하고 읽어 주시기 바란다).

여기까지 드라마를 준비했으면, 남는 것은 소년과 사건의 접점뿐이다. 어디에 접점을 만들 것인가. 그것은 부자연스러워서는 안 된다. 그래서 이모부를 택시 운전기사로 만들고, 차도로 뛰어든 세 번째 여성을 미처 피하지 못한 이모부가 그 여성을 친 것으로 한다. 목격자가 없어서 이모부가 경찰에 체포된다는 설정으로 하면, 소년이 그 사건의 배경을 찾아내야 할 이유도 생긴다. 이렇게 해서, 『마술은 속삭인다』의 큰 틀이 완성된다. 남은 것은 어떤 순서로 이 이야기를 풀어나가느냐 하는 구체적인 문제다. 어디에 두 남자의 독백을 삽입할까. 그런 플롯을 짜면 된다.

『마술은 속삭인다』의 구조는 그렇게 분석할 수 있다. 통상의 이야기와는 다른 데에서부터 이 작가가 소설에 도전하고 있다는 것을, 이 구조에서 읽어 낼 수 있다.

무슨 이야기를 할 것인가 하는 점에 지나치게 마음을 쓴 나머지 어떻게 이야기할 것인가 하는 점이 잊혀지고 있는 것이 현재 일본 엔터테인먼트의 현실이라는 것을 생각하면, 이 자질과 노력과 성의는 상을 받을 만한 가치가 있다. 이런 〈기술〉은 좀처럼 주목받지 못할 때가 많지만, 미야베 미유키는 이런 〈이야기의 테크닉〉에 대해서는 독보적이다. 어떤 찬사를 늘어놓아도 부족하다. 소설을 읽는 최고의 행복이란 이런 작품을 읽는 것을 말한다.

1992년 11월
기타가미 지로(문예평론가)

옮기고 나서

 미야베 미유키 여사의 이름은 그동안에도 종종 들어왔지만, 실제로 책을 읽을 기회는 없었습니다. 이번에 『마술은 속삭인다』를 통해 이 작가를 처음으로 제대로 접하게 된 셈이지요. 아마 독자 여러분 중에도 저처럼 이 책을 통해 처음으로 미야베 미유키라는 작가를 알게 되신 분이 계시리라 생각합니다.

 미야베 미유키 하면 사회파 미스터리 작가로 유명한데, 그 타이틀이 제게는 좀 부담스럽게 느껴졌던 게 사실입니다. '사회파'라니 왠지 딱딱하게 들리고, 막연하게 재미없을 것 같다는 선입견을 갖고 있었던가 봅니다. 하지만 막상 뚜껑을 열어 보니 웬걸, 여성 작가다운 섬세한 필치로 그려진, 대담하면서도 아기자기한 이야기가 펼쳐져 있지 뭡니까. 뒤통수를 한대 맞은 것 같은 기분이 들더군요. 제 주위를 보면 미야베 미유키 여사의 팬 중에는 남성 분들이 많으시지만, 캐릭터 설정이나 줄거리를 이끌어나가는 방식 같은 것은 여성 분들의 취향에도 잘 맞지 않을까 합니다.

 원래 개인적으로 미스터리를 좋아하는 저도 '사회파'라는 말에 망설이고 있었을 정도이니, 미스터리에 흥미가 없으신 분이라면 더욱 읽기를 주저하실지도 모르겠습니다. 하지만 어떤 경위로든 이 책을 읽게 되신 분들이, 저처럼 미야베 미유키의 세계에 즐겁게 빠져들 수 있으셨기를 바라마지 않습니다.

 번역을 하는 동안 더운 날씨와 바쁜 스케줄 때문에 몹시 힘들었습니다. 그럴 때 늘 격려해 주시고 힘이 되어 주신 주위 분들, 그리고 이렇게 좋은 책을 번역할 기회를 주신 북스피어의 김홍민 대표님, 임지호 편집장님께 진심으로 감사드립니다. 전생에 무슨 덕을 쌓았다고 이렇게 좋은 분들과 인연을 맺게 되었는지 모르겠습니다. 이 책을 읽어 주신 독자 여러분을 포함해서, 이 책으로 인해 맺게 된 소중한 인연이 앞으로도 계속되기를 바라며 이만 줄입니다. 항상 건강하시고 행복하세요.

2006년 가을, 김소연

마술은 속삭인다

초판 1쇄 발행 2006년 11월 6일 | **초판 2쇄 발행** 2006년 12월 18일

지은이 미야베 미유키
옮긴이 김소연

발행편집인 김홍민·최내현
편집장 임지호
표지 디자인 김진디자인
용지 화인페이퍼
출력 스크린출력
인쇄 청아문화사
제본 정민제책
교정에 도움 주신 분들 이형근, 지영균

펴낸곳 도서출판 북스피어
출판등록 2005년 6월 18일 제 105-90-91700호
주소 121-130 서울특별시 마포구 구수동 16-5 국제미디어밸리 2층
전화 02)701-0427 | **팩스** 02)701-0428
전자우편 editor@booksfear.com

ISBN 89-91931-13-8 (04830)
    89-91931-11-1 (세트)

값은 뒤표지에 있습니다.

"미미 예쁘지이!"